LAURA NICK

DER WOLF IN DEINEM HERZEN

© privat

Laura Nick wurde März 1995 inmitten des Ruhrpotts geboren. Jedem, der sie hören wollte – oder auch nicht –, erzählte sie Geschichten über fantasievolle Abenteuer und Liebe. Unter dem Pseudonym Aurelia L. Night hat sie seit 2016 Fantasy- und Liebesromane veröffentlicht. Sie ist aktives Mitglied im PAN e.V. und setzt sich für die deutsche Phantasik in der Buchbranche ein. Mittlerweile lebt, liest und arbeitet Laura Nick mit ihrem Ehemann in Niedersachsen, nahe des Meeres und der niederländischen Grenze.

Für Emilia, Valentin und Fynn.
Die Geschichte,
die ihr von Anfang an verdient hattet.

Ivys Playlist

MEDUZA – Paradise
Peyton Parrish – I'll Make a Man Out of You
Bullet for My Valentine – Tears Don't Fall
Bullet for My Valentine – Hearts Burst Into Fire
Bullet for My Valentine – Waking the Demon
Bullet for My Valentine – Take It Out On Me
Bullet for My Valentine – Deliver Us from Evil
Bullet for My Valentine – Forever and Always
Bullet for My Valentine – All the Things I Hate
Papa Roach – Last Resort
Papa Roach – Help
Rise Against – Wolves
Rise Against – The Strength To Go On
Rise Against – Bricks
Rise Against – Drones
Rise Against – Behind Closed Doors
Rise Against – Survive

Auszug aus den Büchern der Nornen:

Die Zeit wird kommen, in der einzig der Kampf um die Welt zählt, doch der Baum nur durch Opfer gerettet werden kann. Um zu verschonen, was ihnen lieb ist, werden sie schwinden; wie Sterne werden ihre Körper verglühen und den Platz an Lichter weitergeben, die würdig sind die Kraft zu tragen.

1

»Fuck«, stieß ich mit einem tiefen Atemzug hervor.

Sprachlos starrte ich das Schloss an, das mitten im Wald vor mir aufragte. Dabei presste ich mein Handy fester gegen die Wange, als könnte ich durch die Leitung direkt wieder zurückkriechen.

»Was ist los?«, hakte Susann, meine beste Freundin, am anderen Ende der Leitung nach.

Mein Blick war fest auf den Anblick gerichtet, der sich vor mir auftat und mich vollkommen überwältigte. Gefühlte Ewigkeiten war ich über den Kies gelaufen, in dem sich die Rollen meines Koffers ständig verhakt hatten. Nichts aus der Umgebung hatte den Anschein erweckt, dass zwischen den grün leuchtenden Bäumen ein Anwesen war, das mindestens so prachtvoll wie Versailles war. »Es ist ein verdammtes Schloss!« Meine Stimme wanderte panisch einige Oktaven höher. Unbewusst ließ ich meinen Trolley los und legte die Hand über meinen Mund.

»Wir haben doch schon auf der Internetseite gesehen, dass das Internat ein Schloss ist«, erinnerte Susann mich.

»Ich weiß ... aber ...« Ich wollte noch irgendwas sagen, doch mir fehlten die Worte; was eigentlich noch nie vorgekommen war. Ich hatte immer etwas zu sagen – ob das nun gut oder schlecht war, war Ansichtssache. Ich wiederholte mich, aber dieses verdammte Internat war ein Schloss. Ein waschechtes Schloss, das selbst dem Sonnenkönig gefallen hätte.

Die vanillegelbe Fassade strahlte im Schein der Mittagssonne. Die weißen Fenster- und Türrahmen wirkten, als leuchteten sie von sich aus. Selbst die weißen Wasserspeier auf dem Dach schienen zu glänzen, als hätte sie gerade eben noch jemand poliert.

Überwältigt drehte ich mich weg, zurück in die Richtung, aus der ich gekommen war, und strich mir übers Gesicht.

»Es ist nur ein Jahr«, sagte Susann. Ihre Stimme klang, als wollte sie mich beruhigen. Doch das gelang ihr ganz und gar nicht.

»Das sind 365 Tage«, erwiderte ich matt.

»Die Zeit wird so schnell rumgehen, dass du nicht mitbekommst, wie schnell die vielen Tage vergehen. Und ehe du dich versiehst, wirst du gar nicht mehr wegwollen«, meinte Susann seltsam positiv gestimmt.

Ich stieß ein Schnauben aus, dabei warf ich einen Blick über die Schulter zurück zu dem Swen-Internat, das mein Zuhause auf Zeit sein würde. »In einer Milliarde Jahren werde ich dort nicht *nicht* wegwollen«, meinte ich mit fester Stimme.

»Hmm, wir werden sehen.«

Ich schloss die Augen und öffnete sie wieder, ehe ich noch mal über die Schulter sah. Nichts hatte sich geändert. Vor mir stand noch immer ein Schloss, umarmt von einem dichten Wald. Vögel zwitscherten, in der Ferne hörte ich einen Specht gegen Rinde hämmern und ich wollte am liebsten wegrennen. Das war nicht ich. Hier gehörte ich nicht hin. Noch weniger, als ich jemals zu meinem Vater gehört hatte.

»Du kannst das, Ivy.«

»Ich bin mir da nicht so sicher«, sagte ich.

Fest umklammerte ich den Griff meines Koffers und spürte, wie die Übelkeit in mir rumorte. Das Internat bedeutete für mich, dass ich 365 Tage wildfremden Menschen ausgeliefert war. Keinerlei Möglichkeit, mich zu verstecken. Vor den Eindrücken zu flüchten, die mich jeden Tag überfallen würden. Bleierne Schwere überfiel mich bei den Gedanken.

»Ich weiß das aber.« Meine beste Freundin seufzte am anderen Ende der Leitung. »Du hast schon so viel geschafft, Ivy. Du bist ein unglaublich netter, freundlicher Mensch, fürsorglich, obwohl du so was niemals kennenlernen durftest. Aus diesen Gründen bin ich so gern deine Freundin. Jeder, der diesen tollen Menschen hinter deiner steinernen Fassade nicht erkennen will, ist selbst schuld.«

Ihre Worte waren Balsam für meine Seele, obwohl ich wusste, dass die anderen nicht das Problem waren, sondern ich. Ich war so wählerisch bei anderen Menschen, weil ich von meinem Gegenüber verlangte, dass seine Worte mit seinen Gedanken übereinstimmten. Weil ich wollte, dass die Menschen ehrlich waren. Mir und anderen gegenüber. Und das war der Grund, wieso ich nur eine einzige Freundin besaß, die gefühlt am anderen Ende Deutschlands saß, während mein Vater mich in dieses Internat verschifft hatte.

Ich holte tief Luft. »Steht das Angebot noch, dass ich in deinem Bettkasten wohnen darf?«, fragte ich.

Susann stieß ein Lachen aus. »Nein. Dafür ist es jetzt zu spät. Du hast dein Zeitfenster verpasst.«

Ihre Worte waren eine Ernüchterung, selbst wenn ich sie verstand. In Susanns Bettkasten zu wohnen, war keine Dauerlösung für mein Problem – das hatten wir bei unseren stundenlangen Gesprächen übers Internat bereits herausgefunden. Vor allem nicht in der viel zu kleinen Wohnung, die sie sich bereits zu viert teilten.

»Aber mein Telefon ist jederzeit für dich auf Laut. Ich bin für dich da, egal zu welcher Uhrzeit«, fügte Susann hinzu.

Ich schloss die Augen und ließ die wärmende Geborgenheit, die durch ihre Worte ausgelöst wurde, durch mich hindurchfließen. »Danke, Susann.«

»Dafür nicht, Ivy. Ich bin deine beste Freundin und daran wird auch die Entfernung nichts ändern.«

»Wird sie nicht. Ich bin immer für dich da«, wiederholte ich ihre Worte.

»Ich weiß.« Ihr Lächeln war zu hören. »Jetzt geh da rein und zeig ihnen, zu was Ivy Lehmann fähig ist!«

»Ich bemühe mich …«, murmelte ich wieder demotivierter, weil mein Blick erneut auf dem prächtigen Schloss gelandet war.

»Und fotografiere bloß alles und jeden!«, warf Susann noch ein. »Ich will dieses Schloss aus deiner Perspektive sehen.«

Ich schmunzelte. »Mach ich. Ich habe dich lieb, Susann.«

»Ich dich auch! Wir hören uns.«

»Bis dann.«

Ich steckte das Handy weg. Statt sofort auf das Schloss zuzugehen, blieb ich wie verwurzelt an Ort und Stelle stehen. Das Swen-Internat war prächtig. Sein schierer Anblick ließ eine Gänsehaut über meinen Körper wandern. Von Anfang an hatte ich mich dagegen gesträubt, ausgerechnet auf dieses Internat zu gehen. Ich biss mir auf die Lippe und drehte nachdenklich meinen Ring am Daumen.

»Das Internat ist perfekt für dich!«

»Nur weil meine Mutter darauf gegangen ist?«

Er verstummte für eine Sekunde. »Hör auf damit!«

»Womit?«

»Das weißt du ganz genau, Eivor!«

Ich kniff die Augen zusammen und verdrängte den Streit, den ich mit meinem Vater gehabt hatte. Meine Mutter hatte meinen Vater verlassen, ehe ich geboren worden war, bis sie ihn ein letztes Mal besuchte, um mich ihm in die Arme zu drücken. Danach hatte keiner von uns sie jemals wieder zu Gesicht bekommen. Mein Vater und ich hatten niemals über sie gesprochen, als hätte es sie niemals gegeben. Warum also war es ihm plötzlich so wichtig, dass ich ihr näher war? Dass ich auf dieses bescheuerte Eliteinternat ging, auf das sie ebenfalls gegangen war?

Unbewusst hatte ich meine Hände zu Fäusten geballt, die ich wieder lockerte. Über die Schulter sah ich zurück. Ich wünschte, ich könnte heimkehren. Zu Susann und ihrer Familie, die in den letzten Jahren mein heimlicher Ersatz für all das gewesen waren, was ich niemals erfahren hatte. Es hatte die letzten sechzehn Jahre funktioniert ... Warum jetzt nicht mehr?

Ich presste die Lippen aufeinander und schnappte mir meinen Koffer, um mich meinem Zuhause auf Zeit zu nähern. Vor dem Internat war ein flacher Brunnen angelegt, in dem Seerosen schwammen und in dessen Mitte eine große Kriegerstatue stand. Sein Schild und die Axt in der Hand erinnerten mich an einen Wikinger. Genauso die geflochtenen Zöpfe, die das Haar aus seinem Gesicht hielten. Kurz blieb ich stehen und musterte die Züge aus Stein. Wer auch immer diese Statue gemacht hatte, besaß einzigartiges Talent. Es wirkte beinahe, als könnte dieser Steinkrieger jeden Moment zum Leben erwachen.

Ich ließ meinen Blick über das Grundstück wandern. Gepflegte Beete mit den verschiedensten leuchtenden Blumen schmückten den Weg. An der linken Seite war ein Selbstversorger-Garten angelegt, in dem ich Gurken und Paprika wachsen sah. Aus der Nähe erkannte ich, dass Fenster- und Türrahmen mit verschiedenen Reliefs verziert waren, die sich dunkel von dem strahlenden Weiß abhoben.

Mein Magen zog sich schmerzhaft zusammen. Mir gefiel der ganze Prunk nicht, den das Schloss ausstrahlte. Es wirkte alles zu viel auf mich. Ich stieß die Luft aus und ging mit meinem Koffer im Schlepptau weiter auf die kleine Treppe zu, die zu hohen Eingangspforten hinaufführte.

Bevor ich in das Internat trat, drehte ich mich auf der letzten Stufe noch einmal um. Mein Blick fiel auf den dichten Wald. Beinahe schien es, als wäre das Schloss verzaubert. Als könnten nur diejenigen durch den schützenden Wald kommen, um hier zu lernen, die hierhergehörten. Was mein Gefühl, fehl am Platz zu sein, nur verdeutlichte und mir insgeheim eine Heidenangst einjagte.

Mit einem tiefen Atemzug versuchte ich mich vor dem Kommenden zu wappnen – was nur bedingt half. Die dunklen, schwer anmutenden Holztüren standen offen. Erneut stieß ich ein Schnauben aus. Wenn dies ein verzaubertes Schloss wäre, wäre ich sicherlich nicht hier.

»Dann wollen wir mal«, murmelte ich und schob die Tür weiter auf, damit ich mit meinem Koffer hindurchpasste. »Hallo?«, rief ich hinein, ehe ich das Foyer gänzlich betrat.

Mir stockte der Atem, als ich meinen Blick über die Innenausstattung des Schlosses wandern ließ. Weißer Marmorfußboden, hell verputzte Wände, an denen große Kunstwerke von Menschen hingen, die beinahe finster auf mich herabstarrten. In der Mitte der beiden Treppen, die hinaufführten, prangte das Wappen des Swen-Internats im Fußboden. Ein Wolfskopf, hinter dessen

Schädel ein Schild war, auf dem zwei Raben abgebildet waren. »Scheiße …«, raunte ich. Das war definitiv zu viel. So viel Prunk und Klasse legte nicht einmal mein Vater an den Tag. Selbst in meinem eigenen Zuhause hatte ich mich wegen des abgehobenen Geschmacks nicht wohlgefühlt. Deswegen war ich so oft wie möglich bei Susann und ihrer Familie gewesen.

»Entschuldigung, kann ich Ihnen helfen?«

Überrascht zuckte ich zusammen. Eine Frau stand an der Tür, die links in einen neuen Raum führte. Sie hatte ihre braunen Haare streng nach hinten gekämmt und schaute mich an, als wäre ich eine Vagabundin, die sicherlich nicht in ihre elitäre Anstalt gehörte – da waren wir einer Meinung. Mit meinen zerrissenen Strumpfhosen, meinen Chucks, dem kurzen Rock und dem Shirt von *Papa Roach* war ich so fehl am Platz wie eine Ballerina auf dem Fußballfeld.

Einen Moment wartete ich, dass mich ihre Gedanken erreichten. Aber nichts. Aus ihrem Kopf erreichte mich nur Stille. Überrascht blinzelte ich. Wie konnte das sein?

»Verstehen Sie mich?«, hakte die Frau nach und legte ihren Kopf schief.

Innerlich schüttelte ich mich und starrte noch einmal auf die Stirn der Frau. Noch immer hörte ich nichts. »Ähm … Hallo, mein Name ist Ivy Lehmann. Ich …« Unsicher leckte ich mir über die Lippen. Wieso hörte ich ihre Gedanken nicht? »Mein Vater hat mich fürs nächste Schuljahr eingeschrieben.«

Schlagartig wurde der Blick der Frau weicher, was mich etwas beruhigte, wobei ich immer noch verwirrt war. »Eivor Lehmann war es, oder nicht?«

Ich verzog die Lippen zu einer Grimasse. »Ja, aber ich werde lieber Ivy gerufen.«

Die Frau musterte mich mit ihren harten, aber freundlichen Augen. »Ivy also. Ich erinnere mich. Ihrem Vater war es ein großes Anliegen, dass Sie dieses Internat besuchen, weil Ihre Mutter ebenfalls Teil der Schülerschaft war.« Ihr Blick glitt über meinen Körper, als suchte sie irgendwas Bestimmtes. Ähnlichkeiten zu meiner Mutter vielleicht.

Ich fühlte mich unter ihren Blicken unwohl und verlagerte mein Gewicht von einem Fuß auf den anderen. »Ja. Ich weiß nicht, was ihn da geritten hat. Aber jetzt bin ich da«, sagte ich mit einem nervösen Lächeln, um meinen ersten

Eindruck etwas zu meinen Gunsten zu drehen. Ich war überfordert. Von der Tatsache, dass ich die Gedanken der Frau nicht hörte, und von dem Prunk, der mich zu ersticken drohte. Diese Schule war definitiv nichts für mich.

»Genau, jetzt sind Sie hier. Ich bin Katharina Andersson. Lassen Sie mich nur eben den Schlüssel holen, damit ich Sie auf Ihr Zimmer bringen kann.«

Verwirrt blinzelte ich. »Wir bekommen Schlüssel zu unseren Zimmern?«

Frau Andersson drehte sich in der Tür um. »Natürlich. Als Schülerin haben Sie genauso ein Anrecht auf Ihre Privatsphäre wie jeder andere.«

»Okay«, sagte ich platt.

Sie nickte mir zu und verschwand in dem Zimmer, das direkt vom Foyer abging. Als sie nicht mehr zu sehen war, nutzte ich die Möglichkeit und trat tiefer ins Internat. Die Ausstrahlung des Raums besaß etwas Hoheitsvolles und wüsste ich es nicht besser, würde ich glauben, dass ich in einem verdammten Märchen gelandet war. Wobei ich in dieser Geschichte die Dienstmagd und nicht die verschollene Prinzessin mimte.

An der Decke hing ein versilberter Kronleuchter, der als Zierde bunte Kristalle hatte, was dem Eingangsbereich etwas überraschend Verspieltes gab. Es war effektvoll, das war nicht zu leugnen, und auf seine eigene Art und Weise wunderschön. Ich hatte keine Ahnung, ob ich mich hier wohlfühlen konnte. Für Susann wäre das hier ein Paradies gewesen. Ein schmerzhafter Stich fuhr durch meinen Körper. Ich wünschte, sie wäre hier. Mit ihr wäre dieses Jahr tausendfach einfacher. Ich holte mein Handy heraus und fotografierte das Foyer, um die Bilder direkt Susann zu schicken.

»Sind Sie fertig?«

Überrascht zuckte ich zusammen und drehte mich ruckartig zu Frau Andersson um, die wieder im Türrahmen erschienen war, ohne dass ich sie mitbekommen hatte. »Entschuldigen Sie, meine Freundin wäre absolut Feuer und Flamme für dieses Gebäude.«

Frau Andersson schenkte mir ein Lächeln. »Ja, es ist ein wahres Schmuckstück. Wir haben es erst vor einigen Jahren komplett restauriert und aufgehübscht. Der Gründer dieser Schule, Swen Skallison, hatte es zu Beginn der Barockzeit bauen lassen. Es war Zeit für eine Generalüberholung.«

»Swen Skallison?«

Sie deutete mir ihr zu folgen. »Skallison ist derjenige, der die Idee dieser Schule hatte, um verschiedene Religionen zu vereinen. Das werden Sie selbst aber noch sehen, wenn Sie ihren ersten Schultag haben. Wir haben Jugendliche aus den verschiedensten Ländern hier. Österreich, Schweiz, Dänemark und einige kommen sogar aus Norwegen oder Schweden.«

Ich konnte mich kaum auf unser Gespräch konzentrieren, weil ich so verwirrt war. Wieso hörte ich ihre Gedanken nicht? »Gibt es da keine Sprachbarriere?«

Frau Andersson schüttelte den Kopf. »Für potenzielle Internatsbewohnende gilt die Pflicht, Deutsch zu lernen.«

Ich nickte, nahm die Infos jedoch nur mit halbem Ohr auf. Jeden, wirklich jeden Menschen hatte ich bisher gehört. Noch nie war mir jemand untergekommen, bei dem das nicht der Fall gewesen war.

Frau Andersson führte mich unter die große Treppe zu einem Fahrstuhl, der genauso fehl am Platz wirkte, wie ich mich fühlte. Mit seinen schlichten silbernen Türen, die im Gegensatz zu dem Rest der Innenausstattung beinahe grob wirkten. »Das ist der Fahrstuhl. Es ist nur wenigen erlaubt, ihn zu nutzen. Wegen Ihres Gepäcks machen wir heute mal eine Ausnahme. Haben Sie noch mehr?« Sie öffnete die Türen mit einem der beiden Schlüssel, die sie in der Hand hielt, und wir betraten den eher engen Raum.

»Nein. Ich bin mit dem Zug gekommen und wollte nicht so viel mit mir herumtragen«, antwortete ich wahrheitsgemäß und umfasste den Träger meiner Umhängetasche.

Frau Anderssons braune Augen weiteten sich ein wenig. »In Ordnung. Falls Sie noch etwas benötigen, in den Ferien fährt stündlich ein Bus zwischen hier und der Stadt. Während der Schulzeit gibt es einzig die Busse, die die Tagesschüler*innen transportieren. Falls Sie also etwas brauchen, sollten Sie es rechtzeitig merken.«

»Danke, das ist gut zu wissen.« Kurz stockte ich. »Moment, der Bus fährt nur in den Ferien?«

»Im Internat wünschen wir, dass die Jugendlichen sich voll und ganz auf den Schulstoff konzentrieren, deswegen gibt es nur wenig Möglichkeiten, außerhalb der Unterrichtszeiten in die Stadt zu kommen.«

»Oh ... okay. Ist es nicht extrem die Schüler hier festzuhalten?«, erkundigte ich mich, ehe ich meine Zunge daran hindern konnte.

Die Türen des Fahrstuhls öffneten sich in der zweiten Etage und Frau Andersson deutete mir voranzugehen. »Das mag auf den ersten Blick so wirken, das gebe ich gern zu. Aber Sie werden mit Sicherheit keinerlei Bedarf haben, in die Stadt zu fahren. Vertrauen Sie mir.« Sie zwinkerte mir zuversichtlich zu, was tatsächlich eine beruhigende Wirkung bei mir erzielte. »Folgen Sie mir«, sagte sie und führte mich durch den langen Flur.

Die obere Etage war, genauso wie das Foyer unten, mit weißem Marmor ausgelegt. Statt weiß verputzten Wänden mit grimmigen Gemälden reihten sich hier weiße Türen aneinander, die sich vom pastellgrünen Hintergrund hervorhoben. »Ihre Mitbewohnerin wird Franziska Andersson sein.«

Ich runzelte die Stirn bei dem Namen. »Andersson?«

Die Frau lächelte mich über die Schulter an. »Sie ist meine Nichte.«

»Ah.«

»Sie werden sich sicherlich gut verstehen. Franziska ist eine sehr aufgeweckte Person, die Sie schnell mit anderen bekannt machen kann.«

Ich ließ das Lächeln auf meinen Lippen gefrieren, sodass meine Wangen anfingen zu schmerzen. »Wie schön.« Dabei wollte ich nur so weit weg wie möglich von Menschenansammlungen sein. »Mein Vater erwähnte, dass noch andere die Ferien im Internat verbringen?«

Frau Andersson nickte. »Da hat Ihr Vater recht. Die vier gehören zu einer Familiendynastie. Sie sollten sich gut mit ihnen stellen.«

Überrascht blinzelte ich. *Gut mit ihnen stellen?* Würden die Worte nicht von einem freundlichen Lächeln begleitet werden, könnte ich beinahe glauben, dass das eine Drohung gewesen war. Wobei ich nicht vorhatte, irgendjemandem auf die Füße zu treten, solange ich meine Ruhe haben konnte.

Endlich erreichten wir das Zimmer, vor dem Frau Andersson den Chip an die Klinke drückte, die mit einem mechanischen Klick signalisierte, dass sie ihn akzeptierte. Frau Andersson öffnete die Tür und gestattete mir den Vortritt.

Die erste Emotion, die mich überkam, als ich das Zimmer sah, war absolute Erleichterung. Schlichte Holzmöbel standen im Zimmer und strahlten eine gewisse Gemütlichkeit aus. Das Parkett des Zimmers war in einem ähnlich dunklen Holzfarbton gehalten wie die Möbel. Die Wände waren nicht in Weiß, sondern grün gestrichen und gaben dem Raum einen gewissen Charakter. Es war kein Vergleich zu dem Flur und der Eingangshalle, die mit ihrem Aussehen für Ehrfurcht gesorgt hatten. Vielleicht hatte ich doch zu schnell verurteilt, als ich dachte, dass dieses Internat nichts wäre, wo ich mich wohlfühlen könnte.

»Gefällt es Ihnen?«, fragte Frau Andersson. Auf ihren Lippen lag ein wissendes Lächeln, als könnte sie sich die Frage bereits selbst beantworten.

Ich nickte. »Ja, sogar sehr«, teilte ich ehrlich mit.

Ihr Lächeln grub sich tiefer und offenbarte dabei kleine Lachfältchen, die sich um Mund- und Augenpartie schmiegten, die sie sympathischer wirken ließen. »Gut, dann lasse ich Sie in Ruhe Ihren Koffer auspacken.« Ihr Blick wanderte zu der Uhr an ihrem Handgelenk. »Gerade ist es halb drei. Sie haben also noch etwas Zeit bis zum Abendessen. Scheuen Sie sich nicht, zu mir zu kommen, falls Sie ein Anliegen haben. Meistens können Sie mich im Büro finden.«

»Dankeschön.«

»Und Ivy?«

»Ja?«

»Herzlich Willkommen im Swen-Internat.« Sie verließ das Zimmer und schloss die Tür hinter sich.

Der Raum war in genau zwei Hälften eingeteilt. Zwei Schreibtische, die sich gegenüberstanden, waren die räumliche Trennung. Die Zimmerseite meiner Mitbewohnerin war eher spartanisch eingerichtet. Es standen keinerlei Bilder oder Ähnliches rum, die mir vielleicht schon einen ersten Eindruck hätten liefern können. Nur ein paar bunte Zierkissen lagen auf dem Bett.

Ich wandte mich zur zweiten Seite, die noch gänzlich nackt war, und warf meinen Koffer auf die unbezogene Bettwäsche, ehe ich mich selbst daneben sinken ließ.

Nicht ein Gedanke war von Frau Andersson auf mich eingestürmt. Kein einziger. Ich verstand es nicht. Überhaupt nicht. Bisher hatte ich jeden Menschen gehört, ob ich wollte oder nicht.

Ich holte die kleine Medikamentendose aus meiner Jackentasche und drehte sie nachdenklich in meiner Hand. Vielleicht war die letzte Dosis der Tabletten genau die richtige gewesen, sodass ich nie wieder die Gedanken von irgendwem hörte? Ein kleiner Funke Freude hüpfte durch meinen Bauch, den ich nicht zulassen wollte. Dieser Fluch begleitete mich, seit ich denken konnte. Ich konnte mir nicht vorstellen, dass er von heute auf morgen einfach verschwand.

Ich ließ die Pillendose sinken und sah wieder ins Zimmer. Zwei Schränke standen jeweils an den Enden unserer Betten und auf der Seite von Franziska war neben dem Schrank eine Topfpflanze, die wahrscheinlich Gemütlichkeit ausdrücken sollte, während bei mir eine Tür war. Ich vermutete, dass sie in ein kleines Bad führte. Dass es hier keine Gemeinschaftsduschen und -bäder gab, wunderte mich nicht. Die Schule war genau das, was mein Vater immer für mich gewollt hatte: elitär und einflussreich. Dass die Familien hier Geld besaßen, sah selbst ein Blinder mit Gehstock. Ich fuhr mir durch die Haare. Aber Frau Andersson war freundlich gewesen – und vor allem hatte ich ihre Gedanken nicht gehört – vielleicht war es doch nicht so übel, wie ich es mir vorstellte. Ein einziges Jahr. 365 Tage. Die sollte ich hier überbrücken können. Susann war nur einen Anruf entfernt und ansonsten würde ich mit großer Wahrscheinlichkeit derselbe Freak mit Kopfhörern sein wie bei uns zu Hause. Ein schaler Geschmack breitete sich in meinem Mund aus.

2

Nervös wippte ich mit meinem Bein. Der Sekundenzeiger der Uhr tickte weiter und weiter. Auf dem Zettel stand, dass das Essen zwischen 17 und 19 Uhr stattfand. Bisher hatte ich meistens allein zu Hause gegessen – sicher vor den Stimmen meiner Mitmenschen. Der einzige Mensch, der mich dort hätte stören können, war unsere Haushälterin gewesen. Doch sie war ein genauso seltenes Exemplar der Gattung Mensch gewesen wie Susann. Trotzdem hatte ich Essen erst immer zu mir genommen, wenn sie weg war. Bei Susann hatte ich auch nur selten am Esstisch gesessen, meistens war ich vorher gegangen oder erst danach gekommen.

Eine Hand krampfte sich schmerzhaft um meinen Magen zusammen. Mir wurde speiübel bei dem Gedanken, mit anderen Menschen zu essen.

Ich fuhr mir übers Gesicht und starrte wieder zu der Uhr, die unaufhörlich tickte. Mittlerweile war es 18.30 Uhr. Wenn ich heute also noch etwas Essen wollte, musste ich los, selbst wenn mir der Gedanke nicht gefiel.

Vorsichtshalber griff ich nach meinen Kopfhörern und machte meine Lieblingsplaylist an. Die vertrauten Klänge von *Bullet for My Valentine* prasselten auf meine Ohren und beruhigten mich ein wenig. Zumindest so sehr, dass ich endlich Mut fasste, um mich auf den Weg in den Speisesaal zu machen. Ich warf noch einen Blick auf den Grundriss der Schule, der an unserer Zimmerwand hing, und machte mich dann auf den Weg.

Mein Herz polterte im Takt der Musik in meinen Ohren. Ich ballte meine Hände zu Fäusten und steckte sie in die Tiefen meiner Jeansjacke. Dabei stieß ich mit der linken Hand gegen meine Pillendose, die ich so gut wie immer mit mir herumtrug. Ich umfasste die Dose, als wäre sie mein

Rettungsanker, und ging den Flur entlang, den Frau Andersson und ich vor Stunden betreten hatten. Seitdem hatte ich bloß meinen Koffer ausgepackt und versucht, etwas über meine Mitbewohnerin herauszufinden. Aber ihre Zimmerseite verriet leider nicht viel über sie, außer dass sie ein Fan von kleinen Kissen mit Sprüchen war. Selbst auf Social Media hatte ich nichts Interessantes herausfinden können.

Ich erreichte eine Kreuzung, von der es links in einen weiteren Flur voller Zimmertüren ging genauso wie geradeaus. Einzig auf der rechten Seite war eine Feuerschutztür angebracht.

Ich trat hinaus und strauchelte für einen Moment. Die Galerie des Schlosses tat sich vor mir auf. Direkt auf meiner Augenhöhe hing der bunte Kristallleuchter, den ich vom Eingang aus schon hatte bewundern können. Ich blieb an der Tür stehen. Neben mir war eine Mauer, aber die andere Seite war komplett frei. Einzig ein schmiedeeisernes Geländer schirmte mich von der Höhe ab. Ich schluckte einen Kloß hinunter. Höhe und ich waren in diesem Leben definitiv keine Freunde. Selbst ein kleiner Tritt bereitete mir schon Übelkeit.

Langsam näherte ich mich der Treppe, die nach unten führte, während *Tears Don't Fall* in meinen Ohren dröhnte. Nervös strich ich über die Pillendose. Ich hatte keine Ahnung, wie der Speisesaal aufgebaut war. Auf der Zeichnung in meinem Zimmer war bloß ein großer Raum abgebildet gewesen, mehr nicht. Nicht wie die Tische angeordnet waren oder ähnliches. Konnte ich genügend Abstand zu ihnen halten, dass ich in Ruhe essen konnte, ohne sie zu *hören*? Komplett in meine Gedanken versunken, bemerkte ich das Hindernis vor mir zu spät.

Aus Reflex holte ich meine Hände aus den Taschen, doch ich war zu langsam. Statt meiner eigenen Finger fingen mich fremde Arme auf, die sich um meinen Körper schlangen. Unter meinen Händen ertastete ich eine warme Brust und für einen Atemzug wurde ich von der Wolke eines himmlischen Dufts nach regenfeuchter Erde eingehüllt, den ich genießerisch einsog. Sofort spürte ich ein Gefühl von Geborgenheit, das ich so noch nie empfunden hatte. Es war wie nach Hause kommen. Mit aufgerissenen Augen sah ich zu dem Jungen, der mich festhielt. Seine Nasenflügel blähten sich, als zöge er die Luft hinein, genauso wie ich es gerade eben getan hatte.

Ich blinzelte. Keine Stimmen. Seine Gedanken waren absolut still. Einzig die Bässe von *Take It Out On Me* erklangen in meinem Kopf. Wie konnte das sein? Wieso hörte ich ihn nicht? Meine Finger krallten sich in das lockere T-Shirt, das seine Muskeln umspielte. Sein eisblauer Blick lag auf mir und ein belustigtes Schmunzeln umspielte seine vollen Lippen, die sich bewegten, als würde der Kerl mit mir sprechen. Doch ich hörte ihn nicht. Nichts von ihm. Wie konnte das sein?

Erst da besann ich mich. Ich hatte mich an einen Fremden geklammert, als wäre er mein Rettungsreifen in einer stürmischen See. Räuspernd befreite ich mich aus seinem Griff und fummelte meine Kopfhörer aus den Ohren, während ich gleichzeitig einen Schritt zurücktrat, um Abstand zu ihm zu bekommen.

»Ähm … was?«, stotterte ich und versuchte, mich seinem Blick zu entwinden, der auf mir lag. »Ich habe dich leider nicht gehört.«

Er schenkte mir ein bezauberndes Grinsen, das sicherlich selbst die Sonne vor Neid erblassen ließ. »Ich wollte wissen, ob alles okay bei dir ist, Träumerin?«

Kein Raunen. Kein Flüstern. Nur absolute Stille. Was war hier los? Mein Leben lang hörte ich jeden einzelnen Menschen und an meinem ersten Tag im Internat gleich zwei nicht? »Ähm, ja. Danke, dass du mich … na ja, danke, dass du mich daran gehindert hast hinzufallen.«

Sein Grinsen wurde, wenn möglich, sogar noch strahlender. »Kein Ding, ich bin gern ein Retter in Nöten.« Er zwinkerte mir zu. »Ich bin übrigens Jesper.« Er hielt mir seine überraschend große Hand hin, die ich entgegennahm.

»Ivy.«

Jesper zog seine Stirn kraus und trat etwas näher an mich heran, wobei er tief die Luft einatmete, als wollte er meinen Duft inhalieren. »Ivy? Ich habe überraschenderweise noch nie von dir gehört.«

Verwirrt wegen des Schnüffelns schenkte ich ihm ein kleines Lächeln. »Das ist nicht unbedingt ein Wunder.«

»Ach nein?« Er legte den Kopf schief und musterte mich für einen Moment. »Du musst wissen, ich kenne hier jeden. Bisher hat niemand dich erwähnt.«

»Ich bin erst vor ein paar Stunden angekommen«, erklärte ich.

Jesper musterte mich einen Herzschlag lang irritiert, ehe ihm ein Licht aufzugehen schien. »Warte, du bist die Neue, die angekündigt wurde?«

»Ich wurde angekündigt?«, fragte ich, wobei meine Stimmen ein paar Oktaven höher kroch, was ich mit einem Räuspern zu kaschieren versuchte.

Er zuckte mit den Schultern, doch der fragende Blick war nicht gänzlich verschwunden. »Wir reden untereinander. Irgendjemand hat mal aufgeschnappt, dass jemand Neues kommt, und danach hat der Buschfunk den Rest gemacht. Du musst wissen, auf solch einem Internat funktioniert dieser besser als das Internet.«

Seine Art brachte ein leichtes Lächeln auf meine Lippen. Die Nervosität bezüglich seiner Anmerkung blieb jedoch. Die Unterhaltung mit ihm war leicht, als wären wir alte Bekannte und nicht gänzlich Fremde. Trotzdem wurde der große Kloß in meinem Hals noch sperriger. Es klang, als wüsste die gesamte Schule von meiner Ankunft. Mir wurde bei dem Gedanken speiübel. Ich hasste es, im Mittelpunkt zu stehen, und eine neue Internatsschülerin würde mit Sicherheit von jedem beäugt werden. »Wie wundervoll«, quetschte ich durch meine verengte Kehle hervor.

»Ach, das wird schon«, munterte mich Jesper auf und klopfte mir auf die Schulter. Seine Berührung war irritierend angenehm, obwohl er ein Fremder war.

Ich sah mit gerunzelter Stirn zu ihm auf. Doch meine Aufmerksamkeit wurde von meinem Retter abgelenkt, als die Feuersicherheitstür vom ersten Stock aufging und ein anderer Junge aus dem Zimmerflur trat.

Unsere Blicke trafen sich und mein Herzschlag setzte eine einzelne Sekunde aus – genauso wie die restliche Welt für ein Blinzeln ausgeschaltet wurde. All meine feinen Körperhärchen stellten sich wie elektrisiert auf. Seine ganze Nähe wurde mir mit einem Schlag bewusst, wie ein Blitz, der durch mich hindurch raste. Mein ganzes Sein wurde von ihm eingenommen, obwohl ich ihn nicht kannte, noch nie gesehen und kein Wort mit ihm gewechselt hatte. In diesem einzigen Austausch von Blicken schien er mein gesamtes Universum auszufüllen. In dem Moment schien sich alles nur um uns zu drehen.

In jedem Buch hatte ich solch eine Begegnung für Hirngespinste von Schreibenden gehalten. Aber verdammt ... Meine Reaktion war echt und ich verstand keine einzelne Millisekunde davon. Seine Augen weiteten sich, als überraschte es ihn, mich hier zu sehen. Als hätten ihn dieselben Gefühle übermannt, die mich zu ihrer Sklavin gemacht hatten.

Was zum Teufel war hier los? Was geschah mit mir? Zuerst hörte ich keine Gedanken mehr und jetzt ... So hatte ich mich gegenüber anderen Menschen noch nie gefühlt.

Der Junge schüttelte sich, ehe er seinen Blick wieder auf mich richtete, wobei dieses Mal keinerlei Verwunderung zu sehen war, sondern eisige Kälte, die mich schaudern ließ. Ich trat einen Schritt zurück. Zu spät bemerkte ich die Stufe hinter mir und wäre wieder beinahe gefallen, hätte Jesper mich nicht aufgefangen.

»Vorsicht! Wirklich alles okay?«

Ich riss mich von dem Anblick des zweiten Jungen los. Jespers Augen, die genauso aussahen wie die des anderen, lagen besorgt auf mir, die nicht einmal ansatzweise denselben Sog auf mich ausübten. Er zog mich von der Treppe fort und ließ mich los. Ich brachte ein kurzes Nicken zustande, wobei mein Blick wieder zu dem fremden Jungen wanderte, der offensichtlich Jespers Zwilling war. Mein Körper prickelte und ich hatte das Gefühl, dass ich innerlich zitterte. Obwohl der Fremde wie Jesper aussah, wirkte er unnahbarer und kälter. Und gleichzeitig war er so viel mehr.

»Wer ist das denn?«

Ich zuckte unter seinen Worten zusammen, die nach einem Peitschenhieb klangen. Unbemerkt versuchte ich, den nötigen Sauerstoff in meine Lunge zu saugen, den ich beim Auftauchen des Jungen vergessen hatte.

»Beruhige dich, Henrik. Das ist Ivy. Die Neue, die angekündigt wurde. Erinnerst du dich? Die Schülerin, die ein Jahr mit uns die Klasse besucht«, antwortete Jesper für mich.

Er legte seinen schweren Arm um meine Schultern, den ich nur verwirrt ansah. Seine Nähe war angenehm. Was ich absolut nicht verstand. Er war ein Fremder und dennoch fühlte er sich wie zu Hause an. Was zum Kuckuck stimmte hier nur nicht? Lag ich irgendwo im Wald, weil ich mir den Kopf angestoßen hatte? Hatte mich der Taxifahrer unter Drogen gesetzt, die erst jetzt wirkten?

»Die Neue?«, erkundigte sich Henrik. Er musterte mich und ich hatte dabei das Gefühl, dass er zu meinem innersten Kern vordrang. Seine Nasenflügel blähten sich auf wie bei seinem Bruder vorhin auch schon. Er runzelte die Stirn.

»Ja.« Mit einem Räuspern wand ich mich unter Jespers Arm hervor und brachte erneut etwas Abstand zwischen ihn und mich, wobei ich dieses Mal auf Hindernisse auf dem Boden achtete. Innerlich versuchte ich verzweifelt, zu meiner Selbstsicherheit zurückzufinden, die ich mir in den letzten Jahren zum Schutzpanzer ausgebildet hatte, doch vergeblich. Ich spürte einen Druck in meinem Magen, der sich bei der Anspannung, die sich über uns legte, noch verstärkte.

Ich war verwirrt. Auf positive und schlechte Weise zugleich. Warum hörte ich plötzlich niemanden mehr? Und warum fühlte ich mich trotz allem so wohl wie nie zuvor?

»Also, du bleibst für ein Jahr?« Henriks schneidender Ton jagte mir einen Schauer über den Rücken.

»Ja. Mein Vater hat geschäftlich im Ausland zu tun und ...« Ich zuckte mit den Schultern. Warum erzählte ich ihnen das? »Er sah keine andere Möglichkeit.«

Jespers Duft schwebte um meine Nase und schenkte mir eine gewisse Ruhe, die ich so noch niemals in meinem Leben gefühlt hatte, obwohl mich keiner von den beiden aus den Augen ließ, weswegen ich mich wie eine Laborratte fühlte. Unwohl wand ich mich unter ihren Blicken. Meine Gefühle waren komplett durcheinander. Alles in mir schrie nach Flucht. Gleichzeitig wollte ich mich keinen Schritt von den Zwillingen trennen. Was stimmte nur nicht mit mir? Oder mit denen? »Ich ... ich sollte jetzt echt was essen«, meinte ich ausweichend und wandte mich der Treppe zu.

»Warte! Wir begleiten dich«, rief Jesper.

Überrascht sah ich über die Schulter zu den Brüdern. »Danke, aber das ist nicht nötig«, versicherte ich und hob innerlich die Faust, weil meine Stimme endlich wieder nach mir selbst und keiner unsicheren Version von mir klang.

»Natürlich kommst du allein ...«

»Mein Bruder wollte sagen, dass wir eh zum Essen müssen. Da können wir uns gleich besser kennenlernen«, unterbrach Jesper Henrik und warf ihm einen wütenden Blick zu.

»Ihr müsst wirklich nicht ...«, wollte ich die beiden abwimmeln, doch Jesper hatte schon zu mir aufgeschlossen und schlang seinen Arm erneut um meine Schultern. Normalerweise stand ich nicht auf Berührungen, vor allem nicht von Fremden, aber ich genoss, wie Jespers Arm um mich lag. Genoss die Wärme, die seine Haut abstrahlte, und konnte mir gerade so ein wohlwollendes Seufzen verkneifen.

Gott, was für Drogen waren das bitte schön gewesen?

»Du bist ein Frischling, damit besitzt du Welpenschutz. Und damit dir keiner krumm kommt, bleiben wir bei dir.«

Ich runzelte die Stirn. »Ähm ... und wenn ich das nicht möchte?«

Jesper sah mich mit einem gewinnenden Lächeln an. »Du wirst Freunde brauchen und wir sind die besten Freunde, die sich eine einsame Jungfrau in Nöten vorstellen kann.«

Beinahe wäre ich über meine Füße gestolpert, hätte ich mich nicht rechtzeitig am Geländer festgehalten. »Ich bin keine einsame Jungfrau in Nöten.«

»Na gut, trotzdem brauchst du Freunde.«

Jesper hatte mit einer ungeheuren Zielsicherheit direkt meinen wunden Punkt getroffen und dass ich weder seine noch Henriks Gedanken hörte, war ein Geschenk, das mir sehr wohl bewusst war. Mit ihnen könnte ich vielleicht so etwas wie eine Freundschaft aufbauen. So eine, wie sie jeder in meinem Alter hatte. Mit Geheimnissen. Mit Entdeckungen, mit denen ich niemals gerechnet hätte ... Es klang verführerischer, als ich mir eingestehen wollte.

»Sicherlich bist du lieber allein unterwegs ...«, merkte Henrik vielsagend an, der von einem wütenden Blick seines Bruders unterbrochen wurde. Er seufzte und hob abwehrend die Hände. »Schon gut, ich hab nichts gesagt.«

Ich verstand absolut gar nichts mehr. Weder mein noch ihr Verhalten wirkte in irgendeiner Weise schlüssig auf mich.

»Das will ich dir auch geraten haben«, meinte Jesper über die Schulter.

Henrik stieß hinter uns ein Schnauben aus. »Die Einzige, die mit deinem Dickkopf mithalten kann, ist Latha.«

»Latha?«, warf ich fragend ein.

»Eine Freundin von uns, sie ist mit Peter schon im Speisesaal.«

»Ah, okay.«

»Du wirst sie sicherlich mögen«, redete Jesper mir gut zu.

Ich runzelte die Stirn. Mir war gar nicht wohl bei dem Gedanken, mich zu fremden Menschen zu setzen. Nur weil ich Jesper, Henrik und Frau Andersson nicht hörte, hieß das nicht, dass ich die anderen beiden ebenfalls nicht hörte. »Ich denke, ich sollte lieber allein essen«, versuchte ich mich rauszureden.

»Wieso denn?«, fragte Jesper. »Spielst du gern das unnahbare Mädchen?« Er hob anzüglich seine Augenbrauen, wobei der Glanz in seinen Augen verriet, dass er mich hochnahm.

Das Grinsen auf meinen Lippen konnte ich nicht verbergen. »Nein, absolut nicht. Ich ... ähm.«

»Lass sie doch allein essen, wenn sie das will«, mischte sich Henrik wieder ein.

Jesper zog eine Schnute. »Aber ... aber das würde unsere Verbindung doch intensivieren. Wir könnten unsere dunkelsten Geheimnisse austauschen!«

»Und was ist dein dunkelstes Geheimnis?«, fragte ich mit erhobenen Augenbrauen.

Er beugte sich näher zu mir herunter, sodass sein Atem mein Ohr traf. Eine Gänsehaut prickelte über meinen Körper und am liebsten hätte ich mich näher an ihn geschmiegt, um seine Wärme besser spüren zu können. Nur mühsam hielt ich mich zurück.

Was war denn mit mir los? Ich war wie eine Verhungernde und Jesper mimte dabei den saftigen Burger mit Pommes, der meine Rettung war.

»Mein Bruder ist ein griesgrämiger Spinner.«

Ich sah nach hinten zu dem Erwähnten, der tatsächlich grimmig hinter uns die Treppe runterging. Mein Herz schlug ein bisschen schneller, sodass ich hastig wieder den Blick abwandte »Das ist nicht wirklich ein Geheimnis«, raunte ich zurück. »Das ist sogar ziemlich offensichtlich.«

Er brach in schallendes Gelächter aus. »Na gut, du hast mich durchschaut. Aber du solltest mit uns essen, wirklich. Um dich im Internat einzuleben, sind wir die beste Anlaufstelle, die du bekommen kannst.« Er beendete seinen Satz mit einem Zwinkern.

Jesper schien ein Talent dafür zu besitzen, Menschen um den kleinen Finger zu wickeln – zumindest gelang es ihm mit mir viel zu einfach. Ich mochte ihn und seine Art schlagartig. Er war erfrischend wie ein Eis im Sommer. Das Lächeln auf meinen Lippen verselbstständigte sich in seiner Gegenwart und es war so überraschend leicht, mit ihm zu reden, obwohl ich seine Gedanken nicht hörte – oder gerade deswegen?

Über die Schulter schielte ich zu Henrik. Er war anders als sein Zwilling. Unsere Blicke trafen sich. Ich erkannte etwas in seinen Augen, das ich jedoch nicht greifen konnte. Mit einem mulmigen Gefühl in der Magengegend wandte ich mich wieder ab.

Jespers Arm lag noch auf meinen Schultern, als wir das Foyer betraten. Er führte mich durch einen langen Flur, der geradewegs vom Eingang wegführte und in einem riesenhaften Saal endete. Die Deckenhöhe vereinnahmte mit Sicherheit zwei Stockwerke und an der Außenwand waren bodentiefe Fenster, die einen Blick auf den Wald erlaubten.

»Wow«, stieß ich hervor. Irgendwie hatte ich erwartet, dass in dem Raum viele verschiedene Tische verteilt standen, an denen sich dann die einzelnen Cliquen versammeln konnten. Doch dem war nicht so. Acht lange Holztische zogen sich durch den Raum, füllten ihn komplett aus und jeweils zwei Bänke umarmten einen Tisch. An der Längsseite, durch die wir hineingekommen waren, befand sich das Buffet, das bereits gefüllt war. Obst und Brot lag bereit, direkt neben Gemüse und Wurst. Es wirkte, als sei für jeden Geschmack etwas dabei. In meinem Mundraum sammelte sich bei dem köstlichen Anblick Speichel. Ich hatte seit heute Morgen nichts mehr zu mir genommen, sodass sich vor mir gerade das Paradies selbst offenbarte. »Gott ... ist das viel!« Wie ferngesteuert lief ich darauf zu.

»Mit Essen begeistert man eben immer«, tönte Jesper.

Seine Stimme erklang direkt hinter mir, doch ich drehte mich nicht um, sondern starrte mit riesengroßen Augen auf die Vielfalt an Essen. Wer sollte das alles hinunterschlingen? Ich rieb mir die Hände und sog genüsslich den intensiven Geruch von Paprika und Käse in die Nase. Mein Hunger wurde nur angeheizt von den ganzen Aromen, die sich ausbreiteten. Ich schnappte mir einen Teller und ein Tablett, das ich mir vollhäufte.

»Man kann's auch übertreiben«, meinte Henrik hinter mir.

Erst jetzt sah ich zu den beiden Brüdern. Der eine sah mich mit belustigten Augen an, während der andere seine dichten Brauen zusammengezogen hatte und mich musterte, als wäre ich ein Primitivling, der zum ersten Mal den Luxus von gekochtem Essen bekam.

Ich schenkte Henrik ein zuckersüßes Lächeln. »Weißt du, was das Allerbeste ist? Dass mich deine Meinung kein Stück interessiert.« Ohne ihn weiter zu beachten, wandte ich mich wieder dem köstlichen Buffet zu, das meine volle Aufmerksamkeit verdiente.

Er schnaubte. »Natürlich interessiert dich meine Meinung nicht. Interessiert dich überhaupt irgendeine Meinung?«

Stockend verharrte ich in meiner Bewegung. Langsam drehte ich mich wieder zu ihm. »Wie kommst du denn bitte auf das schmale Brett? Es gibt sehr wohl Meinungen, die mich interessieren. Nur deine eben nicht, weil ich dich gerade mal dreißig Sekunden kenne!« Um genau zu sein, gab es eine einzige Meinung, die mich interessierte. Das musste Henrik aber nicht wissen. Dieser erste Moment zwischen uns war wie weggeblasen, sodass ich beinahe glaubte, er hätte nur in meiner Einbildung stattgefunden. Er benahm sich, als wäre ich irgendein widerliches Insekt, das seiner Anwesenheit nicht wert war, und das ging mir absolut gegen den Strich.

Jesper stieß seinen Bruder mahnend an. »Lass es«, mahnte er ihn und reichte ihm einen Teller.

»Sie kann nicht zu uns kommen«, meinte Henrik.

Wäre es möglich, dass Blicke umbringen können, wäre ich tot umgefallen. Ich klammerte die Finger fest um mein Tablett. Seine Ablehnung tat unerwartet weh, selbst wenn ich ihn für einen Kotzbrocken hielt.

»Und wieso nicht? Sie besucht dieses Internat genauso wie du und ich. Du kennst sie nicht.«

»Leute, ihr müsst mich nicht ...«

»Ivy, mein Bruder ist ein Arsch«, fuhr mir Jesper über den Mund. »Er hat keine Ahnung, wovon er spricht.«

Henrik stieß ein Knurren aus.

Eine Gänsehaut prickelte in meinem Nacken. Meine Armhärchen stellten sich bei dem animalischen Laut auf. Verwundert richtete ich meinen Blick wieder auf ihn.

Jesper musterte seinen Bruder, als sei dieser Ton ganz natürlich für einen Menschen.

»Erinnere dich, wo dein Platz ist, Bruder. Ich lasse dir viel durchgehen, aber das geht zu weit«, stieß Henrik hervor und ging an mir vorbei, wobei er Jesper an der Schulter anstieß, sodass dieser einen Schritt nach hinten strauchelte.

Ich sah ihm kurz hinterher, ehe ich mich wieder Jesper zuwandte. »Was zum Henker war das?«, fragte ich.

»Das war ein testosterongesteuerter Teenager, dem zu viel Macht aufgeschwatzt wurde.«

Verwirrt sah ich ihn an. »Was?«

Jesper winkte ab. »Vergiss ihn einfach.«

»Dir ist aufgefallen, dass Henrik geknurrt hat, oder?«

Mein Gegenüber blinzelte, als hätte er die Reaktion komplett verdrängt. »Ach das ... Ja. Henrik hat ein ... ähm ... ein Aggressionsproblem.«

Ich hob meine Augenbrauen. »Was?«

»Mach dir keine Gedanken darüber. Er kriegt sich wieder ein und bis dahin machen wir uns eine schöne Zeit.«

Betreten betrachtete ich Jesper, ehe ich über die Schulter nach hinten sah, wo sich Henrik zwischen den anderen beiden niedergelassen hatte. Jeder von ihnen starrte mich an, als hätte ich irgendeine Seuche. »Ich glaube nicht, dass das eine gute Idee ist«, sagte ich.

Jesper machte eine wegwerfende Handbewegung. »Denk dir einfach nichts dabei.«

Ich schüttelte den Kopf. »Sorry, aber …« Ich suchte nach den richtigen Worten. Zwar fühlte ich mich bei Jesper überraschend wohl, aber meine Gefühle spielten in seiner und Henriks Gegenwart verrückt. Um ehrlich zu sein, machte mich mein Verhalten in der Nähe der beiden unsagbar nervös. Eigentlich sollte ich Henriks Aggressionsproblem dankbar sein. »Ich will für mich sein«, sagte ich schlussendlich.

»Ivy …«

»Nein, sorry. Du bist echt nett, aber … Ich bin nicht hier, um Freundschaften zu schließen, sondern nur weil meine Mutter hier zur Schule gegangen ist. Ich werde dieses eine Jahr hier absitzen und danach werde ich niemanden mehr von hier wiedersehen. Also, mach's gut.«

»Warte mal!« Jesper hielt mich am Arm fest, was ein warmes Prickeln über meine Haut tanzen ließ. »Deine Mutter ist hier zur Schule gegangen? Wie hieß sie?«

»Ich kenne sie nicht«, meinte ich verschlossen.

Jesper nickte und wirkte irgendwie geknickt. Als täte ihm weh, dass ich ihn ablehnte. Was totaler Unsinn war, immerhin kannten wir uns gerade mal wenige Minuten.

»Nur ein kleiner Hinweis: Nimm dir Henrik nicht so zu Herzen«, riet er mir leise. Die kindliche Freude war aus seinem Gesicht verschwunden, stattdessen befand sich eine Ernsthaftigkeit auf seinen Zügen, die das totale Gegenteil zu seiner bisherigen Leichtigkeit war. »Wir haben noch eine kleine Schwester, in ihrer Nähe wird er immer zum wahren Softie.« Er deutete hinter sich zu dem Tisch. »Hier will er nicht zeigen, wie er wirklich ist, wegen der Verantwortung, die ihm aufgebürdet wurde.«

Überrascht blinzelte ich Jesper an. »Wieso erzählst du mir das?« Ich sah über seine Schulter zu dem Platz und entdeckte, dass Henrik sich mit den anderen unterhielt, wobei sein Blick mich jedoch nicht außer Acht ließ.

Jesper zuckte mit den Schultern. »Weil ich denke, dass, selbst wenn du nur für dieses eine Jahr bleibst, Freunde alles etwas einfacher machen.«

Ich schluckte den Kloß in meinem Hals runter. »Wir werden sehen«, sagte ich und wandte mich von Jesper ab, um mich ans andere Tischende zu setzen.

Jespers Blick spürte ich in meinem Rücken, bei jedem einzelnen Schritt, den ich tat. Es fiel mir überraschend schwer, mich weiter von ihm und der Möglichkeit auf eine Freundschaft zu entfernen. Doch selbst wenn Jesper noch so nett war, Henrik war ein ganz anderes Kaliber, das ich nicht in meinem Leben haben wollte.

3

Im Rhythmus des Liedes wippte ich mit meinem Kopf und blendete dabei alles andere aus. Vor allem die Tatsache, dass es nicht mehr lange dauerte, bis meine Mitbewohnerin Franziska das Zimmer bezog.

Den gestrigen Tag war ich Jesper und den anderen aus dem Weg gegangen. Zwar hatte er versucht, sich beim Essen zu mir zu setzen, aber ich war vor ihm geflohen – wie ein verdammter Feigling.

So kannte ich mich nicht. Laut würde ich es niemals zugeben, doch es bereitete mir Sorgen, dass ich sie nicht *hörte* – und vielleicht auch ein bisschen Angst. Bisher hatte ich niemanden von hier *gehört*. Nur wieso nicht?

Ich rieb mir übers Gesicht, um die Sorgen zu vertreiben – was sie jedoch nicht zuließen. Sie hämmerten penetrant gegen meine Schläfen und blieben hartnäckig an mir kleben.

Mein Leben lang hatte ich absolut jeden Menschen *gehört*, ohne Ausnahme, obwohl ich mir sehnsuchtsvoll gewünscht hatte, dass es anders wäre. Dass ich nur einen einzigen Menschen auf dieser Welt traf, dessen Gedanken sich nicht in meinen Kopf bohrten. Dessen Gedanken für mich genauso ein Buch mit sieben Siegeln war wie für jeden anderen auch. Bisher war mir das Glück nicht vergönnt gewesen. Zumindest nicht bis vor zwei Tagen. Selbst die Gedanken von Latha und Peter hatte ich nicht gehört. 16 Jahre lang jeden Menschen und mit nur einem Besuch auf diesem Internat schlagartig fünf Stück nicht.

Niemals hätte ich damit gerechnet, dass mir das Gedankenhören fehlen könnte. Doch in diesem Fall wäre es vielleicht eine Wohltat. Es könnte eventuell erklären, wieso ich mich so merkwürdig in ihrer Gegenwart fühlte, als würde ich sie schon ewig kennen … Vielleicht würde ich dann verstehen, warum ich mich so abstrus wohl bei ihnen fühlte …

Mit meinen Fingern trommelte ich auf die Matratze und starrte wie hypnotisiert an die weiß gestrichene Decke, während ich mich in diesem Gedankenkarussell verlor.

Die Uhr an meinem Handgelenk vibrierte und mit Sicherheit gab sie auch ein Piepen von sich, das ich aufgrund der Musik nicht hörte, um mich daran zu erinnern, meine Tabletten zu nehmen. Automatisch griff ich zu der Pillendose auf meinem Nachttisch und legte zwei Pillen davon in meine Handfläche. Der Gedanke, dass die Tabletten auf einmal so gut halfen, war mir gekommen. Doch das konnte nicht sein. Im Taxi vom Bahnhof hierher hatte ich die Gedanken des Fahrers noch gehört und innerhalb einer halben Stunde wuchs die Wirksamkeit wahrscheinlich nicht von vielleicht 40% auf 100% an. Ich verstand nicht, wieso ich die Gedanken der Menschen hier nicht *hörte*.

Ohne weiter darüber nachzudenken, schluckte ich die Tabletten herunter und wartete auf den Vorhang, der sich über meine gesamten Empfindungen legte.

In dem Moment wurde die Zimmertür aufgestoßen. Zuerst rückte ein riesengroßer Koffer in mein Blickfeld, in dem wahrscheinlich all meine Sachen von zu Hause reingepasst hätten – inklusive Susann –, ehe dann meine Mitbewohnerin folgte.

Schlagartig wurde meine Kehle trocken. Ich holte die Ohrstöpsel raus, mit denen ich Musik gehört hatte, während ich beobachtete, wie sie ihren Schrankkoffer herein wuchtete. Zuallererst fielen mir ihre lockigen, rotgefärbten Afro-Haare auf, die ein dunkles Gesicht einrahmten. Sie schob sich eine ihrer Locken hinters Ohr und starrte mich an. Kurz entglitten ihr die Gesichtszüge, ehe sich eine steinerne Maske über ihre Mimik legte. Ihre grünen Augen funkelten herausfordernd.

Und auch sie *hörte* ich nicht. Keinen einzigen Mucks. Ich schluckte den schweren Kloß in meinem Hals hinunter. »Hi, ich bin Ivy«, stellte ich mich vor und schenkte ihr ein Lächeln.

»Was tust *du* denn hier?«, fragte Franziska. Ihre Stimmlage war schon beinahe abfällig, als könnte sie mich auf den ersten Blick schon nicht leiden. Das fing ja vielversprechend an.

»Das ist mein Zimmer. Freut mich echt dich kennenzulernen«, versuchte ich die Wogen zu glätten, die sich bedrohlich auftürmten.

Meine Mitbewohnerin zog ihre Stirn kraus, trat einen Schritt zurück, vermutlich um das Türschild zu betrachten, das ihr nur beweisen würde, dass ich tatsächlich ihre neue Mitbewohnerin war. Sie kam wieder zurück. Dieses Mal hatte sie die Augen zusammengekniffen. »Auf dem Schild steht E. Lehmann. Nicht I. Außerdem sollte ein Mensch in mein Zimmer kommen.« Sie sog tief die Luft ein, als würde sie etwas Wittern. »Kein Wolf.«

Mit jedem Wort, das ihre Lippen verließ, wuchs die Verwirrung in mir. »Bitte?«

»Dein Duft nach Wolf verpestet das ganze Zimmer. Also was machst du hier?«

»Mein Duft nach *Wolf*?«, zischte ich vollkommen überfordert. »Was zum Henker willst du von mir?« Demonstrativ deutete ich auf meinen Körper. »Siehst du hier irgendwo Fell? Beim letzten Mal, als ich nachgesehen habe, ist mir auch kein Schwanz gewachsen. Und nur zu deiner Info: Mein Spitzname ist Ivy, weil ich meinen Namen nicht mag.« Ich spürte, wie die Wut sich auftürmte, obwohl ich gerade erst meine Tabletten genommen hatte. Ihre Reaktion auf mich katapultierte meine Gefühle mit einer Heftigkeit hoch, dass ich dem kaum etwas entgegenzusetzen hatte.

Schon immer hatte ich meine Probleme damit gehabt, meine Gefühle zu zügeln. Durch die Tabletten war es etwas besser geworden, sodass ich zumindest niemanden mehr blindwütig attackierte. Doch mein Zorn fühlte sich an, als entwickelte er sich zu einer Supernova, die alles um mich herum verbrannte.

Franziska war bei meinen Worten blass geworden.

»Vergiss es einfach«, zischte ich kopfschüttelnd, schnappte mir Handy und Kopfhörer und stürmte aus dem Zimmer. »Bis dann«, murmelte ich, wobei die Wut deutlich herauszuhören war, und zog die Tür mit einem lauten Knall hinter mir zu.

Mir schwirrte der Schädel. Anscheinend hatte ich eine Art an mir, die viele Menschen als Herausforderung oder Beleidigung auffassten. Wie sonst hätte ich es schaffen sollen, zwei Menschen gegen den Kopf zu stoßen, indem ich bloß anwesend war?

In den Fluren des Internats standen überall Koffer und anscheinend hatten sich alle Bewohnenden des Internats in den Gängen verabredet. Nur nebenbei bemerkte ich, dass ich keinen einzigen Gedanken *hörte*. Nicht einmal ein Flüstern. Doch neben meiner Wut verrauchte dieses Detail. Ich stopfte meine Kopfhörer in die Ohren und wählte Susanns Nummer.

»Alles okay?«, erkundigte sie sich sofort, als sie meinen Anruf annahm.

»Nein«, bemerkte ich kurz und knapp. »Erzähl mir bitte irgendwas Positives«, bat ich sie beinahe schon flehend, während ich mich durch das Foyer schlängelte, das ebenfalls vollgestopft mit Jugendlichen, Koffern und Eltern war – die ich allesamt nicht *hörte*, obwohl ich immer etwas durch meine Kopfhörer *gehört* hatte.

Was war nur falsch mit den Leuten hier? Oder war ich doch in ein Koma gefallen und hatte den Albtraum meines Lebens? War das hier alles nur ein makabrer Scherz meines Unterbewusstseins?

»Okay. Tom ist selbstständig aufs Töpfchen gegangen. Meine Ma macht deswegen unten gerade eine Party.«

Wie selbstverständlich tat Susann ihre Wirkung als Superheldin und verscheuchte die Supernova aus Wut mit kleinen, süßen Details ihres Lebens. Sie wusste, dass ich so was nur verlangte, wenn ich Gefahr lief, die Kontrolle zu verlieren. Zwar hatte sie noch nie meine Wut zu spüren bekommen, aber durch meinen Vater eine ungefähre Vorstellung davon erhalten, weil er sie vor mir gewarnt hatte ...

Bemüht leise atmete ich die angestaute Luft aus und versuchte dabei, die Wut loszulassen, die sich in mir aufgetürmt hatte. »Das freut mich für euch.«

»Und mich erst! Keine vollen Windeln mehr. Das ist wie der Himmel auf Erden!«, rief sie aus.

Ich versuchte ihre Freude zu teilen und das tat ich auch, doch die Wut verrauchte nicht schlagartig, selbst wenn sie etwas weniger heiß brannte.

»Du rufst aber sicherlich nicht an, um diese Party telefonisch mitzufeiern, oder?«, fragte Susann nach der kleinen Pause.

Natürlich witterte sie mein Problem. Ich steuerte durch den ordentlich angelegten Vorgarten zum Waldrand. Susann wusste nicht, dass ich Gedanken hörte. Dieses Geheimnis behütete ich wie einen Schatz, seit ich mir von jedem, dem ich es bisher erzählt hatte, anhören durfte, dass ich verrückt sei – inklusive meines eigenen Vaters. »Ich habe keine Ahnung, was los ist. Ich scheine kein gutes Händchen mit Menschen zu haben«, gab ich leise zu. »Meine Zimmernachbarin ist gerade gekommen.«

»Oh.«

»Ja. Oh. Das fasst es gut zusammen. Sie meinte, mein Geruch nach Wolf verpeste das ganze Zimmer und dass sie einen Menschen erwartet habe«, schilderte ich die erste Begegnung.

Stille folgte auf meine Worte. Ehe ich hörte, wie Susann tief einatmete. »Was?«, fragte sie vollkommen verständnislos.

»Ich habe keine Ahnung.« Ich strich mir über die Stirn. »Mich verwirrt das auch. Generell verwirrt mich alles hier«, grummelte ich.

»Also ich kann aus eigener Erfahrung sagen, dass dein Geruch sicherlich nichts verpestet. Erst recht riechst du nicht nach Wolf.« Sie stockte kurz. »Wobei ich das nicht hundertprozentig sagen kann. Habe noch nie an einem Wolf gerochen. Aber du riechst nicht nach Hund.«

Ich ließ mich auf einen umgestürzten Stamm sinken. »Danke«, brachte ich hervor, stützte meine Ellenbogen auf die Knie und ließ den Kopf hängen.

»Dafür nicht. Das ist das Mindeste, das ich für dich tun kann. Es tut mir so leid.«

»Dir braucht nichts leidzutun«, erklärte ich und starrte auf die Erde. Im Augenwinkel bemerkte ich die blaue Farbe auf meinen Turnschuhen, mit der Susann und ich vor wenigen Wochen ihr Zimmer gestrichen hatten. Ich vermisste sie. Susann, ihre Familie, die mir in ihrem Heim immer das Gefühl gegeben hatten, willkommen zu sein. Meine Sicht verschwamm vor den Augen. Hastig blinzelte ich die aufsteigenden Tränen weg.

»Ich kann dir nicht mehr helfen«, sagte Susann beinahe verzweifelt.

»Du hörst mir zu. Bei dem Rest kann mir keiner helfen«, sagte ich. Es tat weh, die Worte auszusprechen. Bisher hatte ich immer zu Susann flüchten können, die räumliche Distanz machte das jedoch zu einem Ding der Unmöglichkeit. Der Entschluss meines Vaters hatte mich von allem Bekannten abgeschnitten. Hatte mir meine Wohlfühlzone geraubt und ließ mich jetzt im Stich – wie immer. »Ich muss das eine Jahr nur irgendwie durchhalten«, sprach ich mir selbst Mut zu.

»Du schaffst das. Du hast bisher alles geschafft, Ivy. Trotz deinem egoistischen Vater bist du ein wundervoller Mensch geworden. Vergiss das nicht, okay? Das werden die anderen sicherlich auch noch mitbekommen. Gib dir und ihnen etwas Zeit. Und ich bin nur einen Anruf entfernt.«

»Danke.« Ich konnte nicht verhindern, dass meine Stimme ein wenig zitterte. Es war schön zu hören, dass ich in ihr weiterhin eine Freundin hatte.

»Immer wieder. Das eine Jahr wird schnell vergehen, du wirst sehen.«

Ich hoffte, dass sie recht behielt. Dass dieses Jahr sich nicht als der Horror entpuppte, den ich momentan darin sah.

»Susann!« Die Stimme ihrer Mutter drang gedämpft aus dem Hörer.

»Moment!« Sie seufzte kurz. »Meine Ma braucht mich. Du schaffst das, okay? Wenn was ist, melde dich.«

»Mache ich. Ich habe dich lieb.«

»Ich dich auch. Bis dann!«

Ich schüttelte mich und steckte das Handy in meine Hosentasche, kurz darauf prasselten die Klänge von *Rise Against* durch meine Kopfhörer.

Erst jetzt ließ ich das Detail durch mich hindurchsickern, dass ich keinen einzelnen Gedanken vorhin gehört hatte. Das war wie die Kirsche auf dem Sahnehäubchen. Ich vergrub mein Gesicht zwischen den Händen in der Hoffnung, dadurch meine Gedanken etwas zu klären. Doch nichts. Mir fiel keine Möglichkeit ein, wieso ich die Gedanken der Leute nicht hörte. Was stimmte nur nicht mit denen? Oder vielleicht war ich diesen Fluch losgeworden? Aber um das sicher zu wissen, bräuchte ich eine Testperson – und die Einzigen, die ich dafür gebrauchen könnte, waren vier Zugstunden entfernt.

Sehnsüchtig hatte ich auf den einen Menschen gewartet, den ich nicht hörte, der in all den Fantasyromanen mein Seelengefährte gewesen wäre. Hatte gehofft, dass ich vielleicht ein Teil solch einer verborgenen Welt war und nur den passenden Menschen treffen musste, um herauszufinden, wer ich wirklich war. Stattdessen hatte ich eine komplette Schülerschaft gefunden, deren Gedanken für mich stumm waren, und anstatt dass ich endlich ein Gefühl von Zugehörigkeit empfand, hatte ich es geschafft, zwei Menschen gegen mich aufzubringen – allein durch meine bloße Anwesenheit. Das war auch ein Kunststück, oder?

Ich fuhr mir durch die Haare. Mein Körper stand unter Strom. All die Gedanken überfluteten meine Reize. Mit einem Seufzen stand ich auf, schüttelte meine Gelenke, um mich danach mithilfe des Baumstamms zu dehnen, ehe ich tiefer in den Wald joggte. Ich konzentrierte mich auf den Weg und verfiel in einen Laufschritt. Jeder Tritt hallte durch mein Innerstes, ließ meinen Körper vibrieren.

Ein- und ausatmen.

Ein- und ausatmen.

Laufen war für mich eine Art der Meditation. Meine Sinne waren vollkommen geöffnet für die Welt um mich herum. Den Wind, der die Gerüche des Waldes nach Kiefernnadeln, morschem Holz und Erde mit sich trug. Den sanften Schein der Sonne, der mich mit jedem Meter weiter wärmte.

Der Trampelpfad, der mich durch den Wald führte, war nicht sonderlich breit, sodass Äste immer wieder über meine Haut kratzten und kleine Striemen hinterließen. Ich begrüßte den Schmerz, der mir zeigte, dass das hier kein verfluchter Traum war – auch wenn ich mir das insgeheim wünschte. In meinem Kopf überschlugen sich Fragen, doch mit jedem weiteren Schritt gelang es mir, sie auszublenden und mich nur auf das Hier und Jetzt zu konzentrieren.

Bereits nach wenigen Liedern kam mein Atem schwer über die Lippen und das Stechen zwischen meinen Rippen war gerade noch auszuhalten. Ich nahm die Kopfhörer aus den Ohren und streckte meinen Körper, wobei ich die Arme oben ließ, um dem Seitenstechen entgegenzuwirken.

Ein Schemen glitt an meinen Augenwinkel vorüber. Überrascht hielt ich inne. Mein Puls donnerte in den Ohren. Mein Brustkorb hob und senkte sich hastig, als ich in die Richtung sah, aus der ich den Schatten bemerkt hatte. Trockene Äste brachen unter einem schweren Gewicht, während *Tim McIlrath* von einer aussichtslosen Liebe sang. Etwas näherte sich durchs Geäst. Die grünen Blätter der Büsche bewegten sich hin und her. Das Rascheln hallte lautstark in meinem Kopf wider. Ich konnte meine Augen nicht von dem zitternden Gestrüpp um mich herum nehmen. Mein Kehlkopf wurde eng. »Hallo?«, fragte ich in den Wald. Fing so nicht jeder schlechte Horrorfilme an?

Eine Gänsehaut prickelte über meine nackten Arme. Ich trat einen Schritt zurück. Erneut ein Rascheln. »Scheiße«, zischte ich. Mein Puls peitschte in die Höhe. Für einen einzigen Moment schloss ich die Augen, ehe ich sie wieder öffnete, und genau in dem Moment sah ich *ihn*.

Sein majestätischer Anblick ließ mich nach hinten stolpern, bis ich die raue Rinde eines Baums in meinem Rücken spürte. Hoheitsvoll, als würde ihm der gesamte Wald gehören, trat er auf mich zu und mit jedem Schritt, den er sich mir näherte, schien meine Lunge enger zu werden, bis ich keine Luft mehr bekam. Mein Herz raste in der Brust und mein Puls schlug so hastig gegen meine Adern, dass ich glaubte, sie würden gleich zerspringen.

Die eisblauen Augen des schwarzen Wolfs waren auf mich fixiert. Meine Knie zitterten. Ein Knurren kam über seine Lefzen, die er bedrohlich hochhob. Ich klammerte mich an die kratzige Rinde des Baums, als würde mir das auch nur ansatzweise irgendeinen Schutz bieten.

Noch nie in meinem Leben hatte ich einen so großen Wolf gesehen. Er trat auf den Weg und blieb vor mir stehen. Ich hatte immer gedacht, dass sie um die sechzig bis siebzig Zentimeter maßen, aber dieser hier war größer. Sein Gesicht war auf meiner Augenhöhe. Sein Knurren vibrierte in meinem eigenen Körper. Die ganze Erde schien unter seiner Bedrohung zu zittern. Ich war wie festgefroren – im Spätsommer.

Schweiß lief über meine Schläfen. Ich konnte meinen Blick nicht von dem Wolf nehmen. Noch nie hatte ich etwas vergleichbar Schönes und gleichzeitig Furchteinflößendes gesehen. Das schwarze Fell war mit wenigen hellbraunen Strähnen durchzogen, es wirkte so weich und samtig, dass ich gern meine

Hände darin vergraben hätte – stünde nicht die Gefahr im Raum, dass mich dieses Wesen bei der kleinsten Bewegung ins Nirwana beförderte.

Sein heißer Atem streifte mein Gesicht, als er sich vorstreckte und an mir schnupperte. Ich hörte, wie er meinen Geruch einsog. Er trat einen Schritt zurück. Sein Blick wirkte … irritiert. Meine Gedanken glichen einem aufgescheuchten Bienenstock; sie flogen wild im Kopf umher, angetrieben durch die Panik. Gleichzeitig konnte ich keinen einzigen davon packen, sodass dennoch absolute Leere herrschte, abgesehen von einem einzigen klaren Fetzen, der sich immer wiederholte: Das war kein normaler Wolf. *Niemals.*

Plötzlich drehte er sich um und rannte fort. Für einen einzigen Atemzug blieb ich wie erstarrt an Ort und Stelle stehen, bis meine Knie schlagartig unter mir nachgaben.

Ich vergrub meine Finger in der weichen Erde des Weges. Mein Atem kam zittrig über die Lippen. Alles drehte sich. Ich bebte am gesamten Körper.

Was zum Henker war das gerade gewesen? Wieso hatte er mich nicht angegriffen? Ich wäre eine leichte Beute für ihn gewesen. Er war so groß … Ich sah auf, in die Richtung, in die der Wolf verschwunden war. Nicht einmal Pfotenabdrücke waren im Boden zu erahnen. Das würde mir niemals jemand glauben. War das ein neuer Höhepunkt meines Wahnsinns? Statt der Stimmen in meinem Kopf bekam ich nun Halluzinationen? Ich kniff die Augen zusammen und presste meine dreckverschmierten Handrücken auf die Lider. Mein Herzschlag galoppierte.

Das konnte keine Wahnvorstellung gewesen sein. Die fühlten sich nicht so echt an, oder? Mit zittrigen Beinen stand ich auf. Eine Hand legte ich an die unebene Rinde des Baums, um mich zu stützen. Mein Blick glitt durch die Umgebung. Es war nichts mehr zu hören. Nicht einmal der kleinste Vogel zwitscherte sein Lied.

Ich musste es Frau Andersson melden. Oder? Was war, wenn sie mich für genauso verrückt halten würde wie mein eigener Vater? Automatisch griff ich an die Stelle, an der ich immer meine Tabletten hatte, um mich zu beruhigen, mich von den Gefühlen abzukapseln, bis mir einfiel, dass ich die Jacke gar nicht anhatte. »Verdammt«, fluchte ich und fuhr mir erneut durchs

Gesicht. »Noch zum Schulgebäude«, redete ich mir gut zu. Ich drehte mich in die Richtung, aus der ich gekommen war, und rannte los. Dieses Mal wollte ich mich nicht entspannen. Wollte keinen klaren Gedanken fassen. Ich wollte nur fort von dieser Stelle, meine Tabletten nehmen und hoffen, dass ich niemals wieder so etwas sah – was auch immer das gewesen war.

***

»Ivy«, begrüßte mich Franziska, als ich aufs Zimmer kam.

Ohne sie weiter zu beachten, ging ich an ihr vorbei, schnappte mir die Pillendose vom Nachttisch und verkroch mich ins Bad. Mir zitterten die Arme, als ich mich aufs Waschbecken stützte. Ich traute mich nicht, in den Spiegel zu sehen. Was würde ich sehen, wenn ich es tat? War ich doch verrückter, als ich bisher gedacht hatte?

Ich schloss die Augen, tastete blindlings nach dem Wasserhahn und hielt meine Hände unter den kühlenden Strahl, ehe ich mir Wasser ins Gesicht spritzte. Die Kälte half – zumindest ein kleines bisschen. Sie machte mich wieder klar und unterstützte mich dabei, meine Gedanken zu sortieren. Mit sauberen Händen griff ich nach der Pillendose und warf eine außerplanmäßige Tablette ein.

Ich ließ das Wasser laufen. Ließ mich von dem stetigen Rauschen einlullen und wartete darauf, dass die Kapsel ihre Wirkung entfaltete. Als ich mich endlich merklich beruhigte, machte ich das Wasser aus.

Das vorhin draußen, das war keine Wahnvorstellung gewesen. Ich sah auf; mein ängstlicher Blick begegnete mir im Spiegel. »Ich bin nicht verrückt«, sagte ich zu meinem Spiegelbild – aber dachte das nicht jeder Irre von sich? Behaupteten sie nicht alle, dass das, was sie gesehen hatten, wirklich existierte? Ich trocknete mein Gesicht ab und holte tief Luft, ehe ich wieder ins Zimmer trat.

Franziska betrachtete mich skeptisch. »Alles okay?«

»Ja. Was willst du?«, fragte ich und konnte die abgeschottete Kühle nur mit Mühe aufrecht halten. Am liebsten wollte ich meine Ruhe haben. Dieser Wolf … Das war definitiv kein normales Tier gewesen … Ich verschränkte meine Arme vor der Brust, um zumindest ein wenig das Zittern zu verbergen, das meinen ganzen Körper in Beschlag genommen hatte.

Sie nickte. »Okay, das habe ich verdient.« Franziska holte tief Luft. »Ich glaube, wir hatten einen doofen Start.«

Mir stand nicht der Sinn nach irgendeiner Diskussion. »Ich weiß echt nicht, was dein Problem mit mir ist, aber ich rieche definitiv nicht nach Wolf.« Ein Schauer glitt über meinen Rücken.

»Es ist nichts gegen dich«, fiel Franziska mir ins Wort. »Ich ... ich habe nur jemand anderen erwartet«, gab sie kleinlaut zu. »Es tut mir leid, wie ich dich angegangen habe.« Sie spielte nervös mit ihren Fingernägeln.

»Ganz ehrlich? Ich habe auch keine Lust auf das hier.« Ich machte eine ausladende Bewegung, die das ganze Internat umfassen sollte. »Aber wir beide sind nun hier. Ich hätte es gern gehabt, dass wir uns verstehen, aber ...«

»Ich will mich auch mit dir verstehen!«, unterbrach sie mich. »Es tut mir leid. Können wir noch mal von Anfang an starten?«

Ihre grünen Augen sahen mich geradewegs an. Sie schien meine Antwort gespannt abzuwarten. Ich rieb mir über die Stirn. Sie war meine Mitbewohnerin. Und wenn ich schon plante, dass dieses Jahr nicht zu einem Albtraum wurde, sollte ich mich wenigstens mit ihr gut stellen. »Schön.«

Ihre rot geschminkten Lippen verzogen sich zu einem breiten Grinsen. »Danke!« Sie stand auf, hielt mir ihre gebräunte Hand hin. »Ich bin Franziska, aber die meisten nennen mich Ziska.«

»Ich bin Ivy«, sagte ich und nahm ihre Hand in meine.

Sie strahlte mich an. »Ich freue mich auf unsere Nachbarschaft.«

Ganz ehrlich konnte ich das Lächeln nicht erwidern. Dafür kam dieser Umschwung zu plötzlich und meine Beine waren unter meinem Gewicht noch immer wie Wackelpudding wegen der Begegnung mit dem Wolf. »Ja, ich auch.« Ich ließ ihre Hand los und setzte mich auf mein Bett.

»Wir brauchen eine Regelung«, fuhr sie direkt fort.

»Eine Regelung?«

»Ja. Ich habe ... ausgefallene Essensgewohnheiten.« Sie schluckte schwer. »Für die meisten Menschen ist es wohl eher sonderbar, wenn ich esse. Deswegen wäre es echt supernett, wenn wir eine Regelung finden könnten, damit ich in Ruhe hier auf dem Zimmer essen kann.«

Ich hob die Augenbrauen. »Was für Essensgewohnheiten hast du denn?«

Sie verzog die Lippen zu einer Grimasse. »Reicht es, wenn ich dir sage, dass sie nicht alltäglich sind?«

»Isst du Hundewelpen?« Überfragt runzelte ich die Stirn. Obwohl ich mit meinem Kommentar die Situation entschärfen wollte, kam ich nicht umhin zu bemerken, dass tatsächlich Angst vor ihrer Antwort in mir wuchs.

Sie starrte mich mit aufgerissenen Augen an. »Nein!«, rief sie aus. »Es kommt keiner dabei zu schaden.«

»Veganerin? So abwegig ist das nicht. Ich finde es sogar eindrucksvoll, wenn du ...«

Ziska schüttelte den Kopf. »Nein, ich bin auch keine Veganerin.« Sie runzelte die Stirn. »Nicht direkt zumindest. Also ich esse keine tierischen Produkte. Können wir uns einfach darauf einigen, dass sie nicht normal sind?«

»Normal ist das Ergebnis der Engstirnigkeit von eingefahrenen Menschen«, sagte ich meinen Standardspruch, den ich immer von mir gab, wenn mir jemand wieder mitteilen wollte, dass etwas nicht normal war – in den meisten Fällen ich selbst.

Überrascht blinzelte Ziska mich an. »Ja, da hast du recht. Sagen wir, ich habe nicht alltägliche Essensgewohnheiten.«

»Dir ist bewusst, dass du dich für nichts schämen musst?«

»Ich schäme mich nicht! Der Anblick würde dir nur nicht gefallen. Ich will Rücksicht auf dich nehmen.«

Noch immer zweifelnd sah ich zu Ziska rüber. Mir wurde klar, dass ich keinerlei weiteren Informationen aus ihr herausbekommen würde. »Okay. Wenn eine Socke an der Tür ist, komme ich nicht rein«, meinte ich mit einem Schulterzucken, um die Diskussion zu beenden.

Sie nickte. »Gut. Schwöre es!«

»Auf was soll ich denn bitte schwören?«, fragte ich perplex. Ziska wurde mir immer suspekter. Nach ihrer Anwandlung von vorhin schien sie nett zu sein, aber irgendwas war an ihr, das mich zur Vorsicht mahnte.

»Das ist mir egal, solange du es ernst meinst.«

»Wenn es dir damit besser geht«, sagte ich skeptisch. Mein Blick glitt durch den Raum, ehe er an meinem Bücherregal hängen blieb. »Ich schwöre auf meine Büchersammlung, dass ich nicht hineinplatze, wenn eine Socke an der Tür hängt.«

»Dann haben wir das ja geklärt.« Schlagartig wandelten sich ihre Züge und sie grinste mich breit an. Sie zeigte auf meine Seite des Zimmers. »Du liest also gern?«

Das winzige Bücherregal, das über dem Bett angebracht war, bog sich bereits unter der Last meiner Sammlung, die ich in den Koffer hatte packen können, ohne dass ich nackt durchs Internat laufen musste. »Ja.«

Ziska stand auf und sah sich die Titel genauer an. »*Succubus Blues*?« Überrascht zog sie das Buch aus dem Regal und las sich den Klappentext durch.

»Du darfst es dir gern ausleihen, wenn du magst«, meinte ich.

»Hm ... Ich glaube nicht, dass ich das wirklich lesen muss, um zu verstehen, in welch eine Bredouille die Protagonistin rast«, sagte sie nachdenklich.

»Inwiefern?«, hakte ich nach.

»Na ja ...« Sie verstummte und sah auf ihre Uhr. »Wow, schon so spät! Ich habe mich noch mit einer anderen Freundin verabredet.« Ziska stellte das Buch zurück, winkte mir kurz und verschwand dann aus der Tür.

Erschöpft ließ ich mich aufs Bett sinken und starrte für ein paar Atemzüge nur an die Decke. Meine Arme streckte ich über den Kopf und verschränkte sie auf meiner Stirn. Die eisblauen Augen des Wolfes hatten sich in mein Gedächtnis gebrannt. Ein Schauer lief durch meinen ganzen Körper. Ohne einen Beweis brauchte ich nicht zu Frau Andersson gehen. Sie würde mich mit großer Wahrscheinlichkeit für genauso verrückt halten wie ich mich zunächst selbst. Ein frustriertes Stöhnen kam über meine Lippen.

4

Das Abendessen hatte ich gestern geschwänzt. Nach der Begegnung mit dem Wolf war ich zu erschöpft gewesen, um mich noch aus dem Bett zu kringeln. Doch ich würde nicht drumherum kommen, mich zum Frühstück zu den gefühlt Milliarden anderen zu setzen.

Bei dem Gedanken verschwand mein Hunger schlagartig und machte dafür einer alles verschlingenden Übelkeit Platz. Ich verzog die Lippen zu einer Grimasse.

»Willst du nicht essen gehen?«, erkundigte sich Ziska von ihrem Bett, wo sie sich die Nägel lackierte. »Ich bin auch überhaupt kein Frühstückstyp«, sagte sie leichthin und zuckte mit ihrer linken Schulter.

»Ich liebe Frühstück«, gab ich zu.

Überrascht sah mich Ziska an.

»Menschenansammlungen sind eher mein Problem«, gestand ich.

Sie schenkte mir ein kleines Lächeln. »Das kann ich sehr gut nachvollziehen. Es gibt nichts Schlimmeres als den Geruch von Menschen ...« Sie schauderte sichtlich.

»Du bist sehr geruchsempfindlich, oder? Aber deswegen mach ich mir weniger Sorgen.« Ich griff die Tablettendose vom Nachttisch und strich mit meinen Fingern über das Etikett.

»Ja«, meinte Ziska mit einem heiseren Lachen. »Sagt meine Mutter mir auch ständig – also, dass ich geruchsempfindlich bin. Entschuldige noch mal wegen gestern.« Sie verzog die Lippen. »Was sind das eigentlich für Tabletten?«

»Sie sind einfach zur Beruhigung.«

»Okay.« Sie legte den Kopf schief und wirkte, als wollte sie noch etwas nachfragen, doch unterließ es dann. »Weißt du, wenn ich an deiner Stelle wäre und Frühstück liebe, würde ich jetzt runtergehen. Die meisten warten nämlich ab, bis sie keinerlei andere Möglichkeit haben, als ihr Essen herunterschlingen zu müssen.«

»Ach?«

Sie nickte und konzentrierte sich darauf, den metallisch blauen Nagellack auf ihrem Daumen zu verteilen. »Jip.«

»Na gut. Danke dir.«

Sie warf mir ein Lächeln zu. »Gern doch, Mitbewohnerin.«

Ich erwiderte es, ehe ich mich von meinem Bett aufrappelte und endlich zum Speisesaal runterging. Dabei steckte ich meine Kopfhörer in die Ohren, heute mit Musik von *Papa Roach,* und die Pillen in meine Jackentasche.

Mein Herzschlag verdreifachte sich mit jedem Schritt, den ich den Flur entlanglief und dabei immer mehr Leute sah, die denselben Weg wie ich einschlugen. Übelkeit rumorte in meinem Unterleib und am allerliebsten wollte ich umdrehen, um mich vor den bevorstehenden Massen an Menschen zu verstecken.

Ich ging hinter einer Gruppe, deren Gedanken nicht zu mir durchdrangen, die Treppe hinunter.

Erst als wir uns dem Foyer näherten, traute ich mich, den Blick zu heben, und begegnete direkt eisblauen Augen, die mich im Visier hatten. Wie erstarrt blieb ich mitten auf der Treppe stehen, als ich Henrik im Foyer stehen sah.

Keine einzige Sekunde ließ er mich aus seinem Blick, als wartete er auf mich. Was natürlich Humbug war. Wieso sollte er auch auf mich warten? Der Gedanke, umzukehren und eher zu verhungern, statt mich Henriks Nähe auszusetzen, klang dennoch unvergleichbar verlockend auf mich, wenn mein Magen nicht in dem Moment damit begonnen hätte, sich selbst zu verzehren.

Ich tat so, als hätte ich ihn nicht bemerkt, und lief weiter, bis meine Füße von der Treppe waren. *Rise Against* hallte in meinen Ohren, als ich ein Tippen auf meiner Schulter bemerkte.

Mein gesamter Körper versteifte sich, als er mich berührte. Nur widerwillig nahm ich die Kopfhörer aus den Ohren und drehte mich zu ihm.

»Bist du auf dem Weg zum Frühstück?« Dieses Mal klang seine Stimme anders als vorher. Nicht mehr ganz so zornig, sondern eher ... freundlich und zuvorkommend.

»Was willst du von mir?«, fragte ich eisig, was ich mir – zugegebenermaßen – von ihm abgeschaut hatte.

Sein Duft umschmeichelte meine Nase und ich musste mich zurückhalten, um ihm nicht direkt um den Hals zu fallen. Meine Gefühle ihm gegenüber gingen mir auf den Geist. Warum nur war ich so merkwürdig in seiner Gegenwart? Vor allem weil er der größte Arsch war, der mir, seit ich denken konnte, unter die Augen gekommen war.

Henrik fuhr sich durch sein schwarzes Haar. Er holte tief Luft. »Ich wollte mich bei dir entschuldigen.«

»Bitte was?« Überrascht musterte ich ihn.

Er verzog seine Lippen zu einem attraktiven Lächeln. »Ich wollte mich bei dir entschuldigen«, wiederholte er sich und schien angetan davon zu sein, dass er mich mit seiner Aussage aus dem Konzept brachte.

»Ist die Hölle über Nacht zugefroren?«, hakte ich verwirrt nach.

»Nein, zumindest nicht, als ich dort nach dir gesucht habe.«

Skeptisch hob ich meine Augenbrauen in die Höhe. »Soll das deine Entschuldigung sein?«

»Du machst es mir nicht leicht«, erwiderte er dezent angesäuert.

»Ich habe gerade keine Zeit«, sagte ich mit einem Seufzen. Der Hunger und seine Anwesenheit machten mich zu der wütenden Furie aus *Percy Jackson*, die den Herrscherblitz von dem jungen Halbgott haben wollte. Es war, als reizte Henrik mit seiner bloßen Nähe empfindliche Punkte bei mir, die zuvor noch niemand entdeckt hatte.

»Du könntest auch mit uns zusammen frühstücken.«

Ich tat so, als müsste ich tatsächlich über das Angebot seinerseits nachdenken. Mein erster Reflex war zuzusagen, was ich mir jedoch verbat. Ich würde meinem Bauchgefühl keinerlei Entscheidungsgewalt über meinem

Verstand geben – vor allem nicht wenn es um diese Gruppe ging, die einen unwillkommenen Sog auf mich ausübte wie das Licht einer Insektenfalle auf Mücken. »Hm, danke, aber ich denke, da gehe ich lieber in einen See voller Piranhas.«

Er hob seine Augenbrauen. »Das will ich sehen.«

»Es klingt nach einer besseren Alternative, als mit dir meine Zeit zu verschwenden«, gab ich zickig zurück.

Ein kurzes Schmunzeln legte sich auf seine Lippen, ehe sie wieder zu einem ernsten, schmalen Strich wurden. »Autsch«, bemerkte er und legte seine Hand aufs Herz. »Das hat wehgetan, Ivy. Kannst du nicht meine Entschuldigung annehmen und mein junges, zerbrochenes Herz von seiner Last befreien?«

»Ich könnte eine Entschuldigung annehmen, wenn jemand sich bei mir entschuldigt hätte. Henrik, ich habe wirklich keine Zeit dafür.« Mein Magen mischte sich laut knurrend in unser Gespräch ein.

»Hast du darin einen Wolf, der gefüttert werden will?«, fragte Henrik und deutete auf meinen Bauch.

Nur mit Mühe konnte ich mein Augenverdrehen unterdrücken. »Nein, habe ich nicht. Also lass mich jetzt einfach in diesen Speisesaal voller Menschen gehen und etwas essen.«

»Klingt nicht danach, als hättest du Lust darauf.«

»Ach?«, bemerkte ich mit einem trockenen Lachen. »Das merkt man mir an?«

Er schenkte mir erneut ein Lächeln – was ihn viel attraktiver aussehen ließ, als ich mir eingestehen wollte. Dieser Kerl brachte mich an den ohnehin schon bröckelnden Rand meines Verstands. »Ein Blick reicht aus, um dir den Widerwillen anzusehen«, versicherte er mir und sein Grinsen vertiefte sich.

Meine Mimik war immer ein aufgeschlagenes Buch meiner Gefühle gewesen. Ich rieb mir über die Stirn. »Sag mal«, begann ich, ehe mich der Mut verließ. Henrik war schon so lange auf der Schule, dass er sicherlich mehr wusste als ich, und vielleicht war er heute so nett und ließ mich an seinem Wissen teilhaben. »Weißt du, ob es hier Wölfe gibt?«

Kurz stockte Henrik, ehe er die Arme vor der Brust verschränkte. »Warum fragst du?«

Nervös fing ich an, an meinen Fingerknöcheln zu spielen. »Ich glaube, ich habe gestern einen gesehen.«

Ein Schmunzeln breitete sich auf seinen Lippen aus. »Du *glaubst*, du hast einen gesehen?«, hakte er nach und hob seine Augenbrauen an.

»Ja, ich konnte es nicht richtig erkennen«, meinte ich abwiegelnd und hoffte, dass er endlich mit seinen bohrenden Fragen aufhörte, um mir meine Antwort zu geben. Es war ein komisches Gefühl, gerade mit Henrik darüber zu sprechen. Ich kannte ihn nicht und wollte ihm definitiv nicht näherkommen, anderseits genoss ich irgendwie dieses Gespräch mit ihm – so absurd das auch klang.

»Du hast ihn nicht richtig gesehen? Wie das?«, hakte er weiter nach.

Ich holte tief Luft. »Kannst du nicht einfach meine Frage beantworten?«, fragte ich, wobei ein flehender Unterton in meiner Stimme mitschwang, den ich am liebsten daraus gelöscht hätte.

Er zog die Luft durch die Nase ein, als wollte er etwas wittern. Sein gesamter Körper war wie eine Bogensehne angespannt, ehe er die Luft wieder ausstieß. »Natürlich gibt es hier Wölfe. Das Internat ist von einem großen Wald umschlossen, das ist ein Paradies für *Tiere*.«

Erleichterung durchflutete mich. Ich hatte keine neue Stufe meiner Verrücktheit erklommen. Vielleicht sollte ich dann doch Frau Andersson auf den Wolf aufmerksam machen … Ich knibbelte an meiner Nagelhaut und warf einen Blick auf die Tür, aus der Frau Andersson damals herausgekommen war. »Danke, mehr wollte ich nicht wissen.« Ohne ein weiteres Wort drehte ich mich um und wollte zum Frühstücksbuffet gehen, aber warme Finger umschlossen meinen Arm und zogen mich sanft zurück. Überrascht starrte ich auf Henriks Finger, die auf meiner Haut lagen. »Was?«

»Es tut mir leid.«

Mein Herz machte einen unangebrachten Satz. Ich sah zu ihm auf. Keinerlei List war in seinen Augen zu sehen. Doch seine Gedanken waren stumm. Ich *hörte* nichts – absolut gar nichts. Nicht einmal das kleinste Flüstern. In diesem Moment wäre es so praktisch zu hören, was er dachte. Ob er seine Entschuldigung tatsächlich ernst meinte und nicht nur mit mir spielte. Unsicher presste ich meine Lippen aufeinander.

»Wir hatten echt keinen großartigen Start und ich bin nicht unbedingt bekannt dafür, dass ich der Freundlichste bin – gerade zu Fremden kann ich sehr …« Er zuckte mit den Schultern. »Ich bin zu Fremden ein wahres Scheusal. Meinst du, wir schaffen es, neu anzufangen?«

Ich hasste mich dafür, dass meine Gefühle in diesem Moment verrückt spielten. Dass mich eine irre Erleichterung durchfuhr, die meinen Körper warm und kribbelnd einhüllte. Aber selbst wenn meine Zellen seine Entschuldigung schon akzeptieren wollten, konnte ich meinen Verstand nicht abschalten – und wollte es vor allem auch nicht. »Warum sollte ich dir glauben?«, fragte ich vorsichtig. In diesem Moment verfluchte ich es, dass ich die Gedanken von Henrik nicht lesen konnte. Das hätte mir die nötige Sicherheit geben können, ob ich seinen Worten glauben schenken konnte und nicht wie Rotkäppchen in die Arme des großen bösen Wolfs lief.

»Meinst du echt, ich mache mir die Mühe, dich aufzuspüren, nur um dich reinzulegen?«

»Ich habe schon ganz andere Dinge erlebt«, erwiderte ich leise und drehte mich erneut weg, um vor ihm zu flüchten. In der Hoffnung, dass ich meine Gefühle wieder auf Kurs bekam, wenn ich nur etwas Abstand zwischen Henrik und mich brachte. Direkt hinein in die Massen der Schüler*innen, die sich um das Buffet drängten – zumindest stellte ich mir das so vor. Als Vorsichtsmaßnahme drehte ich die Musik lauter und steckte die Kopfhörer wieder in die Ohren, ehe ich die Tür aufstieß und von … Stille begrüßt wurde. Keine Gesprächsfetzen drangen in meinen Kopf, obwohl ein Haufen Leute an den Tischen saß und sich unterhielt. Kein Gedanke verirrte sich in meinen Kopf und ich drohte beinahe einzuknicken.

Endlose Freude und Erleichterung, aber auch irgendwie Panik kroch durch mich hindurch. Freude, weil ich endlich, nach jahrelanger Sehnsucht, so tun konnte, als wäre ich normal. Und Panik, weil ich nicht wusste, was mit ihnen – oder mir? – nicht stimmte. Wieso war alles auf einmal verstummt?

Ich nahm die Kopfhörer aus den Ohren, langsam, als könnte sonst eine Explosion an Gedanken passieren, doch nichts. Ich *hörte* absolut nichts, abgesehen von den Unterhaltungen über meine Ohren. »Fuck«, raunte ich. Es war unglaublich. So surreal.

»Was ist los?«

Erschrocken zuckte ich zusammen und konnte nur mit Mühe ein Kreischen unterdrücken.

»Was zum Teufel willst du noch?«, fuhr ich Henrik zischend an, der lässig mit den Händen in seiner Hosentasche hinter mir stand und mich mit einem Grinsen musterte.

»Ich habe doch gesagt, dass ich mich entschuldigen will.«

»Hast du doch.«

»Ja, aber du scheinst es nicht angenommen zu haben.«

Ich rieb mir mit Zeigefinger und Daumen über die Stirn. »Nur weil du dich entschuldigst, heißt es nicht, dass wir die dicksten Freunde werden.«

»Okay, wie wär's, wenn ich meine wahren Absichten beweise, wenn du uns zum Strand begleitest? Jesper ist auch dabei.«

Das spöttische Schnauben brach schneller aus mir hervor, als ich es zurückhalten konnte. »Glaub mir, wenn ich dir sage, dass ich absolut keine Lust habe, euch auf einen Trip zu begleiten«, teilte ich ihm mit und wollte mich wegdrehen, um zu gehen, doch er hielt mich erneut am Oberarm fest.

»Ivy, es tut mir wirklich leid, wie ich dich behandelt habe. Ich war ein Arsch und ich möchte das gern wiedergutmachen. Bitte, begleite uns. Nur dieses eine Mal und wenn du danach noch immer der Meinung bist, dass ich ein absolutes Arschloch bin, lass ich dich in Ruhe.«

Ich sah von seinen Fingern, die meinen Arm sanft und warm umschlossen, in seine Augen, die mich beinahe flehentlich musterten. So was hätte ich ihm nicht zugetraut. War er ein so guter Schauspieler? Ich biss die Zähne zusammen. Mir widerstrebte es, Henrik nachzugeben. Die Abneigung, die noch vor wenigen Tagen in seinem Blick zu sehen gewesen war, konnte mit Sicherheit nicht einfach so verschwinden. Nicht ohne dass etwas – oder jemand – ihm gehörig den Kopf gewaschen hatte. So ungern ich es auch zugab, ich wollte ihm und Jesper diese Chance geben. Die Gefühle, die mich in ihrer Nähe befielen, wärmten mich von innen, als hüllten sie mich in eine weiche Decke, und ich genoss es mehr, als ich zugeben wollte. Susanns drängende Stimme pochte in meinem Unterbewusstsein, die mir einen Stoß in Henriks Richtung gab.

»Nein«, brachte ich hervor, bevor ich zu viel darüber nachdachte, und wusste nicht, ob ich nicht eventuell einen folgenschweren Fehler beging. Aber ich traute ihnen nicht. Keinem von ihnen. Oft genug hatte ich mitbekommen, wie anderen an meiner Schule streiche gespielt wurden, die sie noch weiter gedemütigt hatten. Das wollte ich mir ersparen.

»Was? Wieso denn nicht?«

Ich legte den Kopf schief und musterte ihn. Im Licht der Sonne waren seine mittellangen Haare nicht nur schwarz, sondern feine, helle Strähnchen hoben sich von der Dunkelheit ab. »Ist das eine ernstgemeinte Frage?«, erkundigte ich mich und bemühte mich meine Stimme nicht lauter werden zu lassen.

Er verschränkte seine Arme vor der Brust, wodurch die schlanken Muskeln betont wurden. »Ja. Ich habe mich entschuldigt.«

Henrik belächelnd schüttelte ich den Kopf. »Und du glaubst, dass das reicht? Wirklich? Ich bin keine verdammte naive Protagonistin aus irgendeinem Jugendroman. Ich bin ein Mensch und ich habe keine Lust, mich mit Leuten abzugeben, wenn sie zuvor noch versucht haben mich mit ihren Blicken umzubringen. Also wie wär's, wenn wir einfach getrennte Wege gehen und uns nie wieder sehen?«

Ich konnte beobachten, wie er seine Kiefer aufeinanderpresste. »Das möchte ich nicht.«

»Dann bist du wohl in der Verliererposition. Denn ich habe keine Lust, mit Menschen rumzuhängen, die mir nicht von Anfang an eine faire Chance geben, sondern offensichtlich erst von jemandem den Kopf gewaschen bekommen müssen.«

Er kniff seine blauen Augen zusammen. »Mir hat niemand den Kopf gewaschen.«

»Im Endeffekt ist es auch egal. Ich weiß, dass ich nicht um deine Aufmerksamkeit oder gar deine Freundschaft buhlen muss. So was sollte sich jeder verdienen müssen und … Sorry, das hast du mit deinem anfänglichen Verhalten mehr als versaut.« Mit den Worten ließ ich ihn stehen, ohne ihm die Möglichkeit zu geben, noch etwas dazuzusagen. Ich wollte auch nichts mehr von ihm hören. Aus Angst, dass ich einknicken würde. Mir gefielen die Anwandlungen, die ich in seiner Gegenwart hatte, absolut nicht. Es war, als steckte eine Fremde Ivy in mir, die alles tun würde, um ihm zu gefallen, und das war definitiv nicht ich und ich würde auch nicht zulassen, dass er mich zu so jemandem machte.

Am Frühstücksbuffet angekommen, war ich für einen kurzen Moment von der Menge an Essen, die den Tisch quasi zum Biegen brachte, überfordert. Wer auch immer die Mahlzeiten machte, hatte eine verdammte Medaille verdient. Knusprig gebratener Speck lag bereit, neben Rührei und frischem Obst. Der Geruch von frisch gebackenen Brötchen vermischte sich mit dem Speck und zauberte eine ganz eigene, faszinierende Note, die meine Nase umschmeichelte. Ein leises Seufzen stahl sich über meine Lippen, als ich mein Tablett füllte.

Erst danach drehte ich mich wieder zu den Tischen um, die bereits gut gefüllt waren. Doch an der Fensterfront fand ich noch ein leeres Plätzchen, wo ich zielsicher hinsteuerte und mich danach fallen ließ.

Ich holte mein Handy aus der Hosentasche, auf dem mir bereits eine Nachricht von Susann angezeigt wurde. Mit einem Lächeln öffnete ich den Chat:

Susann 8:36:

Und wie war die erste Nacht mit Mitbewohnerin?

Ivy 8:57:

Tatsächlich nicht so schlimm. Wir hatten gestern noch ein klärendes Gespräch, wobei sie mir immer noch ein wenig suspekt erscheint. Wir haben die Regel, dass ich nicht reinkommen darf, wenn eine Socke an der Tür hängt, weil sie dann isst.

Beinahe sofort antwortete Susann auf meine Nachricht.

Susann 8:58:

Was? Okay ... Aber immerhin könnt ihr vernünftig reden? Das wäre ja schon einiges wert!

Ivy 8:58:

Ja, definitiv, wir werden sehen, wie sich das noch entwickelt. Konnte Tom seiner Windelparty gerecht werden?

Susann 8:59:

Schön wär's ... aber bis die Nächte auch trocken bleiben, meinte meine Mutter, könnte es noch JAHRE – siehst du das? – JAHRE (!!!) dauern.

Ich biss in mein belegtes Brötchen, als sich plötzlich ein neues Tablett in mein Sichtfeld schob und sich Henrik mir gegenüber niederließ.

»Wir wollten mal einen neuen Platz ausprobieren. Du hast nichts dagegen, oder?«, erkundigte er sich.

Langsam kaute ich auf meinem Brötchenbissen und zählte innerlich bis zehn, um die Wut unter Kontrolle zu kriegen, die sich drohend in mir erhob.

Neben mir ließ sich Jesper nieder, während die anderen zwei, die Latha und Peter sein mussten, neben Henrik hinsetzten.

»Das ist ein schlechter Scherz, oder?«, fragte ich und starrte Henrik dabei an.

Dieser setzte ein breites Grinsen auf seine Lippen. »Ich scherze nicht.«

»Ivy …«, fing Jesper neben mir an, den ich jedoch ignorierte.

»Was verstehst du nicht daran, wenn ich sage, dass ich nichts mit dir zu tun haben will? Ist dein Ego tatsächlich so groß, dass du glaubst, jeder wolle dir hinterherdackeln?«

Henrik musterte mich mit hochgehobenen Augenbrauen. »Nein, das denke ich nicht. Aber ich weiß, dass du Freunde wie uns brauchen wirst, wenn du hier bestehen willst.«

Ich stieß ein Schnauben hervor. »Wenn ich Freunde wie dich nötig hätte, würde ich lieber lachend in eine Kreissäge springen.«

Peter kicherte hinter vorgehaltener Hand, tarnte es schnell zum Husten, als ihn Henriks Blick traf. Latha hingegen grinste mich offen an. »Ich mag sie.«

»Ivy, lass es uns noch mal versuchen, okay?«, erkundigte sich Jesper, der neben mir saß und mich mit einem freundlichen Lächeln musterte.

Ich presste die Zähne aufeinander, schüttelte den Kopf und stand auf. »Eher friert die Hölle zu«, sagte ich und wollte mir mein Tablett schnappen.

»Bitte. Bleib«, sagte Henrik und legte seine Hand auf mein Tablett, sodass ich es nicht nehmen konnte.

»Wie oft noch? Nein. Ich will …«

»Wie wär's, wenn du statt Henrik eher uns eine Chance gibst?«, fragte Jesper. »Wir haben dir nichts getan, oder?«

Verwirrt sah ich zu meinem Sitznachbar. »Was?«, fragten Henrik und ich gleichzeitig.

Jesper zuckte mit den Schultern. »Es ist so: Peter, Latha und ich haben dir nichts getan, Ivy. Wohingegen Henrik ein Arschloch zu dir war und ich absolut verstehen kann, wieso du nichts mehr mit ihm zu tun haben willst. Also wie wär's? Du hängst mit uns ab und ignorierst dabei diesen Griesgram. Wir wollen nachher mit dem Bus in die Stadt, um den letzten Tag in Freiheit zu genießen, ehe die Hölle des Lernens beginnt. Bist du dabei?«

Mein Blick wanderte von Jesper, der gespannt meine Antwort abwartete, zu Henrik, der so gar nicht angetan von der Idee zu sein schien. »Ich soll ihn also einfach ignorieren?«, fragte ich Jesper und deutete auf besagten Griesgram.

»Er wird sich Mühe geben, damit es dir leichtfällt, habe ich recht, Bruderherz?« Jesper sah seinen Zwilling auffordernd an.

Ich wechselte ebenfalls meine Blickrichtung, um zu Henrik zu schauen, der definitiv nicht begeistert von dem Plan aussah.

»Hoch und heilig versprochen«, sagte er dann schließlich und ließ mein Tablett los, ehe er mich ansah. »Ich werde wie Luft für dich sein.«

Nachdenklich biss ich mir auf die Innenseite meiner Wange und überlegte. Dieses Mal übermannten mich meine Gefühle. Jesper hatte genauso einen Zug auf mich wie sein Bruder, wobei der weniger intensiv, aber dafür heimeliger war, und Henrik zu ignorieren sollte kein Problem sein, vor allem wenn ich dafür die anderen näher kennenlernen durfte. »Okay. Ich bin dabei.«

Jesper grinste mich breit an. »Perfekt!«

5

Henrik und Jesper quetschten mich auf der Rückbank des Busses ein – so viel zu dem Thema, dass er wie Luft für mich sein würde. Momentan spürte ich jeden einzelnen Zentimeter, mit dem er meinen Körper berührte. Neben den beiden saßen noch Peter, der viel zu groß für die Platzverhältnisse im Bus wirkte, und Latha.

In meinem Magen rumorte es unruhig. In der Vergangenheit hatte ich mich immer auf meinen Fluch verlassen können, dass dieser mich warnte, wenn mich Menschen hereinlegten. Wenn sie mich nicht mochten und ich Abstand zu ihnen suchen sollte. Dieses Mal hatte ich keinerlei Sicherheit. Dieses Mal würde ich in eiskaltes Wasser springen, ohne einen Neoprenanzug als Sicherheit.

»Warst du schon mal am Meer?«, erkundigte sich Jesper. Er schien meine Nervosität zu bemerken und rutschte etwas näher zu mir, als wollte er mir Schutz bieten.

Dankbar lächelte ich und schüttelte den Kopf. »Nein. Mein Vater war oft arbeiten und wir wohnen zu weit weg, als dass sich mal eben ein Trip gelohnt hätte«, erklärte ich.

»Warte, willst du gerade sagen, dass du noch nie am Meer warst?«, mischte sich Latha ein, beugte sich vor, sodass sie an Henrik und Peter vorbei zu mir gucken konnte.

»Na ja, doch«, sagte ich.

»Das stell ich mir grausam vor.« Jesper ließ sich erschöpft in seinen Sitz zurücksinken.

»Stellt euch nicht so an«, sagte Peter. »Als ob das Meer wirklich schöner als ein Wald ist.«

»Schöner nicht«, stimmte Henrik zu. »Aber du musst zugeben, dass das Meer eindrucksvoll ist – gerade wenn man es zum ersten Mal sieht.«

Peter verdrehte die Augen. »Luft, erinnerst du dich?«

Henrik gab ein Grummeln von sich, verschränkte die Arme vor der Brust und verdrehte seine Augen, hielt aber wieder den Mund.

»Wenn du keine Lust auf den Strand hast, wieso bist du noch mal mitgekommen?«, erkundigte sich Latha bei ihrem Kumpel.

»Weil ihr ohne mich nur Bullshit macht und jemand euch davon abhalten muss, weil die Kacke sonst wieder am Dampfen ist.«

Überrascht zog ich die Augenbrauen hoch.

»Peter redet sich das gern ein. Wir sind Lämmer«, stellte Jesper klar, wobei ein Unterton mitschwang, der deutlich machte, dass sie definitiv keine Lämmer waren – womit ich auch nicht gerechnet hatte. Zwar war Jesper nett, aber ich glaubte sofort, dass er es faustdick hinter den Ohren haben konnte.

»Natürlich. Lämmer«, meinte Latha mit einem Prusten. »Was war mit dem einen Mal, als du und Henrik zuhause unbedingt auf die Hühner aufpassen wolltet? Ich erinnere mich daran, dass ich noch niemals so viel Ärger bekommen habe.«

»Das eine Mal.« Jespers Ton klang nicht gerade überzeugend, was mir ein Lächeln entlockte. »Und mal ehrlich, der Hahn hatte es nicht besser verdient. Er hat die ganze Zeit versucht mich anzugreifen.«

Der Bus hielt endlich an und die gesamte Schülerschaft strömte in die Freiheit. »Es war nicht nur einmal«, raunte Latha, als wollte sie mir ein Geheimnis zuflüstern, obwohl zwei Personen zwischen uns saßen.

Ich quittierte ihre Aussage mit einem Grinsen. Wir warteten, bis der Bus komplett leer war, ehe wir uns ebenfalls von unseren Sitzen erhoben und auf die Strandpromenade traten.

Sobald ich den Bus verließ, frischte ein angenehmer Wind auf, der eine einzigartige Note mit sich trug, die meine verspannten Muskeln sofort lockerte und mich tief einatmen ließ. Von der Bushaltestelle besaß ich einen direkten Blick aufs Meer und für einen Atemzug ließ ich die Aussicht auf mich wirken. So ungern ich es auch zugab, Henrik hatte recht gehabt. Das

Meer war sogar verdammt eindrucksvoll. Die Wellen strömten mit weißer Gischt an den Sandstrand. Vögel kreisten kreischend über dem Horizont. Sonnenstrahlen ließen das Meer funkeln, als befände sich auf der Oberfläche Milliarden von Diamanten. Ich hätte stundenlang nur dastehen und dem beruhigenden Rauschen des Wassers lauschen können.

»Also, Ivy, möchtest du lieber sofort an unsere Lieblingsstelle, wo wir meistens den ganzen Tag verbringen, und danach noch durch die Stadt schlendern oder erst schlendern und danach entspannen?«, erkundigte sich Jesper, während er seinen Rucksack schulterte.

»Sofort an eure Lieblingsstelle«, sagte ich. »Mit Einkäufen ist das sonst sicherlich ein bisschen doof.«

Die anderen nickten zustimmend.

»Wenn dir die Aussicht schon gefallen hat«, sagte Latha und ging neben mir her, während wir Jesper folgten, »dann wirst du gleich begeistert sein.«

»Ach?«, fragte ich.

»Normal, wenn man auf einer Klippe hockt, oder nicht?« Ein Lächeln breitete sich auf ihren Lippen aus, das jedoch sofort in sich zusammensackte, als sie meine Gesichtszüge beobachtete, die sich bei jedem ihrer Worte in eine Grimasse verzogen. »Du bist kein Fan von Klippen?«

»Generell nicht von Höhen«, gestand ich leise und umfasste den Griff meiner Tasche fester, als es nötig wäre.

»Es ist sicher dort oben. Bleib einfach in unserer Nähe, dann wird dir nichts passieren«, versicherte sie mir.

»Du verlangst also, dass ich auf die Worte eines fremden Mädchens vertraue?«

Latha grinste mich breit an. »Klar, wir müssen immerhin zusammenhalten, oder nicht?«

Unwillkürlich musste ich ebenfalls lächeln. »Okay. Ich versuche es einfach mal. Sonst wird mir Susann wahrscheinlich auch den Hintern aufreißen.«

»Susann?«

»Meine beste Freundin zu Hause«, fügte ich erklärend hinzu.

»Ah, wieso sollte sie dir den Hintern aufreißen?«

Ich sah geradeaus, wo Henrik, Jesper und Peter bereits vorgingen. Die Stadt war am frühen Morgen noch angenehm leer, kaum einer hatte sich bisher auf die Straßen getraut. »Sie hat mir das Versprechen abgeluchst, dass ich den Menschen auf dem Internat eine Chance gebe«, sagte ich und zuckte mit den Schultern. »In der Vergangenheit ... Ich bin nicht unbedingt gut im Umgang mit anderen«, erklärte ich vage.

»Dafür machst du das aber echt gut.« Sie zwinkerte mir zu und beschleunigte ihren Schritt. »Na komm. Die Aussicht von den Klippen ist der Wahnsinn.«

Gemeinsam gingen wir über die Strandpromenade und Latha führte mich nach einiger Zeit durch einen kleinen Wald, der von der Promenade abging. Sofort bemerkte ich den Anstieg. In etwas weiterer Entfernung konnte ich die anderen schon hören.

Kurz darauf brachen wir durch das Dickicht und wurden an den Klippen ausgespuckt. Jesper, Peter und Henrik hatten ihre Taschen abgelegt und Handtücher ausgebreitet. Peter und Jesper waren schon dabei, sich auszuziehen, während Henrik noch auf uns zu warten schien. Er wirkte, als wollte er irgendwas sagen, bis er sich wohl daran erinnerte, dass er Luft sein sollte – zumindest so lange, bis dass ich mich wohl in der Gruppe fühlte. Ich biss mir auf die Lippe. Es war merkwürdig, aber ich fühlte mich mit dieser Gruppe bereits wohl. So sehr, als würde ich eine Ewigkeit und nicht erst wenige Stunden mit ihnen verbringen.

Henrik war jedoch eine andere Hausnummer. Wobei ich ihm zugestehen musste, dass ich nicht damit gerechnet hätte, dass er bei diesem Spiel mitspielte. Ich wich seinem Blick aus und sah zu Jesper, der mich breit angrinste. »Bereit?«, fragte er.

»Ich werde sicherlich nicht die Klippe runterspringen«, sagte ich und folgte seinem auffordernden Blick.

»Na gut. Aber dir entgeht da was«, versicherte er mir.

»Danke, ich verzichte gern auf diesen Todessprung.«

»Es ist nicht so gefährlich«, beruhigte mich Peter, zwinkerte mir zu und lief los.

Erschrocken sah ich ihm hinterher, wie er mit vollem Anlauf auf die Klippe zurannte und sich mit einem Fuß abstieß, sodass es für einen Moment aussah, als würde er fliegen – bis er wie ein Stein in die Tiefe fiel.

Danach hörte ich nur noch ein freudiges Jauchzen und kurz darauf ein Platschen. Mein Puls klopfte heftig gegen meine Venen, während ich auf den Rand zuging, sodass ich immer noch sicher stand und nur gerade so über die Klippe schauen konnte, um zu sehen, wie das Meer an den Steinen hochschlug.

Peters Kopf erschien in den Wellen und er sah zu uns herauf. »Na kommt!«, rief er hoch und schwamm in Richtung Strand.

Mein Herz holperte durch den Brustkorb – und das, obwohl ich nicht mal selbst gesprungen war. Neben mir machte sich Henrik bereit. Er schüttelte seine Arme aus, ehe er ebenfalls Anlauf nahm und sich dann hinunterstürzte.

Ich beobachtete, wie er sich im Fall drehte, sodass zuerst seine Hände die Wasserfläche durchbrachen und er einen vollendeten Köpper in die Wellen machte. Der Kloß in meinem Hals kehrte mit voller Wucht zurück, als sich Latha ebenfalls bereit machte und Anlauf nahm.

»Ihr seid verrückt«, murmelte ich und starrte ihr hinterher, wie sie denselben Weg nahm wie Peter und Henrik.

»Es macht Spaß«, versicherte mir Jesper.

Ich sah zu ihm. »Du springst da wirklich runter?«, fragte ich.

Er grinste mir zu. »Klar.«

»Du bist verrückt«, wiederholte ich mich.

»Wenn du das sagst«, sagte er mit einem Lachen. Er lehnte sich vor und rannte los, um es seinen Vorgängern nachzumachen.

Mich kostete es den letzten Nerv, so nah am Rand der Klippe zu stehen, ohne eine Absicherung zu haben, und sie sprangen dort hinunter, als wäre es ein Schwimmbad und nicht das offene Meer. Ich beobachtete, wie Jesper aus dem Wasser stapfte, hinter Henrik her. Ich war fasziniert. Fasziniert davon, wie leichtfertig sie dort hinuntergesprungen waren. Aber auch von der Aussicht, die sich mir eröffnete, als ich den Blick anhob und endlich alles auf mich wirken ließ. Dahingehend hatten Latha recht behalten. Dieser Anblick war die Höhe wert. Das Meer glitzerte aus dieser Position noch mehr und schien süße Versprechungen von verborgenen Schätzen zu raunen. In weiter Ferne konnte ich sanfte graue Hügel erkennen, von irgendeiner Insel, deren Namen ich nicht kannte. Wasservögel zogen ihre Bahnen am Himmel und stießen sich immer mal wieder mit einem ohrenbetäubenden Kreischen in die Wellen.

Ich schloss die Augen, genoss den Geruch von Algen und Salz, der meine Nase umschmeichelte und den der Wind hochhob. Das beruhigende Rauschen der Wellen tönte in meinen Ohren und ließ mich für wenige Atemzüge die Höhe vergessen. Es war schlichtweg atemberaubend. Hier fühlten sich meine Probleme unglaublich klein an. Es gab nur das Meer, die Wellen und den Wind. Ich war zu so einem kleinen Teil des Universums geworden, was im Vergleich zu diesem Spektakel absolut unwichtig war.

Die Gruppe kam gesammelt die Böschung hoch, dabei veranstalteten sie so einen Lärm, dass sie mich wieder zurück ins Jetzt rissen. Hastig entfernte ich mich von der Klippe. Die vier schüttelten sich und musterten mich mit glänzenden Augen. »Du willst es sicher nicht selbst versuchen?«, fragte Jesper.

»Wie gesagt, ich hänge an meinem Leben – im Gegensatz zu euch.«

Die vier lachten und ließen sich auf ihre Handtücher sinken.

»Götter, ich liebe es«, murmelte Latha und streckte sich einmal genüsslich.

Für einen Atemzug musterte ich Latha verwirrt. Mir war noch nie jemand untergekommen, der mehreren als diesem einzigen Gott huldigte. Doch um ehrlich zu sein, interessierte mich der Glaube nicht – hatte es auch noch nie. Stattdessen holte ich mein Handtuch aus der Tasche, die ich hastig nach dem Frühstück gepackt hatte, und legte es in respektvoller Entfernung zur Klippe auf den Boden. »Wie habt ihr den Platz überhaupt gefunden?«, fragte ich.

»Wir sind so durch die Gegend gestreunt«, erklärte Peter, »und dabei auf diese Stelle gestoßen. Dann haben wir es wie die Pinguine gemacht und Henrik runtergeschubst in der Hoffnung, dass es sicher genug ist.«

Mit großen Augen sah ich zu Henrik. Der lächelte breit, sagte aber nichts. Er spielte das Spiel noch mit. Er schien wirklich zu wollen, dass ich vertrauen zu dieser Gruppe fasste.

Dieser Gedanke ließ mein Herz einen unanständigen Satz machen und ich sah hastig wieder von Henrik weg. »Ich korrigiere mich: Ihr seid *absolut* wahnsinnig«, sagte ich.

»Dafür haben wir aber auch wahnsinnig viel Spaß«, informierte mich Jesper.

»Das mag sein«, gab ich zu. Mein Blick glitt automatisch wieder zu Henrik. Als wäre er ein Magnet, der meine Augen zu sich zog. Seine nassen schwarzen Haare fielen ihm ins Gesicht und umschmeichelten seine kantigen Züge. Sein eisblauer Blick erwiderte meinen und ein zartes Prickeln fuhr über meine Haut.

»Was zum …?« Auf einmal wurde ich hinterrücks attackiert, was meine gesamte Kleidung durchnässte, dort, wo mein Angreifer mich berührte. Jesper sah breit grinsend über meine Schulter und presste seinen feuchten Körper enger an mich. Ein Lachen perlte über meine Lippen. »Dein Ernst?«, fragte ich ihn.

Sein Grinsen vertiefte sich. »Natürlich.«

»Na danke«, meinte ich lachend. »Das wirst du bereuen!«, versicherte ich ihm.

»Dafür müsstest du mir erst mal folgen können.«

Etwas in mir regte sich. Eine unbändige Vorfreude, die ich so noch nie gespürt hatte. Mit einem Hechtsprung warf ich mich auf ihn und knuffte ihm in die Seite. Dass ich mich dabei noch weiter nass machte, störte mich nicht im Geringsten. Er kitzelte mich an den Seiten. Lachend versuchte ich mich zu wehren, konnte mich aber kaum gegen seine Muskelkraft behaupten.

»Ich ergebe mich«, rief ich atemlos und streckte die Hände von mir.

Jesper hockte über mir und seine Gletscheraugen strahlten mich an. »Ha!« Er erhob sich und streckte mir die Hand hin, um mir aufzuhelfen.

Dankend nahm ich sie an und sah zu den drei anderen. Peter und Latha musterten uns belustigt. Mein Blick wanderte weiter zu Henrik und ich zuckte innerlich zurück. Obwohl seine Augen nicht auf mich gerichtet waren, hatte ich das Gefühl, dass er uns einzig mit seinem Blick am liebsten ermordet hätte. Ich nahm etwas Abstand zu Jesper und schenkte ihm ein Lächeln.

»Wie wäre es mit noch einem Sprung?«, fragte Latha, die scheinbar die mörderische Stimmung bemerkt hatte und sich schon aufrichtete.

Henrik stand wortlos auf und musterte Jesper weiterhin, als wollte er ihn beim nächsten Atemzug von der Klippe stoßen in der Hoffnung, er zerschellte an den Felsen.

Die lockere Stimmung war mit einem Mal wie fortgeblasen. Verwirrt sah ich in die Runde, als Henrik gesprungen war. »Habe ich etwas verpasst?«, erkundigte ich mich.

Jesper seufzte und stand auf. »Nein, es ist alles in Ordnung. Er ist eben ein Griesgram.« Kurz darauf sprang er ebenfalls hinunter.

Verwirrt runzelte ich die Stirn, zog mir das T-Shirt über den Kopf, das nass an mir klebte. Zum Glück hatte ich wie die anderen meine Schwimmsachen bereits darunter angezogen.

»Henrik ist es nur nicht gewohnt Luft zu sein. In der Regel geht er davon aus, dass sich die Sonne um ihn dreht«, meinte Peter und streckte sich genüsslich in der Sonne.

»Das glaube ich dir sofort«, sagte ich.

Henrik und Jesper kamen die Böschung wieder hoch. Ersterer schien sich wieder beruhigt zu haben. Mein Blick glitt zu Jesper, der neben seinem Bruder lief. »Alles okay?«, fragte ich.

»Ja.« Er schlang seinem Bruder einen Arm um den Nacken. »Uns zwei kann nichts und niemand trennen.«

Ich hob die Augenbrauen an. »Okay«, meinte ich lang gezogen. Kein einziges Wort glaubte ich ihm. Irgendwas ging hier vor, von dem ich absolut keine Ahnung hatte, und das verwirrte und verunsicherte mich – zumindest sollte es das. Überraschenderweise hielt sich die Verunsicherung in Grenzen. Die Gruppe war grandios. Jesper, Latha und Peter hatten alle Eigenschaften an sich, die sich unglaublich gut ergänzten, wodurch die Dynamik einmalig war. Ich biss mir auf die Lippe und sah zu Henrik, der sich in die Sonne gelegt hatte.

Unentschlossen tippte ich mit meinen Fingern gegen mein Bein. »Okay«, sagte ich. »Henrik, du brauchst keine Luft mehr zu sein.«

Überrascht blinzelte er mir zu. »Was?«

»Muss ich das wirklich wiederholen?«, fragte ich leidend.

Er grinste mich an. »Nein.«

»Göttern sei Dank«, murmelte Latha. »Viel länger hätte er es als Luft wohl nicht ausgehalten.«

Jesper schnaubte. »Er hat es nicht mal eine Stunde ausgehalten.«

»Musste ich ja auch nicht«, erwiderte Henrik nun und sein Grinsen wurde noch breiter.

Mein Herz polterte aufgeregt. Henrik gehörte zu dieser Gruppe. Sie waren als eine Einheit unterwegs und wenn ich zu ihnen gehören wollte, musste ich ihm ebenfalls noch eine Chance geben. Es war für mich nicht klar, wieso meine Gefühle bei ihnen so ... geerdet wirkten, aber ich wollte diese Empfindung genießen. Wollte jeden einzelnen Augenblick davon auskosten.

»Du solltest unbedingt auch springen, Ivy«, wandte Henrik das Wort an mich.

Kurz lachte ich. »Das lass ich lieber. Ich habe Höhenangst«, gestand ich.

»Du hast Höhenangst?«, wiederholte er.

»Ja.«

»Es ist mutig, dass du dann trotzdem mit uns hochgekommen bist.«

Entgeistert sah ich zu ihm. Er hatte seine Arme hinter seinem Kopf verschränkt, die Augen geschlossen und genoss die Sonne, doch seine Worte verwirrten mich.

»Stopp«, kam es über meine Lippen. »Warst du gerade verständnisvoll?«

Er machte ein Auge auf und seine Augenbrauen zogen sich verärgert zusammen, wobei ein Ausdruck in den eisblauen Iriden lag, die die Mimik entschärften. »Ich kann auch wieder abscheulich werden, wenn du möchtest.«

Ich hob die Hände hoch. »Nein, überhaupt nicht, ich war nur überrascht, dass du auch so was wie nett sein kannst.«

Jesper prustete leise neben mir.

Henrik seufzte und schloss sein Auge wieder. »Übertreib's nicht, Ivy.«

»Würde mir niemals in den Sinn kommen, Henrik«, erwiderte ich grinsend.

»Wie wäre es mit Essen?«, erkundigte sich Peter, fläzte sich auf sein Handtuch und griff bereits nach seiner Tasche.

Latha sah auf ihre Uhr. »Dein Ernst? Wir haben vor zwei Stunden gefrühstückt!«

»Ich verstehe den Zusammenhang nicht«, meinte Peter und holte sich etwas zu naschen aus seinem Rucksack.

6

Nicht in einer Milliarde Jahren hätte ich damit gerechnet, dass diese Stunden zu den besten werden würden, die ich seit Langem gehabt hatte. All meine Gedanken während der letzten Tage waren wie weggeblasen. Wir waren fernab von all den anderen. Keine Menschenseele störte uns. Die Einzigen, die ab und an unsere Aufmerksamkeit auf sich zogen, waren die Möwen, in der Hoffnung, dass sie etwas von Peters Essen abbekamen – vergeblich. In meinen verfressenen Momenten hatte ich mich gern mit Kirby verglichen, der alles aß, was sich ihm in den Weg stellte. Peter übertrumpfte das – und zwar mit Leichtigkeit. Er schien den ganzen Tag nur zu kauen.

Die Stunden mit den vieren waren ein unglaubliches Erlebnis. Sie zogen sich gegenseitig auf und rissen mich immer wieder mit in ihr verbales Gerangel, was mir gefiel. Es war ein abstruses Gefühl, das ich so noch nie gehabt hatte. Als ob ich ein Teil von etwas war; als ob ich dazugehörte. Mein Herz machte bei dem Gedanken einen Satz. So hatte ich mich noch nie gefühlt. Selbst bei Susann zu Hause war ich nur ein Gast gewesen. Und obwohl mich ihre Eltern es niemals haben spüren lassen, hatte ich ihre Gedanken mir gegenüber dennoch gehört. Von dem armen Mädchen, das ohne Eltern aufgewachsen war und niemanden sonst hatte. Ich wollte mich der Melancholie der Erinnerungen nicht hingeben, weswegen ich die Gedanken weit wegschob.

Menschen waren für mich bisher immer ein offenes Buch gewesen. Ihre Gedanken hatten sich in meinen Schädel gebohrt und sich mir aufgedrängt. Ich hatte die Möglichkeit erhalten, mich von denen fernzuhalten, deren Gedanken mir nicht zusagten, die mir oder anderen Böses wollten. Laut hätte ich es niemals zugegeben, aber ein wenig vermisste ich diese Fähigkeit, gerade weil diese vier – allen voran Henrik – Anwandlungen besaßen, die ich zu gern verstehen würde. Aber ich liebte diese Stille und die Überraschungen, die mir mein Nichtwissen bot. Irgendwie genoss ich es sogar. Ich war nicht gezwungen zu hören, was jeder Einzelne von ihnen über mich dachte. Henrik hatte mich eingeladen und ich glaubte nicht daran, dass er seine Vorbehalte auf einmal sang- und klanglos vergessen hatte, nur weil ihm jemand auf die Finger gehauen hatte.

Gerade Jesper gab mir das Gefühl, gewollt zu sein. Er hatte dieselbe Ausstrahlung, die Susann auch immer hatte, und das erinnerte mich an sie, weshalb ich wahrscheinlich gern in seiner Nähe sein wollte. Er war wie ein Stück Heimat in der Ferne und ich genoss jeden Moment, den ich mit ihm verbringen konnte.

»Noch einen letzten Sprung?«, erkundigte sich Henrik und stand auf.

»Sorry, ich passe. Bin noch viel zu vollgefuttert«, tat Peter mit einem wohligen Seufzen kund und klopfte sich auf seinen unverschämt flachen Bauch.

»Wenn du so weiter isst, wirst du irgendwann dick und rund.« Latha sah Peter mit mahnend erhobenen Augenbrauen an.

Peter grinste. »Na und?«

Sie schüttelte den Kopf. »Vergiss es einfach.«

Er zuckte mit den Schultern und aß noch ein weiteres Brot – wie viele hatte er sich denn bitte geschmiert?

»Ivy?«, erkundigte sich Henrik und hielt mir seine Hand hin.

»Bist du irre? Mein Plan, am Leben zu bleiben, hat sich nicht geändert.«

Er schenkte mir ein Lächeln und ging vor mir in die Hocke. »Wenn du jetzt nicht springst, warst du kein einziges Mal heute im Meer – obwohl das dein erster Besuch ist.«

»Ich kann auch unten noch am Strand ins Meer waten«, erinnerte ich ihn.

Sein Blick veränderte sich. Die Gletscheraugen wirkten plötzlich nicht mehr unnahbar und kalt, sondern wärmer, wie das Meer an seinen klarsten Stellen. Mein Mund wurde trocken bei dem Anblick. »Ich will dich nicht zwingen. Glaube mir, wenn ich dir sage, du verpasst etwas.«

Unwohl biss ich mir auf die Lippe. Ich hatte Susann versprochen, diese Zeit im Internat zu nutzen. Dass ich die Gedanken der Leute nicht hörte, gab mir noch mal mehr Möglichkeiten, meine eigenen Grenzen auszutesten. Mein Vertrauen in komplett Fremde auszubauen. Ein anderes Leben zu führen, als ich es bisher getan hatte. Er traf mit seinen Worten einen Punkt, der meinen Entschluss ins Wanken brachte.

»Du musst nicht allein springen. Ich kann mit dir springen – oder Jesper, wenn dir das lieber ist. Oder wir alle drei zusammen.«

Ich zog die Augenbrauen zusammen. Woher kam sein Verständnis auf einmal? Es gefiel mir, dass er nicht nur dieser eiskalte Kerl war, den ich am liebsten gegen die Wand klatschen wollte, sondern dass offensichtlich mehr hinter seiner Fassade steckte. Es nahm mich, um ehrlich zu sein, viel zu sehr ein, dass Henrik mir nicht sofort alle seine Seiten zeigte. Es machte mich neugierig und weckte den Drang in mir, jede einzelne Kante und Ecke von ihm kennenzulernen.

»Ich kann's dir auch nur empfehlen. Es ist gar nicht so schlimm. Das Gefühl ist einfach ... befreiend und ... berauschend«, schwärmte Jesper.

»Und?«, fragte Henrik.

Seine Hand hielt er mir immer noch entgegen. Ich zögerte. Meine Höhenangst war nicht nur ein Gespinst, mir wurde übel und schwindelig, wenn ich allein über ein Treppengeländer sah. Mein Blick wanderte zu seiner Hand, hinauf zu seinen Augen. In ihnen stand keinerlei Herausforderung und das reizte mich noch viel mehr. Es sah so aus, als wollte er mich tatsächlich überzeugen, weil es wichtig für *mich* war. Es brachte ihm keinerlei Vorteil, sollte er mich zwingen diese Klippe hinunterzuspringen. Es war rein für mich. Diese Chance sollte ich ergreifen. Wer wusste schon, was morgen oder übermorgen kam?

»Okay.«

War das wirklich über meine Lippen gekommen?

Henriks Augen weiteten sich für einen Moment, als hätte er niemals damit gerechnet, dass ich zusagte – womit wir zu zweit waren. Ich nahm seine Hand und ließ mir von ihm hochhelfen. Ein wahnsinniges Kribbeln setzte in meiner Bauchgegend ein, als ich das T-Shirt auszog, das ich zwischenzeitlich angezogen hatte, genauso wie meine Jeansshorts.

»Sollen wir direkt springen?«, erkundigte sich Henrik. Seine Hand legte sich wieder warm um meine Finger und gab mir Halt.

»Ja, ansonsten überlege ich es mir noch anders«, gestand ich kleinlaut. Die Nervosität zog von meinem Bauchraum über meine Beine bis hin zu den kleinen Zehen.

Er grinste mich an und nickte. Kurz übte er einen zuversichtlichen Druck auf meine Finger aus, den ich nicht erwiderte. Tausende Käfer krabbelten durch meine Nervenbahnen und ich starrte wahrscheinlich wie ein verschrecktes Reh auf die Klippe. Das war ein verdammter Abgrund. Ohne Sicherheitsnetz. Wenn irgendetwas schiefging, würden Henrik und ich nur noch eine undefinierbare Masse im Salzwasser sein. Mein Herz klopfte mir bis zum Hals.

»Ich bin bei dir«, versicherte Henrik mir.

Seine Stimme war wie ein Anker in diesem Sturm aus Angst und Panik, der sich in mir regte. Die Worte allein sollten mich nicht so beruhigen, wie sie es in dem Moment taten. Er war ein Fremder, der mich wenige Stunden zuvor noch verachtet hatte – und es wahrscheinlich noch tat, und trotzdem schien sich in diesem Augenblick mein Universum nur um ihn zu drehen und um die Zuversicht, die er mir schenkte. Ich richtete meinen Blick von der Klippe auf den Jungen neben mir, der mich sanft anlächelte. Mein Herz machte einen Satz. »Gut«, brachte ich kehlig hervor und sah wieder zum Abgrund.

»Lass mich nicht los«, flüsterte Henrik.

Als hätte ich noch die Möglichkeit, meine steifen Gelenke von ihm zu lösen. Meine Hand krampfte sich um seine Finger.

»Drei … zwei … LOS!«, rief er und gemeinsam rannten wir los. Der Abgrund kam immer näher, meine Angst krallte sich in die Eingeweide und drehte sie unnatürlich, sodass mir schlecht wurde. Ich wollte mich sträuben, anhalten, doch Henrik zog mich weiter. Gemeinsam sprangen wir von der Erde ab.

Für einen Moment fühlte ich mich, als würde ich fliegen. Die Angst wandelte sich in reines Adrenalin, das mich berauschte. Mein Blick huschte zu Henrik, der mich ebenfalls ansah. Ein Grinsen lag auf seinen Lippen.

Und plötzlich war der Moment vorbei. Die Schwerkraft hatte uns wieder.

Wir fielen wie Steine dem Meer entgegen. Ich verstärkte meinen Griff um Henriks Hand und spürte, dass er ebenfalls mehr Druck ausübte. Ein Kreischen bahnte sich aus meiner Kehle, ehe wir gemeinsam ins eiskalte Meer eintauchten.

Mir wurde die Luft aus der Lunge gedrückt. Wasser glitt in meine Nase und der Drang, nach Sauerstoff zu schnappen, überwältigte mich, nur schwer konnte ich den Impuls unterdrücken.

Henrik zog mich der Oberfläche entgegen. Ich durchbrach sie und rang hastig nach Luft. Mein Blick glitt an der Klippe nach oben. »Ich hab's getan«, japste ich. Jesper, Latha und Peter reckten ihre Fäuste in den Himmel und ihr Jubel erklang bis zu mir nach unten. Freude regte sich in meinem Bauch und wärmte mich von innen heraus.

»Hast du«, bestätigte Henrik.

Ich sah zu ihm. Seine Lippen hatten sich zu einem Lächeln verzogen. Die Gletscheraugen strahlten immer noch diese irritierende Wärme aus, die mich magisch anzog. Das Adrenalin beflügelte mich. Kurzerhand entzog ich mich seinem Griff und attackierte ihn mit einer Salve Salzwasser.

»Na warte«, knurrte Henrik und ging zum Gegenangriff unter.

Ich lachte laut und versuchte, seiner Attacke zu entkommen, doch die Wassermasse traf mich, für einen Moment blieb mir die Luft weg.

»Mehr hast du nicht drauf?«, fragte ich atemlos und ruderte rückwärts Richtung Sandstrand.

»Versuch das Feuer erst mal zu erwidern«, meinte Henrik und zog an mir vorbei.

Ich drehte mich im Wasser, tauchte unter und zog ihn an seinem Fuß in die Tiefe. Das Salzwasser brannte in meinen Augen, überraschenderweise machte es mir nichts aus. Ich war viel zu aufgedreht, um etwas zu merken. Henrik drehte sich, umfasste meine Hände, und löste meinen Griff von seiner Haut, um dann seine Finger auf meinen Kopf zu legen und mich weiter unten zu halten.

Ich drückte mich von ihm weg und schwamm zurück an die Oberfläche. Prustend holte ich Luft. Henriks Kopf kam direkt vor mir aus dem Wasser.

Uns trennte nur eine einzige Bewegung voneinander, und wir würden uns komplett berühren. Seine Augen glänzten und ein Grinsen lag auf seinen Lippen. »Du kannst das Feuer also erwidern.«

Seine Nähe hatte mich vollkommen eingenommen. Ich schaffte es nicht, eine Erwiderung auf seine Worte zu geben. Mein Blick war von seinem gefangen. All meine Gedanken kreisten plötzlich nur noch um ihn. Wie weich würden seine Lippen …?

In dem Moment platschte es hinter uns, unterbrach meine Gedanken, die in eine gänzlich falsche Spur geraten waren, und rissen mich ins Hier zurück. »Ich habe nie etwas anderes behauptet«, stellte ich klar und schwamm an Henrik vorbei, um an Land zu gelangen.

Was zum Teufel war das gerade? Wieso hatten meine Gedanken sich plötzlich in diese Richtung bewegt?

Kurz sah ich über die Schulter. Henrik schwamm direkt hinter mir. Endlich spürte ich unter meinen Füßen nachgiebigen Sand und trat auf. Ich schüttelte das Wasser aus meinen Haaren und wrang sie einmal aus, ehe ich sie über die Schulter nach hinten warf.

»Alles okay?«, erkundigte sich Henrik.

Überrascht sah ich zu ihm und nickte stumm. Keine Ahnung, was mich da gerade geritten hatte. Die letzten Tage war Henrik kein Mensch gewesen, den ich öfter als unbedingt nötig um mich haben wollte. Doch heute … Er hatte mir eine Seite gezeigt, die ich mochte. Die ich gern um mich hatte. Genauso wie Jesper, Peter und Latha. Wieso drehten meine Gefühle direkt so durch? So war ich doch sonst nie gewesen.

»Ich finde es gut, dass du gesprungen bist«, sprach er weiter und lenkte meine Aufmerksamkeit wieder auf sich.

»Danke, dass du mir den Mut gemacht hast«, erwiderte ich leise und wandte hastig den Blick ab, ehe Henrik meine roten Wangen bemerkte, die nicht durch das kalte Wasser und das Adrenalin gekommen waren.

»Dafür nicht. Du hättest etwas verpasst, oder nicht?«, meinte er und drehte sich zur Klippe um.

Ich folgte der Richtung, in die er sah, und musste ihm zustimmen.

Vielleicht hätte ich auch nie wieder drüber nachgedacht, wäre ich, ohne zu springen, gegangen, aber diese Erfahrung war es wert gewesen.

Ein Windzug traf mich und ließ mich frösteln.

»Na komm, lass uns hoch zu den Handtüchern«, bemerkte Henrik, als hätte er mein Frösteln mitbekommen.

Ich nickte und folgte ihm durch die Böschung hoch.

Latha und Peter hatten sich schon wieder angezogen und klatschten, als wir auf sie zukamen. »Glückwunsch, Ivy! Und wie war es?«, fragte Peter.

Ich konnte mir das Grinsen nicht verkneifen. »Überraschend gut«, stellte ich fest.

»Du musst öfter auf uns hören, dann hast du definitiv häufiger Spaß«, meinte Jesper, der hinter uns durchs Dickicht kam.

»Abwarten, wie sich das noch entwickelt«, ruderte ich zurück, konnte das Grinsen dabei aber nicht von meinen Lippen wischen.

»Du bist ganz in Ordnung, Ivy«, meinte Latha und lächelte mir zu.

»Also was machen wir noch mit unserer restlichen freien Zeit, ehe sich die Pforten des Internats für den Rest des Schuljahres schließen?«, fragte Henrik und sackte auf sein Handtuch.

Ich hielt mitten in der Bewegung inne. »Wir dürfen echt nach heute nicht mehr raus?«

»Nein. Internatsregel. Ein Privileg, wenn die Eltern wissen wollen, wo man sich befindet«, meinte Latha und verdrehte die Augen.

»Du weißt genauso gut wie wir, dass das nur zu unserem Schutz ist«, meinte Jesper und sah Latha mahnend an.

»Das macht die Sache nicht weniger schwachsinnig. Ich meine, wir lernen ja dennoch, wenn wir rausgehen«, beharrte ich. »Stört euch das denn so gar nicht?«

»Nein.« Henrik schüttelte den Kopf.

Ich presste die Lippen aufeinander und schluckte eine Erwiderung hinunter. Mein Vater hatte nicht ein Wort darüber verloren, wobei das nicht unbedingt etwas heißen musste. Für ihn hatte wahrscheinlich nur die Tatsache in die Tasche gespielt, dass meine Mutter damals dieses Eliteinternat besucht hatte, das all das präsentierte, was er sich für mich wünschte – und ihm die Möglichkeit geboten hatte, mich abzuschieben. Alles andere war ihm sicherlich egal gewesen. Der Gedanke bohrte sich schmerzhaft in meine Brust, sodass ich meinen Vater wieder weit von mir wegschob.

»Na kommt, lasst uns noch etwas durch die Geschäfte schlendern«, schlug Jesper vor. »Dann kann Ivy sehen, dass die Schule uns nur davon abhält, vor Langeweile einzugehen. Hier gibt es nämlich nichts Interessantes, für das sich ein Ausgang lohnen würde.«

Die anderen nickten und widerstrebend fing ich an, meine Sachen zu packen. Mit einem Seufzen zog ich mein Handy aus der Tasche, das ich den ganzen Tag sträflich vernachlässigt hatte.

Susann 14:34

Und wie ist der Tag auf dem Internat?

Ivy 16:56:

Du wirst mir niemals glauben, was ich heute getan habe. Ich schick dir gleich ein Foto!

Ich ließ meinen Blick über die Runde gleiten.

Ivy 16:57:

Und ich glaube, dass ich eine Gruppe gefunden habe, mit der das ganze Jahr doch nicht so der Horror sein müsste, wie ich es mir vorgestellt habe.

Susann 16:57:

Du lebst ja noch! Was hast du denn getan?

Sehr schön :) Erzähl mir mehr!

Ich hob mein Handy und machte ein Foto von der Klippe, dem Meer und der Höhe, der ich heute ins Gesicht gelacht hatte.

»Bist du so weit?«, fragte Henrik und sah mit seiner Tasche über der Schulter zu mir.

»Ja, sofort.« Ohne Umschweife schickte ich Susann das Foto.

Ivy 17:00:

Ich bin dort hinuntergesprungen!
Rufe dich nach dem Abendessen an und erzähle dir alles. Versprochen!

Susann 17:00:

Bist du lebensmüde geworden?!

Ich grinste, steckte das Handy aber in meine Hosentasche, ohne Susann zu antworten. »Okay«, sagte ich und atmete schwer aus. »Dann beweist mir mal, dass ich nichts in der Stadt verpasse, wenn ich im Internat für den Rest des Schuljahres eingesperrt werde.«

Jesper legte seinen Arm um mich und schenkte mir ein breites Grinsen. »Du wirst zu jeden Ferien aus dem Internat können. Aber ich wette mit dir, solltest du mehr Zeit mit uns verbringen, willst du gar nicht mehr in die Stadt.«

Ich lachte. »Das werden wir dann ja sehen. Es ist dennoch schön, dass du so selbstüberzeugt bist.«

Er zwinkerte mir zu. »Natürlich.«

»Einer muss es ja sein«, warf Latha ein und brachte uns damit alle zum Lachen.

Wir gingen denselben Weg zurück, den wir gekommen waren. Doch schon von Weitem hörte ich das aufgeregte Schreien von mehreren Kindern, die wahrscheinlich im Meer herumtollten. Nervös griff ich in meine Jeansjackentasche, wo die Beruhigungsmittel griffbereit waren. Selbst wenn ich jetzt schon seit vier Tagen niemanden gehört hatte, war diese Angst präsent. Wobei ich es mir schon fast nicht mehr vorstellen konnte. Immerhin hörte ich niemanden auf diesem Internat.

»Wieso können die Ferien nicht ewig dauern? Ich bin nicht bereit morgen –«

»Das war's wohl mit der Sommerbräune. Verdammt!«

Stocksteif blieb ich mitten unter den Bäumen stehen. »Was zum …?«, wisperte ich.

»Ich habe keine Lust –«

»Ivy? Alles okay?«, fragte Jesper, der mit mir stehen geblieben war.

Wie vom Blitz getroffen sah ich ihn an. Nichts. Absolute Stille. Mein Blick glitt durch die Runde. Immer noch nichts. Kein Gedanke erreichte mich von ihnen. Ihre Stimmen waren nirgends in meinem Kopf zu hören.

»Dieser Test wird mich umbringen.«

»Ich will nicht noch einen Tag verschwenden. Hier gibt es nichts.«

»Wie lang es … Da!«

»Ivy?« Henrik kam einen Schritt auf mich zu, doch ich wich vor ihm zurück.

Wieso zum Geier hörte ich sie nicht?

»Was ist denn los?«, fragte nun auch Latha und sah mich mit gerunzelter Stirn an.

Das wüsste ich auch zu gern.

»O Gott! Lass mich ihn nicht–«

»Was war das?«

Ich kniff die Augen zusammen. »Ich … ähm. Mir geht's nicht so gut. Vielleicht …« Ich stolperte einen Schritt zurück, als die Menge der Gedanken mehr wurde.

»Wo ist er?«

»Ivy?« Jesper berührte mich am Arm.

Ich wich vor ihm zurück. Wieso, in drei Teufels Namen, hörte ich sie nicht? Was stimmte mit ihnen nicht? »Vielleicht … sollte ich zurück zum Internat, aber ihr könnt gern noch bleiben«, meinte ich bemüht locker in der Hoffnung, dass sie nicht die Untiefen meiner Nervosität entdeckten, die sich in mir anstaute.

»Was ist denn plötzlich los?«, bohrte Latha weiter.

»Komm, wir begleiten dich«, sagte Jesper und näherte sich mir wie einem wilden Tier, als könnten sie meine Verunsicherung riechen.

Ich schluckte den schweren Kloß hinunter, der sich in meiner Kehle aufgebahrt hatte. »Okay«, meinte ich und ließ mich von den stummen Leuten führen.

Das komplette Internat war stumm. Wie konnte das sein? Wie konnte es sein, dass ich eine gesamte Institution nicht hörte, obwohl ich dennoch die Stimmen von Menschen in meinem Kopf hörte?

Gemeinsam gingen wir an der Promenade entlang. Beinahe war ich froh, dass Jesper wieder seinen Arm um meine Schulter gelegt hatte, weil ich mich so unauffällig an ihm abstützen konnte. Ich hätte nicht damit gerechnet, dass die Küstenstadt zum Ende des Tages hin so beliebt war. Überall saßen Menschen im Café, redeten, lachten. Und jede verdammte Stimme hörte ich in meinem Kopf. Nur nicht derjenigen, die mich begleiteten. Mit denen ich den gesamten Tag verbracht hatte. Die waren wie ein Buch mit sieben Siegeln für mich – wieso?

»Nur noch ein bisschen ...«

Wie erstarrt blieb ich stehen. Die Stimme war nur leise, besaß eine Tonart, die mir eine Heidenangst einjagte. Verwirrt sah ich mich um, konnte aber den Denker nicht ausfindig machen.

»Komm schon ...«

»Alles okay, Ivy?« Jesper sah mich besorgt an. Keiner von ihnen schien zu verstehen, wieso ich mich auf einmal so verhielt. Wie könnten sie auch? Sie wussten nicht, dass all die Gedanken der uns nahen Menschen in meinem Kopf waren.

Hastig nickte ich und ließ mich weiter von Jesper ziehen, während wir uns der Bushaltestelle näherten.

»Da!«

Plötzlich traten aus einer Seitengasse mehrere Jungs und kamen direkt auf uns zu. Sie stießen sich gegenseitig an, wobei sie aber immer wieder zu uns herübersahen.

»Das Mädchen–«

»So leicht war viel Geld noch nie –«

Die Jungen beunruhigten mich. Das waren die Stimmen, die so einen merkwürdigen Klang besaßen. Ich bemerkte nicht einmal, dass ich meinen Schritt verlangsamte, bis Jesper mich wieder sorgenvoll musterte.

»Wieso bleibt sie stehen?«

Der eine schubste den anderen so stark, dass der ins Straucheln kam und direkt Henrik und Peter vor die Füße fiel.

»He! Was soll das?«, rief der Junge, der auf den Boden gefallen war.

Unsicher trat ich einen Schritt zurück. Ihre Gedanken wurden lauter, desto mehr ich mich ihnen näherte. »Könnt ihr nicht aufpassen?«, fragte Henrik und stieg über den Kerl drüber, der sich langsam aufrappelte, aber sitzen blieb.

»Sorry, Mann. Hab euch nicht gesehen.«

Verwirrt runzelte ich die Stirn.

»Wer von ihnen wohl der Auftraggeber ist?«

Der Auftraggeber? Mein Blick landete auf Henrik, der ein paar Schritte weitergegangen war. »Ivy?«, hakte Henrik erneut nach, als er bemerkte, dass ich stehen geblieben war.

»Komm schon. Folge deinem Kumpel.«

Aus irgendeinem Grund war es mir zu viel. Meine Verunsicherung gegenüber der Gruppe, mit der ich den ganzen Tag verbracht hatte, und diese merkwürdige Vorahnung in der jetzigen Situation ließen meinen Puls in die Höhe schnellen. Ich versuchte die Gedanken zu ignorieren, die sich wie ein Virus langsam ausbreiteten; sie weit von mir zu schieben, um den Tag nicht infrage stellen zu müssen. Doch sie ließen mich nicht los. Stattdessen hafteten sie wie frischer Teer an mir, irgendwas stimmte mit diesen vieren nicht. Etwas an ihnen war faul – mit dem gesamten Internat.

»Ivy, was hast du?«, fragte Jesper und blieb mit mir stehen.

Beinahe krampfhaft umklammerte ich den Griff meiner Tasche.

»Wieso geht sie nicht weiter?«, fluchte einer der Jungen in seinen Gedanken.

Jesper legte seine Hand auf meine Schulter. Ich sah zu ihm auf. Keinerlei Gedanken. Absolut nichts. Nur Stille, die mir entgegen schrie. Wieso? Was stimmte mit ihnen nicht? Wieso hörte ich sie nicht? Aber diese Jungen, die scheinbar irgendwas mit Henrik abgemacht hatten, schon? Obwohl sie es nicht genau gedacht hatten, war ich mir absolut sicher, dass, wenn einer von den vieren irgendwas mit den Jungen abgemacht hatte, es Henrik gewesen war. Das musste wohl zu dem perfiden Plan gehören, in den ich unbewusst reingelatscht war und der nur dafür da gewesen war, um mich auflaufen zu lassen ... Fest presste ich die Lippen aufeinander.

»Komm schon, versau uns das Geld nicht.«

Ich wollte wissen, von was für einem Geld er sprach. Doch ich durfte nicht nach etwas fragen, das ich nicht wissen konnte. Meine Hände verkrampften sich um die Griffe meiner Tasche. Ich sträubte mich weiterzugehen. Irgendwas hatten sie vor, was ich aber nicht in ihren Gedanken sah, weil sie so damit beschäftigt waren, mich telepathisch anzutreiben weiterzugehen.

»Na komm, sonst müssen wir noch eine Stunde auf den nächsten Bus warten«, redete Jesper auf mich ein und führte mich ganz vorsichtig an dem auf dem Boden sitzenden Kerl vorbei.

Steif folgte ich Jesper, meine Bewegungen waren die einer Marionette, die sich in ihren Bändern verfangen hatte.

»Endlich!«

Plötzlich kam Bewegung in den Jungen. Doch bevor er nach meinem Rucksack schnappen konnte, hatte ich mich weggedreht, im selben Moment rempelte mich jedoch einer der anderen Kerle an und ein brennender Schmerz schoss durch meinen Arm. Ich schrie auf und presste meine Hand auf die Stelle. Ein Ätzen fuhr durch meinen ganzen Körper. Ich strauchelte und verlor beinahe das Gleichgewicht. Im letzten Moment zog mich Jesper an seinen Körper und schützte mich vor den Kerlen.

»Tickt ihr noch ganz sauber?«, beschwerte er sich.

Ich riss mich von Jesper los. Irgendwas regte sich in mir. Ich veränderte mich. Meine Sicht wurde klarer und schärfer. Meine Ohren nahmen selbst die Gespräche wahr, die hinter den Türen der Geschäfte geführt wurden. »Fass mich nicht an!«, knurrte ich Jesper an. Das war schon einmal passiert. Ich hatte mich nicht mehr unter Kontrolle. Irgendetwas anderes schien sich aus meinem Körper herauskämpfen zu wollen.

Überrascht stolperte Jesper einen Schritt zurück.

Meine Empfindungen glichen einem Feuerwerk. Alles prasselte auf mich ein. Hinter mir war die Mauer, die die Promenade vom Strand trennte. Ich sackte an ihr unter den Geräuschen und Gefühlen hinab. Die unebenen Steine kratzten über meine Haut. Ich kniff meine Augen zusammen, wollte meine Hand von meinem Arm lösen, aber der Schmerz wurde unerträglich. Meine Haut fühlte sich an, als würde sie Wellen schlagen.

»Fuck!«, rief einer der Kerle.

Ich bemerkte, wie die Jungen ihre Beine in die Hand nahmen und davonliefen.

»Ivy?«, Henrik ließ sich vor mir sinken. »Hey, sieh mich an.«

Eine Schmerzwelle fuhr durch meinen Arm und ich krampfte mich nur noch mehr zusammen. »Scheiße. Ihre Augen!«, hörte ich Peter.

»Verdeckt sie!«, befahl Henrik.

Ich presste die Zähne zusammen. Mein Knurren wurde tiefer. Ich fühlte mich in die Ecke gedrängt. Sie engten mich ein, raubten mir meinen Freiraum.

»Ivy, sieh mich an.« Henrik legte seine Hände auf meinen Arm.

Ich riss ihn weg, schaffte es endlich, meine Augen zu öffnen, und knurrte ihn an. Aus meiner Kehle kam ein animalischer Laut, den ich zuvor niemals von mir gehört hatte.

Er zog sich zurück und hob die Hände, als befände sich vor ihm ein wildes Tier. »Hör mir zu, ich will dir nichts Böses. Du wurdest verletzt. Ich will dir helfen.«

Ohne meine andere Hand von dem Brennen an meinem Arm zu nehmen, griff ich in meine Jackentasche und zog die Pillendose aus ihr hervor.

Jesper riss mir die Dose aus der Hand. »Das sind Beruhigungsmittel«, sagte er und sah mich fragend an.

Mein gesamter Körper spielte verrückt. Mit einer hastigen Bewegung, die durch meinen ganzen Körper zog, klaubte ich die Pillen aus seiner Hand. Wellen strichen über meinen Körper, die jedes meiner Nervenenden in Brand setzten.

»Warte«, sagte Henrik.

Aus dem Augenwinkel bekam ich mit, wie er sich mir näherte. Erneut rollte ein Knurren durch meine Kehle.

»Okay, ich bleibe hier.«

»Darf ich dir helfen?«, erkundigte sich Jesper.

Nach kurzem Zögern nickte ich.

Er drehte den Deckel auf, sodass ich die Verpackung an meine Lippen halten und eine Tablette in meinen Mund fallen lassen konnte. Ich schloss die Augen und wartete. Es dauerte. Viel zu lange. Zuerst war es mein Herzschlag, der endlich wieder zu einem normalen Rhythmus fand. Dann schwächten meine Sinne endlich wieder ab, sodass ich nicht mehr überrollt wurde von all den Eindrücken.

Vorsichtig öffnete ich die Augen. Mein Arm fühlte sich an, als risse mir jemand die Haut von den Knochen. Das Brennen zog sich von der Stelle, wo mich das Messer erwischt hatte, mittlerweile bis in die Fingerspitzen und die Schulter. Es breitete sich mit jedem rasenden Herzklopfen weiter aus.

»Darf ich mir deinen Arm ansehen?«, fragte Henrik und lehnte sich ein Stück vor, um bessere Sicht auf die Verletzung zu haben.

Ich zuckte zusammen und drückte mich noch enger an die Wand. »Ich will dir nur helfen; wir alle wollen dir nur helfen, Ivy«, versicherte Henrik mir.

Zum ersten Mal brauchte ich nicht meine Fähigkeiten, um die Lüge zu enttarnen. Mein Kopf schwirrte. Mein Körper kribbelte überall, aber immerhin fühlte sich nicht mehr alles an, als würde ich in Flammen stehen. Ein gehässiges Schnauben kam über meine Lippen. »Mir helfen? Du hast die Jungs doch angestiftet!«

Überrascht musterte Henrik mich.

Ich rappelte mich auf, stützte mich dabei an der niedrigen Promenadenwand ab. »Du hast sie bezahlt!«, fuhr ich ihn an.

Die Köpfe der anderen drehten sich ruckartig zu Henrik. Seine Mimik war wie versteinert.

»Henrik …« Lathas Stimme hatte einen bedrohlichen Unterton angenommen.

»Ich hatte recht, oder nicht?«, sagte er. »Sie ist ein Wolf.«

»Ich weiß nicht, was in deinem verkappten Hirn kaputt ist. Aber ich bin kein Wolf!«, brauste ich auf.

»Du bist zu weit gegangen«, stand Peter mir bei und trat von Henrik weg.

»Ich will euch alle nicht mehr sehen!«, fauchte ich und drehte mich weg, um allein zur Bushaltestelle zu laufen. Mir war schwindelig und ich stützte mich haltsuchend an einer Laterne ab, um nicht erneut auf den Bordstein zu sinken.

»Warte!«

Jespers Schritte waren hinter mir zu hören.

Ich drehte mich zu ihm um. »Vergiss es!«, fuhr ich ihn an. »Ich meinte es ernst, als ich gesagt habe, dass ich keinen von euch mehr sehen will.«

»Ich wusste davon nichts, Ivy!«, beteuerte er.

»Ich weiß. Aber er ist dein Bruder«, spuckte ich aus und drehte mich weg.

Das war zu viel. Viel zu viel. Keinen einzigen Atemzug würde ich an die Leute verschwenden. Dieses eine Jahr würde ich an dem Internat aushalten. Ich würde eine Musterschülerin sein und mich von den ganzen Menschen fernhalten. Ich brauchte sie nicht. Ich brauchte niemanden.

7

Mit letzter Mühe hatte ich mich auf einen Zweiersitz im Bus verfrachtet. Mir war heiß und eiskalt gleichzeitig. Meine Zähne stießen klappernd aufeinander. Schweiß lief mir von der Stirn. So beschissen hatte ich mich noch niemals zuvor in meinem Leben gefühlt. Erschöpft lehnte ich mich gegen den Sitz und versuchte, meine Atmung in den Griff zu kriegen, um nicht mehr zu hecheln, als wäre ich einen Marathon gelaufen.

Was hatte der Typ mir bitte angetan? Ich zog meine Jacke ein wenig am Arm herunter, um mir die Wunde anzusehen. Die Wundränder waren schwarz. Dunkle Adern zeichneten sich auf meiner hellen Haut ab und wirkten wie Äste, die sich von der Wunde hoch bis zu meiner Schulter streckten. »Was zum …?«, wisperte ich. Mein Puls stieg in die Höhe. Umso länger ich auf das Muster starrte, wirkte es, als würde es sich immer weiter ausbreiten. Die Verästelungen wurden mit jedem Atemzug größer. Was zum Teufel passierte hier gerade? Was hatte dieser Kerl mit mir gemacht? Ich zitterte am ganzen Leib. Fahrig leckte ich mir über die viel zu trockenen Lippen.

»Ivy …«

Mein Blick ruckte zu Henrik, der im Gang stand und mich beinahe flehentlich ansah. »Verpiss dich«, zischte ich und drehte mich demonstrativ von ihm weg.

»Du brauchst Hilfe«, raunte er und sah sich im Bus um, als wollte er sichergehen, dass niemand unsere Wörter belauschte. Abgesehen von zwei weiteren Jugendlichen und dem Fahrer befand sich niemand in dem Bus, der stündlich zwischen Internat und Strand hin und her fuhr. Wahrscheinlich wollten die anderen so lang wie möglich den Freigang nutzen, ehe sie zurück in dieses Gefängnis gingen, das sich als Internat tarnte.

»Sicherlich nicht von dir«, schnaubte ich und konzentrierte mich. Mein Blick flackerte. Mein Kopf fühlte sich an, als befände sich ein Wespennest in seinem Inneren, in das jemand gestochen hatte. Ich konnte keinen einzigen klaren Gedanken fassen. Alles flog umher und ließ mich schwindeln.

»Es tut mir leid.«

»Dir hat das letzte Mal schon mal etwas leidgetan. Aber offensichtlich war das nur eine Lüge, mit der du mich locken wolltest, damit mich …« Ein Schwindelanfall überfiel mich. Meine Nägel krallten sich in die feste Haut meiner Handballen und ich stützte meinen Kopf gegen die Lehne, um etwas Halt zu finden. Was geschah nur mit mir? »Damit mich irgendwelche Jungs angreifen können. Was stimmt nicht mit dir?«

»Ich gebe zu, wenn du das so sagst, klingt das ein wenig gestört. Darf ich mich setzen?«

»Du darfst in der Hölle schmoren«, brachte ich keuchend hervor und schloss die Augen. Übelkeit kroch meine Kehle hinauf. Ich wollte ihn nicht mehr sehen oder hören. Ich wollte nur noch meine Ruhe. Mein Kreislauf spielte verrückt. Die Tabletten hatten geholfen, dieses merkwürdige Etwas in mir zu beruhigen, aber der Schmerz brachte mich schier um den Verstand.

»Da werde ich auch hinkommen. Lass mich dir bitte helfen.«

Ich ignorierte ihn. Meine Kräfte schwanden zunehmend und ich wollte nur noch in mein Bett, die Decke über meinen Kopf ziehen und alles vergessen, was heute geschehen war. Ich hatte mich hinreißen lassen. Hatte Henrik und Jesper unbedingt vertrauen wollen. Noch nie hatte ich mich so schnell von Menschen beeinflussen lassen. Hatte mir noch nie so sehr gewünscht akzeptiert zu werden. Dieser Verrat war wie ein Stich mit dem Messer in die Magengrube. Ich hatte keine Ahnung, warum die Leute es schafften, dass ich meinem eigenen Verstand nicht mehr vertraute, sondern auf meine Gefühle hörte.

»Ivy«, flehte er. »Bitte lass mich dir helfen. Das wiedergutmachen. Irgendwie.«

Widerwillig nahm ich meine Tasche von dem zweiten Platz, die ich dort platziert hatte, und legte sie auf meinen Schoß, damit ich endlich meine Ruhe vor Henrik bekommen konnte. »Jetzt halt die Klappe ... Ich ... ich will nichts mehr von dir hören.«

»Darf ich mir die Wunde ansehen?«

Ich gab ein abweisendes Grummeln von mir. »Wieso hast ... wieso hast du sie bezahlt, um mich anzufallen?«

»Es ist ...«

»Keine Ausflüchte ... oder ähnliches«, presste ich mühevoll hervor. »Du hast mit meinem Leben gespielt und ich will wissen wieso.«

»Ich wollte beweisen, dass sich meine Sinne nicht täuschen. Und ich hatte recht.«

»Ganz ehrlich, Henrik? Du kannst mich mal.«

Er blieb still. Was mich erleichterte. Ich hatte keine Lust auf dieses Gespräch. Oder auch nur auf seine Nähe. Ich wollte mich nur verkriechen und nicht mehr aus meiner Höhle herauskommen, bis ich mich wieder besser fühlte – oder bis das Jahr vorbei war und alles wieder wurde wie vorher.

Vor mir erstreckte sich plötzlich eine blühende Wiese. Eine Frau stand in deren Mitte und beugte sich über einzelne Blumen, um diese zu pflücken. Verwirrt sah ich mich um. »Was zum ...?«

Die Frau sah auf, sodass ich ihr ganzes Gesicht sah. Erschrocken stolperte ich zurück. Die Hälfte, die mir zugewandt gewesen war, glich der einer jungen Frau, kaum älter als ich es war, doch die zweite Hälfte ... Mir wurde speiübel.

Ich beugte mich zur Seite, gerade im richtigen Moment, als das Essen des vorangegangenen Tages wieder nach oben gelangte.

»Verflucht! Ivy ...« Henriks Stimme war voller Sorge und Ekel. Doch ich konnte ihn nicht richtig packen.

Das Gesicht der Frau war direkt vor meinem, sodass ich erschrocken zurückzuckte. Die zweite Hälfte des Gesichts glich dem einer verwesenden Leiche. Haut hing vom Fleisch, durch das teilweise Knochen schimmerten. Die Haare waren auf der jungen

Seite zu kunstvollen Zöpfen geflochten, während auf der anderen Seite nur büschelweise Haare wirr abstanden. »Du bist zu jung, um zu mir zu kommen«, sagte die fremde Frau. »Oder bist du krank?«

»Was?«, *fragte ich. Meine Stimme war bloß noch ein Flüstern.*

»Ivy? Hey, bleib bei mir.«

»Bist du krank? Stirbst du deswegen und verlangst Eintritt in die Unterwelt?«

Ich verstand gar nichts mehr. Wo war ich? Wieso fühlte sich alles an mir so schwer an?

»Ivy, sag was. Irgendwas. Nur sprich mit mir, bitte!«

Die Frau legte den Kopf schief und trat noch einen Schritt näher, sodass sich unsere Nasen fast berührten – zumindest das, was von ihrer Nase übrig war. Sie sog tief die Luft ein, als wollte sie erschnuppern, was mir fehlte. »Hmm ... Silber. Fieses Zeug, gerade ...«, sie schnupperte noch mal und ein Grinsen breitete sich auf ihren Lippen aus, »gerade als Fenrirsdóttir. Warst du zu langsam?«

»Fen-was?« *An meiner Zunge schien ein Gewicht zu hängen, ich konnte kaum Wörter bilden.*

Die Fremde sprang einen Schritt zurück. »Ach!« Sie klatschte in die Hände, wobei von ihrer toten Seite ein Stück Fleisch abfiel. Mir wurde schlagartig wieder übel. »Du bist noch gar nicht erwacht!«

»Ivy, komm schon.« *Henriks Stimme hallte zu mir durch, aber nur schwach.*

»Meine Mutter hat schon ewig auf solch eine Chance gewartet.«

»Deine ... Mutter?«, *fragte ich mit bleierner Stimme. Für mich war es schwer vorstellbar, dass ein Wesen wie sie überhaupt eine Mutter besaß.*

»Ja, meine Mutter. Du darfst noch nicht sterben.«

»Sterben?«, *fragte ich. Panik kroch in mir hoch. Ich wollte nicht sterben.*

»Ich werde dich nicht sterben lassen, Ivy. Verdammt!«

Die Frau nickte und drehte sich von mir weg. »Ja, deswegen bist du bei mir. Weil du an der Schwelle zum Tod stehst. Aber leider kann ich es dieses Mal nicht zulassen. Dafür bist du für unsere Pläne gerade zu wichtig geworden«, murmelte sie wie nebenbei und sortierte dabei die Pflanzen, die sie bereits gesammelt hatte. »Wo habe ich ihn denn, wo habe ich ihn denn?«, sang sie vor sich her.

»Erzähl mir irgendwas, Ivy, bitte. Hör nicht auf zu reden.«

Ich wollte zurückweichen, doch mein Körper ließ sich keinen Schritt bewegen. Erst jetzt fiel mir auf, dass ich scheinbar gar keine Substanz hatte. Halluzinierte ich?

»Da!«

Wie eine Gewinnerin streckte die Frau ihren Arm in die Höhe und kam so beinahe hüpfend auf mich zu. Sie hielt ihre Hand zwischen uns, die sie zur Faust geformt hatte, und öffnete sie langsam. Ein goldenes Leuchten kam zum Vorschein. »Siehst du das?«, erkundigte sie sich.

»Ja.« *Gott, ich wurde so schläfrig ...*

»Du darfst nicht schlafen!«, schrie sie mich an. Der Himmel, der zuvor blau geleuchtet hatte, verdunkelte sich mit einem Mal. In ihrer Stimme schwang etwas mit, was ich vorher noch niemals gefühlt hatte bei einem Menschen – oder einer Illusion ... erst recht nicht bei einer Illusion.

»Wir haben es fast geschafft! Halte nur noch ein bisschen aus, okay? Fuck!« Henriks Stimme klang verzweifelter, als ich ihm zugetraut hätte, wobei ich das nur am Rande mitbekam.

Wieso sollte er sich solche Sorgen um mich machen? Immerhin war er doch schuld an dem Ganzen. »Okay«, *murmelte ich, konnte aber nichts daran ändern, dass meine Stimme müde klang.*

Die Frau musterte mich eingehend. Ihre Augen leuchteten beide golden, genauso wie dieses Steinchen, was sie in ihrer Hand hielt. Wobei das Auge auf der toten Seite nicht wirklich ein Auge war, sondern eher nur ein Glühen. »Hör mir genau zu, Fenrirsdóttir: Das ist ein göttlicher Samen.«

»Göttlicher ...?«

»Bist du wirklich so dumm? Götter, Fenrirs Kinder waren schon mal schlauer«, murmelte sie mehr zu sich selbst als zu mir. »Also, das ist ein göttlicher Samen. Und da Odin die Weltenportale verschlossen hat und Mutter deswegen Vater nicht befreien kann, wirst du unser Schlüssel sein. Verstanden?«

»Ich ... ich will kein Schlüssel sein«, *widersprach ich.*

Sie lachte glockenhell. »Ich habe dich nicht nach deiner Meinung gefragt, Fenrirsdóttir.« Sie hob die Hand mit dem leuchtenden Samen etwas höher. »Viel Spaß!« Mit einer ausholenden Bewegung warf sie den Samen in mich hinein.

Mein Kopf sackte gegen Henriks Schulter, selbst das störte mich nicht mehr. Ich bemerkte, wie er sich unter mir bewegte, sodass ich bequemer liegen konnte. »Ivy, du musst wach bleiben.«

»Hmhm.«

»Ernsthaft. Wir müssen dich unbedingt in die Krankenstation bringen. Es dürfte nicht so schlimm sein.«

Ich schaffte es, meine Stirn zu runzeln, aber keinerlei Worte drangen über meine Lippen, dabei wollte ich brennend wissen, wovon er genau sprach und warum er sich anhörte, als litte er Qualen.

Der Bus hielt an und Henrik half mir aufzustehen. Meine Beine knickten unter meinem Gewicht ein.

»Was ist mit ihr?«, wollte jemand wissen.

»Magenverstimmung. Ich geh mit ihr zur Krankenstation«, versicherte Henrik demjenigen und ich merkte, wie er mich weiterzog. Er schleifte mich eher, obwohl ich mir Mühe gab, zumindest ein wenig zu stolpern, damit ich eigenständig zur Krankenstation taumeln konnte. Doch meine Beine wollten mir nicht gehorchen, genauso wenig wie der Rest meines Körpers. Mein Geist war so schläfrig ... so unglaublich müde. Die Schwärze lockte mich und rief mich zu sich.

»Ivy, sprich mit mir«, sagte Henrik und zerrte mich weiter.

»Nein ...«, nuschelte ich.

»Ich weiß, dass ich nicht deine erste Wahl bin. Es tut mir wahnsinnig leid, dass es so gekommen ist. Hast du dich noch nie verwandelt?«

»Wovon ... wovon zum Kuckuck redest du?« Ich bekam meinen Mund nicht richtig auf, sodass ich selbst meine Worte kaum verstand.

»Scheiße«, fluchte Henrik. »Achtung, hier kommt die Treppe.«

Trotz seiner Warnung schaffte ich es nicht, meine Beine anzuheben, und wäre beinahe der Länge nach hingefallen, hätte Henrik mich nicht gehalten. Er stieß noch einen kurzen Fluch aus, dann, plötzlich, wurde ich hochgehoben. Ein erschrockenes Keuchen entwich mir, aber wehren konnte ich mich nicht, als Henrik mich gegen seine Brust drückte – zu meiner Überraschung wollte ich es auch gar nicht. Mein Kopf sackte gegen seine Schulter und sein Duft umhüllte mich. Ich sog ihn tief ein. Er benebelte meine Sinne, weckte etwas in mir, was ich noch nie gefühlt hatte. *Mein*. Hier gehörte ich hin. Genau an diese Stelle in seinen Armen.

»Henrik! Was ist mit ihr?«

»Tut mir leid, Sie stören zu müssen. Ivy hat eine Silbervergiftung.«

»Eine was? Woher …?«

»Können wir wann anders darüber reden?«

Ich bekam die Unterhaltung nur am Rande mit.

»Legen Sie sie hierher.«

Henrik beugte sich vor und legte mich auf einen weichen Untergrund. Als er sich zurückziehen wollte, machten sich meine Finger selbstständig und klammerten sich an seinen Arm. Er hatte mich verraten, hatte mich verletzt, und trotzdem wollte ich nicht ohne ihn sein. Ich verstand es nicht. Aber ich würde durchdrehen, wenn er mich hier alleinließ – wo auch immer das war –, während es mir so schlecht ging.

»Ich bleibe hier, versprochen«, versicherte er mir und griff nach meiner Hand. Seine Finger waren unglaublich sanft, als er sie um meine Haut legte und mit seinem Daumen über meinen Handrücken streichelte.

»Sie hat das Silber an den Arm bekommen.«

Ich wollte irgendwas sagen, doch der Gedanke entfloh direkt wieder und alles fiel in Schwärze.

***

Das Erste, das ich bewusst mitbekam, waren die pochenden Kopfschmerzen, die mich direkt wünschen ließen, noch eine Weile länger in der seligen Dunkelheit zu schweben, die mich bis vor wenigen Momenten noch umhüllt hatte. Blinzelnd öffnete ich die Augen. Mit schmerzverzerrtem Gesicht sah ich mich in dem Raum um, konnte jedoch nicht viel erkennen, weil mein Bett von einem Vorhang vom Rest abgetrennt war.

»Verflucht.« Ich fühlte mich, als hätte ich den mächtigsten Kater meines ganzen Lebens und wäre zusätzlich von drei Bussen überrollt worden. Mit einem stechenden Schmerz in meiner Armbeuge richtete ich mich auf, sodass ich aufrecht im Bett saß. In meinem Arm steckte eine Kanüle.

Mein Blick folgte dem Schlauch, an dem ich angeschlossen war. »Was zum …?«

»Ivy, Sie sind wach.« Die Frau, die hinter dem Vorhang hervorkam, der um mein Bett gezogen war, trug einen Ärztekittel und betrachtete mich mit dem neugierigen Blick einer Ärztin.

Unwohl wand ich mich im Bett. »Warum bin ich hier?«, fragte ich. Meine Stimme kratzte.

Die Frau wandte sich einem Tisch zu, der neben meinem Bett stand, und schüttete etwas Wasser in ein bereitstehendes Glas, das sie mir reichte.

»Danke«, nuschelte ich und trank einen langsamen Schluck.

»Gern. An was können Sie sich noch erinnern?«

Ich presste die Lippen aufeinander.

»Henrik hat Sie mit einer Silbervergiftung hergebracht.«

Sein Name löste die erste Erinnerung aus. Er hatte mich verraten. Hatte mich verkauft. Ich schluckte die Wut zunächst herunter, um mich auf die Ärztin zu konzentrieren – deren Gedanken ich ebenfalls nicht hörte. »Silbervergiftung?«

»Haben Sie eine Allergie dagegen?«

»Ich hatte nie etwas aus Silber«, sagte ich.

Sie nickte und legte ihren Finger nachdenklich ans Kinn. »Schlafen Sie noch etwas. Morgen ist Ihr erster Schultag. Da wollen Sie sicherlich ausgeruht sein. Bis dahin sollte auch Ihre Infusion durch sein.«

Mein Blick wanderte zu dem halbvollen Beutel, der mit der Kanüle in meinem Arm verbunden war. »Okay. Danke.«

»Dafür nicht. Nur noch ein Rat, Ivy: Sie sollten sich von Leuten fernhalten, die Ihnen Böses wollen.«

Das hatte ich vor. Henrik und der Rest der Gruppe waren für mich so was von gestorben, selbst wenn die anderen nicht mitgewirkt hatten. So gut es eben ging, würde ich einen ganz weiten Bogen um die Gruppe machen.

»Schlafen Sie gut, Ivy.«

»Gute Nacht.«

Die Ärztin verschwand wieder hinter dem Vorhang und ich ließ mich zurück ins Kissen sinken. Ich war tatsächlich noch müde, gleichzeitig aber auch aufgekratzt.

Warum sollte ein Kerl mit Silber auf mich losgehen? Mein Kopf pochte protestierend bei den Überlegungen, die sich überschlugen. Ich schloss die Augen und versuchte, die Gedanken von mir zu schieben. Doch sie klopften unablässig in meinem Unterbewusstsein. Frustriert stöhnte ich und fuhr mir durch die Haare.

Die Ärztin hatte das Licht angelassen, das durch die Vorhänge gedimmt war. Ich starrte zu dem Verband hin, der um meinen Arm geschlungen war. In meinen Gedanken tauchten die komischen, dunklen Verfärbungen meiner Adern auf, die ich jetzt zum Glück nicht erkennen konnte. Vielleicht war das auch nur eine Einbildung gewesen, die durch die Vergiftung gekommen war … Ich rieb mir über die Stirn. Das klang absolut absurd. Genauso wie die Tatsache, dass ich durch einen einfachen Schnitt eine Silbervergiftung bekommen hatte. Als wäre ich ein verdammter Werwolf … Mein Herz stolperte einen Moment.

»Ich wollte beweisen, dass sich meine Sinne nicht täuschen. Und ich hatte recht.«

Wovon zum Teufel hatte Henrik gesprochen? Ich hatte mir oft gewünscht, dass etwas Aufregendes in meinem Leben passierte. Das alles erklärte, was mir bislang widerfahren war. Wieso meine Mutter uns so früh verlassen hatte, wieso ich die Gedanken der Menschen um mich herum hörte. Henrik gelang es, meine kompletten Fantasien zu sprengen.

»Fuck …«, wisperte ich, als mir eine Idee kam, die mein Herz zum Rasen brachte. »Das kann nicht sein«, schalt ich mich selbst, als die Idee Konturen und Form annahm. Ich wollte es ihm nicht zutrauen. Wollte nicht wahrhaben, dass mein eigener Vater zu so etwas fähig war. Das Verhalten der Menschen auf dem Internat und dass ich ihre Gedanken nicht hören konnte … Ich schloss die Augen. Es wäre die einzige logische Schlussfolgerung. Morgen … Morgen würde ich ihn anrufen und zur Rede stellen.

***

»Guten Morgen, Ivy, wie geht es Ihnen?«

Ich kniff die Augen zusammen, als die Ärztin die Vorhänge beiseitezog und mich ein Strahl des Sonnenlichts direkt ins Gesicht traf. »Morgen. Ganz gut, denke ich.« Zumindest waren meine Kopfschmerzen weg und ich fühlte mich überraschend ausgeruht, dafür dass ich gestern noch eine Vergiftung hatte.

Die Ärztin beugte sich über meinen Arm und öffnete den Verband, der um meinen Arm lag. »Das sieht doch gut aus«, stellte sie zufrieden fest und ließ die Reste des Verbandes in den Mülleimer fallen, der neben dem Bett stand. »Sie können auf jeden Fall heute am Unterricht teilnehmen. Geben Sie nur auf sich acht, in Ordnung?«

Ich nickte. »Das geht in Ordnung.«

»Gut, dann sollten Sie sich jetzt frischmachen gehen, damit Sie nicht zu spät zum Unterricht kommen.«

»Danke schön.«

»Nicht dafür, Ivy. Verstehen Sie mich nicht falsch, aber ich hoffe, wir sehen uns so bald nicht wieder.«

Ich schenkte ihr ein Lächeln. »Das hoffe ich ebenfalls.«

Sie stand auf und ließ mich hinter dem Vorhang allein. Für einen kurzen Moment blieb ich noch liegen und starrte an die weiße Decke, ehe mein Blick auf die Wunde fiel. Sie war nicht tief und die schwarzen Verästelungen auf meiner Haut waren auch verschwunden, was mich erleichtert zusammensacken ließ. Es war wohl doch nur eine Halluzination gewesen … genauso wie diese Frau. Ich fuhr mir durchs Gesicht und stand endlich auf, damit ich vor dem Unterrichtsbeginn duschen konnte. Mein Magen knurrte protestierend. Vielleicht schaffte ich es noch, eine Kleinigkeit zu essen.

Meine Füße setzten gerade auf dem Boden auf, als ich weitere Schritte hörte. »Guten Morgen, Ivy.«

Schlagartig verspannten sich all meine Muskeln und ich blieb stocksteif auf dem Patientenbett sitzen.

»Wie geht es dir? Doc Samson wollte mir nichts sagen.« Henrik blieb neben dem Bett stehen.

Ich wollte seinem Blick nicht begegnen. Wollte ihn nicht sehen. Mit steifen Bewegungen stand ich auf. Ich sammelte meine ganze Wut, die ich noch zur

Verfügung hatte. Meinen ganzen Frust, den ich ihm gegenüber empfand, und hieß ihn willkommen, als er mich bis in die hinterste Ecke meines Körpers ausfüllte. »Ich habe dir gestern schon gesagt, dass ich dich nicht mehr in meiner Nähe haben will«, gab ich mit einem Grollen von mir. »Ich kann das gern für dich wiederholen, sollte es nicht angekommen sein.«

Henrik begegnete meinem Blick mit einer stoischen Ruhe, die ich ganz tief in meinem Inneren bewunderte. »Deswegen wolltest du mich gestern gar nicht erst gehen lassen, als ich dich hier abgeliefert habe?«

Daran erinnerte ich mich gar nicht. Ich presste meine Lippen aufeinander. »Da war ich nicht ganz ich selbst. Jetzt bin ich es. Und ich kann dir nur sagen, dass ich dich und deine Freunde nicht mehr sehen will.«

Ich lief an ihm vorbei, ohne ihn noch eines einzigen Blickes zu würdigen. Ein Hochgefühl befiel mich, weil ich ihm die Stirn geboten hatte und ihn nun einfach stehen ließ. Frau Samson saß an ihrem Tisch an der Tür zum Krankenzimmer und warf mir ein Lächeln zu, woraus ich schloss, dass sie unser Gespräch mitbekommen und gut fand, wie ich reagiert hatte.

Ich trat durch die Tür in den Flur und sah mich kurz um. Ich hatte keinen Schimmer, wo ich mich befand. »Verflucht«, zischte ich und warf einen Blick nach links und rechts, aber überall sah ich nur einen Flur, an dessen Wänden Landschaftsgemälde hingen, die durch warm leuchtende Birnen angestrahlt wurden.

»Brauchst du vielleicht Hilfe?«, erkundigte sich Henrik, der in dem Moment hinter mir erschien.

Ich schnaubte. »Von dir sicherlich nicht.«

»Bitte hör mir zu. Nur eine Minute.«

Ruckartig drehte ich mich zu ihm um. »Ich habe dir gestern zugehört«, erinnerte ich ihn. »Und du hast mir gesagt, dass du keine üblen Tricks mit mir abziehen würdest, statt dich an dein Wort zu halten, hast du Leute beauftragt, um mich anzugreifen! Was stimmt nur nicht mit dir?«

»Woher weißt du überhaupt, dass ich sie beauftragt habe?«

Ich biss mir auf die Zunge. Genau hatte ich es nicht gewusst. Seine Reaktion zeigte, dass ich mit meiner Vermutung recht besessen hatte, was sich noch schlimmer anfühlte als die gestrige Silbervergiftung. Heiß floss die Scham, begleitet von dem bitteren Geschmack des Verrats, durch meinen Körper. »Das kann dir egal sein, aber ich weiß es. Jetzt entschuldige mich bitte, ich habe keine Lust, mich mit einem Psychopaten zu unterhalten.«

Von meiner Wut angetrieben stolzierte ich nach links und landete nach einigen Metern an einer Kreuzung. Die Gänge sahen hier alle gleich aus. Aus einem Gefühl heraus ging ich wieder nach links und anscheinend hatte ich heute das Glück an meiner Seite. Ich landete direkt in der Mensa, die noch wie leer gefegt war. Hastig lief ich an den leeren Tischen vorbei ins Foyer, um dann in Ziskas und mein Zimmer zu gehen. Der Chip war zum Glück in meiner Tasche, die neben dem Bett gelegen hatte. Ich öffnete die Tür. Ziska stand im Zimmer und sah mit großen Augen zu mir.

»Wie geht es dir?«, fragte sie mich direkt. »Ich habe gehört, dass du angegriffen wurdest. Ist alles in Ordnung?«

»Ja, schon. Nur etwas angeschlagen. Immerhin gut genug, dass ich in den Unterricht kann.«

Ziska schmunzelte. »Das ist ja die Hauptsache«, bemerkte sie sarkastisch.

»Ja, total.« Ich erwiderte ihr Lächeln und warf meine Tasche aufs Bett. »Zuallererst freue ich mich auf die Dusche.«

»Lass dir nicht zu lang Zeit, das Frühstück beginnt gleich.«

Ich nickte, schnappte mir mein Handy und nahm mir Wechselsachen aus dem Schrank, um danach direkt im Bad zu verschwinden.

Meine Sachen legte ich auf den Klodeckel. Danach lehnte ich mich gegen das Waschbecken und starrte mein Handy an, als könnte es im nächsten Moment mich angreifen. Ich entsperrte es und schob die ungelesenen Nachrichten von Susann erst mal beiseite, damit ich ihn anrufen konnte. Mir war nicht wohl bei dem Gedanken. Vielleicht sträubte ich mich auch vor der Information, die ich aus ihm rauskriegen wollte.

Jahrelang hatte ich versucht die Tochter zu sein, die er sich gewünscht hatte. Ein normales Kind, das keinerlei Gedanken hörte und sich verhielt wie jedes andere Kind. Ich hatte mich bemüht; hatte mein Möglichstes gegeben, um seinem Ideal gerecht zu werden, obwohl ich nicht wie jedes andere Kind war. Trotzdem war ich aus seinem perfekten Rahmen des hingebungsvollen, alleinerziehenden Vaters gefallen, den er um uns gebaut hatte.

Das Knäuel zog sich mit jeder Sekunde fester zusammen. Seufzend suchte ich in meinen Kontakten nach seiner Nummer und wählte sie. Das Tuten in meinem Ohr machte meine Nervosität nicht besser. Im Gegenteil. Was sollte ich machen, wenn er mich tatsächlich in eine Irrenanstalt geschickt hatte? Der bekannte Stich machte sich in meinem Herzen bemerkbar. Meine Fingernägel bohrten sich in den Handballen, während das Tuten lautstark in meinem Ohr hallte.

»Lehmann?«

»Hey, Papa.«

»Eivor! Wie geht es dir? Es freut mich, dass du dich meldest.«

Ich zuckte beim Klang des verhassten Namens zusammen und verzog die Lippen anlässlich seiner eiskalten Lüge. Ich kannte ihn gut genug, um zu wissen, dass er es hasste, wenn er während der Arbeit unterbrochen wurde. »Ich denke, dass es mir gut geht«, meinte ich langsam.

»Du denkst? Was ist los?«

Die Sorge in seiner Stimme war herauszuhören, wobei ich bemerkte, dass ich nicht seine hundertprozentige Aufmerksamkeit besaß. Ich holte tief Luft. »Hast du mich in eine Irrenanstalt geschickt?«, fragte ich geradeheraus und kniff die Augen zusammen in der Hoffnung, mich auf die kommenden Worte zu wappnen.

»Was?«, fragte er überrascht. Das Tippen, das ich im Hintergrund gehört hatte, verstummte. Jetzt hatte ich seine Aufmerksamkeit. Entweder weil ich ihn erwischt hatte oder weil er entsetzt darüber war, dass das Elite-Internat vielleicht nicht ganz so toll war, wie er gedacht hatte.

»Die Mitschüler … Ich habe dich gefragt, ob das hier eine Irrenanstalt ist«, wiederholte ich.

»Nein. Wie kommst du darauf?«

Ich biss mir auf die Lippe. Mir lagen die Geschehnisse von gestern auf der Zunge, aber ich brachte es nicht über mich, sie zu sagen. Er würde eh nichts tun. So gut kannte ich ihn. Vielleicht würde er sogar sagen, dass ich es selbst verschuldet hatte. »Die Leute hier sind komisch«, gab ich stattdessen von mir.

»Eivor, inwiefern sind die Leute komisch?«, hakte er nach.

Ich wusste, worauf er anspielte. In seinen Augen war ich verrückt. Ich war irgendeine Jugendliche, die sich Aufmerksamkeit erhoffte, in dem sie Lügen erzählte. Selbst meinem Therapeuten hatte er nicht geglaubt, der, nachdem er mit mir die verschiedensten Tests gemacht hatte, zumindest annähernd meinen Worten glaubte. »Einer von ihnen hat mich ...« Kurz stoppte ich in meiner Ausführung. Ich fühlte mich unwohl bei dem Gedanken, Henrik zu verpetzen. Wobei, war das überhaupt petzen? Immerhin hatte er Leute angestiftet, dass sie mich angriffen ... »Kannst du mir nicht glauben, wenn ich sage, dass sie merkwürdig sind?«, fragte ich.

Mein Vater seufzte am anderen Ende der Leitung. Ich konnte mir bildlich vorstellen, wie er sich über die Stirn rieb. »Hast du deine Tabletten genommen?«

Ein Kloß wuchs in meinem Hals. Diese Frage hatte ich befürchtet. »Ja«, meinte ich und starrte auf meine Hand, die ausgestreckt auf meinem Knie lag. Natürlich dachte er zuerst, dass es daran lag, dass ich wieder »halluzinierte« – wie er es nannte. Ich biss mir auf die Lippe und versuchte, die bekannte Enttäuschung zu ignorieren, die auf meinem Herz trampelte. Dass ich bei diesen Menschen gar nichts hörte, behielt ich gekonnt für mich.

»Ich kann dich nicht aus dem Internat holen. Jetzt noch einen neuen Platz irgendwo zu finden ist unmöglich. Allein durch deine Mutter konnte ich dir den Platz dort sichern.«

Zittrig stieß ich meinen Atem aus. »Natürlich.« Ich konnte nicht verhindern, dass meine Stimme gepresst klang. »Wie ... wie bist du angekommen?«, fragte ich dann, um das Thema zu wechseln, und vergrub meine Finger in der Decke.

»Kann ich dich wann anders anrufen? Ich muss zu einem Termin.«

»Klar. Ich hab dich lieb, Papa«, sagte ich leise mit geschlossenen Augen.

»Bis dann.«

Dass er meine Worte nicht erwiderte, war nichts Neues. Trotzdem tat es weh. Jedes einzelne Mal. Ich legte das Handy aufs Waschbecken und beobachtete, wie das hell erleuchtete Display ausging.

Ich hasste es. Hasste, dass ich mich jedes Mal von ihm verletzen ließ. Ich hasste, dass mich diese Gefühle wieder übermannten, als wären sie mir gegenüber neu. Wieso bemühte ich mich eigentlich noch? Ich ballte meine Hände zu Fäusten und ignorierte die stechenden Schmerzen in meinem Herzen. Ich wusste, dass er mich nicht liebte. Seit er meine »Halluzinationen« nicht mehr als Kinderfantasien abstempeln konnte, hatte er Angst vor mir. Vielleicht liebte er mich tief in seinem Inneren, so tief, dass er selbst es nicht einmal wusste. Ich schluckte den Kloß herunter, der sich in meinem Hals festsetzte, doch er war sofort wieder da. Mein eigener Vater fürchtete sich vor mir. Ich kniff die Augen zusammen, um die Tränen daran zu hindern, über meine Wangen zu laufen. Ich wollte nicht seinetwegen weinen. Nicht jetzt. Nicht hier. Ich seufzte und versuchte, den Schmerz zu verbannen, der mich jedes Mal einholte, wenn ich mit meinem Vater sprach.

8

Beim Frühstück war ich den anderen aus dem Weg gegangen und hatte mich demonstrativ an einen anderen Tisch gesetzt – so weit weg von Peter, Latha und Jesper wie nur möglich. Henrik hatte ich nicht entdecken können und war heilfroh darüber. Von mir aus konnte der Kerl bleiben, wo der Pfeffer wuchs.

Ziska blieb überraschenderweise an meiner Seite und beobachtete mich und meine Reaktion auf die Gruppe. Sie fragte nicht nach, worüber ich ebenfalls froh war. Sie hatte mir angeboten mich zum Unterricht zu begleiten, weil wir eh dieselben Zimmer besuchen mussten, was ich dankend angenommen hatte. Also hatten wir uns nach dem Frühstück direkt in den Schultrakt begeben und liefen nun durch einen Flur im zweiten Stock, dessen weiß verputzte Wände mit Kunstwerken der Schüler und Schülerinnen verziert waren. Nicht jedes sah gut aus, doch manche raubten mir den Atem.

Gemeinsam betraten wir das Unterrichtszimmer für Religion. Auf den ersten Blick unterschied es sich nicht von denen, die ich bisher besucht hatte. Zweiertische standen in Reih und Glied hintereinander auf die Tafel gerichtet. Ich setzte mich neben Ziska, die bereits ihren Block und Stifte rausgeholt hatte, und sah mich aufmerksam um. Nervös knetete ich den Schulterriemen meiner Tasche. Mein ganzer Körper kribbelte vor Nervosität.

»Religion ist das langweiligste Fach, das du an dieser Schule haben kannst«, informierte sie mich und begann auf ihrem Block zu kritzeln. »Du brauchst nicht so nervös zu sein.«

Ruckartig ließ ich meine Tasche los. »Ich bin nicht nervös wegen Religion. Das Fach war bei uns auch schon superlangweilig. Aber immerhin war es einfach, darin gute Noten zu bekommen und dadurch seinen Schnitt anzuheben«, murmelte ich abwesend und holte meine Sachen raus, wobei ich meine Kopfhörer drunter schmuggelte, die mir in meiner alten Schule schon eine immense Hilfe gewesen waren. Die Musik ließ die Gedanken nicht verschwinden, überraschenderweise half sie mir jedoch die Gedanken zumindest etwas zu überspielen – gemeinsam mit den Tabletten –, damit ich einen Fokus fassen konnte. Dank der Gedanken der Lehrer hatte ich dem Unterricht trotzdem recht gut folgen können.

Ziska lächelte mich kurz an. »Wie war es an deiner Schule?«, fragte sie mich.

»Wahrscheinlich nicht viel anders als hier.«

Sie schnaubte belustigt. »Glaub mir, diese Schule ist definitiv anders als jede, die du jemals besucht hast.«

Mit hochgezogenen Augenbrauen sah ich zu ihr. »Ach ja? Wieso?«

»Wart's ab, das wird dir gleich in Religion schon auffallen«, meinte Ziska und warf mir ein kurzes, verschwörerisches Grinsen zu.

Ich runzelte die Stirn, wollte noch mehr fragen, in dem Moment stieg mir ein Duft in die Nase. Nasses, frisch gemähtes Gras und feuchte Erde verströmten ihr Aroma und trugen eine Note mit sich, die ich nicht entziffern konnte, die mich jedoch heimisch und geborgen fühlen ließ. Schlagartig verschwand die Anspannung aus meinen Muskeln. Die Nervosität verpuffte, als wäre sie niemals da gewesen. Ich ließ mich entspannt gegen die Rückenlehne sinken.

»Guten Morgen, Ivy.«

Seine Stimme zerstörte meine gesamte Entspannung mit einem einzigen Schlag. Ich riss die Augen auf und starrte zu Henrik und Jesper, die sich am Tisch neben Ziska und mir sinken ließen. Daneben in der Reihe saßen Latha und Peter, die mir ein Lächeln zuwarfen, das fast wie eine Entschuldigung aussah.

»Wie geht es dir?«

Ich biss die Zähne aufeinander und starrte stoisch geradeaus.

»Solltest du ihm nicht antworten?«, fragte Ziska flüsternd. Ich bemerkte, wie sie unruhig auf ihrem Sitz hin und her rutschte.

»Eher friert die Hölle zu.«

Verwirrt blinzelte sie. »Was? Aber …« Sie verstummte, als eine weitere Person den Unterrichtsraum betrat.

»Guten Morgen und herzlich willkommen zurück am Swen-Internat nach den Sommerferien«, begrüßte der Lehrer die Klasse. »Ich hoffe, Sie konnten die Ferien genießen und haben nicht alles vergessen, was wir im letzten Jahr durchgenommen hatten.«

Ich richtete meine Aufmerksamkeit auf ihn. Stille. Keinerlei Gedanken. Von keinem der Schüler. Ich wusste nicht, ob mich das beruhigen oder eher beunruhigen sollte. Zu meiner Schande entspannte ich mich ein wenig. Weil ich endlich eine ganz normale Schülerin sein konnte, die nicht die Gedanken ihrer Lehrer oder Mitschüler hörte. Weil ich in diesem Moment nichts hörte außer dem, was jeder andere ebenfalls hörte. Ich war normal. Zum allerersten Mal in meinem Leben, während alle anderen scheinbar verrückt waren – welch Ironie. Mein Herz machte einen entzückten Sprung und die Anspannung ließ glücklicherweise wieder etwas nach, die mich nach Henriks Worten heimgesucht hatte.

Der Lehrer, der gerade am Pult seine Sachen sortierte, war nicht alt, ich schätzte ihn auf Mitte dreißig. Seine braunen Haare waren kurz geschnitten, minimale graue Strähnchen zogen sich durch die dunkle Mähne und die hellbraunen Augen, die beinahe golden wirkten, blitzten neugierig durch die Klasse, ehe er an mir hängen blieb. »Mir wurde bereits mitgeteilt, dass wir jemand Neues in der Klasse haben. Würden Sie sich vielleicht kurz vorstellen, Eivor?«

Ich verzog die Lippen bei meinem verhassten Namen, stand auf, um die gesamte Klasse im Blick zu haben. »Hi, ich bin Eivor Lehmann, werde am liebsten Ivy genannt, weil das nicht klingt, als wäre ich ein axtschwingender Wikinger. Ich bin sechzehn Jahre alt und voraussichtlich nur für dieses eine Jahr auf dem Internat.« Ich sah noch einmal kurz durch die Klasse. Niemand schien Anstoß an meinem Namen zu nehmen – abgesehen von Jesper, der breit grinste. Von Latha bekam ich sogar einen mitleidigen Blick zugeworfen.

Der Lehrer nickte. »Es freut mich Sie kennenzulernen, Ivy. Ich bin Sören Kweldulf und für den Religions-, Mathe- und Sportunterricht zuständig. Wir werden uns die nächsten Wochen mit der nordischen Mythologie beschäftigen, nachdem wir uns die letzten Jahre mit den Glaubensrichtungen der europäischen Welt beschäftigt haben.« Er ließ seinen Blick über die Schülerschaft gleiten und ich nutzte die Chance, um mich auf meinen Platz zu pflanzen. »Was wissen Sie über die nordische Mythologie?«, fragte er an die Klasse gewandt.

Überrascht sah ich zu Ziska. Ein wissendes Lächeln breitete sich auf ihren Lippen aus, sie blickte aber nicht von ihrer Zeichnung auf.

»Dass Marvel sie ziemlich verhunzt hat«, rief ein Schüler in die Klasse.

Herr Kweldulf kicherte. »Das ist wahr, Alexander. Wir wollen uns an die richtige Mythologie halten. Wer weiß denn, wie laut den Skalden die Entstehungsgeschichte der Welt aussah?«

»Was sind Skalden?«, fragte ich dazwischen und erntete von meinen ganzen Mitschülern ungläubige Blicke.

»Skalden sind und waren die Dichter und Geschichtenerzähler der Wikinger. Sie haben sich dazu berufen gefühlt, die Geschichten und Sagen zu verwahren und zu verbreiten, damit wir selbst heute noch von den Abenteurern der einzelnen Wikingerkrieger und -kriegerinnen wissen. Also wer kennt die Entstehungsgeschichte von Midgard – oder auch der Erde?«

Jesper hob die Hand und der Lehrer nickte ihm zu.

»Am Anfang gab es nur den Urriesen Ymi, der in Gestalt des großen wässrigen Schlundes existierte. Irgendwann hoben die Asen Odin, Wili und We die Erdkruste aus den Fluten des Ymi und nannten sie Midgard. Nachdem die Erde aus dem Riesen emporgehoben wurde und sich die Wärme der Sonne mit dem Wasser auf der Erde verband, sprossen Kräuter und Pflanzen aus ihr und so entstand der Lebensraum für die Menschheit.«

»Das ist richtig. Gibt es dazu noch etwas zu sagen?«

»Zuerst erschufen die Götter die Zwerge, menschenähnliche Wesen, bevor sie sich den Menschen widmeten und diese dann später leiteten, damit diese sie anbeten.«

Der Lehrer nickte. »Das haben Sie gut erkannt, Henrik, aber auch für Sie gilt, dass Sie sich melden sollen.« Dann sah er sich erwartungsvoll um. »Was gibt es noch zu wissen? Kommt schon, lasst mich nicht hängen! Ihr werdet doch mehr über die Geschichten Eurer Vorfahren wissen.«

Ein weiterer Schüler meldete sich. »Als Odin, Wili und We die Erdkruste aus Ymi hoben, war die Kruste eine Scheibe. Erst als Thor die Midgardschlange überwältigte, band er die Schlange um die beiden Enden Midgards und formte die Erde dadurch rund, sodass kein Mensch und niemand anderes mehr in Gefahr geriet, in den unendlichen Schlund zu fallen.«

Wieder nickte der Lehrer.

Ich konnte meine Mitschüler nur mit großen Augen anstarren. Woher wussten sie das? Vor allem *wieso* wussten sie das? Nie zuvor hatte ich etwas über die nordische Mythologie erfahren – abgesehen von den Marvel Filmen, die ich nebenbei bemerkt grandios fand, allein Loki, Tony und Thor waren ausreichende Gründe, um diesen Filmen zu verfallen.

»Genau! Das heißt, die Erde steht in einer ständigen Veränderung. Früher haben die Asen noch viel beeinflusst, aber nach einiger Zeit haben sie sich nach Asgard zurückgezogen, um den Menschen ihren Freiraum zu lassen. Was wissen Sie noch?«

Jesper meldete sich wieder. »Die ersten Abkömmlinge des Fenriswolfes haben den Menschen den Wechsel vom Tag zur Nacht gebracht, indem sie die Kutschen von Sol und Mani jagen.«

Kweldulf nickte begeistert. »Ihr seid verdammt gut. Doch was passiert, sollten Hati und Skalli die Wagen jemals einholen, die sie Tag und Nacht jagen?«

»Dann beginnt das Zeitalter des Ragnarök«, meinte ein anderer Schüler. Seine Stimme glitt ein paar Oktaven tiefer, sodass mir ein Schauer über den Rücken glitt. »Wer kann mir erklären, was das Ragnarök ist?«

Henrik meldete sich. »Das Ragnarök ist das Sterben der Götter. Der Untergang der Welt, der von der Geburt von etwas Neuem begleitet wird.«

»Genau. Ragnarök ist das Schauermärchen der Götter. Wenn Loki und der Fenriswolf ihre Fesseln sprengen und damit das Chaos auf Midgard Einzug halten wird.«

In der Stimme des Lehrers klang eine freudige Anspannung mit, die mir eine Gänsehaut im Nacken bereitete, die sich prickelnd über meinen ganzen Körper zog.

»Bilde ich mir das nur ein, oder hat er etwas zu viel Spaß am Untergang der Asen?«, wisperte mir Ziska zu, die anscheinend dieselben Gedanken wie ich hegte.

Ich nickte und krampfte meine Finger um den Stift, den ich die ganze Zeit in meiner Hand gehalten hatte.

Die restliche Stunde ging es um das Ragnarök und all meine Mitschüler*innen waren absolut bei dem Thema dabei gewesen. Ich strich mir meinen Zopf über die Schulter und zwirbelte ein paar Strähnen zwischen meinen Fingern. Es hatte geklungen und gewirkt, als glaubten die Jugendlichen – und der Lehrer – tatsächlich an diese Art der Weltanschauung. So begeistert hatte ich bisher nur Christen reden gehört, die einen gekreuzigten Mann lobpriesen.

***

Nach Religion hatten wir bei Herr Kweldulf noch Mathe gehabt, danach waren wir im Biologieunterricht bei Frau Meier gewesen – in keinem einzigen Fach hatte ich irgendwelche Gedanken gehört. Als wäre das gestern nur ein Zufall gewesen. Ein Versehen der Natur.

»Und wie fandest du deinen ersten Vormittag am Swen-Internat?«, fragte Ziska, die neben mir herging, um gemeinsam mit mir den Speisesaal zu besuchen. Sie würde wie heute Morgen beim Frühstück nichts essen, aber sie wollte mich nicht allein lassen, worüber ich sehr dankbar war.

»Es war nicht so anders als der Unterricht an der alten Schule«, sagte ich mit einem Schulterzucken, nur dass ich niemanden hörte. Dass ich normal war, in einem vermutlichen Haufen von Irren.

Ziska lächelte mich an. »Das ist schön. Dann wirst du dich hier sicherlich schnell wohlfühlen.«

Ich versuchte das Lächeln zu erwidern, merkte aber, wie es mir auf den Lippen verrutschte. »Ja, mit Sicherheit.«

Meine Mitbewohnerin sah mich skeptisch an. »Ist wirklich alles okay?«

»Keine Ahnung«, sagte ich. »Vielleicht steckt mir der Angriff von gestern noch in den Knochen.«

Sie hob ihre gezupften Augenbrauen. »Willst du darüber reden?«

Nachdenklich drehte ich den Ring an meinem Daumen. »Ja und nein.«

»Ja und nein?«

»Ja, ich weiß, dass ich darüber reden sollte«, erklärte ich. »Nein, ich will einfach nur vergessen, dass es passiert ist.«

Ziska nahm meine Hand und drückte sie leicht. »Ist in Ordnung. Niemand wird dich hier zwingen über etwas zu reden, das du nicht willst.«

Erleichtert nickte ich ihr zu. »Danke.«

Ziska stieß die geschlossenen Türen des Speisesaals auf.

»Ich will wieder Ferien haben!«

»Sieh mich doch endlich einmal an.«

»Ich glaube, ich sollte Schluss machen, der Sommer ohne sie tat so gut.«

Die Masse an Stimmen überrumpelte mich und ließ mich einen Schritt zurückstraucheln.

»Alles okay, Ivy?«

»Wo ist er nur?«

»Kweldulf ist ein Monster!«

»Ich ... ich ... Ich brauche meine Kopfhörer«, murmelte ich und warf meinen Rucksack beinahe auf den Boden.

»Ivy, was ist los?«

Meine Finger glitten fahrig über den Verschluss meiner Tasche. Hastig durchsuchte ich meine Fächer, um endlich die Kopfhörer in die Finger zu bekommen.

»Deutsch ... Wer braucht das bitte schön in seinem Leben?«

»Arrangierte Ehen sind so was von out ... keine Ahnung, wie ich das meinen Eltern erklären soll.«

Ziskas dunkle Finger umschlossen meine Hände und zogen sie aus meiner Tasche heraus. »Sprich mit mir, was ist los?«

Ich riss mich aus ihrem Griff. »Gleich ...«, meinte ich und griff erneut in meine Tasche. Endlich fand ich die Kopfhörer und stöpselte sie in mein Handy, das ich sofort laut aufdrehte. Die Klänge von *Peyton Perrishs* Lied drangen in meinen Kopf und ließ die Stimmen der Schüler*innen beinahe verschwinden. Nur ein Flüstern blieb noch von ihnen übrig.

Ziska sah mich abwartend an.

»Fuck …«, raunte ich. Wenn ich die Gedanken der anderen versuchte auszusperren, hörte ich Ziska nicht mehr.

Meine Mitbewohnerin nahm einen Kopfhörer aus meinem Ohr. Sofort wurden die Stimmen aus dem Speisesaal wieder lauter. »Was soll der Quatsch?«

Hilflos suchte ich nach irgendeiner passenden Ausrede. Doch mir fiel nichts Plausibles ein. »Mein ADS …«, fing ich an zu stottern.

»Was hat dein ADS damit zu tun, dass du dich plötzlich hinter Rockmusik versteckst?« Sie warf einen kurzen, irritierten Blick zu meinem Kopfhörer. »Du musst mir nachher unbedingt sagen, wer das singt. Das ist echt gut.«

Warum ich mich auf einmal hinter meiner Rockmusik versteckte, war eine verdammt gute Frage, auf die ich selbst keine Antwort parat hatte. Ich strich mir übers Gesicht. »Es … uff …«

»Wenn du keine Lust hast, mit mir zu reden, ist das kein Problem. Du musst es nur sagen.«

Ich schüttelte den Kopf. »Nein, es liegt nicht an dir.« Ich war einfach eine soziale Katastrophe. Wie sollte ich Ziska sagen, dass ich die Gedanken von Menschen, aber nicht von ihr hörte? Das klang so, als wäre sie gar kein Mensch …

»Und woran dann?«

Ich griff in meine Jackentasche, um nach meinen Tabletten zu tasten, damit ich die Stimmen der anderen vielleicht besser aussperren konnte, doch ich griff ins Leere. Meine Jackentasche war leer. »Verdammt!«

»Ivy, sprich endlich mit mir!«, forderte Ziska.

»Ich habe meine Tabletten verloren.« Fahrig fuhr ich mir durch die Haare. »Wahrscheinlich als ich gestern …« Ich erinnerte mich daran, dass Jesper mir die Verpackung geöffnet hatte, sodass ich eine Pille nehmen konnte. Was er danach damit getan hatte, wusste ich nicht, weil ich nicht drauf geachtet hatte.

»Wie sehr brauchst du die Tabletten?«, erkundigte sich Ziska. Ihr Gesichtsausdruck war eine Mischung aus Sorge und Genervtheit.

»Sehr.«

»Dann lass uns zu Doc Samson gehen. Sie hat bestimmt etwas ähnliches da.«

Kläglich nickte ich.

Gemeinsam schlugen Ziska und ich die Richtung zur Krankenstation ein, wobei sie mich um den Speisesaal herumführte, sodass ich nicht den Gedanken der anderen Jugendlichen ausgesetzt wurde.

Erst jetzt realisierte ich, dass ich zwar gestern die außerplanmäßige Tablette genommen hatte, aber meine reguläre Dosis seitdem vernachlässigt hatte. Verwirrt sah ich auf meine Uhr, die mich eigentlich daran erinnern sollte, die allerdings kein Piepen von sich gegeben hatte. »Fuck«, fluchte ich.

»Was ist?«

»Ich habe seit gestern Abend keine Tabletten mehr genommen.«

Ziska wurde blasser um die Nase. »Was passiert, wenn du sie nicht nimmst?«

»Eivor beruhige dich!«

»Ich will mich nicht beruhigen! Du sollst mir endlich glauben. Ich bin nicht verrückt«, fuhr ich meinen Vater an. Ein animalisches Knurren drang aus meiner Kehle, das ich niemals zuvor von mir gehört hatte.

Etwas erwachte in meinem Inneren. Ich strauchelte nach hinten, bis ich mit dem Rücken an der Wand stand und mich abstützen konnte.

»Eivor?«

»Sie wird mit jedem Tag verrückter. Kein Wunder, dass ihre Mutter sie nicht haben wollte.«

»Nimm das zurück«, grollte ich.

»Was soll ich zurücknehmen?«

»Dass ich verrückt bin!«, schrie ich ihn an.

Sein Geruch nach Angst und Schweiß verpestete die Küche, die genauso gut in einem Fünf-Sterne-Restaurant stehen könnte. Sein Puls klopfte hektisch gegen die Venen. Ich hörte jedes einzelne Pochen seines Herzes. Das Rauschen seines Bluts.

»Sie ist ein Monster.«

Ich presste dieses Ding *zurück. »Ich. Bin. Kein. Monster«, keuchte ich.*

»Ivy?« Ziska holte mich mit ihrer Anrede in das Jetzt zurück.

»Nichts Gutes«, sagte ich leise und ging weiter zur Krankenstation.

»Und was genau?«

»Lassen wir es dabei, dass es niemandem gefallen wird.«

Ziska hielt mich am Arm fest und zwang mich, mich zu ihr zu drehen. »Ivy, du solltest wirklich mit jemandem sprechen.«

Ein Grinsen trat auf meine Lippen. Ein bitterer Geruch stieg in die Luft. »Was meinst du, wieso mein Vater mich für nur ein einziges Jahr aufs Internat schickt?«, fragte ich sie. »Was glaubst du, warum er ausgerechnet einen Job so weit weg wie möglich angenommen hat?«

Sie starrte mich wortlos an. »Was willst du mir damit sagen, Ivy? Dass dein Vater ein Arschloch ist? Dass er vor seiner Verantwortung flüchtet?«

»Dass mein eigener Vater Angst vor mir hat«, sagte ich geradeheraus. Es fühlte sich überraschend gut und furchtbar zugleich an, die Wahrheit laut auszusprechen. Ziskas Hand löste sich von meinem Arm und fiel schlaff neben ihren Körper. »Wenn ich die Tabletten nicht bekomme, wird es wieder schlimmer«, führte ich weiter aus. »Es hat wie gesagt nichts mit dir oder sonst wem zu tun.«

»Okay. Dann holen wir dir deine Tabletten.«

Dankbar nickte ich und zusammen setzten wir unseren Weg fort. In der Krankenstation angekommen sah ich mich zum ersten Mal richtig in dem Raum um. Es war ein großes Zimmer, in dem sechs Betten standen, die aber alle einen Vorhang besaßen, um die nötige Privatsphäre zu gewährleisten.

Eine Tür befand sich am anderen Ende des Raums, aus der in dem Moment Doc Samson heraustrat. »Ivy, Ziska, was kann ich für euch tun?«

Ich räusperte mich. »Als ich gestern angegriffen worden bin, muss ich meine Tabletten verloren haben, die mir mein Psychiater verschrieben hat. Ich brauche sie – dringend. Können Sie mir da vielleicht aushelfen?«

Überrascht blinzelte mich die Ärztin an. »Wenn du die Tabletten von deinem Psychiater verschrieben bekommen hast, kann ich sie dir nicht so geben. Was waren das denn für welche?«

Ich nannte ihr die Tabletten.

»Tut mir leid, ohne Rezept wirst du die nicht bekommen ...« Sie verzog ihre Lippen zu einem mitleidigen Lächeln.

»Sie sind doch Ärztin, können Sie mir nicht das Rezept ausstellen?«, fragte ich.

»Ohne eine Diagnose zu stellen? Dadurch könnte ich meine Zulassung verlieren.«

Nervös zwirbelte ich den Riemen meines Rucksacks zwischen meinen Fingern. »Also können Sie mir nicht helfen?«, fragte ich heiser.

Sie schüttelte den Kopf. »Nicht in dem Fall. Tut mir leid.«

Meine Schultern sackten ein Stück herab. »Mir tut es leid, dass wir sie gestört haben«, murmelte ich und wandte mich bereits ab.

»Ivy?«

»Ja?« Ich drehte mich um in der Hoffnung, dass Doc Samson doch etwas für mich tun könnte.

»Ich bin mir ziemlich sicher, dass Sie diese Tabletten nicht brauchen. Vertrauen Sie auf sich. Vielleicht sollten Sie sonst mit Herrn Kweldulf sprechen. Soweit ich es im Kopf habe, ist er Vertrauenslehrer.«

Ich schluckte den großen Kloß in meinem Hals herunter. Das konnte sie vielleicht einfach von sich geben. Sie hatte das Problem nicht, dass in ihrem Inneren ein Monster hauste, wenn sie zu wütend wurde. Mit einem Nicken verließ ich gemeinsam mit Ziska die Krankenstation.

Sie legte ihren Arm um meine Schulter und zog mich zu sich. »Tut mir leid, dass sie dir nicht helfen konnte.«

»Kannst du ja nichts für.« Ich gab ein Seufzen von mir.

»Du solltest etwas essen«, meinte Ziska und führte mich zurück zum Speisesaal.

Allein bei dem Gedanken, mit den ganzen Stimmen im Kopf etwas zu essen, drehte sich mir der Magen um. »Nein, es geht schon«, wich ich aus. Ich konnte nicht mit so vielen Menschen in einem Raum sitzen. Das letzte Mal, als ich von so vielen Gedanken umgeben gewesen war, war zu einer Katastrophe geworden.

»Ivy, du musst etwas essen«, mahnte Ziska.

Ich schüttelte den Kopf. »Nein, es geht schon.«

Meine Mitbewohnerin sah mich aus sorgenvollen Augen an. »Vielleicht solltest du doch mit Kweldulf sprechen.«

Wieder schüttelte ich den Kopf. »Ich rufe meinen Psychiater an. Vielleicht kann er mir die Tabletten zuschicken. Wir sehen uns dann gleich in …?«

»EDV«, klärte Ziska mich auf.

Ich nickte. »Bis später.« Zum Abschied hob ich die Hand und ging in der Hoffnung, die Stimmen hinter mir zu lassen.

Ziska wirkte nicht verrückt. Genauso wenig wie Doc Samson … Nur warum hörte ich dann ihre Gedanken nicht?

Verloren in meinen Überlegungen schlug ich den Weg nach draußen ein. Ich lief durch das Foyer in den Vorgarten des Internats. Draußen befand sich keine einzige Menschenseele, was ich mit einem erleichterten Seufzen wahrnahm. Ich nahm das Handy aus meiner Tasche und wählte die Nummer meines Psychotherapeuten.

»Hallo, hier ist der Anrufbeantworter von Doktor Philipp. Zurzeit kann ich Ihren Anruf nicht entgegennehmen. Bitte hinterlassen Sie eine Nachricht nach dem Piepton. Ich werde mich so schnell wie möglich bei Ihnen zurückmelden.«

Das Piepsignal ertönte. »Doktor Philipp, hier spricht Ivy Lehmann. Mir sind meine Tabletten abhandengekommen. Ich brauche ganz, ganz dringend neue. Es wäre super, wenn sie mir welche zuschicken könnten. Danke schon mal.«

Ich legte wieder auf und sah auf mein Handy. Zwei Anrufe in Abwesenheit leuchteten mir entgegen sowie fünf ungelesene Nachrichten. Ich fuhr mir durch mein Haar. »Susann, verdammt.«

Susann 17:02:

Okay, ich freue mich auf deinen Bericht!

Susann 21:09:

Wann wolltest du dich denn heute Abend melden?

Susann 21:35:

Heute wird das wohl nichts mehr?

Susann 21:55:

Sorry, ich werde jetzt ins Bett gehen.

Susann 06:34:

Ivy, ist wirklich alles in Ordnung?

Ivy 13:46:

Es tut mir so leid! Gestern Abend ist noch etwas passiert, weshalb ich mich nicht melden konnte … Ich rufe dich heute Abend an, okay? Dieses Mal wirklich! Da erzähle ich dir alles. Das mit der Gruppe hat sich übrigens erledigt. Ich bin wohl nicht für Freundschaften gemacht – außer unsere natürlich.

Susann antwortete beinahe sofort.

Susann 13:47:

Man, Ivy! Ich habe mir Sorgen um dich gemacht! Okay, wann heute Abend? Bin noch bis 18 Uhr mit anderen zum Lernen verabredet und hätte dann ab 19 Uhr Zeit für dich. Ist das okay?

Ivy: 13:47:

Klar, das ist kein Problem. Bis nachher!

9

»So, jetzt erzähl. Wieso klappt das mit der Gruppe nicht? Und wie zum Kuckuck konnte dich jemand dazu bringen, die Klippe runterzuspringen, wenn du dich nicht mal traust, die letzte Stufe einer Treppe auszulassen?«, fragte Susann direkt, als sie meinen Anruf annahm.

Ich saß auf einer Bank, die am Waldrand stand, und besaß einen ausgezeichneten Blick auf die mit wilden Blumen geschmückte Rückseite des Internats. Nach dem Abendessen – bei dem ich wieder keine Stimmen gehört hatte – hatte ich mich direkt nach draußen gestohlen, damit ich in Ruhe mit Susann telefonieren konnte. »Gott …«, seufzte ich. »Wo soll ich nur anfangen?«

»Am besten beim Anfang: Die Klippe!«

Bei der aufkommenden Erinnerung musste ich lächeln. Selbst die Ereignisse danach konnten den Moment davor nicht zerstören. Er war perfekt gewesen. »Die Klippe war verdammt hoch«, sagte ich mysteriös, um Susann noch ein wenig zappeln zu lassen.

»Ja, das habe ich auf dem Bild gesehen. Wieso zum Kuckuck bist du da runtergesprungen?«

Sofort war vor meinem inneren Auge Henriks Blick präsent. Die Wärme und das Gefühl, dass dieser Sprung wichtig für *mich* gewesen war … Ich schluckte und schob das Bild ganz weit weg. »Na ja, ich war mit den vieren unterwegs und die sind sofort von Anfang an dort runtergesprungen.«

»Okay und was hat dich dazu gebracht, ebenfalls zu springen? Du hast doch fürchterliche Höhenangst!«

Ich starrte auf meine Füße, eine Schuhspitze grub ich in die Erde. »Henrik hat mich dazu gebracht«, sagte ich.

»Und Henrik ist? Ivy … lass mich nicht so zappeln!«

Ich tippte auf meinen in der Jeanshose steckenden Oberschenkel. »Henrik ist ein Junge, der ebenfalls auf das Internat geht.«

»Ach so?«, erkundigte sie sich.

Ihre Stimme nahm eine ganz bestimmte Tonlage ein, die vermuten ließ, dass sie glaubte, Henrik sei mehr als nur ein Junge, der das Internat besuchte. Dabei hatte er sich mit den gestrigen Ereignissen weit nach hinten katapultiert. Selbst wenn er der letzte Mann auf Gottes Erdboden wäre, würde ich ihn nicht ansatzweise als jemanden sehen, mit dem ich meine Zukunft verbringen könnte.

»Ja. Aber das ist nicht mehr wichtig. Er hat mir gesagt, dass ich es wahrscheinlich bereue, wenn ich nicht springe … und ich habe ihm geglaubt. Deswegen hab ich meinen Mut zusammengenommen und bin gesprungen.« Dass ich mich dabei an seine Hand geklammert hatte, ließ ich weg. Das brauchte sie nicht zu wissen.

»Das klingt toll. Ich bin extrem stolz auf dich, dass du den Schritt gewagt hast! Ich wünschte, ich hätte das sehen können.«

Ich prustete. »Das wolltest du nicht sehen. Habe mir vor Angst beinahe in die Hose gemacht.«

»Genau deswegen hätte ich das doch sehen wollen!«

Susann war herrlich. Mit ihr fühlte ich mich so überraschend leicht und geborgen. »Na danke.«

Sie kicherte am anderen Ende der Leitung. »Okay, aber wenn Henrik dich zu so etwas bringen konnte, was ist passiert, dass du dich nicht mehr mit ihm treffen möchtest?«

Sofort verschwand die Leichtigkeit, die mich gerade eben noch bereichert hatte. »Ja … Ich … ähm.« Ich bekam einen Kloß im Hals genauso wie bei meinem Vater. Mir wollte nicht über die Lippen kommen, dass Henrik ein verlogenes Aas war, der mich hintergangen hatte. »Das ist auch der Grund, wieso ich mich nicht bei dir gemeldet habe«, sagte ich, um Zeit zu gewinnen, damit ich mir eine Ausrede aus den Fingern saugen konnte, die trotz allem nicht an den Haaren herbeigezogen klang.

»Okay?«

Ich holte tief Luft. »Als wir auf dem Rückweg waren, sind … sind wir angegriffen worden. Die Gruppe hat wohl ziemlichen Dreck am Stecken.«

»O Gott! Geht es dir gut?«

»Ja. Jetzt wieder. Gestern war es ziemlich übel. Ich wurde am Arm verletzt und irgendwie … hat es sich schnell entzündet, sodass ich ausgeknockt wurde.«

»Verdammt … O Mann. Ich hätte mich so gefreut, hättest du dort Leute gefunden.«

»Ja, ich auch. Aber ich will nichts mit ihnen oder deren Machenschaften zu tun haben.«

»Das kann ich so was von verstehen!«, rief Susann aus.

Ich konnte mir richtig vorstellen, wie sie sich gerade auf ihrem Bett nach hinten warf, um die Decke anzustarren und sich ihr rotes Haar aus dem Gesicht zu streifen.

»Dir geht es sicherlich gut?«

»Ja. Die Ärztin hier ist super.«

»Gut. Das erleichtert mich ein wenig, wirklich beruhigt bin ich aber nicht.« Aus Susanns Stimme war die Sorge förmlich zu herauszuhören.

»Es geht mir gut. Mir hat das eher einen Dämpfer verpasst, dass ich mich so extrem in jemandem getäuscht habe. Das ist mir vorher noch nie passiert«, murmelte ich vor mich hin.

»Stimmt, deine Menschenkenntnis war schon etwas gruselig.«

Ich zwang mir ein Lachen auf die Lippen. »Ja, gruselig ist wohl das richtige Wort.« Mein Blick richtete sich wieder auf das Internat. Gruselig war, dass ich die Gedanken von niemandem hörte, der hier lebte oder arbeitete, aber die der Tagesschüler*innen schon. Es musste doch irgendeine Erklärung geben, außer dass hier alle komplett verrückt waren. Hätten die Behörden sich sonst wirklich eingeschaltet, damit die Jugendlichen des Ortes ans Internat dürften? Ich schluckte den Kloß in meinem Hals herunter. »Aber weg von mir, was gibt es Neues bei dir? Wofür habt ihr denn heute gelernt?«

Kurz entstand Stille, ehe Susann antwortete. »Wir haben für Deutsch gelernt. Frau Schulte hat heute die ersten Daten angekündigt und ja … es kann ihnen nicht schnell genug gehen, uns in den Wahnsinn zu treiben«, fuhr sie fort.

»Uns wurde – zum Glück – noch nichts von wegen Tests gesagt. Mit wem hast du denn gelernt?«, hakte ich weiter nach. Ich wusste, dass Susann noch einige andere Freunde, abgesehen von mir, aus der Klasse hatte, von denen ich mich aber ferngehalten hatte.

»Mit Iris und Tom.«

Ich erstarrte. Tom, Iris und ich waren die gesamten Jahre quasi so etwas wie Erzfeinde gewesen. Ihre Gedanken waren so was von erniedrigend und scheußlich gewesen, dass ich danach immer am liebsten duschen wollte. »Oh«, meinte ich, begleitet von einem Räuspern. »Okay.«

»Ich weiß, dass du die beiden nicht leiden kannst. Aber sie waren die letzten Tage echt nett zu mir.«

Unwohl biss ich mir auf die Lippe. Innerlich drängte es mich, Susann vor ihnen zu warnen. Ihr zu sagen, dass sie sich bloß von ihnen fernhalten sollte. Doch es war Susanns gutes Recht, sich mit ihnen anzufreunden.

Ich schloss die Augen und atmete bewusst aus. »Nein, es ist in Ordnung«, gab ich schweren Herzens von mir. »Pass bitte nur auf dich auf, okay?«

»Klar, das mache ich doch immer.«

»Gut. Was anderes wollte ich nicht von dir hören.«

»Du fehlst mir, Ivy.«

Ich zog einen Mundwinkel in die Höhe. »Du fehlst mir auch, Susann.«

Sie stieß ein Seufzen aus. »Es wäre so cool gewesen, hätte ich mitkommen können«, murmelte sie.

»Dann wäre das Jahr gigantisch geworden«, stimmte ich ihr zu.

»Auf jeden Fall.« Ihre Worte wurden von einem Lachen begleitet.

Das Geräusch ließ nicht die Melancholie verschwinden, die plötzlich nach mir gegriffen hatte. Das war seit Jahren das allererste Mal, dass Susann und ich getrennt voneinander waren. Das erste Mal, dass wir nicht nur einen kurzen Fußweg auf uns nehmen mussten, um bei der jeweils anderen zu sein.

Mit einem Seufzen ließ ich mich gegen die hölzernen Stäbe der Bank sinken. »Es ist merkwürdig, oder?«, fragte ich sie.

»Total! Nach der Schule wollte ich heute direkt zu dir, bis mir aufgefallen ist, dass ich dich dort nicht treffen werde … und das ist mir erst eingefallen, als ich fast da war.«

Ich grinste. »Ups.«

»Ja. Ups. Aber nur das eine Jahr. Dann ist alles wieder normal.«

Mein Grinsen schwächte ab. »Ja, normal.« Zumindest so normal, wie es bisher immer gewesen war.

»Ich muss jetzt auflegen. Mama macht wieder eine Doppelschicht und Papa muss gleich los.«

»Kein Problem. Wir schreiben uns. Und grüß deinen kleinen Bruder von mir.«

»Mache ich. Bis dann!«

»Bis dann!«

Ich legte auf, ließ das Handy jedoch in der Hand und sah aufs Display, von dem mir Susann und ich entgegenstrahlten, bis das Licht ausging.

Susanns und mein Gespräch hatte mich zumindest ein wenig abgelenkt, wobei die Überlegungen, warum ich die Leute hier nicht *hörte*, sofort wieder anfingen zu rotieren, als ich aufgelegt hatte. Ich strich mir durchs Gesicht und versteckte mich ein paar Atemzüge lang hinter meinen Händen, ehe ich wieder hervortauchte und das Internat ansah. »Was stimmt nur nicht mit dir?«, fragte ich wispernd.

***

»Lass los.«

Die Erde war feucht unter meinen Füßen. Kleine Äste pikten mir in die nackten Fußsohlen. Doch das interessierte mich nicht; denn ich rannte. Mein ganzer Körper war vollgepumpt mit Adrenalin und Euphorie, die wärmend durch meine Gliedmaßen sprudelten. Der frische Morgentau intensivierte die Gerüche des Waldes. Des Harzes, der an den Birkenbäumen herauslief. Des faulenden Laubes. Der Erde. Jede einzelne Duftnuance drang in meine Nase und ich war wie berauscht von den einzelnen Eindrücken.

Nichts hatte sich bisher in meinem Leben so gut angefühlt wie dieser Lauf. Absolut gar nichts. Es war, als wäre mein Körper einem Fieber verfallen, das mich alles um mich herum vergessen ließ, um mich im Moment zu verankern. Im Jetzt und hier. Und jetzt zählten nur die Eindrücke, die auf mich einströmten.

»Lass los.«

Ich wollte loslassen. Mich fallen lassen. Doch ich wusste nicht wie. Ich fühlte mich bereits schwerelos. Äste strichen über meine Arme und Beine, hinterließen brennende Striemen. Der feucht-kalte Wind kühlte die kleinen Wunden, die entstanden, sodass ich weiterrennen konnte. Alles zählte zu diesem einen Moment. Der Mond schien noch am Himmel und ich badete in seinem Licht. Ich streckte die Arme aus, ließ mich nach hinten auf die Erde fallen und bot mich dem Himmel dar.

***

Heftige Kopfschmerzen hämmerten gegen meine Schläfen, als ich wach wurde. Ich wollte meine Hand heben, doch verharrte stocksteif in meiner Position. Unter den Fingern spürte ich feuchte Erde. Wieso lag in meinem Bett feuchte Erde?

Bemüht langsam zwang ich mich, zunächst ein Auge zu öffnen. Aber nicht nur unter meinen Händen war es feucht, unter meinem gesamten Körper fühlte ich Feuchtigkeit, die durch meinen leichten Schlafanzug drang. Mein Auge erfasste die Umgebung. *Bäume.* Wieso zum Henker lag ich im Wald?

Vorsichtig stützte ich mich auf und sah mich um. Ein Zittern, ob nun vor Kälte oder der Situation geschuldet, glitt über meinen gesamten Körper. »Fuck«, wisperte ich. Mir kam der Traum in Erinnerung – der offensichtlich nicht nur ein Traum gewesen war.

Mit wackeligen Beinen stand ich auf. So ganz wollten mich meine Muskeln nicht tragen, sodass ich beim nächststehenden Baum Halt suchte. Mein Herz klopfte mir bis zum Hals. Das war mir noch nie passiert. Ich sah mich um, doch nichts kam mir bekannt vor; selbst die Wege konnte ich von meiner Position aus nicht sehen.

Ich stand, nur in Arielle-Boxershorts und einem *Papa-Roach*-Shirt, mitten im Wald, in dem irgendein riesengroßer Wolf hauste. Mir wurde schlagartig schlecht. Hastig drehte ich mich nach hinten in der Hoffnung, irgendeinen Hinweis auf einen Weg zu finden. Nichts.

»Scheiße, scheiße, scheiße«, wiederholte ich panisch wispernd. Wie sollte ich bitte zurück zum Internat finden? Und war der Wald tatsächlich so groß, wie es an meinem ersten Tag gewirkt hatte? Wenn ja, hatte ich ein Problem. Ein mächtiges Problem.

Ich ließ meinen Blick in den Himmel schweifen. Die Sonne schien bereits herunter. Den Versuch, anhand des Sonnenstandes das Internat zu finden, gab ich genauso schnell auf, wie er mir in den Kopf geschossen kam. Ich hatte keinen Schimmer, wo ich im Wald war. Selbst wie ich hergekommen war, wusste ich nicht. Ich rieb mir über die Stirn; versuchte mich an irgendwas zu erinnern. Abgesehen von diesem Rausch, der mich in der gestrigen Nacht heimgesucht hatte, war alles schwarz.

Irgendwas stimmte nicht mit mir. Mit dem Ort. Die Morgenkälte war bereits in meine Knochen gedrungen und ich wusste, wenn ich mir nichts einfangen wollte, musste ich mich bewegen. Irgendwohin. Vielleicht stieß ich auf einen Weg oder sonst etwas. Irgendwas, das mir half, wieder zurückzufinden.

Meine Sachen waren überall mit feuchter Erde beschmutzt. An meinen Armen und Beinen waren Striemen zu sehen, als hätte ich mich durch Dornenbüsche gekämpft. Am besten war ich im Internat, bevor irgendjemand wach wurde und mich in diesem Zustand bemerkte.

Nur noch kurz ließ ich meinen Blick über die Gegend schweifen in der Hoffnung, irgendeinen Hinweis aufs Internat zu finden oder eine Menschenseele zu sehen – vergeblich. Mit einem unwohlen Gefühl in der Magengegend machte ich mich auf den Weg. Erstmal geradeaus. Irgendwann würde ich mit Sicherheit einen Weg oder die Straße erreichen ...

Im Gegensatz zu in meinem Traum störte es mich dieses Mal, dass ich bei jedem verdammten Schritt die kleinen Steinchen oder Äste spürte, die sich in meine nackten Fußsohlen bohrten. Jeder einzelne Schritt war mit Schmerzen verbunden. Die Striemen an meinen Oberkörper brannten ebenfalls. Ich schlang die Arme um meine Mitte und lief weiter, wobei ich mich darauf konzentrierte, ruhig zu atmen. Mir war das nicht geheuer. Ganz und gar nicht. Noch nie zuvor war ich geschlafwandelt.

Das Positive an meinem Marsch war, dass mir der Traum immer mehr ins Gedächtnis zurückkam. Vor allem die Stimme, die mich erst in diesen Wald gelockt hatte. Dieses Rufen, das mich zu sich gezogen hatte. Es war dieselbe Frau gewesen, die mich bereits in meiner Halluzination besucht hatte ... Ich biss mir auf die Lippe. War es tatsächlich nur eine Halluzination gewesen? Und was sollte ich ihrer Meinung nach loslassen?

Ich rubbelte über meine Arme, um die Gänsehaut zu vertreiben, die hartnäckig in meine Haut biss. Vielleicht sollte ich den Traum ignorieren. Vielleicht handelte es sich nur eine Bewältigungsstrategie von meinem Unterbewusstsein wegen des Angriffs ... Ich kniff die Lippen zusammen. Es schien, dass das Internat beziehungsweise die Bewohnenden mir mit jedem Tag verdeutlichen wollten, dass ich nicht dorthin gehörte.

Knack.

Erschrocken zuckte ich zusammen, als ich das Geräusch hinter mir hörte, und drehte mich in die Richtung. Sofort kam der Wolf zurück in meine Gedanken. Dieses Mal wäre ich ihm mehr ausgeliefert als zuvor. Vielleicht war ich sogar in sein Gebiet eingedrungen, sodass er mich als Feind betrachtete. Mein Puls schnellte in die Höhe, konnte ein Morgen eigentlich noch bescheuerter starten?

Erneut knackte es hinter mir.

Ich kniff die Augen zusammen, als könnte mich der Wolf dadurch vielleicht nicht sehen. Mein Glaube an Gott war nicht präsent, dennoch schickte ich ein Stoßgebet in den Himmel, dass mich der Wolf ignorierte, dass er an mir vorbeizog. Wieso musste mir so was passieren? Reichte der Mist der letzten Tage noch nicht? Musste ich tatsächlich zusätzlich in einem mir unbekannten Gebiet schlafwandeln?

Widerwillig öffnete ich die Augen wieder und sah in die Richtung, aus der das Knacken gekommen war. Doch ich konnte nichts erkennen. Hilfesuchend ließ ich meinen Blick wandern. Wenn sich die Bäume nicht als *Ents* aus *Der Herr der Ringe* entpuppten, war ich geliefert.

Mit rasendem Herzen entschloss ich mich umzukehren und weiterzulaufen. Einfach der Nase nach. Um hoffentlich irgendeinen Anhaltspunkt zu finden, der mir verriet, wo genau ich mich befand und wie ich am schnellsten zurück zum Internat kam.

Hinter mir blieb es still, doch ich wurde das Gefühl nicht los, das mir jemand folgte. Das irgendjemandes Augen auf mir lagen und nur auf den richtigen Moment warteten, um mich zu fressen oder zu überfallen. In meinem Kopf malte ich mir die schlimmsten Szenarien bildhaft aus. Vielleicht würde Ziska irgendwann jemandem sagen, dass ich vermisst wurde ... dann würden sie nur noch meine abgenagten Knochen finden. Ich fand mein Kopfkino wirklich beschissen.

Nervös warf ich wieder einen Blick über die Schulter. Der Wald und die Büsche waren zu eng und boten genügend Möglichkeiten, sich zu verstecken, sodass ich nichts und niemanden sah. »Beruhige dich, Ivy«, redete ich mir selbst flüsternd zu. »Die deutschen Behörden hätten sicherlich nicht zugelassen, dass das Internat an einem Ort geöffnet wird, der gefährlich für die Leute sein könnte.« Ich zweifelte selbst an meinen Worten, aber meine Stimme zu hören gab mir eine gewisse Sicherheit. Mein Puls hämmerte gegen die Haut. Meine Nerven lagen absolut blank. Ich schloss die Augen, krallte meine Finger in das T-Shirt und zwang mich beruhigend ein- und wieder auszuatmen, damit ich die blanke Panik, die in mir Purzelbäume schlug, etwas los wurde.

»Was machst du denn hier?«

Ruckartig drehte ich mich herum. »Fuck! Was zum Teufel?« Meine Stimme war ein helles Kreischen, das mit Sicherheit in jedem Hundeohr einen Tinnitus auslöste.

Henrik kam hinter ein paar Büschen hervor und musterte mich. »Alles okay?«

Mein Puls hämmerte gegen die Adern, als wollte er jeden Moment durch die Haut kommen. Haltsuchend klammerte ich mich an den nächststehenden Baum und versuchte meinen Herzschlag wieder in eine ruhigere Bahn zu bekommen.

»Ivy?«

»Du hast mich zu Tode erschreckt«, meinte ich außer Atem, als wäre ich einen Marathon gelaufen.

»Entschuldige, das wollte ich nicht. Was machst du überhaupt so früh morgens mitten im Wald?«

»Die Frage kann ich dir ebenso gut stellen«, erwiderte ich.

Er hob seine Augenbrauen, als wollte er sichergehen, ob ich das ernst meinte. Mein Gegenüber deutete an sich hinunter. Ein Sporttop lag eng an seinem Oberkörper und eine Jogginghose schlackerte um seine Beine. »Ich bin joggen.«

Ich biss mir auf die Lippe und betrachtete dagegen mein Outfit. Konnte der Wolf jetzt doch kommen? Den würde ich gerade vorziehen. »Äh ... ja, ich auch.«

Seine Augenbrauen wanderten noch ein Stück höher. »In Arielle-Boxershorts und Schlafshirt?«

»Ja«, erwiderte ich und gab mir Mühe, meine Stimme fest klingen zu lassen.

»Barfuß?«

Unwohl wechselte ich von einem auf den anderen Fuß. »Ja?« Die Sicherheit war komplett aus meiner Stimme verschwunden. Ich fuhr mir durch meine mit Sicherheit komplett wirr abstehenden Haare. »Um ehrlich zu sein ...« Ich sah über die Schulter, als ob wie durch Zauberhand das Internat plötzlich sichtbar wäre. »Ich habe keine Ahnung, wo ich bin.«

Henrik kam einen Schritt näher, behielt mich dabei fest im Auge. Normalerweise sollte ich zurückweichen. Ich sollte, so schnell es ging, das Weite vor diesem Verrückten suchen, aber verdammt! Er war gerade meine einzige Möglichkeit, irgendwie zurückzufinden. Vorsichtshalber sah ich mich noch mal um, doch ich konnte keinen Wolf ausmachen, der mir ersparen würde, mich von Henrik retten zu lassen.

»Wie bist du denn hierhergekommen?«

»Kannst du mir nicht einfach sagen, wie ich zurück zum Internat komme?« Nach kurzer Überlegung fügte ich ein gequetschtes »Bitte« hinzu.

»Ich wollte eh zurück. Wir können gerne gemeinsam zurück joggen.«

»Zurück joggen?«, fragte ich.

»Du hast doch gerade gesagt, dass du gejoggt bist, oder nicht?«

Ich biss mir auf die Lippe. Fest. So fest, dass ich spürte, wie das Blut abgeschnitten wurde. »Wir können doch auch zurück gehen, oder? Barfuß joggen war keine gute Idee«, meinte ich mit einem gespielten Schulterzucken.

Henriks Mundwinkel wuchsen in die Höhe. »Ach nicht? Na, wenn du das sagst. Komm mit.« Er deutete mir mit seinem Kinn zu ihm aufzuholen und so ungern ich es auch tat, ich folgte ihm.

Eine Weile gingen wir schweigend in die entgegengesetzte Richtung, die ich eingeschlagen hatte. Die Ruhe zwischen uns hatte etwas Bedrückendes, etwas, das sich wie Teer zwischen uns ausbreitete und dicke Luft entstehen ließ, die drohte mir den Atem zu rauben.

»Ich war nicht joggen«, gab ich irgendwann leise zu.

»Ach nein?« Die Ironie war deutlich herauszuhören.

Wieder warf ich Henrik einen vernichtenden Blick zu. »Nein.«

»Willst du mit mir darüber reden?«

»Eher friert die Hölle zu, als dass ich dir noch mal Vertrauen entgegenbringe.« Ich schlang die Arme fester um meinen Körper. Obwohl Sommer war, waren die Nächte noch kalt und ich hatte anscheinend die ganze Nacht auf kalter Erde verbracht. Mir war so eisig kalt, dass ich bezweifelte, dass mir in diesem Leben noch mal warm werden würde.

»Tust du das nicht gerade?«

»Was?«

»Mir vertrauen. Immerhin folgst du mir in der Annahme, dass ich dich zum Internat bringe.«

Wie erstarrt blieb ich an Ort und Stelle stehen. Erst zwei Schritte später bemerkte Henrik mein Fehlen und drehte sich zu mir um. »Ich wollte dir damit keine Angst machen«, fügte er hastig hinzu und kam wieder zurück. Er rieb sich über den Nacken.

»Du machst mir keine Angst«, sagte ich und meinte jedes Wort vollkommen ernst. Das war das Absurde an der ganzen Situation: Ich verspürte keine Angst. Nicht vor Henrik oder den anderen. Obwohl ich keinen ihrer

Gedanken hörte – aber von den Tagesschüler*innen schon. Und obwohl mich Henrik in eine lebensbedrohliche Situation manövriert hatte, war da keine Angst. Es war Misstrauen, vielleicht nicht so viel, wie angebracht wäre, aber es war da und es wuchs kontinuierlich an.

»Das beruhigt mich.« Er schenkte mir ein kleines Lächeln.

»Das heißt nicht, dass das irgendwas zwischen uns geradebiegt«, preschte ich vor.

Er wandte den Blick ab. »Ich weiß. Ob du es mir glaubst oder nicht, seit ich dich in die Krankenstation bringen musste, mache ich mir Vorwürfe … Ich … Ich hätte nicht so ein Arsch sein dürfen. Ich hätte abwarten – vertrauen – sollen.«

Abwehrend hob ich die Hand und unterbrach seinen Redefluss. »Ob du mir das glaubst oder nicht: Ich bin dir dankbar, dass du mir den Weg zurück zum Internat zeigst. Deine Entschuldigungen will ich dennoch nicht hören.«

»Aber …«

Ich schüttelte den Kopf. »Nein. Du hast mich erfolgreich davon geheilt, etwas mit dir zu tun haben zu wollen. Dass du Menschen dafür *bezahlt* hast, damit sie mir wehtun, das war zu viel. Definitiv.«

»Es tut mir leid, Ivy.«

»Die Entschuldigung kannst du dir dahin schieben, wohin die Sonne nicht scheint. Verrätst du mir einfach, wo ich lang muss?«, fragte ich.

»Nein, ich bringe dich zurück.«

Ich stieß ein frustriertes, leises Stöhnen hervor. »Wenn's dich glücklich macht.«

»Das würde es.«

Und wieder liefen wir schweigend durch den Wald. Unwohl rang ich mit meinen Fingern wegen der Stille, die sich erneut um uns knüllte.

»Wie bist du wirklich im Wald gelandet?«, bohrte Henrik irgendwann doch nach.

»Ich bin geschlafwandelt«, gab ich zähneknirschend zu, um die Unterhaltung in Schwung zu halten, weil sich das Gespräch besser anfühlte als dieses bedrückende Nichts zwischen uns.

Henrik sah überrascht zu mir. »Machst du das öfter?«

»Nein. Das erste Mal. Zumindest soweit ich weiß.« Ich rieb mir über die Arme. Ich brauchte unbedingt eine warme Dusche.

Henrik kam etwas näher an mich heran, als wollte er damit die Kälte vertreiben, die in meinen Knochen steckte. Sein Gesichtsausdruck nahm eine beinahe gequälte Mimik an. »Kann es sein, dass es an … nun ja …«

Ich sah zu ihm auf. »Du meinst, dass es an dem Überfall liegt?«

Betroffen nickte er.

»Ich weiß es nicht«, sagte ich mit einem Schulterzucken. »Um ehrlich zu sein, glaube ich es aber nicht«, fügte ich nachdenklich hinzu.

»Warum?«

Ich drehte den Ring an meinem Daumen. »In dem Traum bin ich vor nichts weggerannt«, sagte ich, »sondern auf etwas zu.«

Henrik zog seine Augenbrauen zusammen. »Auf etwas zu?«

Nickend richtete ich meinen Blick wieder auf unseren Weg. Mehr würde ich Henrik nicht von meinem Traum erzählen. Träume waren in meinen Augen wie Tagebücher. In der Regel verarbeiteten wir so viel in unseren Träumen, was das Unterbewusstsein sonst nicht verpacken könnte.

»Ist es egoistisch, wenn mich das erleichtert?«

»Wahrscheinlich ein bisschen. Ja.«

Im Augenwinkel sah ich, wie ein kleines Schmunzeln sich auf seinem Gesicht ausbreitete. »Ein bisschen kann ich ertragen. Wir sind da.« Er deutete mit dem Kinn nach vorn, in dem Moment lichteten sich die Bäume und ich entdeckte das Internat.

Erleichtert sackten meine Schultern ab. »Gott sei Dank«, murmelte ich und machte größere Schritte, um endlich ins Warme zu kommen.

Henrik hielt mich am Arm fest. »Ich will dich nicht erneut bitten mir zu verzeihen. Ich verstehe, dass ich es bei dir versaut habe. Aber bestrafe die anderen nicht dafür, okay? Sie hatten nichts damit zu tun. Und …« Er sah kurz zum Internat, ehe er wieder zu mir sah. In seinen Augen hatte sich etwas verändert. Der Henrik, den es gab, als ich ankam, schien nicht mehr zu existieren. Es war immer noch der, der mich ermuntert hatte, die Klippe runterzuspringen. Derjenige, der mich zu Doc Samson gebracht hatte. »Und du wirst sie brauchen. Auf kurz oder lang.«

Ich runzelte die Stirn. »Wieso sollte ich sie brauchen?«

Er ließ seine Hand schlaff an seine Seite fallen. »Glaub mir einfach, dass du es tun wirst.« Mit den Worten drehte er sich wieder weg und joggte in den Wald hinein.

Für einen kurzen Moment sah ich ihm fragend hinterher. Ich wurde aus dem Kerl nicht schlau. Absolut nicht. Er war wie der verdammte Heilige Gral. Ein Mythos – oder eine Legende? –, von der niemand so genau wusste, was es war. Ich seufzte und ging in Richtung Internat, um endlich warm duschen zu können.

Ich stieg die Treppen ins Foyer hoch und hörte bereits das Durcheinander der Stimmen der anderen. Verzweifelt sackte mein Kopf in den Nacken. »Ist das dein Ernst?«, warf ich dem großen Unbekannten vor, den es angeblich geben sollte.

Vorsichtig öffnete ich die Tür einen Spalt und warf einen sorgfältigen Blick ins Gebäude. Einige meiner Mitschüler*innen waren bereits auf dem Weg zum Speisesaal. Traube um Traube gingen sie die Treppe hinunter, die ich hoch musste. Kurz überlegte ich, ob es nicht doch eine Alternative war, im Wald zu bleiben. Aber die warme Dusche, die ich förmlich nach mir rufen hörte, lockte zu sehr. Mit zusammengebissenen Zähnen stieß ich die Tür auf und trat ins Foyer. Sofort richteten sich die Blicke auf mich und Augenbrauen wurden zusammengezogen. Ich beschleunigte meine Schritte und rannte beinahe nach oben.

In unserem Flur wollte ich nach dem Schlüssel greifen, bis mir auffiel, dass ich ihn nirgendwo haben könnte. »Verflucht«, schimpfte ich und schickte erneut ein Stoßgebet nach oben, dass Ziska noch im Zimmer war, damit ich ihr meinen Zustand irgendwie erklären durfte anstatt Frau Andersson.

Ich hob die Hand an unsere Zimmertür, als diese bereits aufgerissen wurde.

»Den Göttern sei Dank!«, begrüßte Ziska mich und zog mich direkt hinein. »Ich hatte solche Sorgen um dich!«

»Du bist noch hier«, sagte ich erfreut und strahlte meine Mitbewohnerin an. Anscheinend hatte der große Unbekannte doch nichts gegen mich – zumindest gönnte er mir ein wenig Glück.

»Wie könnte ich denn bitte schön los, wenn meine Mitbewohnerin mitten in der Nacht stiften geht. Wo warst du?«

Ich ging in Richtung Bad, schnappte mir nebenbei schon ein paar Wechselsachen. »Im Wald. Keine Ahnung, was ich da gemacht habe.« Ich stieß ein Seufzen aus. »Magst du mich nächstes Mal im Zimmer halten? Ich wollte nämlich nicht weg.«

Ziska riss die Augen auf. »Wie, du wolltest nicht weg?«

»Ich bin geschlafwandelt.«

Sie starrte mich wie eine Statue an, ehe wieder Bewegung in sie kam. »Du solltest mit Kweldulf sprechen.«

Ich presste die Lippen aufeinander. »Ich überlege es mir, okay?«

Sie runzelte die Stirn, protestierte aber nicht. »Na gut. Du solltest dich beeilen. Frühstück ist gleich zu Ende.«

Ich nickte. »Danke dir.«

10

Natürlich hatte ich das Frühstück verpasst. Mein Magen drohte, sich selbst aufzuzehren – zumindest wenn ich die Schmerzen verbunden mit der Übelkeit richtig deutete –, dementsprechend war meine Laune unterirdisch. Dazu kam, dass ich die gesamte Zeit im Unterricht hin und her überlegte, ob ich zu Kweldulf gehen sollte oder nicht.

Ich wollte nicht mit Kweldulf sprechen. Alles in mir sträubte sich gegen den Gedanken, mich einem Lehrer anzuvertrauen. Was sollte ich ihm sagen? Dass ich vermutete, dass das Internat eine versteckte Psychiatrie war, weil Henrik Leute bezahlte, um mich zu verletzen, und ich niemandes Gedanken hörte? Haha. Anderseits wusste ich, dass ich mit irgendjemanden reden *musste*. Meine Gespräche mit Doktor Philipp hatten mir geholfen – auch wenn ich das zu Beginn nicht gedacht hätte. Ich starrte auf mein Handy, das keinen Anruf meines Psychologen anzeigte. Frustriert ließ ich das Gerät wieder sinken.

»Frau Lehmann, wollen Sie heute auch noch am Unterricht teilnehmen?«

Erschrocken sah ich zu Frau Meier nach vorn, die unseren Deutschunterricht begleitete. »Natürlich. Entschuldigen Sie.«

Sie hob missbilligend ihre Augenbrauen. »Schön, also was können Sie mir zu diesem Gedicht sagen?«

Ich kratzte meine übrige Konzentration zusammen und warf einen Blick auf die Tafel zu dem Gedicht, das sie notiert hatte. Bevor ich jedoch etwas sagen konnte, erlöste mich der Gong von der Stunde. Erleichtert sackte ich auf meinem Platz zusammen.

Frau Meier seufzte. »Gut, wir sehen uns morgen wieder.«

»Alles in Ordnung?« Jesper hatte sich rechts an den anderen Tisch mit Peter zusammengesetzt und beugte sich zu mir rüber.

»Ja«, sagte ich kurz angebunden und warf meine Sachen in den Rucksack.

»Willst du drüber reden?«, erkundigte sich Jesper und blieb am Tisch stehen. Genauso wie Peter und Latha. Henrik war bisher nicht aufgetaucht, worüber ich heilfroh war.

»Nein.« Selbst für meine Ohren klang ich bissig. Ich schulterte meinen Rucksack und seufzte. »Sorry, meine Nacht war einfach beschissen.« Mein Magen knurrte deutlich hörbar.

Jesper hob die Augenbrauen. »Okay. Wenn du doch reden willst, wir sind für dich da.«

»Ja, danke für die Info. Aber erst mal will und muss ich etwas essen.« Erneut knurrte mein Bauch, was Jesper ein belustigtes Grinsen ins Gesicht zauberte.

»Ich höre es und wahrscheinlich auch die gesamte Schule.«

»Haha. Wir sehen uns.« Ich hob zum Abschied die Hand und ließ mich von dem Schwarm aus Jugendlichen mit zum Speisesaal ziehen.

Trotz meiner Laune und des Hungers drehte ich auf dem Weg zum Speisesaal die ganze Zeit nervös den Ring an meinem Daumen. Ich hatte die Kopfhörer schon parat in meiner Jeansjackentasche, doch was war, wenn jemand, dessen Gedanken ich nicht hörte, mit mir reden wollte? Ziska hatte sich bei den Mahlzeiten bisher immer zu mir gesetzt, obwohl sie selbst keinen Bissen zu sich nahm. Oder was war, wenn die Kopfhörer ohne die Tabletten nicht halfen? Die vorhandene Übelkeit wurde bei den Gedanken schlimmer und ich versuchte an irgendwas anderes zu denken, aber mir kam nur mein nächtliches Abenteuer in den Sinn, woran ich nicht denken wollte; denn dann müsste ich mich damit auseinandersetzen – was ich ebenfalls nicht wollte.

Ich unterdrückte ein frustriertes Stöhnen.

»... keine Lust mehr!«

»Emil ist einfach so süß!«

»Bin ich froh, wenn ich endlich zu Hause bin.«

Stocksteif blieb ich mitten in der Traube stehen. Die anderen umrundeten mich, als wäre ich eine Säule. Doch das bekam ich nur am Rande mit.

»Mathe ist ein Arschloch.«

»Kweldulf ist ein Folterer.«

»Mir tut jeder einzelne Muskel weh …«

Ich kniff die Augen zusammen und griff in die Jackentasche mit den Kopfhörern. Mit fahrigen Bewegungen entwirrte ich das Kabel – wieso musste sich das eigentlich immer verknoten? Eiskalter Schweiß trat mir auf die Stirn.

»… am Wochenende.«

»Pattys Partys sind einfach die Besten!«

Endlich schaffte ich es, die Kopfhörer in meine Ohren zu stecken, und sofort erfüllte mich die Leadstimme von *Rise Against*. Die Gedanken der anderen wurden leiser. Aber ich *hörte* sie noch immer. Ich presste die Lippen aufeinander. Dass ich sie nicht ganz wegsperren konnte, wusste ich. Ich hatte nur gehofft, dass die Kopfhörer mehr unterdrückten, trotz der fehlenden Tabletten.

Mit staksigen Schritten trat ich näher an den Speisesaal. Mich trennten sicherlich noch zehn Meter von dem Raum, in dem ein ganzer Pulk an Menschen sitzen würde, deren Gedanken ich allesamt hörte.

»… Patty kann mich mal.«

»Er ist so süß!«

»Sie ist so eine dumme Ziege …«

Sieben Meter. Ich wischte eine Schweißperle von meiner Schläfe und stellte die Lautstärke von meinem Handy lauter, sodass der Balken im roten Bereich landete und eine Warnung aufploppte, dass das auf Dauer gehörschädigend sein kann.

»Ich hasse es –«

»Morgen ist es wieder so weit.«

»– sie einem Dreier?«

»Fuck!«

Meine Beine zitterten unter der Anstrengung, mich nicht von den Gedanken überfluten zu lassen. Ich versuchte, irgendwie alles auszublenden, aber es fühlte sich an, als kämen die Gedanken durch jede kleinste Lücke.

»–bumm!«

»Ich liebe ihn so sehr!«

»Irgendwann brenne ich hier alles nieder …«

Nur noch zwei Meter trennten mich von dem Speisesaal. Meine Handflächen waren schweißnass. Ich ballte sie zu Fäusten und steckte sie tief in meine Taschen. Die Gedanken der anderen wirbelten durcheinander in meinem Kopf herum, sodass ich eher bruchstückhaft irgendwas hörte und keine richtigen Zusammenhänge finden konnte.

Ich trat in den Speisesaal, in dem bereits mehrere hundert Leute saßen und sich angeregt unterhielten. Die Gedanken wurden lauter. Meine Lippen presste ich zu einem schmalen Streifen zusammen. Ich versuchte mich einzig darauf zu konzentrieren, einen Fuß vor den nächsten zu setzen. Die Essensausgabe lag direkt an der Wand, zu der ich hereingekommen war.

»– so geil!«

»Ich warte –«

»Das Wochen …«

»– heißer geht's nicht.«

Ich zog die Augenbrauen zusammen. Mir lief eiskalter Schweiß den Rücken hinunter, obwohl der Speisesaal klimatisiert war. Endlich erreichte ich die Theke und griff nach einem Tablett. Erleichtert ließ ich mich gegen die Tablettschiene an der Theke sinken. Musiktechnisch hämmerte mir mittlerweile *Papa Roach* um die Ohren. Die Lautstärke der Musik half zum Glück ein wenig, wobei das nur ein Tropfen Wasser auf dem heißen Stein war.

»Wie widerlich.«

»… essbar?«

Die Köchin, die nur mittags hier war, lächelte mich warm an, als ich an der Reihe war. Ich versuchte die Geste zu erwidern, was mir mit Sicherheit misslang. Die Gedanken wurden mit jeder Minute, die ich mich in dieser Menschenmasse aufhielt, schlimmer. Am besten war es wahrscheinlich, wenn ich mir gleich das Essen schnappte, um dann weit weg von dem Speisesaal zu essen. Am besten am anderen Ende der Welt …

Plötzlich schlug mir ein Gewicht in die Seite, sodass ich stolperte. Ich versuchte mich noch zu fangen, dabei riss ich mir selbst die Kopfhörer aus den Ohren. Für einen Moment stand ich stocksteif in der Schlange der Essensausgabe, ehe die Gedanken mit Wucht in meinen Kopf prasselten. Es war wie ein Hammer, der auf meinen Schädel schlug und mich dabei in Dutzende Stücke splittern ließ …

***

Herrliche Stille hüllte meinen Kopf ein, als ich wieder wach wurde. Ich blinzelte gegen das helle Licht an, das mir direkt in die Augen schien.

»Ivy, wie schade, dass wir uns schon wieder sehen«, begrüßte Doc Samson mich, lächelte aber dennoch.

Ich verzog mein Gesicht zu einer Grimasse. »Hallo, Dr. Samson.«

»Wie geht es Ihnen?«, erkundigte sie sich und musterte mich dabei eingehend.

Kurz horchte ich in mich. »Gut. Ich habe nur unglaublichen Hunger«, gestand ich.

»Kam der Zusammenbruch dadurch?«

»Ähm … das ist … das ist sehr wahrscheinlich«, log ich und wandte hastig den Blick ab. Ich hasste es zu lügen.

Im Augenwinkel bemerkte ich, wie die Ärztin die Augenbrauen zusammenzog. »In Ordnung. Ich kann Sie nicht hierhalten. Sollte es Ihnen noch mal so schlecht gehen, kommen Sie bitte eher zu mir, in Ordnung?«

Ich nickte. »Ja, das mache ich.« Wieder eine Lüge. Doc Samson würde mir nicht helfen können, nicht wenn sie mir nicht die Tabletten aufschrieb, die ich brauchte, um mich unter Menschen aufhalten zu können – zumindest unter dem Teil der Menschen, deren Gedanken ich ungefragt hörte.

»Gut. Ich sage Kweldulf Bescheid, dass es Ihnen wieder gutgeht. Er wollte mit Ihnen sprechen.«

Sofort versteifte ich mich. »Was, aber wieso?«

Doc Samson warf einen Blick über die Schulter. »Anscheinend hat Frau Ward eine Beschwerde von Ihrem Vater bekommen, in dem Sie ihm vorgeworfen haben, dass das hier eine Irrenanstalt und kein Internat sei.«

Mein Mund wurde schlagartig trocken. Dass mein Vater beim Internat selbst nachhaken würde, damit hatte ich nicht gerechnet. »Oh.«

»Ich weiß nicht, wie Sie auf den Gedanken kommen, dass das hier eine psychiatrische Anstalt ist, Ivy, aber ich kann Ihnen versichern, dass wir weit davon weg sind, so etwas zu sein.«

Ertappt sah ich auf meine Hände, die ich in meinen Schoß gelegt hatte. »Es ...«

Sie hob ihre Hand, was mich zum Schweigen brachte. »Sprechen Sie darüber mit Herrn Kweldulf. Ich bin sicher, dass er direkt herkommen wird.«

Ein Kloß legte sich in meinen Hals. Das hatte ich ja wunderbar hinbekommen. Konnte der Tag noch grausamer werden?

Es dauerte gefühlt Stunden, bis Herr Kweldulf in die Krankenstation schlenderte, wobei es sicherlich nur wenige Minuten waren.

»Wie geht es Ihnen, Ivy?«, erkundigte er sich.

»Wieder besser – abgesehen von dem Hunger«, gestand ich.

Er nickte. »Das freut mich zu hören. Wobei ich Ihnen mitteilen muss, dass Sie das Mittagessen verschlafen haben.«

»Ja, das habe ich mir fast gedacht«, sagte ich niedergeschlagen.

Herr Kweldulf zog sich einen Stuhl an das Bett, auf dem ich mittlerweile saß, und betrachtete mich für einen Moment. »Hat Dr. Samson Ihnen gesagt, wieso ich mit Ihnen sprechen möchte?«

»Ja, mein Vater hat meine Bedenken, dass das hier eine psychiatrische Anstalt ist, mit Frau Ward geteilt.«

»Genau. Verstehen Sie mich nicht falsch, das Internat ist in manchen Dingen sehr eigen, was einem sicherlich das Gefühl geben kann, eingesperrt zu sein. Doch wir tun das nur, um unsere Schüler*innen zu schützen.«

Ich nickte.

Er lehnte sich in seinem Stuhl zurück. »Haben Sie sich denn schon hier eingewöhnt?«

»Ich bin ja erst seit ein paar Tagen hier«, sagte ich, begleitet von einem Schulterzucken.

»Das ist wahr. Sie scheinen sich gut mit Franziska zu verstehen.«

Ich bemerkte, dass er Infos aus mir hervorlocken wollte. Diese belanglos wirkenden Fragen nutzte Doktor Phillip ebenfalls, um an den Kern meiner Probleme zu gelangen. »Ja.«

Kweldulf nickte. »Und warum sind Sie heute Nacht aus ihrem Zimmer geflüchtet?«

Überrascht musterte ich ihn. »Was?«

Er schenkte mir ein ruhiges Lächeln. »Nur weil wir als Lehrkräfte darauf achten, dass jeder ein Mindestmaß an Privatsphäre genießen kann, heißt das nicht, dass wir blind und taub sind, wenn jemand gegen unsere Regeln verstößt. Und sich des Nachts rauszuschleichen ist verboten.«

»Ich habe mich nicht rausgeschlichen«, widersprach ich.

»Das sah anders aus.« Seine Augen waren irritierend. Im Unterricht hatte ich bisher nicht drauf geachtet. Die Farbe hob sich durch ihren strahlend goldenen Ton hervor. Doch das war nicht alles. Sie schienen zu schimmern, als würde sich die ganze Zeit die Sonne darin spiegeln.

Ich wich dem Blick aus. »Ich bin geschlafwandelt.«

»Geschlafwandelt?«, hakte Herr Kweldulf nach.

»Ja …« Mein Blick glitt wieder zu dem Lehrer. Er musterte mich ruhig und gelassen, wenn auch ein wenig überrascht.

»Tun Sie das des Öfteren?«

»Das war das erste Mal, zumindest soweit ich das weiß«, erklärte ich widerstrebend.

»Können Sie sich erklären, woran das lag?«

»Nein.«

»Auch nicht an der Situation, durch die Sie eine Silbervergiftung erlitten haben?«

Ich riss die Augen auf. »Woher …?«, den Rest der Frage sparte ich mir. Doc Samson war mit Sicherheit beauftragt, jede Verletzung zu melden.

»Wir achten auf unsere Schüler*innen, Ivy. Sie gehören dazu. Doch wir respektieren auch die Grenzen. Deswegen werde ich Sie nicht zwingen, mir etwas zu sagen, bei dem Sie sich unwohl fühlen. Von Ihrem Vater wissen wir, dass Sie zu Hause einen Therapeuten konsultieren. Haben Sie noch Kontakt zu ihm?«

»Gerade nicht. Ich habe ihn darum gebeten, mir meine Tabletten zu schicken. Meine Dose habe ich wohl ... irgendwie verloren.«

»Wissen Sie, ich bin kein ausgebildeter Therapeut, aber ich bin ein guter Zuhörer, der Ihnen vielleicht helfen kann, wenn Sie etwas brauchen.«

»Ich bezweifle, dass Sie mir bei meinen Problemen helfen können«, sagte ich schneller, als ich darüber nachdenken konnte.

»Was hindert Sie daran, es zu versuchen?«, hakte er nach und legte dabei seinen Kopf schief, um mich zu mustern.

Ich wich seinem Blick aus und sah stattdessen auf meine verschlungenen Finger. »Mir konnte bisher selbst mein Therapeut zu Hause nicht helfen«, sagte ich und stand von der Liege auf. Mich überkam ein Schwindel, der mich direkt wieder zurück auf die Liege presste.

»Wann haben Sie das letzte Mal etwas gegessen?«

»Gestern Abend ...«

Er runzelte die Stirn. »Heute Morgen haben Sie wahrscheinlich verschlafen?«

Ich nickte.

»Sind Sie deswegen umgekippt?«

»Nein. Deswegen nicht. Es ... es waren zu viele Eindrücke«, versuchte ich so nah wie möglich bei der Wahrheit zu bleiben.

»Zu viele Eindrücke?«

Erneut nickte ich. »Ich bin es nicht gewöhnt, so viele Menschen um mich zu haben, vor allem wenn ich meine Tabletten nicht habe. Und als ich vorhin angerempelt wurde, habe ich meine Kopfhörer verloren ...«

Mein Lehrer nickte. »Kopfhörer?«

»Um die Geräusche zu dämpfen«, murmelte ich.

Er beugte sich vor, sodass er meinen Blick einfing, und für wenige Atemzüge sah er mich bloß an. »Ich habe in meinem Büro noch Reste vom Mittagessen, haben Sie Lust, mir Gesellschaft zu leisten?«, fragte er danach.

Mein Magen knurrte zustimmend. Automatisch legte ich meine Hand auf den grummelnden Bauch. »Ähm ...« Mir gefiel der Gedanke gar nicht, mit meinem Lehrer zusammen zu essen.

»Sie müssen nicht. Ich habe Ihnen nichts weiter zu sagen. Wenn Sie mich trotzdem begleiten wollen, dürfen Sie das gern tun.« Er stand auf und klopfte sich seine Jeans ab, als hätte er irgendwo Dreck. »Aber wenn Sie lieber wieder in den Unterricht möchten, halte ich Sie natürlich nicht davon ab.«

Ich biss mir auf die Innenseite meiner Lippe. »Okay, ich komme mit.«

Kweldulf sah mit einem Lächeln über die Schulter. »Das freut mich. Ich persönlich finde es immer etwas öde, allein zu essen.«

Widerstrebend stand ich vom Bett auf und folgte meinem Lehrer, der mich aus der Krankenstation führte. Gemeinsam gingen wir durch den Flur und schon nach kurzer Zeit, blieb Kweldulf vor einer Tür stehen, holte einen Schlüssel heraus und schloss auf. Er schob die Tür nach innen und deutete mir einzutreten.

Es war ein kleiner Raum mit einer Glastür, die als einziges Fenster fungierte und einen freien Blick auf den Wald bot, der sich um das ganze Internat schloss.

Kweldulf lief an mir vorbei zu seinem massiven Schreibtisch, der in der Mitte des Raums stand und der beinahe das ganze Zimmer einnahm. Die Wände waren mit Bücherregalen zugepflastert. Neben der Fachlektüre fand ich auf den ersten Blick auch einige Thriller und Fantasybücher. Überrascht blinzelte ich und sah wieder zu meinem Lehrer. Ich war mir sicher, dass ich noch nie zuvor Lehrpersonal getroffen hatte, das öffentlich zugab, an Fantasy interessiert zu sein. Vor der Glastür stand noch ein runder Tisch, an dem drei Stühle standen.

»Ich hoffe, Sie mögen Hühnchen auf Reis?«

»Ja, danke«, murmelte ich und wandte hastig wieder den Blick von meinem Lehrer ab. Bei meinem Hunger hätte ich auch Rosenkohl zu mir genommen ... Mir gefiel die Situation trotzdem nicht. Ich hörte, wie er die Mikrowelle startete, die in dem Regal hinter seinem Schreibtisch stand. Angestrengt ließ ich den Blick durch die andere Hälfte des Raums schweifen, nur um mich nicht mit meinem Lehrer auseinanderzusetzen.

»Setzen Sie sich doch.«

Ich nahm an dem runden Tisch Platz und sah nach draußen. Wenn mich nicht alles täuschte, mussten wir auf der Rückseite des Internats sein. Zumindest konnte ich von hier aus nicht die angelegten Gärten sehen, die im vorderen Bereich des Gebäudes waren. Nervös und unwohl spielte ich mit dem Ring an meinem Daumen. Vielleicht war es doch keine so gute Idee gewesen, das Essen mit meinem Lehrer einzunehmen. Bestimmt gab es hier irgendwo eine Küche, in der Personal gewesen wäre, das ich nach etwas zu essen hätte fragen können. Ich unterdrückte einen Fluch, weil mir die Idee erst jetzt gekommen war.

»Bitte schön.« Kweldulf stellte einen dampfenden Teller sowie Besteck vor mich hin.

»Danke.«

Er setzte sich mir direkt gegenüber, ebenfalls mit einer Portion des aufgewärmten Essens. »Guten Appetit.«

»Ebenfalls«, murmelte ich und schob mir eine Gabel mit Reis in den Mund.

»Ivy, ich bin neugierig und wenn Sie nicht darüber reden möchten, habe ich keinerlei Probleme damit. Aber wie kommen Sie auf die Idee, dass das hier eine Psychiatrie ist?«

Mich wunderte seine Frage nicht, dennoch wandelte sich der Bissen in meinem Mund zu Pappe. Langsam kaute ich und schluckte. »Ich verstehe, wieso Sie nachfragen, eine befriedigende Antwort kann ich Ihnen darauf aber wohl nicht geben.«

Er hob seine Augenbrauen und schluckte ebenfalls seinen Bissen hinunter. »Warum?«

Nach einer Antwort ringend stocherte ich in meinem Essen. »Weil ... Ich möchte nicht darüber reden.«

Mein Lehrer nickte nachdenklich. »Na gut. Auch nicht darüber, dass Henrik Christiansen Sie in eine lebensbedrohliche Situation gebracht hat, von der Sie die Silbervergiftung hatten?«

Hustend versuchte ich, den verschluckten Bissen in die richtige Röhre zu bekommen. Mit Tränen in den Augen sah ich zu Herrn Kweldulf, der das Geschehene so nebenbei erwähnte, als hätte er übers Wetter gesprochen. »Was?«, röchelte ich, als ich endlich wieder Luft bekam.

»Henrik kam zu mir, nachdem er Ihnen das angetan hatte, um sich seine Strafe abzuholen.«

»Oh.«

»Dabei erwähnte er auch, dass Sie wussten, dass er die Leute bezahlt hatte, obwohl keiner ein Wort darüber verloren hatte.«

Ich ließ die Gabel auf halbem Weg wieder nach unten sinken. »Das muss er sich eingebildet haben.«

Herr Kweldulf ließ sein Besteck ebenfalls sinken und musterte mich mit seinen eindringlichen Augen. »Ivy, ich weiß, dass Sie in einem Haushalt groß geworden sind, in dem an der Norm festgehalten wird. In der die Andersartigkeit sogar etwas Schlechtes ist. Ich möchte, dass Sie wissen, dass das hier nicht der Fall ist.«

Überrascht sah ich meinen Lehrer an.

»Jeder hier auf dem Internat ist besonders und wir tun alles, um diese Kinder zu schützen und in ihren Fähigkeiten zu unterrichten.« Seine Worte kamen langsam aus ihm hervor, als besäße jedes einzelne davon einen Wert aus Gold und als wollte er mir etwas subtil verdeutlichen.

»Sie wissen es, oder?«, fragte ich.

»Was weiß ich?«, erkundigte er sich mit einem unschuldigen Ton in der Stimme, wobei diese irritierenden Augen noch mehr zu funkeln schienen.

Ich rang mit mir. Es laut auszusprechen, obwohl ich nicht mit vollkommener Sicherheit sagen konnte, dass er es tatsächlich wusste, machte mich verletzlich. Es eröffnete ihm eine Angriffsfläche, die ich ihm nur ungern bieten wollte, aus Angst, dass mich erneut jemand wieder für verrückt hielt. »Dass ... dass ich Gedanken hören kann«, brachte ich beinahe würgend über die Lippen, weil ich so lang nicht mehr davon gesprochen hatte. Weil ich all die Zeit über versucht hatte, zu vergessen, dass ich nicht normal war.

Er stützte seine Ellenbogen auf den Tisch und lächelte mich freundlich an. »Ich wusste nicht genau, *was* Sie können. Es ist kein Zufall, warum wir Sie für unsere Schule zugelassen haben. Wir wussten, dass Ihre Mutter ebenfalls anders war als andere Menschen, und deswegen haben wir damit gerechnet, dass Sie ihr Potenzial geerbt haben.«

»Meine Mutter konnte auch Gedanken hören?«, fragte ich.

»Nein, das nicht. Aber sie konnte etwas anderes.«

Ich runzelte die Stirn. Mir war das gerade etwas zu viel. »Und was?«

»Das ist nicht an mir Ihnen zu sagen.«

Das Essen auf dem Tisch hatte ich komplett vergessen. Ich spielte mit dem Ring an meinem Daumen, während ich mir Mühe gab, das Gehörte zu verdauen. Mir kam das merkwürdig vor. Eine Schule für andersartige Kinder? Waren wir bei den verdammten *X-Men*? Mir wurde das eindeutig zu viel. War das ein schlechter Scherz? Ich sah mich nach versteckten Kameras um und den Menschen, die im nächsten Augenblick aus ihren Verstecken sprangen, um mich zu beglückwünschen, dass ich nicht auf ihren Scherz hereingefallen war. »Ich denke, ich werde doch wieder zum Unterricht gehen«, sagte ich und stand bereits auf.

»Wie Sie möchten. Aber ich könnte Ihnen vielleicht sagen, wie Sie die Gedanken der anderen aus ihrem Kopf sperren können.«

Sofort verharrte ich in der Bewegung. »Was?«

Er schenkte mir ein Lächeln. »Sie sind nicht so anders, wie Sie vielleicht glauben.«

Mir schwirrte der Schädel. Doch das Zimmer war zu klein, um irgendwelche Verstecke zu ermöglichen. »Ich gehe jetzt besser. Danke für das Essen«, sagte ich und drehte mich zur Tür, durch die wir hereingekommen waren.

»Immer wieder gern, Ivy. Und wenn Sie das nächste Mal Probleme mit den Gedanken haben, stelle Sie sich vor, dass um Sie herum eine greifbare Barriere ist, durch die die Stimmen nicht kommen können.«

Ich warf einen Blick über die Schulter. Herr Kweldulf saß zurückgelehnt in seinem Stuhl. Auf seinen Lippen lag das Lächeln eines zufriedenen Wolfs, dem gerade eine fette Beute in die Pfoten gelangt war. Mir kroch ein Schauer über den Rücken und ich beeilte mich, aus dem Zimmer zu kommen.

***

Ich war nicht zurück in den Unterricht gegangen. Mal von der Tatsache abgesehen, dass ich keine Ahnung hatte, wohin ich gemusst hätte, war mein Kopf so in Aufruhr, dass ich wahrscheinlich eh nichts mitbekommen hätte.

Mit meinen Fingern trommelte ich unruhig auf den Überwurf meines Bettes und starrte an die Zimmerdecke. Das Gespräch mit Kweldulf hatte alles noch schlimmer gemacht. Die Vermutung, dass das hier eine Irrenanstalt war, leuchtete wie eine Lichtreklame in meinen Gedanken. Ein normaldenkender Mensch würde mir niemals glauben! Wären die Rollen vertauscht gewesen, hätte ich die Leute mit den »Hab-mich-lieb«-Jacken angerufen, damit sie denjenigen wegholten und demjenigen helfen konnte. Meine Überlegungen hatten sich nur dahingehend gewendet, dass das nicht nur für Teenager eine psychiatrische Anstalt war, sondern auch für Erwachsene. Aber wieso sollten die deutschen Behörden kranken Menschen erlauben, Jugendliche zu unterrichten?

Ich hob die Hände und presste mir die Ballen gegen die Augen. Meine Gedanken fuhren Karussell. Kweldulfs Worte, dass diese Andersartigkeit hier etwas vollkommen Normales war, mussten doch an den Haaren herbeigezogen sein ... oder? Ich ließ die Hände wieder sinken und starrte erneut an die Zimmerdecke. *Oder?*

Mein Blick glitt zum Handy und ich ließ mir die Uhrzeit anzeigen. In knapp zehn Minuten war der Unterricht vorbei. Mir kam eine Schnapsidee. Hastig rappelte ich mich auf, schlüpfte in meine Schuhe, die ich achtlos neben das Bett gekickt hatte, und lief auf den Flur. Wenn Kweldulf unrecht hatte, dann dürfte sein Tipp mit den Gedanken nicht funktionieren. Dann müsste dieser Hinweis genauso an den Haaren herbeigezogen sein wie alles andere.

Ich hastete beinahe die Treppen zum Foyer hinunter, die Kopfhörer hatte ich sicherheitshalber in meiner Tasche verstaut und ging auf die Türen zu. Auf dem Hof standen bereits die Busse, die die Tagesschüler*innen in die Stadt bringen würden. Nervosität kribbelte in meinem Magen. Ich holte tief Luft, um mich zu beruhigen. Erneut warf ich einen Blick auf die Uhr. Drei Minuten waren erst vergangen, seit ich das letzte Mal darauf geschaut hatte.

Ich setzte mich direkt neben dem Eingang auf eine der Bänke. Im Normalfall hätte ich mich so weit weg wie möglich irgendwo hingesetzt, aber ich wollte es ausprobieren. Ohne dass ich es mir eingestehen würde, hoffte ich doch, dass Kweldulfs Tipp funktionierte. Und wenn er stimmte, würde es mein Leben von Grund auf verändern. Ich könnte normal sein. Wäre keine Absonderheit mehr, vor der mein Vater Angst haben müsste.

Ich ballte die Hände zu Fäusten und starrte auf den Kies zu meinen Füßen. Die blaue Farbe auf meinen Chucks sprang mir entgegen. Ich könnte eine bessere Freundin sein, weil ich endlich mit anderen weggehen könnte. Kinobesuche, Essen gehen. Mir würde die verdammte Welt offenstehen. Die Vorstellung, wie mein Leben laufen könnte, ließ mir beinahe Tränen in die Augen treten. Das war alles, was ich mir immer in meinem Leben gewünscht hatte. Doch was, wenn es nicht funktionierte? Dann stimmte hier etwas mit den Menschen auf dem Internat nicht und ich hatte keine Ahnung, ob ich mich dann hier sicher fühlen konnte. Mir wurde schlecht bei dem Gedanken.

Die Schulklingel ertönte und beendete den Unterricht. Nervös richtete ich mich auf. Mein Blick lag angespannt auf der Eingangstür, die im nächsten Moment von den ersten aufgestoßen wurde.

»Die Geister können endlich wiederkommen!«

»Freue ich mich auf zu Hause.«

Kweldulf hatte gesagt, dass ich eine Barriere zwischen die Gedanken und mich bringen musste. Dass es etwas Greifbares sein musste. Bisher hatte ich immer nur versucht, sie von mir wegzuschieben. Mich vor ihnen zu verstecken, indem ich mich in mir selbst zurückzog, in einen dunklen, finsteren Ort, an dem sie mich trotzdem verfolgt hatten. Auf die Idee, sie von mir abzukapseln, war ich noch nicht gekommen. Ich holte tief Luft und baute in Gedanken eine Mauer zwischen die Stimmen und mein Inneres.

»Bitte lass den Bus nicht mehr so voll sein.«

Ich presste die Lippen zusammen; wollte schon beinahe die Hoffnung loslassen, aber so schnell wollte ich nicht aufgeben. Erneut holte ich tief Luft und überlegte fahrig, wie ich sie aussperren könnte. Die Mauer ließ zu viel Luft zwischen uns, in der sich die Gedanken anscheinend manifestierten, um mich zu quälen. Ich brauchte etwas Engeres, etwas, das sich an mich schmiegte wie eine zweite Haut – nur in meinem Kopf.

»Das Kleid muss unbedingt noch da sein!«

»Meine Mutter wird mir Pattys Party niemals …«

»Ich brauche unbedingt 'ne Neue.«

Mir kam eine Idee, eine, von der ich nicht viel erwartete. Doch es war besser als nichts. Ich zog Luft durch meine Nasenlöcher und stellte mir vor, wie sich ein Schleier um mich legte. Wie ich die Gedanken durch Stoff abwehrte, der mich vor den Gedanken abwehrte.

»Wurde sie nicht angegriffen?«

»– die Neue?«

Innerlich ließ ich den Schleier verdichten. Nichts sollte dadurch kommen. Nicht ohne meine Erlaubnis. Ich kniff die Augen zusammen. Strengte mich weiter an.

Mir trat Schweiß auf die Stirn. Ich spürte, dass sich etwas veränderte. Mit mehr Mühe kümmerte ich mich darum, dass der Schleier dichter wurde, dass er die Gedanken der anderen abschmetterte, sodass ich nichts mehr davon hörte.

Ich hörte, wie die anderen neben mir in die Busse stiegen, wie sie sich unterhielten. Aber die Gedanken prallten an dem Schleier in meinem Kopf ab. Ich riss die Augen auf und starrte meine Mitschüler*innen an. Die Gedanken waren noch vorhanden. Der Schleier schaffte es nicht, sie komplett zum Verstummen zu bringen, doch es war wie ein Flüstern in meinem Kopf. Ein leises Summen, dem ich standhalten konnte.

»Fuck«, murmelte ich. Kweldulf hatte recht besessen.

Wie in einer Hypnose gefangen stand ich auf und drückte mich durch die Menschentraube, die nach Hause wollte, zurück ins Internat. Mein Weg ging zielsicher an dem Speisesaal vorbei zu dem Raum, den ich erst vor wenigen Stunden verlassen hatte.

Ohne an die Tür zu klopfen, schob ich sie auf und sah den Mann hinter dem Schreibtisch an. »Bringen Sie es mir bei«, bat ich ohne eine Begrüßung oder Entschuldigung.

Kweldulf schenkte mir ein Lächeln und deutete auf den Stuhl, auf dem ich vorhin gesessen hatte. »Gern. Aber Ivy, die Gaben unserer Schüler*innen gehören nur ihnen. Sprechen Sie mit niemandem darüber.«

Mir war egal, was die anderen konnten. Mir wäre sogar egal, wenn ich Kweldulf mein erstes Kind versprechen müsste, um endlich das Leben zu führen, das ich immer hatte besitzen wollen. Hastig nickte ich und ließ mich auf dem Stuhl sinken.

11

»Lass los.«

Ich wehrte mich gegen das verführerische Raunen. Stemmte meine Füße gegen den Boden, um dem Drang loszulaufen zu widerstehen. Um nicht zu vergessen, nicht durch den Wald zu rennen und mich im Licht des Mondes zu baden. Ich wollte das nicht. Ich wollte in meinem Zimmer bleiben. In dem Bett liegen und diese Träume vergessen.

»Lass los«, *lockte die Stimme weiter.*

»Ivy!«

Ich riss die Augen auf und klammerte mich an die Person, die mich angeschrien hatte, um nicht umzufallen.

Ziska sah mich mit besorgtem Blick an. »Ivy?«

»Ja«, sagte ich zittrig. Mein Herz raste in der Brust, als wäre ich tatsächlich durch den Wald gerannt. Ich sackte in mich zusammen und löste mich von Ziska. »Danke«, murmelte ich.

»Kein Problem.« Sie schenkte mir ein Lächeln, was jedoch verrutschte und eher wie eine Grimasse anmutete.

»Ich habe keine Ahnung, was los ist …«, murmelte ich und ging zurück zu meinem Bett. Erschöpft ließ ich mich darauf sinken und starrte an die Decke.

Ziska ließ sich ebenfalls auf ihre Matratze fallen. »Was träumst du denn?«

Für einen kurzen Moment musste ich über die Frage nachdenken. »Ich träume nicht wirklich«, gab ich schlussendlich zu und sah zu ihr. »Es ist eher, als ob mich jemand zu sich ruft.«

»Was?«

Ich rieb mir übers Gesicht und versuchte, die Gedanken zu sortieren, die wild durch meinen Geist stürmten. »Ich höre nur die Stimme dieser Frau«, gestand ich. »Sie sagt die ganze Zeit, dass ich loslassen solle. Ich weiß nur nicht was.«

»*Dieser* Frau?« Meine Mitbewohnerin wirkte, als sei sie eine Mischung aus besorgt und ängstlich.

Ich biss mir auf die Innenseite meiner Lippe. Ziska und ich hatten zwar keinerlei Probleme miteinander, aber wir waren auch keine engen Freundinnen, vor allem nicht nach unserem ersten Zusammentreffen. Ich stockte. Herr Kweldulf hatte gesagt, dass jeder hier auf dem Internat etwas konnte. Nachdenklich sah ich zu Ziska. War sie deswegen am Anfang so merkwürdig gewesen?

Nervös spielte ich mit dem Ring an meinem Daumen. Ich wusste, dass Susann mich jetzt nötigen würde, mit Ziska zu reden. Sie war meine Mitbewohnerin und diejenige, die mich davor bewahrte, einen weiteren Regelverstoß zu verursachen. »Als ich die Silbervergiftung hatte, hatte ich eine Halluzination von ihr.« Ich unterdrückte ein Schaudern bei der Erinnerung an den Anblick, den diese Frau gegeben hatte. »Es war sicherlich nichts Wichtiges.«

»Wenn es dich immer noch begleitet, war es zumindest nichts Unwichtiges«, hielt Ziska dagegen. »Wie sah sie aus?«

»Es war sicherlich nur eine Halluzination, die von der Silbervergiftung herrührte«, wich ich ihr aus.

»Sag mir bitte, wie die Frau aussah.«

»Sie war jung, aber auch …«, kurz suchte ich nach den richtigen Worten, »faulig? Ihre eine Körperhälfte wirkte wie die von einer jungen Frau, nur wenig älter als wir. Doch die andere …« Dieses Mal konnte ich den Schauder nicht unterdrücken, der über meinen Körper rollte.

»Du hast Hel gesehen?«, fragte Ziska.

Verwundert richtete ich mich auf. »Wen?«

Meine Mitbewohnerin griff nach ihrem Handy und tippte etwas, ehe sie zu mir kam und es mir unter die Nase hielt. Sie hatte ein Foto einer gezeichneten Frau rausgesucht, die große Ähnlichkeit mit der hatte, die ich in meiner Halluzination gesehen hatte. »Wer ist das?«, fragte ich.

»Das ist Hel. Totengöttin, Tochter des Chaosgottes Loki und der Riesin

Angrboda. Sie und ihre Geschwister gelten als die drei Katastrophen, die die Macht haben, das Geschlecht der Asen zu vernichten.«

Überrascht blinzelte ich. »Wieso sollte ich die Totengöttin sehen?«

Ziska setzte sich neben mich aufs Bett. »Bei deiner Silbervergiftung warst du wahrscheinlich an der Schwelle des ...« Sie verstummte und warf mir einen mitleidigen Blick zu.

Mir wurde schlagartig eiskalt. Plötzlich kam mir das Gespräch mit der Frau wieder in den Sinn. Sie hatte mich gefragt, wieso ich Einlass in die Unterwelt wolle, weil ich zu jung sei. »Aber ...«, stotterte ich. Das konnte nicht wahr sein. Herr Kweldulf hatte gestern schon gezeigt, dass es mehr gab, als ich kannte. Als ich jemals angenommen hatte, was es auf der Welt gab. Doch das hatte nur mich betroffen. Aber Götter?

»Du solltest mit Kweldulf reden«, sagte Ziska. »Er kennt sich echt gut mit den nordischen Gottheiten aus und vielleicht kann er dir helfen herauszufinden, was diese Träume bedeuten.«

Ich knetete meine Finger. »Hm. Vielleicht.«

Ziska legte ihre Hand über meine. »Versuch noch etwas zu schlafen, okay? Ich pass auf, dass du nicht stiften gehst.«

Ich bemühte mich, ihr ein dankbares Lächeln zuzuwerfen, aber es gelang mir mit ziemlicher Sicherheit nicht. Erschöpft ließ ich mich in mein Bett sinken und Ziska machte ihre Nachttischlampe aus. Stille hüllte uns ein, doch ich fand nicht mehr in den Schlaf. Dafür arbeitete mein Kopf zu sehr. Was zum Teufel gab es noch in dieser Welt, von dem ich nichts wusste? Und was stimmte nur nicht mit mir?

***

Mir war hundeelend zumute, weil ich die restliche Nacht nicht mehr geschlafen hatte. Wobei ich immer wieder an den Punkt gekommen war, dass es Götter nicht geben konnte. Ich meinte, Fähigkeiten, okay. Das war irgendwie logisch erklärbar. Es gab wissenschaftliche Studien, die belegten, dass die Menschen nur einen mickrigen Teil ihrer eigentlichen Gehirnfähigkeiten einsetzten, und wir waren dabei vielleicht eine Ausnahme.

»Du hast jetzt Sport«, meinte Ziska, die neben mir herging.

»Du bist doch auch in unserer Klasse.«

»Ich bin vom Sport befreit. Damit ich meine Ruhe beim Essen habe«, teilte sie mir mit einem Zwinkern mit. »Die Sporthalle ist nicht weit weg. Die findest du sogar blind.«

Ich hob die Augenbrauen. »Das glaubst du?« In dem Moment schwebte eine Wolke des verführerischen Dufts durch die Luft, der mir schon den gesamten Tag auflauerte.

»Wir können sie mitnehmen«, erklang Jespers Stimme hinter uns.

Ich warf einen Blick über die Schulter und begegnete direkt den eisblauen Augen, die wirkten, als trügen sie den gesamten Weltschmerz in sich, ehe Henrik angestrengt woanders hinsah und ich meine Aufmerksamkeit auf Jesper lenkte. »Danke, aber den Weg finde ich mit Sicherheit. Dir guten Hunger. Wir sehen uns!«, sagte ich und beschleunigte meine Schritte.

»Ihr habt echt verschissen, oder?«, erklang Ziskas Stimme hinter mir.

Ich ignorierte den Wunsch, auf die Antwort der anderen zu lauschen, und folgte unserem Klassenstrom durch die Mensa in den weitläufigen Garten, der das Internat umgab. Gepflegte Grünflächen begrüßten mich, auf die sich kein einziges Gänseblümchen verirrt hatte. Alle Blumen waren brav in ihren Beeten und verteilten einen sanften Duft in der Luft, den ich für einen Atemzug genüsslich einatmete.

»Gott, wie sehr ich Mathe hasse!«

»Warum sind die Wege nur immer so weit?«

Stocksteif blieb ich an Ort und Stelle stehen, als ich die Stimmen von Menschen in meinem Kopf hörte. Mein Blick wanderte über den Garten, in dem sich mehrere Schüler*innen aufhielten. Es waren bei Weitem nicht alle Stimmen in meinem Kopf, sondern nur ein winziger Bruchteil, den ich gut ignorieren könnte – wenn ich denn wollte. Ich holte tief Luft und stellte mir vor, wie sich der Schleier über mich legte und die Gedanken der anderen fortstieß. Zum ersten Mal konnte ich Kweldulfs Training anwenden und … es gelang mir tatsächlich. Wieso war ich nur vorher nie auf die Idee gekommen, mir vorzustellen die Gedanken wegzustoßen, anstatt mich klein zu machen?

»Alles okay, Ivy?« Henrik trat neben mich. Der Duft kam direkt von ihm.

»Verzieh dich einfach«, grummelte ich und versuchte, mich nicht zu sehr von dem Duft ablenken zu lassen. Es war ein Kunststück. Er schaffte es innerhalb nur eines einzigen Wortes, meine gute Laune zu pulverisieren.

»Ziska hat uns von Hel erzählt.«

Überrascht sah ich zu ihm. »Was hat sie?«

»Von deinem Traum mit Hel.«

Ich gab ein Brummen von mir. »Sie hatte kein Recht dazu«, sagte ich. »Und selbst wenn, das geht dich nichts an. Es war nur eine Halluzination«, wehrte ich ab.

»Ich weiß, dass mich das nichts angeht. Aber bitte lass dir von den anderen helfen. Du brauchst das nicht allein durchzustehen.«

Ich hob die Augenbrauen. »Was sollte ich denn bitte durchstehen müssen?«

Henrik verstummte für einige Sekunden, in denen er wohl fieberhaft überlegte, was er sagen könnte.

Mit einem Schnaufen wandte ich mich ab und folgte dem Weg weiter. Doch statt dass der verführerische Duft von Henrik weniger wurde, blieb er penetrant in meiner Nase.

Ich blieb stehen und sah zu meinem Verfolger. »Habe ich dir nicht gesagt, dass du dich verziehen sollst?«

Er erwiderte meinen Blick, wobei ein kleines Lächeln auf seinen Lippen lag, das meinen Magen unpassend erfreut hüpfen ließ. »Ich werde nicht verschwinden. Zumindest nicht, ehe du zustimmst, dass du dir von den anderen helfen lässt.«

Wütend verschränkte ich die Arme vor der Brust. »Bist du so doof? Henrik, ich will weder mit dir noch mit den anderen was zu tun haben. Sie haben vielleicht bei der Sache nicht mitgemacht, aber ihr seid eine Gruppe. Jesper und du seid Brüder. Da werde ich mich nicht zwischendrängen. Könntest du jetzt also bitte die Freundlichkeit besitzen, mich einfach in Ruhe zu lassen?«

»Ich kann mich nur wiederholen: Ich bleibe so lange, bis du zustimmst dir von den anderen helfen zu lassen.«

»Dir ist bewusst, dass Stalking eine Straftat ist?«

Henrik prustete. »Ja. Doch ich hoffe, dass wir es nicht so weit kommen lassen müssen. Du wirst es noch verstehen, okay?«

»Nein.« Ich setzte meinen Weg fort, um nicht zu spät zum Sportunterricht zu kommen.

Seit wann wollte ich mich unbedingt an ihn anlehnen und mein Gesicht an seinen Hals drücken, um noch mehr von dem Geruch aufzunehmen? Ich schüttelte meinen Kopf, um die Gedanken loszuwerden. Vielleicht gehörte Henrik ebenfalls zu denjenigen, die Fähigkeiten besaßen. Zum Beispiel, dass sie Frauen von sich abhängig machten wie ein Sukkubus.

»Nur eine einzige Minute ist alles, was ich brauche«, bat Henrik erneut.

»Du bist wirklich einfältig, oder?«, fragte ich. »Was verstehst du an einem simplen ›Nein‹ nicht?«

»Du redest immer mal wieder mit mir, weswegen ich vermute, dass du eigentlich keine Ruhe vor mir willst«, meinte er mit einem gewinnenden Lächeln.

»Bitte was?«

»Wäre es wirklich schlimm, mir nur eine einzige Minute zu geben?«, erkundigte sich Henrik.

»Ja«, sagte ich kurz angebunden und wandte mich von ihm ab, um zur Sporthalle zu gehen, die neben dem Haupthaus stand. Ziska hatte recht behalten, dass ich sie selbst blind gefunden hätte.

»Ivy, bitte! Lass uns reden.«

»Tun wir schon, oder nicht?« Ich verkniff es mir, die Augen zu schließen und seinen herrlichen Duft tief einzuatmen. Ich benahm mich wie eine Süchtige auf Entzug und das ging mir absolut gegen den Strich. Henrik hatte vielleicht ein paar Eigenheiten an sich, die ihn anziehend machten, der größte Teil war jedoch ein Problem.

»Ich meinte eher so, dass du mich nicht voller Hass anfunkelst und wir einen Neustart wagen.«

Zorn brannte in mir hoch. »Welche Gehirnzellen sind bei dir bitte abhandengekommen?«, erkundigte ich mich lauthals bei ihm. »Du hast Jungs dafür bezahlt, damit sie mich angreifen! Das ist irre und ganz ehrlich? Ich brauche nicht noch einen Verrückten in meinem Umfeld. Verstanden? Also halte dich einfach von mir fern!«, fuhr ich ihn an und ließ ihn stehen. Meine Schritte donnerten auf dem gepflasterten Weg, der mich direkt zur Halle führte. Etwas regte sich in mir, was ich zur Seite schieben konnte. Meine Wut würde ich nicht rauslassen. Ich schulterte meinen Rucksack, in dem meine Sportsachen waren, und meine Finger schlossen sich fest um die Riemen der Tasche, sodass die Knöchel weiß hervorstachen.

Einige andere Schüler standen bereits vor der Halle und warteten darauf, dass die Lehrkraft uns rein ließ. Ich stellte mich etwas abseits von ihnen hin und versuchte, die brennende Wut in meinem Inneren beiseitezudrängen. Ich ballte meine Hände zu Fäusten und löste sie wieder, konzentrierte mich auf meine Atmung, wie ich es von meinem Therapeuten gelernt hatte. Ich hatte zwar eine Möglichkeit gefunden, die Gedanken abzuschotten, aber dieses Monster in mir, das kochte vor Wut, war noch vorhanden. Ich brauchte diese Tabletten. Am besten so schnell wie möglich ... Ich schluckte schwer. Es wäre auch zu schön gewesen, wäre ich mit einem Schlag normal geworden.

»Alles okay?«, fragte mich eine Schülerin, deren Namen ich vergessen hatte.

Ich nickte. »Klar.«

»Ich hatte nur gehört, dass du angegriffen wurdest, und wollte sichergehen, dass du keine Nachwirkungen hast? Wenn was ist, sag unbedingt Bescheid, okay?«

Verwundert legte ich den Kopf schief. Ihre Sorge lenkte mich von meiner Wut ab, sodass ich mich auf das Gespräch konzentrieren konnte. »Das ist lieb von dir. Weiß mittlerweile jeder, dass ich angegriffen wurde?«

»Das Internat ist bei so was eine reine Tratschtante. Hier kann niemand lange ein Geheimnis aus irgendwas machen.«

Ich stieß ein gekünsteltes Lachen hervor. »Na, das klingt ja absolut beruhigend.«

»Seid ihr bereit für Selbstverteidigung?«, erkundigte sich Herr Kweldulf und brachte mir damit eine willkommene Ablenkung.

»Ich dachte, wir haben Sportunterricht?«, fragte ich verwirrt.

»Selbstverteidigung ist doch auch Sport, oder nicht? Und das kannst du noch gebrauchen«, sagte mein Gegenüber mit einem Zwinkern.

Gezwungen erwiderte ich das Lächeln. Wir liefen auf die Tür zu, die unser Lehrer uns aufgeschlossen hatte.

»Herr Kweldulf?«, fragte ich und blieb vor ihm stehen.

»Ja, Ivy?«

»Kann ich nach dem Unterricht noch mal zu Ihnen kommen?«

»Natürlich. Mein Büro ist jederzeit für Sie geöffnet.«

Ich lächelte dankbar und folgte meinen Klassenkamerad*innen in die Sporthalle.

Nachdem wir uns in den Umkleiden umgezogen hatten, stellten wir uns allesamt an einer Linie auf, die auf dem Hallenboden angebracht war, während wir auf unseren Lehrer warteten. Neben mir standen das Mädchen von vorhin, die Kelly hieß, und Henrik. Er hatte sich an meine Fersen geheftet, als würde mir Honig am Hintern kleben und er wäre *Winnie Pooh,* der unbedingt seinen Teil vom Topf haben wollte. Ich versuchte, ein grimmiges Gesicht zu machen, obwohl mir sein Duft die ganze Zeit in die Nase stieg und mir meine Konzentration dabei langsam flöten ging.

»Zum Warmmachen läuft jeder von Ihnen jetzt fünf Runden«, begrüßte uns Kweldulf und pfiff in seine Trillerpfeife.

Sofort machte sich unser Pulk auf den Weg. Ich liebte das Laufen – wobei ich es noch lieber in der Natur machte. Zuerst beeilte ich mich, Henrik abzuhängen, selbst wenn das in dieser kleinen Halle absolut nichts brachte. Keine Ahnung, wie oft ich ihm noch sagen musste, dass er sich von mir fernhalten sollte, bis er es endlich begriff. Jesper und die anderen beiden hatten sich zwar in den Hintergrund begeben, aber ich spürte ihre Blicke auf mir, als strichen sie mit ihren Händen über meine Haut. Diese Gruppe besaß Stalkerambitionen, die mir unheimlicher vorkommen sollten, als sie es schlussendlich taten. Ich war genervt – unglaublich genervt zwar, aber ich besaß keinerlei Angst. Obwohl Henrik Leute bezahlt hatte, um mich anzugreifen. Wieso hatte ich keine Angst vor ihnen? Die sollte ich haben, so wie sie sich verhielten, waren sie gefährlich. Doch ich wollte bloß meine Ruhe.

Wie kaputt musste jemand im Kopf eigentlich sein, um so etwas abzuziehen, nur um seine Vermutung zu unterstützen – die er mir nicht einmal genannt hatte. Ich stieß ein Seufzen aus. Zumindest keine logische Erklärung.

Mein Herz klopfte regelmäßig in der Brust und ich merkte, wie ich mich beim Laufen immer weiter entspannte. Die fünf Runden waren viel zu schnell vorbei, wobei ich am Ende dennoch außer Atem war, weil die Luft in der Sporthalle mehr als stickig war.

»Wir haben letztes Jahr schon mit Grundkenntnissen bei der Selbstverteidigung angefangen. An was können Sie sich noch erinnern?« Sein Blick fiel auf mich. »Ivy, kamen Sie schon einmal in eine Situation, in der Sie sich am liebsten hätten wehren wollen, es aber nicht konnten?«

Bis vor drei Tagen hatte ich nie ein Problem gehabt. Ich war den Menschen aus dem Weg gegangen und hatte meine Ruhe. Aber seit ich hier war ... Ich nickte.

»Gut, dann kommen Sie bitte zu mir. Sie hatten sicherlich noch keinen Unterricht in Selbstverteidigung, oder?«

»Nein.«

»Ich finde, das sollte unbedingt in jedem Lehrplan vorkommen. Das bringt den Schüler*innen auf jeden Fall mehr als irgendwelche Ballsportarten, die niemand jemals wieder in seinem Leben braucht.«

Ich trat neben ihn und musste ihm recht geben. Den Sinn, im Sportunterricht Spiele zu lernen, hatte ich nie verstanden.

»Gut. Also, die Grundlagen der Selbstverteidigung?«, fragte Herr Kweldulf in die Runde.

»Ein sicherer Stand«, rief Kelly rein.

Kweldulf nickte und sah zu mir. »Stellen Sie sich ganz normal hin.«

Ich lockerte meine Muskeln und blieb an Ort und Stelle stehen.

»Steht sie sicher?«

Ein Kopfschütteln ging durch die Runde.

»Exakt.« Unser Lehrer und stupste mich an und selbst die kleine Berührung brachte mich aus dem Gleichgewicht. »Sie müssen sicher stehen, wenn

Sie gegen jemanden bestehen wollen, der eventuell größer ist als Sie«, bemerkte mein Lehrer. »Am besten ist es, wenn Sie dafür die Füße parallel zu Ihren Hüften stellen«, erklärte er und machte es vor.

Ich tat es ihm nach.

»Sehr gut. Die nächste Grundlage?«

»Achtsamkeit und Konzentration.«

Der Lehrer nickte. »Richtig. Behalten Sie jederzeit Ihren Gegner im Blick und lassen Sie sich durch nichts ablenken.«

Danach folgten noch Distanzgefühl, um abschätzen zu können, wie viel Zeit mir blieb, um auszuweichen oder zu flüchten, Vorstellungsvermögen, um vorauszuahnen, wo mein Gegner zuschlagen würde, und Beweglichkeit.

Ich hatte ungefähr die Beweglichkeit eines Ambosses. In meinen Augen war ich der unflexibelste Mensch, den es jemals gegeben hatte. Selbst beim einfachen Bodenturnen hatte ich beachtenswert versagt – was meiner Meinung nach ein ungesehenes Talent war.

»Gut, Ivy, Sie haben jetzt alles gehört. Wären Sie bereit, gegen einen größeren und stärkeren Gegner zu bestehen?«

»Nein, nur wenn ich es schaffe, vor ihm wegzulaufen.«

Ein Grinsen erschien auf den Lippen des Lehrers. »Oder wenn Sie schnell ausweichen können. Machen Sie einmal eine Faust.«

Ich ballte meine Hände zu Fäusten und hielt sie ihm entgegen. Er schüttelte den Kopf. »Sie dürfen niemals den Daumen in die Handfläche legen. Die Gefahr ist zu groß, dass Sie sich beim Zuschlagen selbst verletzen.« Er umfasste meine Hand und zog den Daumen aus der Umklammerung, um ihn an meinen Mittelfinger zu legen. »Dort gehört er hin. Es ist sehr unangenehm, sollte der Daumen brechen. Falls Sie allein unterwegs sind, empfehle ich Ihnen, dass Sie Ihre Schlüssel in die Handfläche legen, und Ihre Faust darum zu bilden.«

Ich nickte. »Okay. Das habe ich verstanden.«

»Sehr gut. Dann haben Sie die Grundkenntnisse auch drauf und ich kann Sie ins Getümmel werfen.«

Überrascht blinzelte ich. »Was?«

»Finden Sie sich bitte in Zweiergruppen zusammen.«

Mein Blick huschte zu Kelly, die sich aber in dem Moment mit einem anderen Mädchen zusammentat.

»Brauchst du noch einen Partner?«

»Du wirst wirklich nicht müde, oder?«, fragte ich und konnte nicht verhindern, dass meine gesamte Gereiztheit in dem kleinen Satz zu finden war.

»Nein. Wären wir quitt, wenn ich dich gewinnen lasse?«

Ich schnaubte. »In zehntausend Leben nicht.«

Er seufzte, konnte das Grinsen dabei aber nicht von seinen Lippen wischen – was ich dafür am liebsten tun wollte. »Okay. Wollen wir dann?«

»Was wollen wir?«

Ich hatte gar nicht mitbekommen, dass sich die anderen Matten genommen hatten und anfingen, sich gegenseitig zu umkreisen, als stünden sie einem Sparringpartner gegenüber. Verblüfft musste ich schlucken. »Wir sollen uns gegenseitig vermöbeln?«, fragte ich baff.

»Na ja, vermöbeln nicht. Wir üben, wie wir einem Gegner ausweichen und wie wir jemanden am besten treffen«, erklärte Henrik und ging zum Mattenwagen, um uns ebenfalls eine Polsterung zu holen.

»Das ist absolut irre«, raunte ich.

Er zuckte mit den Schultern. »Ein bisschen vielleicht.« Henrik ließ die Matte vor meinen Füßen liegen und streckte sich danach. »Also, bereit?«

»Nein, nur bezweifle ich, dass mir eine Wahl bleibt«, murmelte ich.

Er bedachte mich mit einem Grinsen, das mir einen Schauer das Rückgrat entlangwandern ließ. »Ich nehme dich auch nicht zu hart ran«, versprach er leichtfertig und schenkte mir ein Zwinkern, das meine Knie lächerlich weich machte. »Ich bin ziemlich gut in Selbstverteidigung – ohne prahlen zu wollen.«

»Überrascht mich, dass du dann Leute brauchst, die du anheuern kannst«, stichelte ich, um meine Gefühle zu überspielen.

Henriks blaue Augen funkelten auf. »Ich mag es, wenn sich dir das Fell sträubt«, meinte er und stellte sich richtig hin, so wie es Herr Kweldulf uns gezeigt hatte.

Ich spiegelte Henriks Bewegung und stellte mich sicher hin. »Und ich würde es mögen, würdest du mich endlich in Ruhe lassen«, erwiderte ich.

Plötzlich machte er einen Schritt nach vorn auf mich zu. Ich schaffte es, einen Ausfallschritt nach hinten zu machen. Doch in dem Moment raste seine Faust schon auf mich zu.

Irgendwas in meinem Körper machte *Klick*. Mit einem Herzschlag wurden meine Sinne schärfer. Angst vor dem Schmerz grub sich in meinen Magen. Das Blut rauschte in meinen Adern und schickte Adrenalin durch meinen Körper. Ich bog meinen Rücken nach hinten, wie ich es bisher nur in der einen Matrixszene gesehen hatte, und Henriks Faust flog haarscharf an meinem Gesicht vorbei. Das Rauschen meines Bluts hallte in den Ohren wider. Gebückt stürzte ich nach vorn und riss Henrik die Beine weg. Seine Augen waren vor Überraschung weit aufgerissen, als er durch meine Attacke nach hinten fiel, direkt auf seinen Rücken. Ich hörte, wie er schlagartig ausatmete, als er auf der Matte landete. Ich ballte meine Hand zur Faust, wie Kweldulf es mir gezeigt hatte, und rammte sie in Henriks hübsches Gesicht. Ein lautes Knacken hallte durch die Halle und Blut schoss aus seiner Nase hervor.

»Fuck!«, fluchte er und schob seine Hände schützend über seine Nase, die in keinem gesunden Winkel abstand.

Ich konnte ihn nur anstarren. Das Adrenalin verflüchtigte sich. Das Blut rauschte noch immer in meinen Ohren, aber plötzlich wurde alles wieder stumpf.

12

»Hör endlich auf damit, Ivy!«

»Wie soll ich denn aufhören, wenn du mir deine Gedanken entgegen schreist?«

»Ich schreie dir nichts entgegen«, meinte mein Vater und rieb sich übers Gesicht. »Ich weiß nicht, was ich tun soll. Sie ist verrückt.«

»Ich. Bin. Nicht. Verrückt«, knurrte ich. Erschrocken wich ich vor meiner eigenen Stimme zurück. Noch nie zuvor hatte sie so bedrohlich und mehr nach Tier als nach Menschen geklungen.

Mein Vater riss die Augen auf und musterte mich wie ein ängstliches Kaninchen. »Welcher Dämon schlummert nur in ihr? Was hat ihre Mutter mit ihr gemacht?«

Die Angst meines Vaters drang durch den ganzen Raum. Der süßliche Geruch verpestete meine Nase und holte etwas aus mir hervor, was ich noch nie zuvor gespürt hatte. Ich schlang die Arme um meine Mitte. »Irgendwas stimmt nicht«, wimmerte ich.

»Ivy?« Statt auf mich zu trat mein eigener Vater einen Schritt zurück.

Ich hörte seine angstvollen Gedanken, hörte, wie er Gott um Hilfe bat, für Geduld und Kraft für dieses dämonische Kind. Ein metallischer Geschmack legte sich auf meine Zunge. Ich hatte gar nicht gemerkt, dass ich mir auf die Lippe gebissen hatte. Ich kniff die Augen zusammen. Bemühte mich, irgendwie die schreienden Gedanken meines Vaters zu ignorieren, die mich als verrückt beschimpften. Für irre hielten. Die Saat eines Dämons.

Ein Knurren drang aus meiner Kehle. Etwas regte sich in mir und breitete sich in mir aus. Kraft floss durch meine Adern, die ich zuvor noch niemals gefühlt hatte. »Ich. Bin. Nicht. Verrückt«, wiederholte ich langsam. Doch meine Stimme war nicht mehr dieselbe. Es klang, als sei ich ein wildes Tier, das in einen Käfig gesperrt worden war.

»Wir fahren zu einem Arzt. Der kann dir sicherlich helfen«, sagte mein Vater.

Das Ding in mir schüttelte sich. Ich drohte die Kontrolle über meinen Körper zu verlieren ...

Um uns herum war alles verstummt. Ich fühlte mich wie in Watte gepackt. Alles andere war ausgeblendet und nicht mehr existent. Mein Fokus lag allein auf meinem Mitschüler, der sich unter mir vor Schmerzen wand. Wie schockgefroren saß ich auf seiner Körpermitte und starrte auf Henrik. Seine Augen waren geschlossen und die Finger presste er an seine Nase, aus der stetig Blut floss. Ich schaffte es nicht, mich zu rühren; dabei wollte ich so weit weg wie nur möglich.

»Was bei Odins Bart ...?« Herr Kweldulf kam zu uns. »Ivy! Gehen Sie von Henrik runter!«

Mit riesigen Augen sah ich zu dem Lehrer, der mich ebenfalls erschrocken musterte, als hätte er so was niemals von mir erwartet – da waren wir schon zu zweit. Zwar wusste ich, dass ich eine tickende Bombe war, aber ich hatte nicht damit gerechnet, dass ich so schnell explodieren würde; dass ich so schnell die Fassung über meinen eigenen Körper verlor. Ich war nicht in der Lage, irgendwelche Befehle an meine Gliedmaßen zu vermitteln, obwohl ich dringend aufstehen sollte.

»Ivy! Gehen Sie runter von ihm«, wiederholte er, als ich immer noch nicht reagierte.

Mit ungelenken Bewegungen schaffte ich es endlich, mich zu rühren, und sprang beinahe panisch von Henrik herunter.

Er hatte mich genervt, aber ich hatte ihn niemals ernsthaft verletzen wollen! Ich sah auf meine Hände, die noch zu Fäusten geballt waren, hastig lockerte ich sie, als könnte ich dadurch das Geschehene rückgängig machen.

Herr Kweldulf kam auf uns zu. »Wir beenden den Unterricht vorzeitig. Gehen Sie auf Ihre Zimmer, bis die nächste Stunde anfängt! Ivy, Sie auch.«

»Ich ... ich soll auf mein Zimmer?«, fragte ich vollkommen überrascht. Ich hatte damit gerechnet, den Ärger meines Lebens zu kriegen. Das Knacken konnte er nicht überhört haben.

»Sie können ihm gerade nicht helfen oder sind Sie in Heilmagie bewandert?«

Unter Schock und noch vollkommen neben mir starrte ich meinen Lehrer an. Wo blieb der Zorn? Die wütenden Ausrufe? Ich hatte einen Mitschüler verletzt – auch wenn er mir tierisch auf den Keks gegangen war, war das ein Verhalten, das nicht toleriert werden sollte, von niemandem.

»Gehen Sie schon – heute noch.« Er half Henrik hoch, der etwas zittrig auf den Beinen war.

»Wo kam das denn auf einmal her?«, fragte Henrik und hielt die Hand unter die Nase, damit er nicht alles vollblutete.

»Ich habe keine Ahnung«, log ich und wünschte, ich besäße sie wirklich nicht; wünschte, dass ich ein ganz normales Mädchen wäre, das einen Glückstreffer gelandet hatte, doch die Bewegungen, die dieses Etwas meinem Körper aufgezwungen hatte, waren nicht mit Glück zu vergleichen. Ich war mir vorgekommen, als hätte ich den schwarzen Gürtel oder könnte Krav Maga benutzen.

Die beiden gingen an mir vorbei, während ich in der Mitte der Sporthalle stehen blieb, als wäre ich vom Blitz getroffen worden. Nur langsam sickerte die Erkenntnis in mein Innerstes, dass dieses Etwas in mir meinen Körper benutzt hatte. Dass dieses Ding die Kontrolle an sich gerissen hatte und ich bloß eine Beobachterin in meinem eigenen Körper gewesen war. Mir wurde schlecht und ich zitterte am ganzen Leib.

»Alles okay?« Jesper kam auf mich zu. Besorgnis stand in seinem Blick.

Verdammt ... Nein, es war absolut nichts okay. Ich schüttelte den Kopf und lief ohne ein weiteres Wort an ihm vorbei. Ich verstand selbst nicht, was in dem Moment passiert war.

Jesper hielt mich am Arm fest. »Ivy ...«

Ich riss mich von ihm los. »Es geht schon«, sagte ich und wandte mich von ihm ab.

Tränen kämpften sich hervor, die ich hinunterschluckte. Es machte mir

Angst, dass ich meinen eigenen Körper nicht kontrollieren konnte. Dass ich mich von diesem Ding in meinem Sein einfach führen ließ. Ohne die Tabletten von Doktor Phillipp war ich eine tickende Bombe und wenn diese jemals explodierte, war das Brechen einer Nase wohl das kleinste Problem – wobei einem Mitschüler die Nase zu brechen wahrscheinlich nicht unbedingt zu einem kleinen Übel zählte. Der Sumpf der Erinnerungen, die ich hervorragend verdrängt hatte, drohte mich zu ertränken. Ich schlang die Arme um meine Körpermitte in dem Versuch, meinen Körper endlich dazu zu bringen, mit dem Zittern aufzuhören. Das Etwas hatte sich zurückgezogen, dennoch hatte ich es gespürt. Diese Stärke. Diese Aggressivität. Ich schluckte schwer, versuchte, die Gedanken daran zu verbannen.

Den ganzen Weg zu meinem Zimmer versuchte ich mir beruhigende Gedanken zu machen. Von einer Blumenwiese mit netten Häschen. Ohne irgendein Monster oder was auch immer in mir schlummerte, das Jungen die Nase während des Unterrichts brach oder knurrend seinen Vater anfiel …

Ich schüttelte den Kopf und verdrängte die Gedanken. Das war mal gewesen. Seitdem hatte ich dieses Ding erst wieder gefühlt, als ich angegriffen worden war, und … heute. Mir wurde schlecht. Ich zog das Handy aus meiner Tasche und ignorierte Susanns Nachricht, wie mein Tag bisher lief, um noch mal bei Doktor Phillipp anzurufen.

»Hallo, Sie sprechen mit dem Anrufbeantworter von Doktor Phillipp. Hinterlassen Sie eine Nachricht, und ich melde mich zurück, sobald ich kann.«

Für einen bebenden Atemzug schloss ich die Augen. »Hallo, Doktor Phillipp, hier ist Ivy. Ich wollte mich erkundigen, ob Sie sich eventuell schon um die Tabletten kümmern konnten? Es wäre gut, wenn ich die ganz bald bekomme«, sagte ich kryptisch und legte ohne Verabschiedung auf.

Nach wie vor zitternd erreichte ich endlich unser Zimmer und riss die Tür auf, trat einen Schritt weiter, ehe ich mitten in der Bewegung verharrte. Ein weißes Leuchten erfüllte den Raum, das zwischen Ziska und dem Jungen entstand, auf dem sie hockte. Nackt. Meine Mitbewohnerin ritt einen mir unbekannten Jungen, während eine leuchtende Substanz von seinem in ihren Mund glitt.

»Was zum …?«, brachte ich mit piepsiger Stimme hervor. Schock kroch mir vom Kopf bis zu meinen Zehen. Ich stolperte einen Schritt zurück.

Ziska riss sich los, um zu mir zu gucken. Sie hatte ihren Mund aufgerissen, aus dem mir scharfe Zähne entgegenblitzten.

Ich stolperte einen weiteren Schritt zurück. »Was …?« Was geschah hier bitte?

»Ivy!« Ziska löste sich von dem Jungen, kam nackt auf mich zu.

In ihrem Mund waren noch immer die spitzen Enden ihrer Zähne zu sehen. Ich ging weiter nach hinten, bis ich an meinem Rücken die Flurwand spürte.

»Du hättest das gar nicht sehen sollen«, meinte Ziska und hob beruhigend die Hände. »Lass uns bitte in Ruhe darüber reden, okay?«

Ich wollte nicht reden. Langsam zogen sich die Zähne zurück und wurden wieder zu menschlichen. Was war hier los? Das war nicht echt, oder? War ich vielleicht heute morgen doch wieder eingeschlafen und steckte jetzt in diesem Albtraum? »Nein«, stieß ich hervor und rannte los, in die Richtung, aus der ich gekommen war.

Mein Herzschlag war so laut, dass er selbst das Rauschen meines Bluts übertönte. Dieses Ding regte sich erneut und ich versuchte es niederzuringen, ehe ich etwas tat, das ich mir nicht verzeihen würde. Ich kniff die Augen zusammen und rannte für einen Moment blind weiter, ehe ich die Lider wieder aufriss, um die Tür nicht zu verpassen, die mich in die Galerie des Internats führte.

Sofort umhüllte mich der beruhigende Duft, den ich schon den ganzen Tag gerochen hatte. Er hüllte mich ein und es gelang mir, dieses Etwas zurückzudrängen, ehe es über mich herfiel. Ich befand mich in einem Tunnel, der mich direkt zu dem Ursprung des Duftes führte, der mich beruhigte. Ohne weiter darüber nachzudenken, rannte ich los. Der Duftspur zu folgen, fiel mir überraschend leicht. Sie breitete sich vor mir aus wie ein leuchtender Weg, dem ich nur nachlaufen musste. Meine Schritte polterten auf dem feinen Marmor, direkt auf die Quelle zu. Ich riss eine weitere Tür auf und drang in einen anderen Flur. Der Duft führte mich zu einer Zimmertür.

»Jesper?«, fragte ich und klopfte an das Holz. Ich lehnte meinen Kopf dagegen. Ziskas spitze Zähne hatten sich in meine Gedanken gebrannt. Was zum Teufel war das gewesen? Das konnte alles nur eine Einbildung gewesen sein. Ich war tatsächlich eine Irre. Ein Schluchzen grub sich aus meiner Kehle.

Die Tür wurde vorsichtig einen Spalt aufgemacht. »Ivy? Was ist los?«

Er war nicht die Quelle des Geruchs. Obwohl sein Duft dem ähnelte, war nicht er es, der mich beruhigte. Die Note umschmeichelte meine Nase, als wäre der Inhaber direkt hinter dieser Tür. Ohne nachzudenken, stieß ich sie gänzlich auf, sodass Jesper überrumpelt nach hinten stolperte.

Mitten in dem Jungenzimmer stand ein riesiger Wolf. Er musterte mich und es wirkte, als wäre er genauso irritiert wie ich. Meine Knie wurden weich. Was ging hier bitte gerade ab? Was für Drogen hatte mir die Schule eingeflößt? Mit großen Augen starrte ich den Wolf an, der meinen Blick erwiderte.

Ich wich einen Schritt zurück. Das durfte doch nicht wahr sein. Wieso hatte Jesper einen Wolf in seinem Zimmer? Und wieso wollte ich meine Nase in dem weichen Fell des Tieres vergraben in der Hoffnung, dass die ganzen verstörenden Bilder dann verschwanden? Plötzlich wurde der Wolf von einem Leuchten umhüllt. Einen einzigen verdammten Wimpernschlag später stand Henrik vor mir – nackt. Ich schluckte schwer. »Was?«, krächzte ich.

Mein Verstand zerbarst. Ich explodierte. Mein ganzes Denken war auf einmal hinfällig. Ich wusste nicht mehr, was ich denken – oder glauben – sollte. Das alles durfte nicht wahr sein. Ich befand mich in einem Albtraum, aus dem mein Verstand sich gerade verabschiedet hatte.

»Ivy, lass es mich erklären«, bat Henrik.

»Nein«, wimmerte ich. Ich presste die Handflächen gegen meine Schläfen, als könnte ich dadurch aufwachen oder die Bilder verdrängen, wieder normal werden. Ich hatte keine Ahnung, was genau hier vor sich ging, aber das war zu viel. Viel zu viel. Ich musste von hier weg – so schnell wie möglich.

»Beruhige dich, okay? Wir wollen dir nichts tun«, schaltete sich Jesper ein, den ich komplett vergessen hatte.

Aufgewühlt sah ich zwischen den beiden hin und her. Meine Fingerspitzen waren eiskalt. Schauer rannen über meinen Körper und ich wartete nur auf den Moment, in dem ich endlich aufwachte. Doch nichts … Ich stand in Jespers und Henriks Zimmer – Henrik war noch immer nackt – und der beruhigende Duft tat zwar seine Wirkung, aber ich verstand nichts mehr. Irgendwo auf dem Weg von der Sporthalle bis zu meinem Zimmer hatte ich ihn verloren und ich wusste nicht, wie ich ihn zurückbekommen sollte, um das alles zu vergessen.

Vertieft in meine Gedanken, die ich fieberhaft zu sortieren versuchte, um dem Ganzen Logik einzuhauchen, bemerkte ich, wie sich Henrik zu seinem Bett bewegte und nach einer Hose griff. Ziska war keine Ahnung was und er hatte sich vor meinen Augen von einem Wolf zurück in einen Menschen verwandelt. Mein Kopf hatte diese Informationen erhalten. Mein Hirn konnte sie nicht verarbeiten. Ich war überfordert mit allem. In mir peitschten die Panik, die Angst auf und beide knüllten sich zu einem Inferno, das mich am ganzen Leib zittern ließ.

Ich drehte mich von den beiden weg und rannte los. Mein Herz raste in der Brust. Ich musste von hier weg – jetzt. Sofort. Ehe noch mehr passierte und ich meinem eigenen Verstand nicht mehr vertrauen konnte – konnte ich das überhaupt noch? Das, was ich gesehen hatte, gab es nicht. Das waren Elemente einer Fantasie, die es niemals gegeben hatte und niemals geben würde. Wieso spielte mein Hirn mir diese Streiche?

Ohne abzubremsen, rannte ich gegen die Tür und stieß sie auf, sodass sie gegen die Wand knallte. Ich flog beinahe die Treppen hinunter. Als ich aus der Eingangstür des Internats stolperte, zog ich mein Handy hervor und wählte die Nummer des einzigen Menschen, dem ich noch vertrauen konnte, der mich nie angelogen hatte. Währenddessen rannte ich weiter. Ich wusste, wo der Bahnhof war. Meine Geldbörse hatte ich dabei. Ich kam zurück nach Hause. Nichts und niemand konnte mich hier halten. Ich hatte keine Ahnung, was mit diesem Ort nicht stimmte, aber entweder war es der Ort oder aber tatsächlich ich … Die Angst schnürte mir die Kehle zu und trieb mir die Tränen in die Augen.

Susann ging beim ersten Wählen nicht dran. Ich versuchte es noch mal. Der Kies unter meinen Füßen knirschte.

»Ivy! Was ist los?«

Beim Klang ihrer Stimme wäre ich beinahe in Tränen ausgebrochen. »Ich komme zurück. Susann, du ... du hast keine Ahnung, was hier abgeht.«

»Was ist passiert?«, fragte sie sofort.

Ich rannte über den Kies. Meine Füße sackten unter mir weg. Das Eingangstor kam bereits in Sicht. Meine Freiheit war nur noch wenige Schritte von mir entfernt. »Das ...« Ein Schluchzen unterbrach mich. »Das erkläre ich dir, wenn ... wenn ich wieder da bin. Aber ... ich ... ich halte es hier keinen Moment länger aus. Du ... du –« Die nächsten Worte blieben mir im Hals stecken. Ein Schatten schoss aus dem Himmel, direkt auf mich hinab und landete vor mir, um mir den Weg zu versperren. Gigantische weiße Flügel, die von innen heraus zu leuchten schienen, umschmeichelten den Körper eines jungen Mannes.

»Fuck«, murmelte ich.

»Ivy? Was ist los? ... Antworte mir! Verdammt, Ivy!«

Kraftlos ließ ich das Handy sinken. Es fiel mir aus der Hand. Meine Augen sahen den Mann mit den Flügeln. Mein Hirn verband sofort die Informationen, dass vor mir ein Engel stand. Aber mein Verstand weigerte sich das anzunehmen. *Ein Engel.* Niemals zuvor hatte ich so etwas gesehen. Der Sidecut des Engels, der die golden glänzende Mähne des Mannes unterbrach, bildete einen Kontrast zu dem gestriegelten Aussehen des Mannes. Seine ebenmäßigen Züge schienen wie aus Stein gemeißelt zu sein.

»Dreh um«, sagte er mit einer tonlosen Stimme.

Ich wollte etwas erwidern. Wollte irgendwas sagen. Aber ich war überfordert, sodass ich nicht einmal die einfachsten Buchstaben zu Worten formen konnte.

»Ivy!«

Ich warf einen Blick über die Schulter. Ziska und Henrik, die sich wieder etwas angezogen hatten, sowie Jesper liefen auf mich zu. Mein Blick landete wieder auf dem Engel.

»Geh wieder zurück ins Internat, Welpe.«

Verwirrt blinzelte ich. *Welpe?* »Das ...« Ich sah noch einmal zurück. Das

Bild von Ziska, wie sie irgendwas aus dem Jungen gezogen hatte und Henrik, wie er sich von einem riesigen Wolf zurückverwandelte, schob sich in meine Gedanken. »Das kann ich nicht«, brachte ich hervor und sah wieder zu dem Engel, der nicht aussah, als würde er auch nur einen Millimeter zur Seite weichen, damit ich von hier verschwinden konnte.

»Das ist meine letzte Warnung, Welpe. Geh zurück.«

Panik schloss sich wie ein harter Panzer um mein ganzes Sein. Ich konnte hier nicht bleiben. Irgendwas ging in diesem Internat vor, von dem ich keine Ahnung hatte.

Mein Herz klopfte wild in der Brust, als wollte es ein Wettrennen gegen Leoparden gewinnen. Ich konnte nicht zurück. Die Eindrücke vermischten sich mit meiner Angst. Bildeten ein Knäuel in meinem Inneren. Tränen liefen mir über die Wangen. Ich fühlte mich in die Ecke gedrängt. Mein Weg nach vorn war durch den Engel versperrt, aber ich konnte auch nicht zurück. Ich war eingekesselt, zwischen Wesen, die es nicht geben dürfte. Die Angst vermischte sich mit einer ureigenen Wut. Ich musste hier weg! Kostete es, was es wollte.

Etwas zerriss in meinem Inneren. Ein Leuchten umhüllte mich und raubte mir die Sicht. Dafür wurde mein Geruchssinn kräftiger. Die Düfte der Natur strichen um meine Nase und selbst Henriks und Jespers Geruch konnte ich erahnen, obwohl sie noch weit weg waren. Die Geräusche wurden lauter. Ich hörte, wie Ziska, Henrik und Jespers Füße auf den Kies traten. Druck baute sich in mir auf. Mein Körper veränderte sich und plötzlich explodierte ich in Dutzende Teilchen.

Das Licht verschwand und ich konnte besser sehen. Die Umrisse waren gestochen scharf. Ich konnte jeden goldenen Sprenkel in den Augen des Engels erkennen, der mich verwundert ansah. Ein Knurren kam über meine Lippen. Ich fühlte mich anders. Mächtiger. Mein Nackenfell sträubte sich.

Ich verharrte in der Position. *Mein Nackenfell?* Meine gesamte Wuthaltung veränderte sich. Ich kniff meine Rute zwischen die Hinterläufe und starrte an mir hinab. Was zum …? Statt Händen und Füßen waren da Pfoten, die von hellem Fell bedeckt waren.

»Du hast es nicht anders gewollt, Welpe.«

Die Worte rissen mich aus meiner Betrachtung und ich sah direkt zum Engel. Eine Waffe erschien in seinen Händen. Ich trat einen Schritt zurück, wobei ich über meine ungewohnten Hinterläufe stolperte.

Der Engel erhob die Waffe und sie fuhr auf mich nieder.

Ein Winseln drang aus meiner Kehle. Ich kniff die Augen zusammen. Der Schmerz wurde von der Schwärze abgelöst, sodass ich ihn kaum wahrnahm.

13

Licht traf durch meine Lider auf die Augen. Ich verzog das Gesicht, als die Helligkeit Kopfschmerzen weckte, die daraufhin mit einem Presslufthammer gegen meine Schläfen hämmerten. Mein Körper fühlte sich wund an. Als hätte ich eine Haut übergestreift, die mir zu eng war. Ich wollte zurück in die selige Schwärze sinken, die mir verlockende Versprechungen von Ruhe und Sicherheit zuflüsterte. Zwar konnte ich es noch nicht fassen, aber unbewusst war mir klar, dass ich mich mit Themen auseinandersetzen musste, die mir nicht gefallen würden, sobald ich die Augen aufmachte. Trotz meines Widerwillens riss mich die Realität hartnäckig hervor.

»Willkommen zurück«, sagte eine Stimme, als ich meine Hand hob, um mir übers Gesicht zu reiben.

Ich blinzelte gegen das Licht, ehe die Konturen schärfer wurden und ich Henrik erkennen konnte, der an meinem Bett saß. Mit einem Schlag kehrten die Erinnerungen an die Geschehnisse zurück. Mein Puls schoss gegen die Decke. Hektisch raffte ich mich auf und presste mich zitternd an die hinterste Ecke meines Kopfteils, während ich meinen Blick durch den Raum schweifen ließ. Wir waren allein. Die einzelnen Gitterstäbe drückten eiskalt gegen die nackte Haut meines Rückens. Überrascht sah ich an mir runter und erkannte, dass mich irgendjemand entkleidet haben musste, um mich dann in eines dieser fürchterlichen OP-Hemden zu stecken, die am Rücken offen waren. Während ich diese Info sacken ließ, flogen wirre Bilder durch meinen Geist, die die verschiedensten Gefühle in mir wachriefen – aber vor allem Panik.

»Ich will dir nichts tun, okay? Ich will dir alles erklären, wenn du mir zuhörst«, sagte Henrik mit beruhigender Stimme, die meinen Puls überraschenderweise wirklich verlangsamte.

Doch die Angst blieb. Was zum Teufel war nur passiert? In meinem Kopf suchte ich die verschiedensten Ausflüchte. Kweldulf musste mich unter Drogen gesetzt haben – oder war das ein Experiment der ganzen Schule? Mein Puls schlug wieder hektisch gegen die Haut.

Seelenruhig saß Henrik auf einem Stuhl und war das komplette Gegenteil meines geistigen Zustands. Fast könnte ich glauben, dass er mich sorgenvoll musterte. Nach all dem, was geschehen war, glaubte ich nicht daran, dass dieser Kerl sich ausgerechnet um mich Sorgen machte. Seine Hände hatte er gefaltet und sie lagen ebenfalls gelassen auf der Matratze.

»Was willst du mir erklären?«, brachte ich leise hervor. Meine Stimme wurde von einem Knurren begleitet, das ich sonst nur besaß, wenn dieses ... dieses Ding nah an der Oberfläche schlummerte, das war gerade jedoch nicht der Fall. Verdammt, was war nur mit mir geschehen? Was ging hier bitte ab? Ich verstand gar nichts mehr. In meinem Kopf herrschte ein wahres Durcheinander, doch wenn ich die Teile zusammensetzte, kam ein Ergebnis heraus, das nicht stimmen *konnte*.

»Ziska ist ein Succubus und ich ein Fenriswolf.«

Mit großen Augen sah ich Henrik an. In seiner Stimme klang keinerlei Spott mit. Auch in seinem Blick war nichts anderes als pure Ernsthaftigkeit zu sehen. Mir wurde übel. Das konnte nicht wahr sein.

»Du bist auf einer Schule für übernatürliche Wesen gelandet.«

In meinem Kopf herrschte plötzliche Leere. Ich konnte nichts anderes tun, als den Jungen vor mir anzustarren. Mir hatte es die Sprache verschlagen. Er musste verrückt sein – genauso wie ich. Wie konnte er nur so was glauben? Wie sollte ich mit jemanden umgehen, der solche Wahnvorstellungen besaß?

Er seufzte. »Ich weiß, dass das wahrscheinlich schwer zu verdauen ist und du jeden Einzelnen in diesem Internat für verrückt hältst, aber weder wir noch du sind verrückt. All die Sagen, Legenden, Mythen und Geschichten sind wahr.«

Endlich schaffte ich es, mich umzusehen. Wir befanden uns in der Krankenstation. Nirgendwo sah ich Kameras, die wahrscheinlich zu erkennen wären, wenn wir in irgendeiner kranken Serie gelandet wären. Ich musste von hier fort. Sofort. Doch kein einziger meiner Muskeln regte sich. Ich sah wieder zu Henrik, der meinem Blick begegnete. Wie konnte er nur so gelassen bleiben? »Das kann nicht wahr sein«, brachte ich erstickt hervor.

»Warum?«, fragte Henrik und legte seinen Kopf schief.

»Es ist verrückt.«

Ein kleines Schmunzeln legte sich auf seine Lippen. »Es ist nicht verrückt. Für uns ist das vollkommen normal. Wir sind so, wie wir sind. Und nur weil wir nicht den Vorstellungen der Menschen entsprechen, macht uns das nicht zu etwas Verrücktem. Wir sind wahr. Echt.«

Ich schüttelte den Kopf. Nein, das durfte nicht wahr sein.

»Versprichst du mir zu bleiben?«

Verwirrt sah ich Henrik an. »Was?«

»Versprich mir hier zu bleiben, damit ich dir etwas zeigen kann.«

Ich fuhr mir durch die Haare. Wie konnte er so was von mir verlangen? All meine Instinkte rieten mir zu fliehen, so schnell ich konnte. Das alles hier hinter mir zu lassen und einfach fortzurennen, damit ich diesem ganzen Wahnsinn entkommen konnte.

»Ivy, ich will dir keine Angst machen. Wenn du versuchst zu fliehen, wird das schwere Konsequenzen für dich haben. Dieser Engel wird dich aufhalten von hier fortzugehen. Es sei denn, du hast die Erlaubnis von Frau Anderson oder der Direktorin.«

Ein schwerer Kloß setzte sich in meinem Hals fest. »Das heißt, ich bin gefangen.«

»Ich an deiner Stelle würde es wohl nicht anders sehen. Größtenteils ist die Ausgangssperre zu unserem Schutz.«

Ich schluckte, um den Kloß zu entfernen, aber er verharrte hartnäckig an Ort und Stelle. Das Bild des ... Engels war beharrlich in meinem Kopf. Für einen makabren Scherz wäre das viel zu viel Aufwand. Aber das alles sollte die Wahrheit sein? Ich dachte nicht im Traum daran, das auch nur ansatzweise zu glauben. Das *konnte* nicht wahr sein. »Zu ... unserem Schutz?«, stieß ich hervor, um Zeit zu gewinnen. Zeit, um nachzudenken, mir meine nächsten Schritte zu überlegen – vor allem wie ich von hier fliehen konnte.

»Ja. In den Ferien dürfen wir raus. Sie wissen, dass sie keinen Jugendlichen ewig hier festketten können. Doch während der Unterrichtszeiten soll uns das schützen.«

Nur widerwillig ließ ich die Infos sacken.

»Lass mich dir etwas zeigen«, fuhr Henrik fort und beugte sich etwas vor, als könnte er mich so besser erreichen.

Innerlich haderte ich mit mir. Ich brauchte einen Plan, bisher kam mir nur absolut keine Möglichkeit in den Sinn, wie ich von hier verschwinden konnte. »Okay.«

Die Überraschung glitt über Henriks Gesicht, als könnte er nicht glauben, dass ich so einfach nachgab, ehe er sich das T-Shirt auszog.

»Was machst du da?«

»Du hast keinen Grund, das zu tun, aber bitte vertrau mir. Gib mir nur noch dieses eine Mal einen Vorschuss an Vertrauen, ehe ich es mir verdiene.«

Zeit war alles, was ich brauchte. Und wenn ich diese erkaufen konnte, indem ich ihn machen ließ, sollte er das bekommen. Mein Blick glitt über die Fenster und schließlich zu der Tür, die direkt nach draußen führte. Ich presste die Lippen aufeinander und nickte.

Er schenkte mir ein beinahe schüchternes Lächeln und zog sich weiter aus. Ich konzentrierte mich auf einen Punkt neben Henrik und überlegte, wie ich es am besten anstellen konnte, von hier zu verschwinden. Mir war auf einmal klar, warum Kweldulf gemeint hatte, dass hier nur besondere Leute hingingen, aber das? Das war etwas viel.

»Sieh hin«, riss mich Henrik aus meinen Gedanken.

Nur widerwillig wandte ich den Kopf in seine Richtung. Als ich ihn ansah, war da kein nackter Henrik, sondern ein helles, sanftes Licht, das mich beinahe blendete. Schatten bewegten sich im Inneren dieser Lichtsäule, ehe sie wieder verschwand. Das alles dauerte nicht einmal einen Wimpernschlag und statt Henrik stand der Wolf vor mir. Der, den ich bereits im Wald gesehen und der in Jespers und Henriks Zimmer gestanden hatte. Mein Herzschlag rannte in der Brust. Hämmerte gegen den Brustkorb. Vor mir stand ein Raubtier. Und es blickte mir seelenruhig entgegen. Die eisblauen Augen stachen aus dem dunklen Gesicht hervor. Suchend sah ich durch das Krankenzimmer, aber nirgendwo entdeckte ich Henrik. Er war wie vom Erdboden verschluckt. Einzig der Wolf stand noch vor mir.

»Das bist wirklich du … oder?«, fragte ich stockend.

Der Wolf trat einen Schritt vor, seine Krallen kratzten dabei über den Boden. Er setzte sich neben mich, um seinen massigen Schädel auf meinem Schoß abzulegen. Ich spürte das Gewicht des Kopfs; spürte die Wärme, die sein Körper ausstrahlte. Dieser Wolf war echt. Ich bildete ihn mir nicht ein. Erneut sah ich durch den Raum in der Hoffnung, dass Henrik irgendwo hervorsprang, um mir zu erklären, dass das alles ein groß aufgezogener Scherz war, um die Neuen auf dem Internat zu erschrecken. Aber nichts und niemand sprang irgendwo hervor.

Der Wolf gab ein Grummeln von sich, als wollte er meine Aufmerksamkeit wieder auf sich ziehen. Das konnte nicht wahr sein. Mein Verstand rebellierte gegen die Informationen, die mein Hirn gerade aussandte. Alles in mir schien sich gegen dieses Wissen zu sträuben.

Wie oft hatte ich mir vorgestellt, Teil einer solchen Welt zu sein? Wie oft hatte ich davon geträumt, dass diese Gabe, dieser Fluch, der mich schon mein Leben lang begleitete, mich zu etwas Besonderem und nicht Abnormalen machte? Wie oft hatte ich schon Bücher gelesen oder Serien geschaut, in denen ein einfaches Mädchen aus Versehen in eine Welt stolperte, die so viel mehr war als das, was wir bisher kennengelernt hatten? Und wie oft hatte ich mir gewünscht sie zu sein? Doch jetzt, da dieser Traum, dieses Wissen zum Greifen nah schien, wehrte sich alles in mir dagegen. Das konnte es nicht geben; durfte es nicht. Auf einer logischen Ebene war das unmöglich. Es war so absurd. Wir befanden uns in der *echten* Welt. Mit *echten* Menschen und keiner fiktionalen Idee. Ich kniff die Augen zusammen. Presste die Handballen gegen die Lider.

Ein leises Winseln kam von dem furchterregenden Wolf. Ich nahm die Hände von meinen Augen. Das Tier – Henrik? – sah mich von seinem Platz auf meinem Schoß an. Seine Rute wischte langsam über den Boden. Ich legte meine Hand auf seinen Kopf. Die spitzen Ohren streichelten über meine Haut, als er sie bewegte. Ich fühlte dieses Tier. Ich spürte sein Gewicht. Seine Wärme.

Es war echt. Es war wahrhaftig hier. Aus Fleisch und Blut, genauso wie ich.

Scheiße ...

Das war kein Traum, aus dem ich gleich wieder aufwachen würde. Vorsichtig, als könnte sein Fell mich in Stücke reißen, fuhr ich mit meiner Hand über seinen Kopf. Es war so weich, wie ich es mir vorgestellt hatte. »Scheiße«, stieß ich meine Gedanken hervor. Die Realität sickerte langsam durch meinen Verstand. Ich saß in dem Krankenzimmer eines Internats für Übernatürliche, die verborgen vor den Menschen lebten. Meine Mitbewohnerin verschlang irgendein inneres Leuchten von Wesen und Henrik ... Henrik war ein verdammter Werwolf.

Erst jetzt, da ich versuchte, das alles zu akzeptieren, rammte sich eine Erinnerung penetrant in meinen Verstand. Das Licht. Das gesträubte Nackenfell. Erschrocken hielt ich mitten in der Bewegung inne.

Der Wolf sah zu mir hoch. Langsam zog er sich zurück, während ich darum rang, meine Gedanken zu sortieren. Diese Wut ... Diese Angst. Das Fell. In meinem Kopf drehte sich alles und bauschte sich zu einem wahren Wirbelsturm auf. »Nein ...«, stieß ich hervor. Mir wurde schlagartig schlecht. Mit riesengroßen Augen sah ich zu Henrik, der in dem Moment in dem Leuchten verschwand und als Mensch wieder dastand.

Er griff nach seinen Klamotten. Ich konnte ihn nur anstarren, ohne ihn wirklich wahrzunehmen. Ich sah auf meine Hände. Menschliche Hände, mit Fingern, ohne Fell. »Das ...« Verzweifelt rang ich nach den richtigen Worten – vergeblich.

»Beruhige dich.« Henrik setzte sich vor mich aufs Bett und legte seine Hände über meine. »Du brauchst keine Angst zu haben«, versicherte er mir.

»Aber ... das gestern ...«, stammelte ich.

»Ich weiß. Ich habe deine Verwandlung gesehen.«

Innerlich zuckte ich vor dem Gesagten zurück. *Deine Verwandlung* ... Die Worte hallten in meinem Kopf wider. »Aber ich ... ich ...«

»Du bist eine Fenriswölfin, genauso wie Jesper, Latha, Peter und ich.«

Ich riss mich von Henriks Berührung los und schwang die Beine aus dem Krankenbett. Kurz überkam mich ein Schwindel durch die abrupten Bewegungen, was ich unwirsch zur Seite schob. Unruhig lief ich im Zimmer auf und ab.

Das konnte nicht wahr sein. Das durfte nicht wahr sein. Ich hatte niemals ... Ich schloss die Augen. Meine Knie zitterten. Ich würde gern die ganzen Informationen von mir schieben. So tun, als ob mich das alles nicht beträfe. Aber es erklärte so vieles. Ich drehte mich zu Henrik um, der mich vom Bett aus ansah. »Wann sollte das geschehen sein?«, fragte ich und suchte nach einem Ausweg aus dieser Misere. Ich konnte kein Werwolf sein. »Ich wurde nie gebissen!«

»Fenriswölfe werden nicht gemacht. Sie werden geboren«, erklärte er.

Mir entwich ein Geräusch, das zwischen Schnauben, Lachen und einem verzweifelten Ausruf variierte. Mir wurde das zu viel. Mein Schädel fühlte sich an, als würde er im nächsten Augenblick explodieren. »Mein Vater ...?«, fragte ich.

Henrik zuckte mit den Schultern. »Ich habe keine Ahnung, wer deine Eltern sind. Aber du riechst nach Familie.«

Verwirrt blinzelte ich. »Was?«

»Eines deiner Elternteile muss aus unserem Rudel stammen.«

Mir drohten die Knie wegzusacken. Haltsuchend stützte ich mich gegen das Bettgestell und drehte Henrik den Rücken zu – und ignorierte dabei, dass ich bloß dieses dünne OP-Hemdchen trug, das nach hinten hin offen war. »Mein Vater hat mich all die Jahre für verrückt gehalten«, brachte ich leise hervor. »Weil ich die Gedanken meiner Mitmenschen höre. Weil ich manchmal so unglaublich zornig war ...« Ich sprach eher zu mir selbst als zu Henrik. Mir war egal, dass er all das mitbekam. Mein Verstand war zu einer Milliarde Stücke explodiert und ich rang gerade mit letzter Mühe, die übrigen Scherben wieder zu einem Ganzen zusammenzusetzen. Meine komplette Weltansicht war innerhalb weniger Augenblicke geschüttelt und auf den Kopf gestellt worden.

»Du hörst die Gedanken deiner Mitmenschen?«, unterbrach mich Henrik mit einem Hauch Überraschung.

Über die Schulter sah ich zu ihm. »Du etwa nicht?«, fragte ich, nicht sicher, ob ich seine Antwort hören wollte.

»Nein. Das ist eine Gabe, die ich nicht besitze. Kein Fenriswolf, um genau zu sein. Zumindest nicht dass ich je davon gehört hätte.«

Ein Wimmern drang über meine Lippen. Verzweiflung brandete über mich. Ich schloss die Augen und versuchte, alles irgendwie beisammenzuhalten. Was geschah hier bitte? Was stimmte nur nicht mit mir?

Henriks Schritte waren zu hören. Sein Duft wurde intensiver und seine warmen Hände umschlossen erneut meine Finger. »Ivy, du musst nicht alles sofort verstehen.«

Ich öffnete meine Augen und erwiderte seinen Blick. Er strahlte eine Ruhe aus, in die ich mich zu gern sacken lassen würde. Aber das funktionierte nicht. Mein Kopf war ein verdammtes Karussell, in dem sich meine Gedanken im Kreis drehten. »Wenn ich kein ... Werwolf bin, was bin ich dann?«

Er schüttelte den Kopf. »Du bist ein *Fenriswolf.* Kein Werwolf. Aber ...« Er presste die Lippen aufeinander, als müsste er um die nächsten Worte kämpfen, die über seine Zunge stolperten. »Aber du bist auch eine Gefährtin.«

Mein Mund wurde staubtrocken. »Eine ... *Gefährtin?*«, fragte ich stockend.

»Ja.«

Mir wurden diese ganzen Infos zu viel. Viel zu viel. Ich wollte auf Pause drücken. Die Welt anhalten, um all die Informationen zu verdauen, die mir Henrik gerade entgegenschleuderte. Ich wandte mich von ihm ab. Meine Gefühle übermannten mich, spielten verrückt und ich wusste nicht, wie ich dem Ganzen Herr werden sollte. Ich vergrub meine Finger in der weichen Bettdecke.

»Hey ...«, murmelte Henrik beruhigend und drehte mich wieder sanft zu sich. Dabei zog ich die Bettdecke zwischen meinen Fingern mit, als wäre sie mein einziger Halt in dieser zersprungenen Welt. »Ich verstehe, dass gerade eine ganze Menge auf dich einstürmt, aber du bist nicht allein.«

Mein Leben lang war ich allein gewesen. Niemand hatte mich je verstanden.

Hatte meine Hand genommen und war geblieben. Meine Mutter hatte mich verlassen, als ich zu klein war, um mich an sie zu erinnern. Mein eigener Vater, der mich aufgezogen hatte, ließ mich allein, weil er Angst vor mir empfand. Und meine beste Freundin, der einzige Mensch, dem ich vertraute, wusste nicht einmal die Hälfte dessen, was mit mir nicht stimmte.

Henrik strich zärtlich mit seinen Fingern über meine Wange, was einen Schauer über meine Haut rieseln ließ. Seine Berührung war wie ein verdammtes Rettungsseil, das mich erreichte und an dem ich mich ranhängen wollte.

»Jesper, Latha, Peter und ich sind bei dir. Du kannst bei uns sicher sein.«

Sein Angebot war verführerisch. Ich wollte mich hineinsinken lassen, in die Versprechungen, die er mir machte. Aber das hatte ich schon einmal gemacht – und teuer dafür bezahlt. Zwar sehnte sich jede meiner Zellen nach ihm, doch ich weigerte mich, dem erneut nachzugeben. Ich würde einen Fehler nicht zweimal begehen. »Damit du mir wieder irgendwelche Leute auf den Hals hetzen kannst?«, brachte ich würgend hervor. So gern ich es auch wollte, so sehr alles Mögliche in mir nach dieser Gemeinschaft verlangte, ich konnte nicht.

Mein Gegenüber zuckte zusammen, als hätte ich ihm gerade allein anhand meiner Worte erneut die Nase gebrochen. »Lass es mich dir bitte erklären.«

Ich konnte ihm nach dem Ganzen nicht erneut vertrauen. Er hatte die Chance verspielt, indem er mich hintergangen und mich in Gefahr gebracht hatte. Henrik hatte mich verletzt. In Angst versetzt. Das konnte ich nicht einfach vergessen oder verzeihen. Ich wollte es vor allem auch nicht. Vertrauen musste sich jeder verdienen und Henrik hatte seins verspielt. »Nein. Ich will nichts mehr hören. Das … das alles genügt für einen einzigen Tag.« Ich riss mich von ihm los. »Lass mich allein.« Nach kurzem Zögern fügte ich ein »Bitte« hinzu.

Für einen Moment spürte ich seine Anwesenheit noch, als müsste er sich dazu zwingen, mich allein zu lassen, ehe ich seine sich entfernenden Schritte hörte.

Erleichtert sackte ich in mich zusammen und ließ mich kraftlos auf die

Matratze sinken. Ich fuhr mir durch mein verknotetes Haar und starrte auf den weißen Fußboden. Es war verrückt. Schlicht und ergreifend einfach vollkommener Wahnsinn, was sich mir hier offenbarte. Wirklich glauben konnte ich all das noch immer nicht – obwohl ich Henriks Verwandlung gesehen hatte.

Ich ließ meine Hände sinken und starrte auf meine Fingerknöchel. Alles, was Henrik gerade erzählt hatte, klang absurderweise so sinnig und gleichzeitig absolut abwegig. Der Kloß in meinem Hals war nicht verschwunden, machte sich jetzt aber wieder bemerkbar. Die Möglichkeiten, die sich mir auftaten, glichen einem verdammten Wunder.

»Es ist beeindruckend, nicht wahr?«

Ich zuckte zusammen, als ich die Stimme des Docs hörte. Sie stand mit einem Mal vor mir und musterte mich mit einem milden Lächeln. »Was sind Sie?«, fragte ich und konnte das Zittern in meiner Stimme nicht unterdrücken, wobei ich nicht wusste, ob es von Überforderung oder Angst herrührte – vielleicht eine Mischung aus beidem.

»Ich bin eine Hexe«, sagte sie.

»Eine Hexe?«, wiederholte ich.

Sie nickte. »Ja. Darf ich ein paar Untersuchungen an dir machen? Ich will wirklich sichergehen, dass Jeremias Behandlung dir keinerlei Schäden zugefügt hat.«

»Jeremia?«

»Der Engel, der dich aufgehalten hat«, erklärte sie.

Beiläufig nickte ich. Mein Verstand arbeitete auf Hochtouren. Es war so verrückt. So abwegig. Wie viele missverstandene Kinder wünschten sich wohl, an meiner Stelle zu sein? Dass die Welt, die uns nicht verstand, durch so viel mehr ergänzt wurde? Von Magie, Wundern und ... Wesen, die es nur in meinen kühnsten Träumen geben sollte, damit all das endlich einen Sinn ergab? Damit man selbst aus seiner Rolle ausbrechen konnte, um mehr zu sein als dieses eine Kind, das niemand verstand.

»So ist es gut. Jeremia scheint vorsichtig gewesen zu sein, obwohl du ihn als Wölfin bedroht hast.«

Ich hatte gar nicht mitbekommen, dass Doc Samson fertig mit der Untersuchung war. Ihren kleinen Tadel hatte ich dennoch wahrgenommen. »Ich … Er hat mich aufgehalten. Ich … ich habe mich in die Ecke gedrängt gefühlt«, gestand ich leise.

Samson nickte und strich mir beruhigend über den Kopf. »Ich weiß. Es ist nicht leicht, auf einmal in einer Welt zu stecken, von der man dachte, sie fände nur hinter geschlossenen Buchdeckeln statt.«

Ertappt nickte ich.

»Es wird einfacher. Nicht sofort, es wird eine Weile dauern, aber irgendwann wird dieses Neue so sein wie atmen. Es passiert einfach. Wir sind nicht viel anders als Menschen.« Sie zwinkerte mir aufmunternd zu. »Ich habe Ziska gebeten, dir neue Anziehsachen zu bringen, weil deine anderen bei der Verwandlung zerrissen sind. Sie wird wohl gleich hier sein.«

Ich versteifte mich am gesamten Körper. Vor meinem inneren Auge kehrte die Szene zurück, bei der ich sie unterbrochen hatte, als ich in unser Zimmer gestürmt war. »Sie …«

»Sie ist eine Succubus. Du brauchst keine Angst vor ihr zu haben. Menschen sind ihre Lieblingsnahrung.«

Kurz wurde mir etwas übel, als Samson sich so ausdrückte. Bedeutete das, dass ich Ziska unterbrochen hatte, einen Menschen umzubringen?

»Ich lass dich ein wenig allein. Mach nichts Dummes, okay? Jeremia wird beim nächsten Mal nicht mehr so zimperlich sein.«

Ich presste die Lippen aufeinander. Mehr denn je fühlte ich mich gefangen. Die Drohung in ihren Worten – und das war es gewesen – hatte es nur schlimmer gemacht. Das alles konnte nicht deren ernst sein! Ich presste meine Handballen gegen die Stirn und übte so viel Druck aus, bis es schmerzte. Doch als ich meine Hände löste, hockte ich noch immer auf dem Bett in der Krankenstation. Nichts hatte sich geändert – und gleichzeitig war die Welt komplett anders geworden.

Mein Vater hatte gesagt, dass meine Mutter hierhergegangen war. Wenn dieses Internat nur übernatürliche Wesen beherbergte … Ich wollte den Gedanken nicht zu Ende bringen. Mein Vater war sicherlich keiner von ihnen – *uns*. Ich runzelte die Stirn. Wäre er jemand Übernatürliches, hätte er sicherlich keine Angst vor mir gehabt, sondern gewusst, was mit mir nicht stimmte. Ein Stöhnen drang über meine Lippen, als ich mein Gesicht in den Händen verbarg. Die pochenden Kopfschmerzen waren schlimmer geworden. Ich wollte nichts lieber, als mich in diesem Bett zu einem Kringel zu rollen und nie wieder aufzustehen. Bis alles wieder so war, wie es am gestrigen Morgen noch gewesen war.

Ein Klopfen riss mich aus meiner Starre und ich richtete den Blick auf den Eindringling. Ziska stand im Türrahmen und sah unsicher zu mir. »Darf ich reinkommen?«

Nur langsam konnte ich mich zu dem Nicken überwinden. »Samson meinte, du bevorzugst eher … Menschen«, sagte ich mit rauer Stimme.

Mir fiel auf, dass ich keine Angst hatte. Weder vor ihr noch vor Samson, Henrik – selbst vor Jeremia nicht. Ich war verwirrt und schlichtweg überfordert, vielleicht mischte noch eine Prise Unwohlsein mit rein, aber ich verspürte keinerlei Angst. War es, weil ein Teil von mir wusste, dass ich dazugehörte? Weil ich wusste, dass ich mich wehren konnte, wenn ich wollte? Weil ich ihnen ebenbürtig war? Aber konnte ich einem Engel oder einer Hexe wirklich die Stirn bieten?

Ein kurzes Lächeln blitzte auf Ziskas geschminkten Lippen auf. »Ja, so kann man es auch nennen. Ich habe dir frische Sachen aus deinem Schrank mitgebracht. Ist wahrscheinlich gemütlicher als …« Sie deutete auf das OP-Hemd, das ich trug.

Ich umfasste den Saum des festen Stoffes und erwiderte ihr Lächeln. »Ja, das glaube ich auch.«

»Du weißt jetzt auf jeden Fall, wieso ich nicht so auf Zuschauer beim Essen stehe«, meinte Ziska.

Darüber hatte ich gar nicht nachgedacht. »Ja, ich kann's sehr gut nachvollziehen, um ehrlich zu sein«, stimmte ich ihr zu. Doch eine gewisse Unruhe konnte ich nicht verbergen. Lebte ich mit einer Mörderin auf dem Zimmer?

Ihr Lächeln vertiefte sich. »Es tut mir leid, dass du das so erfahren musstest. Das ist sicherlich nicht … leicht. Ich bin mit dem Wissen aufgewachsen, dass ich mich – sobald ich geschlechtsreif werde – durch die Emotionen von Menschen ernähren muss. Aber du … du wusstest von nichts. Du entdeckst plötzlich nur deine Mitbewohnerin, wie sie beim Sex die Erregung ihres Partners verschlingt.«

Eine Frage brannte auf meiner Zunge, wobei ich mir nicht sicher war, ob ich sie stellen konnte. »Bringst … Bringst du sie um?«

Ziska ließ sich auf das Bett mir gegenüber sinken. »Bei den Göttern, nein! Ich ernähre mich nur von den Emotionen, die die Menschen in meiner Gegenwart und mir gegenüber haben.«

Eine unangenehme Stille erfüllte den Raum. Ich hatte das Gefühl, dass uns beiden Sachen auf der Seele brannten, die wir uns nicht trauten zu sagen. Ich holte tief Luft. »Wusstest … Du wusstest von Anfang an, was ich bin, oder?«

Erneut nickte sie. »Dein Geruch hat dich verraten. Tante Kathrina hatte schon gesagt, dass ich die einzige Zimmernachbarin bin, die sie dir zumuten kann, weil ich noch am menschlichsten bin und mich nicht durch meine Emotionen verwandle wie andere.«

Ich vergrub meine Finger in dem OP-Hemd. »Warum wurde ich aufs Internat gelassen? Ich meine, ich wusste von nichts … genauso wenig wie mein Vater irgendwas gewusst haben kann.«

Ziska zuckte mit den Schultern. »Ich habe keine Ahnung.«

Ich rieb mir über die Stirn. »Es tut mir leid, dass du wegen mir Umstände hattest.«

Ziska machte eine wegwischende Handbewegung. »Wir sollten es als Übung sehen. Wir können in dieser Welt nicht immer sein, wer wir sind, weil die meisten Menschen uns einfach nur mit Angst, Hass und anderen Gefühlen entgegentreten würden und …« Sie zuckte mit den Schultern. »Dementsprechend war es eine ganz nette Übung – mit einem katastrophalen Ende.«

»Ich weiß nicht, ob ich es wirklich katastrophal nennen würde.«

»Ach nein?«

»Ich meine, wer wünscht sich nicht, ein Teil einer solch abgefahrenen Welt zu sein?«

»Du würdest dich wundern, wie viel Hass und Schmerz wir bereits erleiden mussten, nur weil Menschen zu engstirnig sind, um zu akzeptieren, dass es mehr gibt. Sie lieben ihre Normen und Werte und vergessen dabei zu oft weltoffen zu sein«, offenbarte mir Ziska. »Wie wär's, wenn du dich jetzt anziehst, und danach gehen wir gemeinsam durchs Internat und du rätst, was diejenigen für Wesen sind?«

Überrascht sah ich sie an. »Ist das dein Ernst?«

»Klar. Damit lernst du mit Sicherheit schneller.«

»Ziska ...«, fing ich an, wobei mir die Frage unangenehm war. Doch mein bisheriges Bild von Succubi ließ mich gehemmt in ihrer Gegenwart fühlen. »Wenn du isst ... verschwinden ... na ja, verschwinden dann die Emotionen, die du isst?«

Überrascht blinzelte Ziska. »Die Emotionen entstehen aus einer Situation heraus. Sie sind eine Momentaufnahme und wir laben uns in diesem Augenblick daran. Nicht auf ewig.«

Erleichtert ließ ich die Schultern sinken, die ich unbewusst angespannt hatte. »Okay, das beruhigt mich, um ehrlich zu sein.«

Ziska kicherte. »Wir haben auch keine Sklaven, wenn du wirklich auf den Zug der Vorurteile aufspringen willst«, erklärte sie.

»Und Vampire?«, meinte ich.

Sie hob ihre Augenbrauen. »Was soll mit denen sein?«

»Na ja, gibt es sie? Glitzern sie?«

»Oh, bei den Göttern!«, rief Ziska aus.

Ich knüllte das Kissen zwischen meinen Händen.

Ziska beruhigte sich wieder, als sie bemerkte, wie wichtig mir die Frage war. »Es tut mir leid. Für mich ist das alles nur so ... natürlich. Und es fühlt sich fremd an, mit einem Wesen darüber zu sprechen, wie jemand ist. Prinzipiell kann ich dir sagen, dass jedes erdenkliche Wesen existiert. Jeder Mythos, jede Legende und auch jede Sage ist wahr. Wir verstecken uns im Schatten der Menschen, um sicher zu sein. Und Vampire glitzern nicht. Wobei die meisten einen leichten Gothic-Fetisch haben.«

14

Ziska hatte mich allein gelassen und ich nutzte die Zeit, mich notdürftig über dem Spülbecken des Zimmers zu waschen und anzuziehen. Das Raten der Wesen hatten wir auf einen anderen Tag verschoben, weil mein Schädel sich noch immer drehte von den ganzen Informationen, die ich versuchte zu verarbeiten. Ich konnte nicht fassen, dass es all das gab. Vielleicht lag ich auch nur im Koma und mein Unterbewusstsein schusterte sich diese abgefahrene Geschichte zusammen.

Mein Blick wanderte in den Spiegel. Unter meinen Augen lagen tiefe Ringe. Die Haare standen kreuz und quer von meinem Kopf ab. Mit meinen Fingern versuchte ich etwas Ordnung in diesen blonden Dschungel zu bekommen. Ich fühlte mich, als hätte jemand meinen Kopf in Watte gepackt. Alles, was Dr. Samson, Henrik und Ziska mir erzählt hatten … das war so abwegig. So unglaubwürdig. Ich konnte nicht verstehen … wollte ich vielleicht auch nicht verstehen? Ich stützte mich mit meinen Händen auf dem Waschbecken ab und sah in das eingelaufene Wasser, auf dessen Oberfläche durch die Bewegung kleine Kreise entstanden.

Ich war eine Werwölfin – eine Fenriswölfin, so wie Henrik *uns* genannt hatte. Ich war ein Teil einer Welt, zu der ich immer hatte gehören wollen, aber … Ich schüttelte den Kopf und schöpfte Wasser in meine Hände, um es mir ins Gesicht zu spritzen.

Doc Samson hatte sich irgendwohin zurückgezogen. Was mir entgegenkam. Ich genoss die Ruhe, die ich dadurch besaß. Mein Blick wanderte aus dem Fenster, über die gepflegten Büsche und Rasenflächen, ehe er am Wald hängen blieb. Über meine Schulter sah ich zurück durch den Raum, aber Samson war nirgends zu entdecken. Ich ging auf die Tür zu, die mich auf direktem Weg hinausführte, und trat aus dem Internat hinaus. Ein angenehmer Windzug begrüßte mich und ich sog die frische Luft direkt tief in meine Lunge. Der Geruch nach Gras, Bäumen, Harz und Erde stieg mir in die Nase und ein beruhigendes Gefühl legte sich beruhigend über meinen Geist.

Ohne weiter darüber nachzudenken, schloss ich die Tür hinter mir und lief auf den Wald zu. Dieses Mal achtete ich nicht darauf, auf dem Weg zu bleiben oder auch nur einen Eingang in den dichten Mischwald zu finden. Diese Wölfe, die ich gesehen hatte und die hier hausten ... Sie waren ebenfalls ein Teil dieser Welt. Ich fuhr mir erneut durchs Haar und starrte zwischen dem grünen Blätterdach nach oben. Die wenigen Lücken ermöglichten einen Blick auf zuckerwattige Wolken, die über einen strahlend blauen Himmel zogen.

Im Inneren des Waldes zwitscherten die Vögel. Ich hörte einen Specht, der gegen die Rinde eines Baums hämmerte. Unter meinen Schuhen gab die Erde leicht nach und Äste knackten, als ich auf sie trat. Ich schloss die Augen und genoss die Ruhe, die mich selig befiel. Mein Kopf fühlte sich etwas klarer an, trotzdem konnte ich nicht die Ruhe finden, die ich dringend benötigte, um all das zu verarbeiten.

Alle Wesen, jede Sage ... Alles war wahr. Ein belustigtes Schnauben kam über meine Lippen und ich ging tiefer in den Wald hinein. Ich hatte damit gerechnet, dass mein Vater mich auf eine Irrenanstalt geschickt hatte, dass meine Mutter eine Verrückte gewesen war und ich wegen ihres Erbguts so kaputt war. Aber ich war nicht kaputt. Im Gegenteil.

In einiger Entfernung entdeckte ich einen Stein, der aus der Erde herausragte, und ging auf ihn zu, um mich drauf zu setzen. Das Licht fiel in wunderschönen Mustern auf die Erde, sodass die Grün- und Brauntöne des Walds im Licht der Sonne glitzerten. Ich zog die Oberschenkel an meine Brust und bettete mein Kinn auf die Knie. Lauschte dem Leben des Walds, während ich meine Gedanken kreisen ließ.

Meinem Geist und meinem Verstand tat dieser Ausflug gut. Ich fühlte regelrecht, wie sich alles in mir wieder beruhigte und ich endlich dazukam zu analysieren, was die letzten Tage passiert war. Bewusst sog ich die Luft in meine Nase, um sie dann durch meine Lippen wieder auszustoßen.

Wieso hatte meine Mutter mich allein gelassen? Warum hatte sie mich nicht mitgenommen, damit ich bei dem Elternteil aufwuchs, das verstand, was mit mir passierte? Ich kämpfte gegen die Beklemmung an, die sich bei meinen Gedanken breitmachte.

Früher hatte ich schon nicht verstanden, wie eine Mutter ihr Kind allein lassen konnte. Wobei ich es mittlerweile schon etwas besser nachvollziehen konnte. Viele Frauen wollten keine Mütter sein oder konnten ihre Kinder nicht lieben. Doch wenn sie eines der Wesen war, von denen die Menschheit nichts wusste, musste sie geahnt haben, dass ich ebenfalls etwas werden würde, mit dem mein Vater nichts anfangen konnte.

Ich stieß die Luft zischend zwischen meinen Zähnen aus und versuchte die Gefühle beiseitezuschieben. Im Internat hatten alle an mir gerochen, dass ich ein Wolf war. Sie hatten gespürt, dass ich zu ihnen gehörte, selbst wenn ich nichts davon gewusst hatte. Wie konnte es meiner eigenen Mutter dann nicht aufgefallen sein, dass ich wie sie war? Dass in mir eine Bestie schlummerte, die mein Vater nicht handeln konnte? Die ich nicht verstand – zumindest nicht ohne die Führung von jemandem, der wie ich war. Ich rieb mir über die Stirn und legte meine Hände auf die Knie und ließ meinen Blick über den Wald schweifen.

Ich war eine Fenriswölfin. Der Gedanke kam mir noch immer so abwegig vor. Ich hatte keine Ahnung, was das bedeutete. Abgesehen davon, dass ich mich in einen Wolf verwandelte und eine Silberallergie besaß – eine sehr heftige Allergie.

Ein Knacken ließ mich zusammenschrecken. Über die Schulter sah ich in die Richtung, aus der das Geräusch gekommen war.

Henrik stieg durch das Unterholz, direkt auf mich zu. »Du solltest nicht einfach aus der Krankenstation verschwinden, wenn keiner weiß, wie du auf all diese Informationen reagierst«, sagte er, als er in meine Nähe kam und sich neben mich auf den Boden sinken ließ.

»Ich habe dir doch gesagt, dass ich meine Ruhe vor dir haben will«, wiederholte ich erneut, wobei das nicht einmal ansatzweise ernstzunehmend klang.

»Willst du das wirklich? Oder bist du verletzt, weil ich so ein Vollidiot war? Was dein gutes Recht ist.«

Ich presste die Lippen aufeinander und schlang meine Arme fester um die Beine. Mit Sicherheit würde ich nicht zugeben, dass ich mich trotz allem in seiner Nähe wohlfühlte. Dass ich trotz dessen, was er getan hatte, noch immer ein Teil von ihm und dem Rest der Clique sein wollte. Diese Gefühle, die mich in seiner Gegenwart befielen ... die mich zur Ruhe finden ließen, wenn meine gesamte Welt einem Chaos glich, sie dominierten mein ganzes Denken. Ich hieß es nicht gut, aber irgendwie wollte ich es zulassen. Vielleicht war das der Wolf in mir, der Sehnsucht nach seiner Art hatte?

»Ich weiß, dass ich dir gegenüber ein Vollidiot war, und es tut mir leid – dieses Mal gänzlich ohne Hintergedanken.«

Ich sah zu ihm runter. Sein Blick war in die Ferne, irgendwo zwischen die Bäume gerichtet.

»Ich würde dir gern erklären, wieso ich so war – oder bin. Wobei das eine grauenvolle Entschuldigung ist.«

»Was wäre deine Erklärung?«, fragte ich leise. Ich wollte wissen, wieso er mich all dem Schrecken ausgesetzt hatte. Wieso er so verbissen hatte beweisen wollen, dass ich eine Wölfin war.

Ich sah wieder nach vorn, aber im Augenwinkel bemerkte ich, dass Henrik mich überrascht musterte. »Während wir auf das Swen-Internat gehen, bin ich das Familienoberhaupt. Wobei ich nicht einmal der Älteste oder der Klügste bin. Unsere Alpha hat es beschlossen und keiner von ihnen würde einen Befehl von ihr missachten. Ich muss meine Familie beschützen, koste es, was es wolle.« Er holte tief Luft. »Wir wurden darüber informiert, dass ein Mädchen unserer Schülerschaft beitritt. Dass ihre Wurzeln in einem Fenriswolfrudel liegen. Dass sie aber mit großer Wahrscheinlichkeit von nichts weiß. Als ich dich gerochen habe ... Der Wolf war so präsent unter deiner Haut ...«

Ich musste schwer schlucken, als ich seine Worte hörte. Meine Erinnerung an unser erstes Treffen war mir ebenfalls gegenwärtig im Kopf. An diese verwirrenden Gefühle, die sich so vertraut, aber dennoch fremd angefühlt hatten.

»Ich glaubte nicht daran, dass du keine Ahnung von all dem hast. Ein einsamer Wolf bedeutet immer Ärger, das habe ich seit meiner Kindheit eingetrichtert bekommen, und du bist eine starke Fenriswölfin, selbst wenn es dir vielleicht noch nicht bewusst ist. Wahrscheinlich genauso stark wie unsere Alpha.«

Überrascht blinzelte ich.

»Deswegen warst du eine Gefahr für mein Rudel, für die ich die Verantwortung trage. Dass du dich noch nie verwandelt hast, habe ich erst verstanden, nachdem die Jungs dich angegriffen haben und du auf das Silber so stark reagiert hast. Mit unserer ersten Verwandlung bekommen wir Antikörper, die uns zwar nicht resistent gegenüber Silber machen, unser Immunsystem immerhin etwas dagegen stärken.« Henrik stand neben mir auf und stellte sich vor mich. Unsere Blicke trafen sich und der Schmerz in seinen Gletscheraugen ließ mich unbewusst erzittern.

Ich hätte nicht damit gerechnet, dass ihn das alles so mitnahm. Aber die Reue, die ich erkannte, sprach absolut dagegen. Ihn nahm das, was er getan hatte, mit. Ihm tat es leid. Das strömte aus jeder einzelner seiner Poren. Ich ließ meine Schutzmauer sinken. Meine Beine sackten ab, sodass meine Schuhspitzen sein Bein berührten.

»Es tut mir leid, dass ich dir nicht geglaubt habe. Dass ich so ein Vollidiot war und dich wissentlich in Gefahr gebracht habe, nachdem mein größtes Bestreben darin liegen sollte, dich zu beschützen.« Er seufzte und fuhr sich über den Nacken. »Ich weiß nicht, was ich sagen soll. Ich kann verstehen, wenn du nie wieder was mit uns zu tun haben willst, aber ich kann dir sagen, dass die anderen nichts von dem wussten, was ich getan habe, um dich aus der Reserve zu locken. Du solltest dir nur wegen mir nicht die Möglichkeit nehmen lassen, zu einem Rudel dazuzugehören. Du hast es schon sechzehn Jahre deines Lebens nicht getan und jetzt hast du hier endlich Leute, die dich verstehen. Die wahrscheinlich genauso ticken wie du.«

Jedes seiner Worte glitt in mein Innerstes und legte sich wie Samt um mein Herz. Es tat gut zu hören, dass er ein Idiot war, dass er seine Taten bereute. Doch Vertrauen gewann niemand nur mit Worten. Ich stieß ein Seufzen hervor und brach den Blickkontakt zu ihm ab. Nervös spielte ich mit meinen Fingern und starrte wie hypnotisiert auf die schmalen Gelenke. Meine Ringe musste ich bei der Verwandlung verloren haben. »Du hast mein Vertrauen verletzt«, sagte ich leise. »Du hast mich in Angst und Schrecken versetzt. Das kann ich nicht vergessen. Nicht jetzt und wahrscheinlich nicht morgen oder übermorgen«, gestand ich, immer noch wispernd. »Aber …« Ich suchte nach den richtigen Worten, die meine Gefühle hinsichtlich der Gruppe richtig beschrieben. Ich hatte sie zu Beginn nicht verstanden. Hatte mich selbst für verrückt gehalten, weil ich in ihrer Nähe sein wollte, obwohl ich sie nicht kannte und obwohl sie mir so suspekt waren. »Aber ihr fühlt euch nach Familie an«, sagte ich dann. »Es fühlt sich an, als hätte ich nach langer Zeit etwas gefunden, das ich unbewusst immer gesucht habe. Das klingt verrückt, doch anders beschreiben kann ich es nicht«, sagte ich und sah wieder zu Henrik auf.

Auf seinen Lippen lag ein zartes Lächeln, das sich in seinen Augen widerspiegelte. »Das klingt nach einem Anfang, oder nicht?«, erwiderte er und hielt mir seine Hand hin.

Ich erwiderte sein Lächeln und nahm seine Hand an. »Ja, ein Anfang.«

»Wir sollten jetzt zurück, ehe noch einer der Lehrer die Walküren ruft.«

Verwirrt blinzelte ich. »Walküren?«

Henrik half mir auf und gemeinsam gingen wir den Weg zurück, den ich gekommen war. »Walküren sind Sammlerinnen der Kriegerseelen, die auf dem Schlachtfeld gefallen sind. Sie sind auch ehrgeizige Jägerinnen. Vor allem bei ungezogenen Wesenkindern, die nicht wissen, wo ihr Platz ist.«

Ich verzog die Lippen. »Das klingt nach Wesen, die ich nicht unbedingt kennenlernen will.«

»Zumindest nicht wenn du diejenige bist, die gejagt wird«, stimmte er mir zu.

Für eine kurze Weile gingen wir schweigend nebeneinander her, wobei mir Tausende Fragen auf der Zunge lagen. Ich wusste nicht, wie ich einen

Anfang finden sollte, damit das alles klar und deutlich bei mir ankam, ohne dass mein Kopf sich erneut in ein Karussell verwandelte. Ich kaute auf der Innenseite meiner Wange und blickte durch den Wald. Es würde nicht mehr lange dauern, ehe wir das Internat erreichten und ich eventuell nicht mehr die Ruhe hatte, um mich zu konzentrieren.

»Du solltest mich jetzt mit Fragen löchern. Andersson wird dich nämlich gleich, wenn wir wieder im Internat sind, in Gewahrsam nehmen, um dir alles Mögliche zu erklären – vor allem die Regeln des Internats.«

Überrascht sah ich zu ihm. »Bist du dir sicher, dass du keine Gedanken lesen kannst?«, fragte ich.

Er schnaubte belustigt. »Ja, aber an deiner Stelle hätte ich Fragen – eine Menge Fragen.«

Ich holte tief Luft. »Okay, was bedeutet es, ein Werwolf zu sein? Wieso konnte ich mich ohne Vollmond verwandeln – genauso wie du – und wieso reagieren wir allergisch auf Silber?«

»Du bist kein Werwolf. Werwolf ist die Namenerfindung der Menschen. Du bist eine Fenriswölfin.«

Ich verzog die Lippen zu einer Grimasse. »Und was genau ist der Unterschied?«

Henrik lachte kurz. »Wir sind nicht vom Mond abhängig. Wir haben auch keine besondere Beziehung zu ihm. Wir wurden nicht verflucht oder ähnliches. Wir haben statt einer Gestalt wie der Mensch einfach zwei, wovon eine das Tier in uns ist. Wir können vernünftig denken, selbst wenn wir in dem Körper des Tiers stecken. Du wirst kein von Instinkten angetriebenes Monster, wenn du dich verwandelst. Du bleibst immer noch du. Und wegen dem Silber: Um ehrlich zu sein, habe ich keine Ahnung. Das ist wie bei einer menschlichen Allergie. Du hast sie einfach, weil dein Immunsystem nicht genügend Antikörper oder so abrufen kann.« Wieder zuckte er mit den Schultern. »In Biologie habe ich nie wirklich aufgepasst.«

Ein kleines Grinsen schlich sich auf meine Lippen. »Also kein Werwolf, sondern ein Fenriswolf.«

Henrik nickte. »Genau. In der Regel sind wir Wölfe sehr familienverbunden, was uns mit den weltlichen Wölfen verbindet. Wir haben ein Familienoberhaupt, das wir Alpha nennen, wobei es nicht so ist, dass wir in einer Diktatur leben. Wir haben dennoch einen freien Geist und dürfen den Mund aufmachen, wenn uns etwas nicht gefällt. Wie unsere Alpha darauf reagiert, ist wieder etwas anderes«, sagte er mit einem Zwinkern.

»Also wie bei jedem ganz normalen Elternteil«, fügte ich hinzu.

»Genau.«

In dem Moment brachen wir durch den Wald und unser Blick richtete sich direkt auf das hohe Gebäude des Internats.

»Ich kann es immer noch nicht glauben«, sagte ich beiläufig.

»Was?«, erkundigte sich Henrik.

»Dass das wahr ist und kein Traum, aus dem ich jeden Moment wieder erwachen könnte. Dass meine ganzen Ängste … Scheiße!«, rief ich aus. Hastig wühlte ich in meinen Sachen, um mein Handy zu finden, aber meine Taschen waren leer.

»Was ist los?«

Verzweifelt klopfte ich meine Sachen ab. Aber natürlich war mein Handy nicht wie durch Zauberhand aufgetaucht. »Ich habe in Panik Susann angerufen. Sie wird sich fürchterliche Sorgen machen.« Ich sah zu Henrik. »Du hast nicht zufällig mein Handy aufgesammelt?«, fragte ich.

Er schüttelte den Kopf.

»Eivor Lehmann!«

Ich zuckte bei der wütenden Stimme zusammen und sah in die Richtung, aus der die Stimme gekommen war. Eine schemenhafte Gestalt, durch die ich beinahe hindurchschauen konnte, schwebte über den Rasen. Sie hatte eine rote Färbung und der Gesichtsausdruck der Frau würde wahrscheinlich ganze Armeen in die Flucht jagen.

Mein Herz setzte einen Schlag aus. »Ist das … ist das ein Geist?«

»Ja. Das ist Rektorin Ward.«

Mir sackte das Herz zwischen die Kniekehlen. »Das ist nicht gut, oder?«, fragte ich und richtete meinen Blick auf Henrik. Der konnte nur noch den Kopf schütteln, ehe uns die Rektorin erreichte.

»Eivor Lehmann. Sie haben bewusst unser ganzes Internat in Gefahr gebracht!«, fuhr sie direkt los.

Vollkommen sprachlos sah ich durch die Frau hindurch, die mich zornig anfunkelte.

»Frau Ward …«, fing Henrik an.

Die Rektorin schnitt ihm jedoch das Wort direkt ab. »Henrik Christiansen, Sie werden von Herrn Kweldulf erwartet, der einiges mit ihnen zu besprechen hat.«

Trotz ihrer durchscheinenden Erscheinung hatte die Frau eine Präsenz, die mich klein fühlen ließ. Wie hätte ich denn ahnen können, dass ich mit meinem Verhalten andere in Gefahr brachte?

»Ich werde zu ihm gehen«, meinte Henrik. »Ich möchte Sie nur bitten, dass Sie daran denken, dass Ivy bis vor wenigen Minuten von all dem noch nichts wusste.«

Frau Ward sah zu Henrik. Ihre durchscheinenden, rot leuchtenden Augenbrauen hatten sich finster zusammengezogen. »Lassen Sie es meine Sorge sein, worüber ich nachdenke oder nicht«, sagte Frau Ward und wandte sich wieder mir zu. »Kommen Sie.«

Ich tauschte einen Blick mit Henrik, ehe ich dem Geist folgte. Mir jagte die Frau eine Heidenangst ein. Sie schwebte direkt auf das Internatsgebäude zu und flog geradewegs durch die geschlossene Tür. Ich beeilte mich ihr zu folgen, öffnete die hölzerne Tür, die mich direkt in einen Gang beförderte, den ich zuvor noch nicht gesehen hatte. Die Rektorin schwebte in einen weiteren Raum und ließ sich dann hinter einem massiven hölzernen Schreibtisch nieder. Ich folgte ihr in den hellen Raum und blieb etwas unbeholfen in der Mitte stehen. Es gab zwar helle Bücherregale, die mit dicken, in Leder eingebundenen Schätzen angefüllt waren, aber keine Sitzmöglichkeiten für Besucher*innen.

Die Rektorin machte eine Handbewegung und die Tür knallte hinter mir zu. Ich zuckte zusammen und sah den Geist mit aufgerissenen Augen an.

»Sie wissen also nun, auf was für einer Schule Sie sich befinden.«

Ich schluckte schwer, nickte aber. »Ja.«

Die Rektorin lehnte sich in ihrem Stuhl zurück. Wie konnte sie durch Wände gehen, sich aber trotzdem in einem Stuhl zurücklehnen? Sie stieß die Luft aus und ihre rötliche Färbung wurde blasser, bis sie nur noch einen gräulichen Schimmer aufwies.

»Sie haben gestern in Ihrer Panik Susann Schmidt angerufen, nicht wahr?«

Ich biss mir auf die Lippen.

»Ihre Freundin war hier.«

Ich riss meine Augen auf. »Was? Wo ist sie?«

Die Rektorin seufzte. »Sie ist wieder zu Hause – ohne jegliche Erinnerungen.«

Verwirrt blinzelte ich. In diesem Moment hätte ich mich gern auf einen Stuhl gesetzt, weil meine Knie mir wie Wackelpudding erschienen. »Was?«, fragte ich mit piepsiger Stimme.

»Ich kann verstehen, dass Sie in Ihrer Panik die Menschen anrufen, die Ihnen am nächsten stehen. Dadurch haben Sie aber nicht nur sich selbst, sondern das ganze Internat in Gefahr gebracht. Das mag Ihnen zu diesem Zeitpunkt nicht bewusst gewesen sein, dennoch müssen Sie die Konsequenzen tragen.«

»Was für Konsequenzen? Was haben Sie mit Susann gemacht?«, fragte ich mit zitternder Stimme. Die Sorge um meine Freundin krallte sich eiskalt in mein Herz.

»Ihre Freundin hat keinerlei Erinnerung mehr an Sie, seit Sie auf dieses Internat gehen. Sie hat sich Sorgen um Sie gemacht und wollte Sie hier rausholen. Wir mussten die Gedanken von Frau Schmidt verändern, sodass sie keinerlei Befürchtungen mehr hinsichtlich dieses Internats und Ihnen hat.«

Ich ballte meine Hände zu nervösen Fäusten und spielte mit meinen Fingerknöcheln. »Sie kann sich an nichts mehr erinnern, seitdem ich hier bin?«, fragte ich kleinlaut.

»Nichts, was in Verbindung mit Ihnen steht. Für Ihre Freundin haben Sie sich kein einziges Mal gemeldet, seit Sie die Stufen dieser Institution betreten haben. Mir ist bewusst, dass Ihre Freundin Ihnen wichtig ist, aber ich muss die Kinder schützen, die sich unter meinen Fittichen befinden. Ich hoffe, das verstehen Sie ebenfalls.«

Mein Kopf war wie leer gefegt. Für Susann hatte ich mich kein einziges Mal gemeldet. Sie musste fuchsteufelswild sein.

»Sie können Frau Schmidt jederzeit wieder anrufen. Denken Sie dieses Mal nur daran, was dieses Internat – die Verborgenen, die hier zur Schule gehen und sich auf die Sicherheit verlassen – zu verlieren hat.«

Ich brachte nur ein steifes Nicken zustande.

»Gut. Dann sind Sie jetzt entlassen.«

Ich wandte mich schon ab und ging auf die Tür zu, als mich ihre Stimme zurückhielt: »Vielleicht wollen Sie das Gerät auch wiederhaben?«, erkundigte sich die Rektorin.

Ich drehte mich zu ihr und sie hielt mein Handy in der Hand. Mit zögerlichen Schritten ging ich auf den Geist zu und nahm ihr das Gerät aus der Hand. »Danke Ihnen. Ich ... Es tut mir leid, wie ich reagiert habe.«

Sie sah zu mir auf. »Es braucht Ihnen nicht leid zu tun, dass Sie Angst hatten. Die haben wir alle. Ich wünsche mir nur, dass Sie jetzt keinerlei mehr haben beziehungsweise dass Sie besser verstehen, warum niemand jemals erfahren darf, was für ein Internat wir sind.«

Ich nickte. »Natürlich. Danke.«

»Gut, dann gehen Sie jetzt. Und Frau Lehmann?«

»Ja?«

Die Rektorin musterte mich mit einem sanften Lächeln, das überhaupt nicht zu ihrem bisherigen Charakter passte, den sie mir gezeigt hatte. Damit wirkte sie nahbarer und nicht mehr ganz so gewaltig wie zuvor. »Herzlich Willkommen zu Hause.«

Mein Herz machte einen dankbaren Satz, als ich die Worte hörte. Eine verräterische Wärme legte sich auf meine Wangen und ich nickte, ehe ich den Raum verließ.

15

Unschlüssig blieb ich vor dem Zimmer der Rektorin stehen, ehe ich auf mein Handy sah. Keinerlei Nachrichten. Weder von Susann noch von meinem Vater – was mich auch überrascht hätte. Ich warf einen Blick auf die Uhr. Susann müsste jetzt Schulschluss haben. Nachdenklich tippte ich gegen das Gehäuse meines Handys.

»Alles okay?«

Überrascht sah ich von meiner Kontaktliste zu Henrik, der im Rahmen der Außentür stand und mich besorgt musterte. Ich nickte und schüttelte kurz darauf den Kopf. »Ich … ich weiß es nicht. Ich muss Susann anrufen.« Kurz runzelte ich die Stirn. »Solltest du nicht zu Kweldulf?«

Er zuckte mit den Schultern. »Er war nicht da. Deswegen dachte ich …« Sein Blick glitt auf die Tür hinter meinem Rücken. »Na ja, lass es mich so sagen: Ich will es hinter mich bringen.« Seine Lippen verzogen sich zu einer Grimasse. »Wir reden später oder so – falls ich dieses Gespräch überlebe.«

Ich warf einen Blick über die Schulter auf die Tür. »Viel Erfolg. Vielleicht … wird es nicht so schlimm?« Mein gewollter Zuspruch klang selbst in meinen Ohren ziemlich lächerlich.

»Wenn ich danach nicht ebenfalls als Geist durch die Schule spuke, war es wohl nicht so schlimm«, bemerkte Henrik mit einem Lächeln und ging an mir vorbei, um zu klopfen. »Viel Erfolg mit deiner Freundin«, sagte er und warf mir ein aufmunterndes Lächeln zu.

Ich nickte und ging in Richtung des Hauptfoyers, zumindest vermutete ich es dort, um dann in Ziskas und mein Zimmer zu gehen. Die ganze Zeit spielte ich nervös mit meinem Handy. Ich ließ die letzten Gespräche, die ich vor meiner Ankunft mit Susann hatte, Revue passieren. Sie würde stinksauer sein. Oder enttäuscht und verletzt.

Zum Glück hing keine Socke an der Klinke, als ich unser Zimmer erreichte. Ziska saß auf dem Bett und schenkte mir ein kurzes Lächeln und warf das Buch, in dem sie gerade versunken war, achtlos aufs Bett. »Alles okay?«

»Meine Freundin war hier.«

Ziska verzog die Lippen bei meinen Worten. »Ich weiß, meine Tante hat es mir erzählt – und das Endergebnis. Es tut mir leid.«

Ich sah von ihr auf mein Handydisplay. »Hoffen wir einfach, dass sie mir verzeiht, dass ich mich eine Woche nicht gemeldet habe.« Meine Eingeweide verknoteten sich zu einem Knäuel, das sich schwer auf meinen Magen legte.

»Das wird sie. Wenn sie deine beste Freundin ist, wird sie das tun.«

Ich nickte und setzte mich aufs Bett, ehe ich endlich Susanns Nummer wählte. Es tutete eine ganze Weile, ehe sie mich endlich erlöste.

»Hallo, Fremde.«

Ihre Stimme klang wie ein Eispfeil, der sich direkt in meine Innereien bohrte. »Es tut mir leid, dass ich mich so lang nicht gemeldet habe«, begann ich das Gespräch. Es folgte Stille am anderen Ende. »Susann, ich … ich hätte dich sofort anrufen oder zumindest schreiben sollen«, sagte ich weiter und schloss die Augen.

Ein Seufzen war zu hören. »Ich möchte dir daraus keinen Vorwurf machen«, kam es von ihr.

Wollte sie nicht?

»Ich habe dir selbst gesagt, dass du dich auf das Internat konzentrieren sollst. Dass du dich einleben und das Beste aus der Zeit machen sollst, die du dort verbringen wirst. Ich meine, das ist schon ein cooles Erlebnis. Jedes andere Kind wünscht sich aufs Internat gehen zu können.«

Mein Herz stolperte erfreut in der Brust. »Es tut so gut …«

»Ich war noch nicht fertig«, unterbrach sie mich.

Ich presste die Lippen zu einem schmalen Strich zusammen.

Sie holte tief Luft. »Wie gesagt, ich will dir keinen Vorwurf machen. Aber nachdem du mir wochenlang vorgeheult hast, wie schrecklich das alles wird …

Du ... Du hast dich einfach nicht gemeldet. Du hast mich, als du in diesen Zug gestiegen bist, abgeschrieben und vergessen.«

Ich kniff die Lider zusammen. Weder abgeschrieben noch vergessen hatte ich sie. Aber dass es für sie so rüberkommen musste, war nur logisch, nachdem die Leute hier mit ihrem Verstand gespielt hatten.

»Das tut weh, Ivy. Das tut verdammt weh.«

Am liebsten wollte ich ihr alles beichten. Ihr erzählen, was los war. Doch gleichzeitig wusste ich, dass ich das nicht konnte. Ich spielte unruhig mit meinen Fingern an dem Saum der Decke. Ziskas Blick lag mitleidig auf mir. In diesem Moment wünschte ich mir ein Einzelzimmer. »Natürlich tut das weh«, stimmte ich mit rauer Stimme zu. Wäre ich an ihrer Stelle, hätte ich wahrscheinlich kein einziges Wort mehr mit mir wechseln wollen. »Susann, bitte glaube mir, wenn ich dir sage, dass ich dich nicht vergessen habe. Oder abgeschrieben. Du bist meine beste Freundin. Ich ... Hier war einfach viel los«, sagte ich – was ja auch stimmte, obwohl es die beschissenste Ausrede überhaupt war.

»Es war so viel los, dass du dich nicht einmal per Nachrichten bei mir melden konntest?«, erkundigte sie sich.

»Es tut mir wirklich leid, Susann. Du hast so was nicht verdient und ich kann nichts anderes sagen als das, was ich schon ausgesprochen habe. Du bist mir wichtig.«

Sie seufzte. »Aha.«

»Ich weiß, dass das keine Entschuldigung ist«, plapperte ich weiter.

»Ich war immer für dich da. Genauso wie du für mich. Aber ... Du hast dich eine Woche nicht gemeldet. Ohne einen Grund. Du hast auf nichts reagiert.«

Mir lag auf der Zunge, wie sehr sie sich irrte. Dass sie der wichtigste Mensch in meinem Leben war und wahrscheinlich immer sein würde, wenn sie es nur zuließ. Aber die warnenden Worte der Rektorin gingen mir nicht aus dem Kopf. Es ging nicht nur um meine Sicherheit, sondern um die der gesamten Schülerschaft und Wesen. »Ich kann nur wiederholen, wie leid es mir tut«, beharrte ich.

»Ich weiß. Gib mir einfach etwas Zeit, okay?«

»Okay«, brachte ich kleinlaut heraus und krallte meine Finger in die Decke.

Ziska stand auf und setzte sich neben mich. Sie wahrte Abstand zwischen uns, suggerierte mir aber, dass sie für mich da war. Es war so unfair. Wieso konnte ich Susann nicht einfach sagen, was los war? Sie würde das verstehen. Sie würde ebenfalls den Mund halten.

»Bis dann, Ivy.«

Ich schloss die Augen und versuchte, die brennenden Tränen zu verhindern. »Bis dann, Susann.«

Sie legte auf. Ohne ein weiteres Wort. Ich nahm das Handy von meinem Ohr und starrte auf das Display, das kurz darauf schwarz wurde.

»Es ist schwer«, murmelte Ziska. »Dieses Geheimnis vor den Menschen zu wahren, die wir lieben.«

Mein Blick wanderte zu ihr. Sie schenkte mir ein kleines Lächeln. »Als ich noch Grundschülerin war, hatte ich einen besten Freund, wir waren unzertrennlich. Als ich dann mit der weiterführenden Schule hergekommen bin und er noch zu Hause war … Ich konnte ihm nichts erzählen. Absolut gar nichts. Und es hat sich im Sand zerlaufen. Ich wusste, dass er das alles verstehen könnte. Dass er mich wahrscheinlich trotz allem annehmen würde, weil wir einfach schon so viel erlebt haben. Aber es ging nicht. Es ist nicht erlaubt.« Sie zuckte mit den Schultern.

»Das ist doch scheiße«, sagte ich.

»Jap, das ist es. Das ist eine der Schattenseite des Andersseins.«

»Dass wir die Menschen, die uns wichtig sind, belügen müssen?«

Sie nickte. »Meine Mutter ist mit einem Menschen zusammen.«

Überrascht riss ich die Augen auf. »Was?«

»Ja. Sie liebt ihn über alles. Aber sie kann sich nicht aufraffen, ihm zu erzählen, was sie wirklich ist. Sie ist mir gegenüber immer ehrlich gewesen, aber ich bin damit aufgewachsen, dass ich ein Geheimnis vor meinem eigenen Vater habe.«

»Scheiße.«

»Ja, das fasst es sehr gut zusammen«, sagte sie und zuckte mit den Schultern. »Zu lügen entwickelt sich irgendwann wie atmen. Du machst es automatisch, ohne groß darüber nachzudenken.«

»Ich weiß …«, murmelte ich leise. Damit ich hatte ich genügend Zeit in meinem Leben verbracht, nur dass ich jetzt nicht mehr nur log, um die Menschen nicht zu verschrecken, sondern um mein Sein zu verbergen. Um so viele … Wesen zu schützen.

»Die Tabletten?«, fragte Ziska.

Ich nickte. »Sie waren dafür da, um die Gedanken und meine Wut auf Stumm zu schalten. Hat nur so semigut funktioniert, aber besser als es einfach so weiterlaufen zu lassen.«

»Die Gedanken?«, bohrte sie weiter.

»Ich kann die Gedanken meiner Mitmenschen hören – von manchen zumindest.«

Überrascht sah mich Ziska an. »Du kannst Gedanken hören?«

Ich nickte.

»Das ist ja cool!«, rief sie aus. Doch dann wurde sie stutzig. »Wenn du die Gedanken hörst, wieso wusstest du dann nicht schon vorher, dass wir – und du – anders sind?«

»Hier an der Schule höre ich, glaube ich, nur die Gedanken der Tagesschüler*innen.«

Ziska legte ihren Zeigefinger ans Kinn. »Vielleicht hörst du nur die Gedanken von Menschen. Und nicht von Wesen.«

»Kann sein«, meinte ich, begleitet von einem Schulterzucken. Ich wollte gerade nicht darüber sprechen. Ich wollte mich in meine Decke kringeln und vergessen, wie beschissen dieser Tag war – und die ganze Woche.

Sie schürzte die Lippen. »Das müssen wir unbedingt ausprobieren«, schlug sie vor und ein Grinsen breitete sich auf ihren Lippen aus. »Bei den Göttern, du könntest mir erleichtern, mein Essen zu bekommen!«

»Was?«

»Na ja, wenn du die Gedanken von Menschen hörst und ich die Emotionen von Menschen esse.« Sie warf mir ein unschuldiges Lächeln zu. »Du könntest mir doch dann sicherlich sagen, was derjenige in Bezug auf mich denkt, sodass ich etwas leichter – und schneller – an mein Essen komme.«

»Du meinst also, ich soll andere gedanklich ausspionieren, damit du dich nicht ins Zeug legen musst, um sie ins Bett zu kriegen?«

»Ja!«

»Ich weiß nicht, ob ich mich damit wohlfühle«, gestand ich.

Sie schmiegte sich wie eine Katze an meinen Arm. »Du würdest mir damit einen großen Dienst erweisen«, murmelte sie. »Und im Gegenzug erzähle ich dir über jeden, was er für ein Wesen ist und wie du so was am besten erkennen kannst.«

»Wolltest du mir das nicht eh erzählen?«, hakte ich nach und erinnerte sie an das Gespräch, das wir in der Krankenstation geführt hatten.

»Ja, schon ... Aber so wäre es eine Win-win-Situation für uns beide!«

»Ich habe jahrelang versucht, die Gedanken nicht mehr zu hören. Wirklich kontrollieren, was ich höre, kann ich auch nicht. Das ist, als ob ich in einen Raum gehe, wo mich jeder anschreit«, gab ich seufzend zu. »Kweldulf hat mir gezeigt, wie ich das etwas ausblenden kann. Aber das ist noch ganz weit weg von Kontrolle.«

»Dann brauchst du Training. Noch ein Grund, wieso du mir unbedingt helfen solltest.«

Vielleicht hatte sie recht und ich brauchte in Bezug auf die Gedanken tatsächlich nur Training, um kontrollieren zu können, wen ich wie und wann hörte. Ich schürzte die Lippen und betrachtete meine Mitbewohnerin nachdenklich.

»Komm schon, das wird bestimmt lustig.« Sie stupste mich auffordernd an und grinste mich schelmisch an. »Du hast dadurch nur Gewinne.«

»Okay«, gab ich zögerlich nach. »Aber ehrlich, wenn es mir nicht gefällt oder es mir zu viel wird, musst du wieder auf traditionelle Beutejagd gehen.«

Sie grinste von einem Ohr zum anderen und ließ sich gegen die Wand sinken. »Klingt nach einem guten Deal.« Ihr Blick richtete sich auf mein Handy und sie nickte in die Richtung. »Was hast du mit Susann vor?«

Die aufgelöste Stimmung verpuffte mit einem Schlag. Ich umschloss das Handy fester. »Ganz ehrlich? Ich habe keine Ahnung. Sie will Ruhe und Abstand und ... ich werde ihn ihr geben müssen.«

Ziska nickte nachdenklich. »Es klingt hart, aber vielleicht ist es gut, wenn ihr keinen Kontakt mehr zueinander habt.«

Ich presste die Lippen aufeinander. Der Gedanke schlug mit einer Wucht in meine Innereien, dass er mir beinahe körperliche Schmerzen zufügte. »Sie ist meine beste Freundin«, presste ich hervor.

»Du wirst sie immer anlügen müssen«, erinnerte mich Ziska. »Und ...« Sie blieb für einen kurzen Moment still, als wäre sie sich nicht sicher, ob sie das Recht hätte, weiter zu reden. »Könntest du wirklich wieder zurückkehren?«

Erschrocken sah ich meine Mitbewohnerin an. »Mein Vater hat mich nur für ein Jahr eingeschrieben«, sagte ich.

»Ja, möglicherweise ist es jedoch hier besser für dich«, stellte Ziska in den Raum.

Ich rieb mir übers Gesicht. »Das ... darüber will ich gerade nicht nachdenken«, gab ich zu.

Ziska stand auf und streckte sich. »Ich wollte es nur angemerkt haben. Hier kannst du ganz du selbst bleiben und musst dich nicht verstecken. Wir verstehen dich. Im Gegensatz zu anderen«, fügte sie hinzu und zuckte mit den Schultern. »Ich geh jetzt etwas zu meinen Freundinnen, willst du mit?«

»Nein, ich glaube, ich versuch das alles erst mal zu verdauen.«

Ziska lächelte mich an. »Okay, wenn was ist, meine Handynummer hab ich dir dort hingelegt. Meld dich einfach.«

Ich nickte und schenkte ihr meinerseits ein Lächeln. Sie trat aus der Tür und ließ sie hinter sich ins Schloss fallen.

Als ich allein war, ließ ich mich aufs Bett sinken. Es war so leicht so zu tun, als wäre alles okay, während Henrik oder Ziska bei mir waren. Dabei war absolut nichts okay.

Wie konnte eine ganze Gesellschaft voller Magie existieren, ohne dass etwas davon ans Licht gekommen war? Wie konnte ein Internat hier stehen und übernatürliche Wesen unterrichten und auch Menschen? Hatten diese unsere Unterrichtsfächer? Mir schwirrte der Schädel. Ich presste mein Kissen aufs Gesicht und stieß einen unterdrückten Schrei aus. Ich ließ es wieder sinken und starrte an die Decke.

Es war so surreal. Es existierte eine ganz neue Welt neben unserer. Diese Vielzahl an Wesen: Engel, Hexen, Geister, Fenriswölfe, Succubi … Wieso hatte sie nie jemand bemerkt? Wie konnten sie unentdeckt unter den Menschen leben?

Mein Blick fiel auf das Bücherregal, das neben mir an der Wand hing. Bücher über Hexen, Succuben und viele weitere Wesen. »Verdammt«, raunte ich und richtete mich auf.

Ich strich mit meinem Finger über die Buchrücken. Das alles waren Geschichten über all die Wesen. Waren sie doch nicht so unentdeckt? Die ganzen Märchen, Sagen und Legenden mussten doch irgendwo ihren wahren Ursprung haben?

Jede Sage, Legende und jeder Mythos ist wahr, kamen mir Henriks Worte wieder in den Sinn. All die Geschichten, die Kindern vor dem Schlafengehen erzählt wurden, besaßen sie alle ihren wahren Ursprung? Gab es den Krampus, der all die Kinder entführte, wenn sie nicht lieb waren?

Ich bekam einen schweren Kloß im Hals. Ich wusste viel zu wenig über diese Welt, von der ich angeblich … Nein, ich war nicht *angeblich* ein Teil dieser Welt. Ich *war* Teil dieser Welt. Ich hatte meine Veränderung gesehen. Hatte sie gespürt. Mein Blick fiel auf meine Finger. Menschliche Finger, die zu Pfoten wurden, wenn ich Angst hatte und einer Situation ausgesetzt war, aus der ich nicht flüchten konnte. Ich schluckte den schweren Kloß in meinem Hals hinunter.

Nur dunkel konnte ich mich an die kurze Verwandlung erinnern, ehe der Engel mich ohnmächtig geschlagen hatte. Es hatte sich normal angefühlt. Mein Körper, das Fell. Ich hatte mich erschreckt, hatte noch mehr Angst gehabt, vor dem, was mit mir passierte, was ich nicht erklären konnte, aber die Verwandlung hatte nicht wehgetan, hatte mich nicht zu einem Monstrum werden lassen.

Henrik hatte schon erzählt, dass ich noch immer ich selbst war, wenn ich ein Fenriswolf wurde, das hatte alles so fern gewirkt, obwohl es schon passiert war. Ich ließ mich wieder gegen die Wand sinken und lehnte meinen Hinterkopf an.

»Ich bin ein Fenriswolf«, sagte ich. Es klang absolut absurd. »Ich kann die Gedanken der Menschen lesen, nur nicht die der anderen Wesen.« Eine kribbelnde Gänsehaut wanderte über meine Arme, hinauf zu meinem Rücken, um sich dann in meinem Nacken zu sammeln. »Ich bin ein Fenriswolf«, wiederholte ich. Es klang noch immer absurd. Ich schüttelte mich. Das alles war wie ein abgefahrener Traum.

Mein Handy vibrierte auf dem Bett. »Hallo, Doktor Philipp.«

»Hallo, Ivy, tut mir leid, dass ich mich jetzt erst melde. Wie geht es dir?«

»Gut?« Selbst in meinen Ohren klang das nicht überzeugend.

»In Ordnung. Als ich deine Nachricht gehört habe, hatte ich nicht mit dieser Antwort gerechnet«, erwiderte er. Ich konnte das aufmunternde Lächeln auf seinen Lippen regelrecht sehen.

»Es gab eine Wendung«, erklärte ich.

»Inwiefern?«, erkundigte er sich.

»Ähm ... Das ist schwierig zu erklären«, druckste ich herum.

»Ivy, du weißt, dass du mir alles verraten kannst, oder?«

Ich presste die Lippen zusammen. Er hielt mich nicht für gestört. Das hatte er noch nie. Vor allem nicht mehr seitdem wir das Spiel gespielt hatten, dass ich seine Gedanken erraten sollte, und ich jedes Mal recht hatte.

»Ja ... ja das weiß ich. Es ist überraschend, aber hier läuft es besser«, sagte ich. Was auch stimmte. Nachdem es sehr große Stolpersteine gab, machte alles einen Sinn, auch wenn es wie ein Traum klang, der jeden Moment wie eine Seifenblase platzen könnte.

»Das freut mich für dich!«, meinte er. »Das ist eine gute Entwicklung.«

»Ja, das ist es wirklich. Ich habe auch ein wenig Anschluss gefunden.« Zumindest glaubte ich das. Henrik schien nicht zu wirken, als wollte er mich wieder loswerden. Genauso wie Ziska.

»Das klingt doch wunderbar. Ich wollte dir Bescheid sagen, dass eine neue Packung Tabletten auf dem Weg ist.«

»Das ist gut«, murmelte ich abwesend. Die Tabletten würde ich mit großer Wahrscheinlichkeit nie wieder brauchen. Zumindest nicht wenn ich mich unter Wesen aufhielt.

»Hast du etwas, über das du reden möchtest, Ivy? Du klingst, als läge dir etwas auf dem Herzen.«

»Nein. Zurzeit nicht. Es ist nur alles sehr neu und ich bin … etwas überfordert von den ganzen Eindrücken«, erklärte ich und versuchte, so nah wie möglich an der Wahrheit zu bleiben.

»Das ist ganz natürlich. Du musst neue Menschen kennenlernen, eine neue Umgebung. Gerade für einen sensiblen Menschen wie dich kann das sehr überfordernd wirken. Vor allem wenn die Tabletten, die alles etwas dämpfen, nicht zur Hand sind.«

»Das fasst es ganz gut zusammen«, sagte ich langsam. Seine Worte passten. Es war eine neue Situation und obwohl ich akzeptierte, dass es all das wirklich gab, war es okay, dass ich damit überfordert war.

»Du solltest nicht zögern mich anzurufen, wenn du meinen Beistand brauchst. Ich werde dich jederzeit einschieben.«

Ich schürzte die Lippen. »Mein Vater hat mit Ihnen gesprochen?«, erkundigte ich mich jetzt.

»Er hat mir gegenüber deine Befürchtungen erwähnt, ja.«

»Aha«, sagte ich nur.

»Er macht sich Sorgen um dich«, versuchte Doktor Philipp meinen Vater in Schutz zu nehmen.

»Nein, das tut er nicht. Und Sie wissen genauso gut wie ich, dass ich recht habe.«

Kurz darauf folgte Stille. »Dein Vater mag nicht perfekt sein, das ist kein Mensch. Er hat eine besondere Tochter, mit deren Gabe er nicht umzugehen weiß. Der Vaterinstinkt ist sehr komplex und selbst wenn er nicht intensiv darüber nachdenkt, bin ich mir sicher, dass er beunruhigt ist, wenn es dir nicht gutgeht. Davon bin ich überzeugt, sonst hätte er mich nicht kontaktiert.«

»Hm«, stieß ich hervor.

»Gib ihm Zeit«, versicherte mir der Psychologe.

»Er hatte Jahre Zeit«, widersprach ich.

»Manche Menschen brauchen länger, um etwas zu akzeptieren.«

Ich presste die Lippen zusammen.

»Gib ihn nicht auf. Er wird es irgendwann verstehen, Ivy. Davon bin ich fest überzeugt.«

Ich stieß ein Seufzen aus. »Wir werden sehen.«

»In Ordnung. Dann wünsche ich dir noch einen schönen Tag.«

»Danke, den wünsche ich Ihnen ebenfalls.«

Ich legte auf und spielte für einen Moment mit meinem Handy, ehe ich es zum Kopfende pfefferte, die Augen schloss und mich gegen die Wand sacken ließ. Mein Vater hatte dreizehn Jahre Zeit gehabt, um sich an den Gedanken zu gewöhnen, dass seine Tochter anders war. Er hatte es all die Zeit über nicht geschafft. Hatte jeden verdammten Arzt aufgesucht, um herauszufinden, was mit seinem Kind nicht stimmte, was bei mir falsch gelaufen war. Er hatte nie akzeptieren können, dass ich etwas konnte, das abnormal in seinen Augen war. Ich rieb mir übers Gesicht, wollte die Gedanken verbannen, die sich in meinem Kopf drehten und wendeten. Es hatte keinen Sinn, über meinen Vater nachzudenken. Er würde sich nicht ändern – niemals. Ich seufzte und legte mich auf mein Bett, ließ meine Gedanken schweifen, bis ich irgendwann einschlief.

16

Nervös knibbelte ich an meiner Nagelhaut. Mir war nicht wohl bei dem Gedanken, meine Mitschüler*innen absichtlich auszuspionieren, um einen Vorteil daraus zu ziehen. Vor allem weil ich nicht ausschließen konnte, dass mich die Gedanken nicht doch wieder übermannten – wie schon so oft.

»Bist du bereit?«, erkundigte sich Ziska.

Ich sah zu ihr und begegnete ihrem breiten Grinsen. »Nein, nicht wirklich.« Herr Kweldulf hatte mir zwar beigebracht, wie ich die Gedanken gänzlich aussperren konnte, doch wie ich nur einzelne Gedanken fassen konnte, hatten wir nie besprochen – ich wusste nicht einmal, ob das theoretisch überhaupt in meinen Möglichkeiten lag. Als ich ihn danach hatte fragen wollen, um mich etwas auf das Unternehmen von Ziska und mir vorzubereiten, hatte ich den Lehrer nirgends gefunden. Seine Stunden waren bisher auch ausgefallen. Je länger ich darüber nachdachte, was schieflaufen oder nicht funktionieren könnte, umso größer wurde mein Unwohlsein. Vor Nervosität umklammerte ich den Riemen meines Rucksackes, sodass meine Fingerknöchel weiß hervorstachen.

»Na komm schon, die Menschen werden dich nicht fressen«, versicherte Ziska mir und stupste mich ermutigend an.

»Das ist das erste Mal seit Jahren, dass ich mich Menschen stelle, ohne unter der Wirkung meiner Tabletten zu sein«, erinnerte ich sie. »Und erst recht das erste Mal, dass ich die Gedanken hören *möchte*.«

»Herr Kweldulf hat dir doch gesagt, wie du die Gedanken aussperren kannst. Wenn es dir zu viel wird, machst du das und wir verschieben das Training. Ich werde deswegen nicht verhungern.« Sie zwinkerte mir aufmunternd zu und hakte sich bei mir unter. »Du kriegst das schon hin.«

Ich wich ihrem Blick aus. Die Gedanken der anderen hatten mein Leben jede Sekunde lang beeinflusst. Durch sie hatte ich mich zurückgezogen und war ihnen direkt aus dem Weg gegangen. Zwar besaß ich jetzt die Möglichkeit, sie auszusperren, aber was war, wenn ich die Kontrolle verlor? Oder wenn es zu viele Gedanken waren, die auf mich einstürmten?

»Wenn es zu viel wird, hören wir sofort auf, versprochen. So schlimm kann es nicht werden, oder?«

Ich verzog meine Lippen zu einer grimmigen Grimasse.

»So schlimm?«, fragte Ziska, als sie meine Mimik betrachtete.

»So schlimm«, bestätigte ich und packte den Riemen meiner Tasche fester.

»Wir können auch sonst meine Tante fragen, ob du das Mittagessen in unserem Zimmer einnehmen kannst.«

Ich wollte keine Sonderbehandlung haben. Hier hatte jeder sein Laster zu tragen und auch wenn ich diejenige war, die am wenigsten Ahnung von allem hatte, wollte ich nicht aus dem Raster fallen. Nicht hier. Nicht an einem Ort, an dem ich all die Mensch-Wesen kennenlernen konnte, die mich verstanden.

In meine Nase drang der Duft, der mich beruhigte, und ich drehte mich um, ehe Henrik etwas sagen konnte.

»Wieso steht ihr vor der Mensa?«

»Ivy will nicht …«

»Ich musste mich seelisch drauf vorbereiten«, unterbrach ich Ziska.

»Wir können meine Tante fragen«, bot sie mir erneut an.

»Nein, ich … ich krieg das hin«, sagte ich zuversichtlich.

»Was ist denn los?«, erkundigte sich Henrik.

»Ich habe meine Tabletten nicht mehr.«

»Und? Wo ist das Problem?«

»Die Tabletten haben Ivy geholfen, die Gedanken der Menschen nicht so laut wahrzunehmen«, erklärte Ziska.

»Wenn du nicht in der Mensa essen möchtest, kann ich etwas für dich holen und wir essen gemeinsam woanders.«

Überrascht begegnete ich Henriks Blick. »Das ist nett von dir, aber nein.

Herr Kweldulf hat mir gezeigt, wie ich die Gedanken abschirmen kann. Ich muss das endlich hinkriegen.«

»Du musst gar nichts«, erklärte Ziska.

»Doch. Ich habe es satt, dass ich von diesen Tabletten abhängig bin«, erwiderte ich.

»Du solltest sie auch nicht mehr nehmen.«

Überrascht sah ich zu Henrik. »Wieso?«

»Du hast dich nicht verwandelt, obwohl du ein Fenriswolf bist. In der Regel verwandeln wir uns ab acht Jahren. Erst als du die Tabletten länger nicht genommen hast, hast du dich zum ersten Mal verwandelt. Die Beruhigungsmittel haben wahrscheinlich Auswirkungen auf den Wolf in dir.«

Die Information musste ich einen kurzen Moment sacken lassen. »Darüber habe ich noch gar nicht nachgedacht«, gab ich zu. Doch ich musste Henrik recht geben. Seit ich die Tabletten nicht mehr nahm, fühlte ich mich anders. Aber vor allem kam mir alles intensiver vor. Als hätte jemand einen Deckel von mir gehoben und das Leben erst richtig auf mich losgelassen.

Ziska seufzte neben mir. »Dann solltest du es definitiv unter Kontrolle bekommen.«

Ich gab nur einen zustimmenden Ton von mir, der sich dennoch wie ein Grummeln anhörte.

»Du kannst dir damit aber Zeit lassen. Das läuft nicht weg«, versuchte Henrik mich zu beruhigen.

»Nein, alles gut. Ich kriege das hin«, beschwor ich mich selbst.

Henrik kam auf mich zu und drückte meine Hand. Seine Finger schlossen sich warm und zärtlich um sie und er streichelte über meinen Handrücken. »Wir sind bei dir. Sollte es dir zu viel werden, sag Bescheid und wir holen dich raus. Okay?«

Mein Blick hüpfte von unseren Händen zu seinem Gesicht. Die gletscherblauen Augen waren auf mich fixiert, als stünde ich im Mittelpunkt seines Zentrums. Mir lief es warm den Rücken hinunter. Seine Worte hatte ich nur am Rande mitbekommen. Dafür war seine Berührung so präsent, dass sie kleine Blitze über meine Haut jagte.

Ziska räusperte und riss mich dadurch von Henriks Augen los. »Können wir dann? Ich muss auch noch etwas essen, bevor die Pause rum ist.«

»Ja, klar«, stimmte ich zu und löste meine Hand hastig von Henrik, um meine Gedanken wieder unter Kontrolle zu bekommen.

Ich holte tief Luft und erinnerte mich an den Schleier, den ich gemeinsam mit Kweldulf erschaffen hatte. Zu dritt gingen wir in die Mensa. Das Stimmengewirr war beinahe ohrenbetäubend, doch die Stimmen in meinem Kopf machten nur einen minimalen Teil davon aus. Erleichtert stieß ich den Atem aus, den ich unbewusst angehalten hatte, als wir den Saal betreten hatten, und folgte den beiden zum Buffet.

Ziska sah sich aufmerksam um. »Und hast du schon etwas gehört?«

Das Flüstern war zu leise, um die Worte zu verstehen. Um alles richtig hören zu können, musste ich den Schleier dünner machen. Gedanklich schabte ich eine hauchfeine Schicht des Schleiers ab. Die Stimmen wurden sofort etwas lauter – was jedoch nicht genügte. »Noch nicht«, antwortete ich Ziska. Ich bemühte mich, eine weitere Schicht abzuschaben, was ebenfalls nichts brachte. Irgendwie musste ich anders an die Sache herangehen. Nur wie? Fieberhaft überlegte ich. Die Stimmen an mich heranzuziehen, um sie dann besser hören zu können, hatte ich noch nie versucht. Ich ließ den Schleier gänzlich sinken. Sofort überrumpelten mich die Stimmen, sodass ich über meine Füße stolperte.

»Er beachtet mich gar nicht!«

»Was soll ich nur tun?«

»Boah, ist das widerlich.«

»Diese abgehobenen Schnösel. Halten sich alle für etwas Besseres.«

Ich kniff die Augen zusammen. In meinen Gedanken versuchte ich jeder dieser Stimmen ein Gesicht zu geben. Damit ich mich auf sie konzentrieren und so mehr herausfinden konnte.

»Wieso nur?«

»Gott, das Top steht ihr wirklich gar nicht!«

»Wer ist denn die da?«

Ich stolperte über meine eigenen Füße und konnte mich nur mit Mühe an Henrik festklammern. Er nahm mich am Arm und legte seine Hand dann auf meine Schulter, um mich zu dirigieren. »Geht's?«, raunte er mir ins Ohr.

Mit zusammengekniffenen Augen ging ich mit Henrik und Ziska zur Ausgabetheke und ließ mir etwas auf den Teller legen. Meine Finger umklammerten das Tablett viel zu stark. Die Fingerknöchel pressten sich gegen die Haut, sodass diese kalkweiß war und das Tablett in meinen Händen zitterte. Ich folgte Henrik zu den anderen, die bereits an einem Tisch saßen und sich angeregt unterhielten. Sie verstummten, als ich mich zwischen Henrik und Ziska zu ihnen setzte und meine Hände an den Kopf presste. Eiskalter Schweiß lag auf meiner Haut, obwohl es nicht mal warm war.

»Der Lehrer hat doch echt nicht den Schuss gehört.«

»Wie soll ich sie nur ansprechen?«

»Das Buch sollte ich wirklich nicht in der Schule lesen ... aber es ist so gut ...«

»Alles okay?« Jesper beugte sich über den Tisch, um mir ins Gesicht zu schauen.

Ich schluckte schwer und zwang mich die Hände hinunterzunehmen. Mir war kotzübel. Meine Finger bebten und ich presste sie gegen meine nackten Oberschenkel, die unter der kurzen Jeans hervorschauten. Mir gelang es nicht, Jesper zu antworten. Die Gedankenfetzen der anderen hämmerten weiter auf mich ein. Sie waren kreuz und quer. Manche überlappten einander, hallten nach oder hingen einfach nur als lose Worte in meinem Kopf.

»Was hast du dieses Mal mit ihr gemacht?«, knurrte Jesper, als er keine Antwort von mir bekam.

»Ich habe nichts gemacht!«, verteidigte sich Henrik.

»Sie hört die Gedanken der Menschen«, erklärte Ziska. Sie legte einen Arm um mich. »Lass es sein, okay? Ich krieg es auch selbst hin. Habe ich die letzten Jahre auch geschafft.«

Steif nickte ich und versuchte den Schleier über die Stimmen zu legen.

»Du hast diese Tabletten wirklich gebraucht?«, fragte Peter.

Mit meiner ganzen Anstrengung gelang es mir zu nicken.

»Scheiße ...«

Seine Wortwahl ließ mich aufmerken und ihn ansehen. Ein feiner Dunst, der bitter roch, strahlte von ihm aus.

Henrik neben mir rutschte unangenehm hin und her.

»Was habt ihr getan?«, brachte ich hervor. Der Schleier schlüpfte wieder aus meinen Fingern. Jedes Mal, wenn ich dachte, dass ich es schaffte, kam eine neue Stimme und brach durch meine Verteidigung.

»Dr. Samson hatte gefragt, was für Tabletten du nimmst ... Ich habe sie ihr gezeigt und sie danach auf den Nachttisch gelegt«, gestand Henrik.

»Sie waren nicht mehr da«, sagte ich.

»Doc Samson muss sie haben. Ich war es nicht. Wirklich nicht«, stritt er ab. »Nachdem du die Silbervergiftung hattest, habe ich nichts mehr getan, das dir gefährlich sein könnte.«

Mir wurde schwindelig. Mein Kopf schien meinem ganzen Körper zu suggerieren, dass irgendwas gerade nicht richtig lief. Dass zu viel in meinem Körper war, was dort nicht hingehörte. Ich schob das Tablett von mir.

Henrik griff nach meiner Hand und drückte sie sanft.

»Sie hat wahrscheinlich geahnt, dass diese Tabletten den Wolf in dir hemmen«, erklärte Henrik leise, aber noch so laut, dass seine Stimme die anderen in meinem Kopf übertönte.

Ziska strich mir über den nackten Arm. »Ivy? Was ist los?«

»Ich ... ich krieg den Schleier nicht drüber«, murmelte ich.

»Shit. Kann sie zu euch ins Zimmer? Ich muss los«, sagte Ziska.

Henrik nickte. »Klar.«

Der Succubus stand auf und ließ mich bei dem Rudel zurück.

»Ist schon okay«, brachte ich hervor. Ich ballte meine Finger zur Faust, sodass meine Nägel über die Haut kratzten. »Aber ich muss hier raus.« Noch während ich die Worte sagte, stand ich auf und drängte mich in Richtung Ausgang. Die Türen waren glücklicherweise weit geöffnet, weil sich einige Schüler draußen zu kleinen Grüppchen auf die Wiese gesetzt hatten.

»Ivy!«

»Die eine Internatsschülerin ist wieder unterwegs.«

»Der Fraß hier ist einfach widerlich.«

Mit eingezogenem Kopf lief ich über die Wiese, flüchtete vor den Gedanken, die mich beinahe verfolgten, und rannte quasi in den angrenzenden Wald.

»Ivy, warte!«

Henrik holte mich ein. Er hatte mein Tablett mitgenommen und ging jetzt neben mir her. »Wollen wir hoch in mein Zimmer? Dort kannst du in Ruhe essen.«

Ich schüttelte den Kopf. Die frische Luft tat mir gut. Endlich wurden die lauten Stimmen zu einem leisen Flüstern und ich blieb erleichtert stehen.

Henrik musterte mich. »Geht es wieder?«

»Ja ... mir ist nur noch etwas übel«, sagte ich.

»Komm mit, ich will dir etwas zeigen.« Er deutete tiefer in den Wald.

»Ich weiß nicht, ob ich dir wirklich in den Wald folgen sollte«, gestand ich mit erhobenen Augenbrauen.

»Letztes Mal habe ich dir doch auch aus dem Wald geholfen, oder nicht? Und dieses Mal hast du sogar mehr als deinen Pyjama an. Und solltest du Hilfe brauchen, kannst du Jeremia rufen – oder die Walküren. Je nachdem, wer gerade Schicht hat.« Er musterte mich mit einem heiteren Lächeln, das mit meinem Herzen verrückte Sachen anstellte, über die ich nicht nachdenken wollte.

»Okay«, sagte ich und war selbst von mir überrascht.

Seine Anwesenheit schien meinen Überlebensinstinkt komplett auszuschalten. Mein Vertrauen in ihn war nicht vorhanden, aber irgendwie schon, warum sollte es sonst vollkommen in Ordnung für mich sein, mit ihm in den Wald zu stiefeln? Ich verstand nicht, wieso sich seine Gegenwart normal anfühlte und so beruhigend für mich war. Er hatte mich verletzt, hatte mich in Angst und Schrecken versetzt und trotzdem wollte ich in seiner Nähe sein. Dass das absolut toxisch war, war selbst mir klar. Ich konnte es nicht lassen. Er hatte eine Begründung dafür gehabt, trotzdem sollte ich ihm mit Zweifel entgegentreten.

Gemeinsam gingen wir tiefer in den Wald. Henrik trug dabei noch immer mein Tablett, wobei ich jetzt bemerkte, dass er sein Essen ebenfalls drauf gestellt hatte. Mit jedem Schritt wurde das Flüstern noch leiser, bis es schließlich ganz verschwand. Erleichtert stieß ich den Atem aus.

»Sind sie weg?«, erkundigte sich Henrik und sah über die Schulter, als wollte er abschätzen, wie viele Meter sich zwischen uns und den anderen Schüler*innen befanden.

»Ja. Wohin bringst du mich?«

»An einen ziemlich coolen Ort.«

Mit erhobenen Augenbrauen sah ich zu ihm. Er grinste mich nur an. Mir war bewusst, dass ich nicht mehr von ihm herausfinden würde als das, also folgte ich ihm schweigend.

Er führte mich weiter durch das Unterholz, das Essen war mit Sicherheit längst kalt, als er sein Tempo verlangsamte und stehen bleib. Er sog tief die Luft ein. »Riechst du es schon?«, fragte er.

Ich runzelte die Stirn, tat es ihm aber nach. Der Geruch des Walds drang in meine Nase wie zuvor auch schon die ganze Zeit. Doch als ich mich auf die einzelnen Duftnoten konzentrierte, mischte sich etwas anderes dazwischen. Feuchte Erde und etwas Klares, Reines. »Was ist das?«

»Na komm, ich zeig's dir.« Er machte eine Kopfbewegung und ging wieder los.

Mit einem unterdrückten Seufzen folgte ich ihm. »Das wäre eine gute Stelle, um jemanden einfach verschwinden zu lassen«, stellte ich fest, als ich einen Blick über die Schulter nach hinten warf. Das Internat war weit und breit nicht mehr zu sehen, obwohl wir uns noch auf dem Gelände befanden. Das Unterholz ragte an allen möglichen Stellen aus dem Boden und machte einen Parcours aus dem Weg, den Henrik und ich gingen.

Er lachte leise. »Glaub mir, du wirst den Ort auch schön finden. Zu schön, um jemanden umzubringen.« Kurz blieb er stehen. »Es sei denn, du willst den Ort ganz für dich allein haben. Dann kannst du hier auch gut eine Leiche verstecken«, meinte er und ging wieder weiter.

Ein verlangendes Knurren kam von meinem Magen. Ertappt legte ich die Hand darauf.

»Wir sind sofort da.«

Ich wusste nicht, ob Henrik gerade zu meinem Magen oder zu mir gesprochen hatte. Wir betraten eine kleine Anhöhe und ich hörte leise Wasser plätschern. Verwirrt blinzelte ich. »Wir haben hier einen Bach?«

»Wart's ab.«

Auf dem Höhepunkt des Hügels blieb Henrik stehen und sah über die Schulter zu mir.

»Na komm«, motivierte er mich und grinste breit.

Ich blieb neben ihm stehen und ließ den Anblick auf mich wirken, der sich auftat. Wir befanden uns noch mitten im Wald, die Sonne drang durch die dicht stehenden Äste und zauberte verschiedene Muster auf die Erde, die sich durch den Wind bewegten. Zwischen dem Unterholz und der Wiese floss ein kleiner Bach, an dem größere Steine lagen, auf denen man sich perfekt sonnen und auf das beruhigende Plätschern, das durch die verschiedenen Stufen des Baches hervorgerufen wurde, lauschen könnte.

»Wow«, brachte ich hervor und ließ meinen Blick über die Gegend schweifen.

»Habe ich zu viel versprochen?«

»Nein, definitiv nicht«, erwiderte ich. »Ich glaube, ich muss dich umbringen.«

Er prustete und ging runter, um sich auf einen der breiteren Steine sinken zu lassen. Henrik stellte das Tablett ebenfalls hin und ich folgte ihm auf den Stein.

»Guten Hunger«, wünschte er.

»Danke, ebenfalls.«

Während des Essens ließ ich meinen Blick schweifen. Die Vögel zwitscherten fröhlich um uns herum. Im Geäst des Waldes hörte ich es ab und an knacken. »Wie hast du den Ort gefunden?«

»Ich bin als Wolf durch die Gegend getrabt«, meinte er schulterzuckend. »Bin quasi über den Ort gestolpert.«

»Kennen die anderen ihn auch?«

»Das weiß ich nicht. Ich habe ihnen zumindest den Ort nicht gezeigt.« Er druckste kurz herum, als sei er sich nicht sicher, ob er die nächsten Worte loswerden wollte. »Ich komme hierher, wenn es mir nicht gut geht.«

Ich hob die Augenbrauen und sah wieder zu Henrik. Er schob sich gerade ein Stück seines Schnitzels in den Mund. »Und hier geht es dir dann besser?«

»Na ja, zumindest komme ich zur Ruhe und kann hier nachdenken, ohne dass jemand etwas von mir will.«

Ich sog den Sauerstoff tief in meine Lunge und lehnte mich nach hinten. Die klare Luft drang in meinen Körper und ich hatte das Gefühl, dass sie eine erdende Wirkung auf mich besaß. »Das glaube ich dir sofort«, stand ich ihm zu. »Es ist wirklich schön hier. Und ruhig. Als würde nicht ein paar Meter weiter eine Schule voller Menschen sein.«

»Wesen«, korrigierte mich Henrik.

»Voller Wesen, ja.« Ich nickte nachdenklich.

»Es ist immer noch merkwürdig für dich, oder?«

»Ja. Ich kann es noch gar nicht richtig fassen. Das ist alles so ... so ...«

»Surreal?«

»Das ist wohl das Treffendste«, meinte ich. »Ich akzeptiere das. Aber irgendwie scheint mein Verstand noch nicht ganz mitgekommen zu sein. Der ist noch irgendwo auf dem Stand von vor zwei oder drei Tagen«, gestand ich.

Henrik lachte leise. »An deiner Stelle wäre ich wohl nicht so gut mit allem zurechtgekommen.«

»Das nennst du gut?«, erkundigte ich mich. »Ich habe versucht zu flüchten, bin in die Arme eines Engels gerannt und habe mich dabei verwandelt.«

Er zuckte mit den Schultern. »Es hätte schlimmer kommen können. Du könntest zum Beispiel immer noch versuchen zu flüchten.«

Ich rieb mir über die Stirn. »Da hast du wahrscheinlich recht. Es fühlt sich trotzdem noch nicht real an. Ich erwarte jeden Moment wach zu werden. Dass ich dann wieder die Gedanken von euch allen höre und dass alles nur ein böser Traum war.«

»Böser Traum?«

»Ich weiß nicht, ob ich es wirklich als guten Traum bezeichnen würde, wenn es ein Fenriswolf auf mich abgesehen hat«, stichelte ich und warf ihm einen herausfordernden Blick zu.

Er sah zur Seite. Ich bildete mir ein, eine zarte Röte auf seinen Wangen zu sehen. »Ich hätte das alles nicht machen dürfen«, murmelte er mit einem Unterton in der Stimme, der mir das Herz eng werden ließ.

Mir gefiel es nicht, ihn so betrübt zu hören, abstreiten konnte ich seine Worte jedoch auch nicht. »Nein, das hättest du nicht. Ich denke, dass ich darüber hinwegkomme«, sagte ich zuversichtlich.

Sein Blick richtete sich wieder auf mich. »Meinst du?«

»Glaubst du, ich wäre dir hierher gefolgt, wenn ich ... na ja, keine Ahnung.« Ich runzelte die Stirn, um irgendwas Plausibles zu sagen, mir fiel aber nichts ein. Ernüchtert ließ ich die Schultern hängen. »Es ist merkwürdig. Irgendwas in mir weiß, dass ich keine Angst vor dir oder den anderen zu haben brauche. Es ist suspekt und ich verstehe es nicht. Dieses Gefühl verwirrt mich. Es ist mir auch teilweise noch zu viel. Ich habe keine Angst.« Ich hob meinen Blick und traf direkt auf seine Augen, die mich intensiv musterten. »Auch vor dir nicht«, presste ich hervor, obwohl ich mir lieber die Zunge abgebissen hätte.

Jedes einzelne Wort war wahr, obwohl ich es am liebsten abstreiten wollte. Ich sollte Angst vor Henrik haben. Mein Verstand pochte regelrecht darauf, dass er ein kranker Psychopath war. Dass ich meine Beine in die Hand nehmen und so weit weg rennen sollte, wie ich konnte. Ich hätte ihm definitiv nicht folgen dürfen und trotzdem hatte ich es getan, weil irgendwas in mir ihm vertraute. Auf solch einer intensiven Basis, dass ich ihn nicht einmal infrage stellen wollte. Wobei mein Verstand zumindest ein wenig mitarbeitete – nicht viel, wie ich leider gestehen musste, aber immerhin ein wenig.

»Du bist irgendwie Teil unseres Rudels. Wir riechen es an dir und dein Wolf merkt es wahrscheinlich auch, dass wir Familie sind.«

Ich hob suspekt meine Augenbrauen hoch. »Kannst du auch erschnüffeln, von welchem Teil der Familie ich abstamme?«

Er lachte rau. »Nein, wobei das vieles erleichtern würde.«

Ich seufzte und ließ mich ein wenig nach hinten sinken, um mich mit meinen Händen aufzustützen und mich kurzzeitig in der Sonne zu räkeln. »Ja, das würde es.«

Henrik warf einen Blick auf die Uhr, die um sein Handgelenk war. »Wir sollten uns auf den Weg zurück machen, wenn wir noch pünktlich zum Unterricht kommen wollen.«

»Wir haben jetzt Deutsch, oder?«, hakte ich nach.

Er nickte. »Ja. Und danach noch mal eine Doppelstunde Sport.« Kurz stutzte er. »Vorausgesetzt, Herr Kweldulf ist wieder aufgetaucht.«

»Gestern hattest du ihn auch schon erfolglos gesucht, oder?«

Wieder nickte er, während er die Lippen schürzte. »Das ist eigentlich untypisch. Seit ich hier aufs Internat gehe, war Herr Kweldulf immer da.«

»Vielleicht ist er krank?«

»Nicht dass ich wüsste. Frau Ward meinte gestern auch schon, dass das merkwürdig sei.«

»Hm. Wir werden wohl abwarten müssen. Was meinte Frau Ward denn gestern noch zu dir?«

»Ich darf in den nächsten Wochen in der Bibliothek all die Bücher abstauben – und damit meinte sie tatsächlich jedes einzelne.«

Überrascht blinzelte ich. »Wir haben eine Bibliothek?«

»Ja.«

»So ... so eine richtige Bibliothek?«, fragte ich nach und richtete mich schlagartig auf.

Henrik fing an zu kichern. »Du meinst, mit Büchern?«

Ich nickte. »Genau so eine.«

»Ja, haben wir.«

»Wo ist sie? Ich muss sie unbedingt sehen!«, sagte ich.

»Ich kann sie dir gern zeigen. Aber zuerst müssen wir in den Deutschunterricht.«

Ich verzog die Lippen zu einer Grimasse. »Sicher?«

Henrik lachte laut. »Ja, sicher.«

»Mist.« Ich ließ mich wieder nach hinten sinken, während Henrik sich aufrichtete.

»Na komm, lass uns los.« Henrik richtete sich auf und hielt mir seine Hand hin, um mir aufzuhelfen. Ich klopfte mir den Dreck von der Hose.

»Wieso haben wir eigentlich getrennten Unterricht?«, fragte ich. »Also die Tages- und Internatsschüler*innen?«

»Sie haben mit großer Wahrscheinlichkeit denselben Lehrplan, den du damals in der Schule hattest, während unserer … etwas abweicht.«

»Etwas ist nett ausgedrückt«, sagte ich.

»Selbstverteidigung ist wichtig. Gerade für uns.«

»Gerade für euch?«, fragte ich.

»Für *uns*. Du bist ein Teil davon, erinnerst du dich?«

»So dunkel. Ich verdränge es noch. Aber wieso ist es jetzt gerade für uns wichtig?«

Er druckste ein wenig, während er sich hinunterbeugte, um das Tablett aufzuheben. »Es gibt Menschen, die uns jagen.«

Ich erstarrte mitten in der Bewegung. »Was?«

Er seufzte. »Deswegen gibt es Wächter an der Schule und das ist der Grund, wieso wir, während wir an der Schule sind, nur so wenige Ausgehmöglichkeiten haben. Wir können froh sein, dass wir in den Ferien überhaupt raus dürfen. Würde das Internat uns dann noch hierbehalten, wäre es wohl doch zu auffällig. Diese Gruppierung von Menschen will alles, was andersartig ist, ausrotten.«

»Woher wissen sie von eu–, uns?«

»Wir sind viele. Nicht jedem gelingt es, sich zu verstecken. Die ganzen Geschichten über Werwölfe, Vampire und so sind nicht von ungefähr entstanden«, meinte Henrik schulterzuckend. »Es ist ein alter Orden, der sich einredet, dass wir Monster seien.«

»Sind ein paar das nicht auch?«

»Natürlich gibt es schwarze Schafe, die gibt es überall.«

»Hm«, machte ich und dachte über seine Worte nach.

»Wir sind alle auf der Hut«, erinnerte mich Henrik. »Dir wird nichts passieren.«

Ich sah zu ihm. »Kannst du das wirklich versprechen? Henrik, du bist nicht 24 Stunden jeden Tag um mich herum.«

»Nein, aber wir passen alle aufeinander auf.«

»Dein Wort in Gottes Ohr.«

»Der wird wohl nicht auf mich hören«, warf Henrik ein.

Verwundert sah ich zu ihm. »Ach nein?«

»Nein, den scheint es nämlich nicht zu geben.«

Ich prustete. »Toll. Die heidnischen Götter schon?«

Henrik zuckte mit den Schultern. »Ich kann auch nicht erklären, wieso sich diese eingemischt haben und es Beweise gibt, dass sie leben – oder zumindest einmal gelebt haben. Dieser eine Gott, von dem hat bisher niemand etwas gehört oder gesehen.«

Lachend schüttelte ich den Kopf. »Das war so klar.«

»Bist du gläubig?«

»Nein. Es war nur immer beruhigend zu wissen, dass es da jemanden gibt, der aufpasst. Der für einen da ist, wenn es niemand anderes ist«, gab ich zu.

»Du hast jetzt auch Leute um dich herum, wenn du jemanden brauchst«, sagte Henrik und nahm meine Hand in seine. Vorsichtig verflocht er seine Finger mit meinen. Ich sah auf unsere Hände hinunter. Mein Verstand riet mir, unsere Finger voneinander zu lösen, zu rennen. Doch mein verdammt dummes Herz machte einen freudigen Satz und ich musste zugeben, dass sich unsere verflochtenen Finger gar nicht so schlecht anfühlten, sodass ich das Gefühl zuließ.

17

Ein heftiges Klopfen trieb mich aus dem Schlaf. »Was zum ...?«, murmelte ich noch halb am Dösen. Nur langsam tauchte ich aus den Tiefen meines Schlafes auf. Ich runzelte die Stirn und sah zur Tür, gegen die in dem Moment erneut gehämmert wurde. »Franziska, Ivy? Kann ich reinkommen?«

»Tante Kathi?«, fragte Ziska verschlafen.

»Okay, ich komme jetzt rein«, warnte Frau Andersson uns vor, ehe die Tür ein Klicken von sich gab und sie einließ.

»Was ist denn los?« Ich richtete mich im Bett auf und rieb mir über die Augen, um den restlichen Schlaf loszuwerden.

»Gut, ihr seid beide hier.«

»Wo sollten wir denn sonst sein? An einem Samstag um ...« Ziska sah auf ihren Wecker. »Bist du verrückt? Es ist gerade mal sechs Uhr!«

Frau Andersson warf ihrer Nichte einen bösen Blick zu. »Es sind drei Jugendliche und ein Lehrer verschwunden.«

»Was?«, mischte ich mich in die Unterhaltung ein.

»Wie kann das denn sein?«, platzte Franziska gleichzeitig heraus.

»Wir wissen es noch nicht. Die Wachen haben nichts Verdächtiges gesehen.« Frau Andersson fuhr sich durchs Haar und machte sich Notizen auf ihrem Klemmbrett. »Passt bitte auf euch auf. Und solltet ihr etwas mitbekommen, sagt bitte Bescheid.«

Ziska und ich nickten beide und Frau Andersson ließ uns im Zimmer wieder allein. Draußen auf dem Flur hörten wir, wie sie an eine weitere Tür klopfte.

Mein Blick wanderte zu meiner Mitbewohnerin. »Drei Schüler*innen und ein Lehrer?« Sofort fiel mir das gestrige Gespräch mit Henrik ein, bei dem er von dem Orden erzählt hatte. Ein Schauer rann über meinen Rücken und ich schlang die Arme um meine Mitte.

»Es ist sicherlich nichts Wildes«, sagte Ziska beruhigend, wobei es nur halb zuversichtlich klang. »Sie müssen hier irgendwo sein, wenn die Wachen nichts mitbekommen haben.«

»Wenn es nichts Wildes wäre, würden sie dann die Zimmer kontrollieren?«, hakte ich nach.

Meine Mitbewohnerin gab ein Grummeln von sich. »Die Wachen sehen *alles*. Hexen haben das Grundstück mit einem Zauber belegt, der die Wachposten warnt, sollte sich jemand von hier entfernen wollen.«

»Deswegen hat Jeremia mich letztes Mal aufhalten können?«, fragte ich. Mir fuhr eine Gänsehaut über den Körper.

»Ja. Das ist wie ein siebter Sinn für sie. Sollte sich jemand einer Grenze nähern, bekommen sie das mit.«

»Wie beruhigend«, grummelte ich.

»Es ist zu unserem Schutz«, wiederholte Ziska. »So bekommen wir auch mit, falls etwas von draußen nach innen kommt, was draußen bleiben sollte.«

»So wie dieser Orden?«

Ziska erschauderte sichtlich. »Du weißt davon.«

»Henrik hat mir von ihnen erzählt.«

Ziska nickte. »Es gab einmal bisher einen Vorfall, bei dem die Jäger*innen über die Grenze gekommen sind – das ist schon Jahrhunderte her.«

»Was?«

»Ja, deswegen gibt es jetzt diesen Schutz. Seitdem sieht Frau Ward alles, was unsere Sicherheit betrifft, sehr eng – zumindest nach dem, was sich über die Generationen hinweg erzählt wird.«

Ich runzelte die Stirn. »Wieso sollte sie …« Ich riss die Augen auf. »Das kann nicht sein!«, rief ich aus.

»Doch, sie war damals ebenfalls Leiterin der Schule und ist nach dem Überfall als Geist hiergeblieben. Vorher war sie eine Druidin.«

»Also eine Hexe?«

Ziska schüttelte den Kopf. »Hexen und Druiden sind etwas Unterschiedliches. Hexen tragen Macht in sich, während Druiden die Gaben der Natur zu ihrem Vorteil nutzen – dafür hat ihre Magie immer einen Preis.«

Ich ließ mich gegen die Wand in meinem Rücken sacken, um die Informationen zu verdauen. »Das heißt, Frau Ward ist mehrere Jahrhunderte alt?«

»Ja, aber nicht nur sie. Kweldulf und der Bibliothekar ebenfalls.«

»Kweldulf ist mit Sicherheit der Lehrer, der verschwunden ist«, warf ich nachdenklich in den Raum.

»Das würde zumindest erklären, wieso er gestern den Unterricht nicht geführt hat«, meinte Ziska. Sie fuhr sich übers Gesicht und schwang die Beine aus dem Bett. »Wir sollten uns fertig machen. An Schlaf ist eh nicht mehr zu denken«, meinte Ziska.

»Wofür fertig machen?«

»Das Spezialtraining.«

»Das was?«

»Das Spezialtraining.« Ziska sah mich mit großen Augen an. »An Samstagen hat jede Spezies noch ein Spezialtraining, um die eigenen Fähigkeiten zu polieren.«

Überrascht sah ich sie an. »O Gott«, murmelte ich.

Ziska stand auf. »Das ist der beste Unterricht der Woche.«

Ein nervöses Kribbeln breitete sich in meinen Eingeweiden aus. »Der beste Unterricht? Was soll ich denn da?«, fragte ich.

»Du bist eine Fenriswölfin, Ivy. Ich habe keine Ahnung, was ihr da macht. Vielleicht lernt ihr euer Revier zu markieren oder so.« Sie zuckte mit den Schultern, das konnte jedoch nicht über das Grinsen hinwegtäuschen, das ihre vollen Lippen zierte.

»Unser Revier markieren?«, hakte ich skeptisch nach.

Sie brach in Lachen aus. »Entschuldige. Wir Sukkuben lernen zum Beispiel, wie wir unser Opfer schneller und besser bezirzen können, um die Emotionen abzugreifen, die wir haben wollen.«

Ich hob die Augenbrauen. »Das klingt ja … fantastisch«, murmelte ich und fuhr mir durch die Haare.

»Du wirst sehen, das wird Spaß machen!«

Irgendwie bezweifelte ich das.

***

»Bist du bereit?«, erkundigte sich Henrik beim Frühstück und musterte mich von der Seite.

Ich verzog die Lippen. Ziska hatte sich zu ihrem Unterricht verabschiedet, nachdem wir den Speisesaal betreten hatten. »Überhaupt nicht.« Meine Laune sank weiter zum Tiefpunkt. Allein der Gedanke an dieses *Spezialtraining* bereitete mir Magenschmerzen.

»Es wird großartig, du wirst sehen. Es gibt nichts Besseres, als als Wolf herumzutollen.«

Schlagartig versteifte ich mich. »Was?«

Jesper grinste breit. »Als Wolf, sonst würde das Spezialtraining ja keinen Sinn ergeben.«

Mein Herz stolperte. Bisher hatte ich mich ein einziges Mal verwandelt und noch keine Millisekunde daran gedacht, diese Erfahrung zu wiederholen. Ich schob mein Tablett, das ich eh kaum angerührt hatte, nun gänzlich von mir fort.

»Jesper hat recht, es macht Spaß, als Wolf zu trainieren. Kweldulf hat meistens auch interessante Vorgehensweisen an den Unterricht. Zum Beispiel legt er eine Spur, die wir dann in Rudeln nachgehen müssen.«

Ich sah Peter an, als hätte er mir gerade verkündet, dass ich am offenen Herzen operieren müsste. Statt mich zu beruhigen, schaffte die Gruppe es, mein flaues Gefühl im Magen weiter zu verstärken.

»Oh, erinnerst du dich an das eine Mal, als Kweldulf ein verletztes Reh ausgesetzt hat, das wir suchen mussten?«, erinnerte sich Latha mit einem schwärmerischen Ausdruck im Gesicht.

Mit großen Augen blickte ich in die Runde. »Ihr habt es danach versorgt, oder?«, wagte ich zu fragen, obwohl ich nicht wusste, ob ich die Antwort tatsächlich hören wollte.

»Wir sind Wölfe – Raubtiere«, warf Latha ein.

Mein Magen rebellierte bei der bloßen Vorstellung. Hastig schob ich das Bild von mir, wie mehrere Rudel Wölfe ein bereits verletztes Reh jagten und hetzten.

Henrik legte seine Hand auf meinen Arm und drückte ihn. »Niemand wird dich zu irgendwas zwingen, was du nicht willst«, ermunterte er mich.

»Ah.« Meine Kehle war wie zugeschnürt. Ich wollte nicht zu diesem Training. In meinem Kopf versuchte ich noch die Tatsache zu verdauen, dass all das hier wahrhaftig war. Dass ich nicht gleich aus einem Koma- oder Albtraum aufwachte, sondern ich mich im echten Leben befand.

»Willst du nicht mehr?«, erkundigte sich Peter und deutete auf mein Tablett, das ich von mir geschoben hatte.

»Bedien dich«, antwortete ich ihm.

»Es ist fabelhaft ein Wolf zu sein!«, rief Jesper aus und legte seinen Arm um meine Schulter, um mich näher an sich ran zu ziehen.

Seine Wärme hatte etwas eigentümlich Beruhigendes, worin ich mich sofort fallen lassen könnte, wenn da nicht die Tatsache wäre, dass ich mich verwandeln müssen würde, obwohl ich keinen Bedarf hatte, die Situation vom letzten Mal zu wiederholen. Ich wollte nicht wieder diese Unsicherheit und Panik fühlen.

»Du wirst sehen, es wird nur halb so schlimm, wie du es dir gerade ausmalst«, versuchte Henrik mich weiter aufzumuntern.

»Hmhm«, zwängte ich hervor und wünschte, dass ich nur ein kleines bisschen seiner positiven Energie abstauben könnte. Vielleicht hatte er recht. Doch was war, wenn es nicht erneut passierte? Wenn ich doch keine Fenriswölfin war? Wenn das nur eine Fata Morgana gewesen war? In meinem Kopf fuhren die Szenarien Achterbahn; allesamt trugen sie nicht dazu bei, dass ich mich auf den Spezialunterricht freute.

Henrik stand neben mir auf. »Wir sollten los. Kweldulf hasst Unpünktlichkeit.«

»Ist er denn wieder da?«, fragte ich, wobei meine Stimme gepresst klang.

»Meinst du echt, dass er der eine Lehrer ist, der verschwunden ist?«, erkundigte sich Latha und stützte ihr Kinn auf die Handballen.

»Es würde zumindest erklären, wieso er gestern nicht da war«, fügte Peter kauend hinzu.

Jesper tat es seinem Bruder gleich und stand auf. »Das werden wir nur sehen, wenn wir zum Unterricht gehen.«

Mit zittrigen Knien stand ich ebenfalls auf, wobei ich am allerliebsten unauffällig in mein Zimmer geschlichen wäre. »Okay, dann lass uns los«, murmelte ich, während ich mich verzweifelt bemühte ein Lächeln auf die Lippen zu zwingen.

Henrik nahm meine Hand in seine und drückte sie leicht. »Es wird nicht so schlimm«, versprach er mir raunend.

Seine Stimme jagte angenehme Blitze über meine Haut. Mein Herz machte einen kleinen, aufgeregten Hüpfer. Ich hatte keine Ahnung, was auf einmal in Henrik gefahren war. Der Henrik, den ich am ersten Tag kennengelernt hatte, war komplett verschwunden und diese Person, die er mir jetzt von Tag zu Tag offenbarte, hatte etwas an sich, das mich wünschen ließ, dass er immer so wäre. Das Lächeln in meinem Gesicht wurde etwas weniger verkrampft. »Hoffen wir es.«

»Klar, immerhin sind wir bei dir.«

Seine Worte breiteten sich wie wärmender Kakao in meinem Innersten aus, der sich langsam und wohltuend durch meinen Körper bahnte. »Danke«, murmelte ich.

Latha und Peter standen ebenfalls auf, sodass wir als Gruppe aus dem Speisesaal in Richtung Sporthalle gingen. Doch mit jedem Schritt wurde das Knäuel härter und der Wunsch, einfach zu flüchten, nahm unendliche Ausmaße an. Der Kloß in meinem Hals wuchs zu einem Widerstand an, gegen den ich kaum schlucken konnte.

»Wir trainieren in der Sporthalle?«, brachte ich hervor. Nervös spielte ich mit dem Saum meines Oberteils als Ersatz für meinen verschwundenen Ring.

»Nein, dahinter. Die Sporthalle ist nicht geeignet, um fünf Rudel zu beherbergen.«

Überrascht sah ich zu Latha. »Fünf Rudel?«

»Jein«, mischte sich Jesper ein. »Wir sind mehr Rudel. Kweldulf hat es sich etwas einfacher gemacht, indem er die Fenriswölfe in einer Klasse zu einem Rudel ernannt hat – zumindest beim Training.«

Langsam nickte ich. »Wie viele Fenriswölfe haben wir denn in der Klasse?«, bohrte ich weiter, um mich von meiner Nervosität abzulenken.

»Abgesehen von uns fünf gibt es noch drei weitere. Alexander, Toni und Karin«, erklärte Peter.

»Okay. Und ihr gehört zu einem Rudel? Wohingegen Alexander, Toni und Karin zu einem anderen gehören?«

»Genau wie du.«

Bei Lathas Worten zuckte ich zusammen. Es klang nicht wie ein Vorwurf und ich wusste, dass sie recht hatte. Irgendwie war es dennoch ein Schlag ins Gesicht, das von ihr zu hören.

»Alexander und Karin kommen aus einem Rudel. Toni hingegen kommt noch woanders her. Aber keine Ahnung wo genau.«

Ich biss mir auf die Innenseite meiner Lippe und nickte wieder. Lathas Bemerkung schwirrte noch in meinem Kopf, als hätte sie diese auf Wiederholung eingestellt, die mir wieder und wieder bewusst machte, dass ich nicht dazugehörte. Vorsichtig löste ich meine Hand aus Henriks und knüllte sie stattdessen in meine Hosentasche.

Wir liefen an der Sporthalle vorbei in den Wald, doch nach kurzem Fußweg wurde eine Lichtung erkennbar, die mit Sand ausgelegt war und auf der sich bereits einige Jugendliche versammelt hatten.

Latha, Peter und Jesper liefen vor, während Henrik bei mir blieb. »Alles okay?«

Ich begegnete seinem besorgten Blick. »Ja, klar. Wieso sollte nicht alles okay sein?«, fragte ich und bemerkte selbst, dass ich viel zu schnell redete.

Henrik hob seine Augenbrauen. »Du wirktest gerade nicht so, als wäre alles in Ordnung.«

»Nein, alles gut«, beschwichtigte ich ihn und mich selbst. Wir kannten uns gerade mal ein paar Tage und ich hatte ihren Alpha noch nie zuvor getroffen. Es war nur natürlich, dass ich nicht zum Rudel gehörte. Ich holte tief Luft und verbannte das Stechen, das sich in meinem Herzen ausbreitete.

Wir stellten uns zu den anderen auf den Sandplatz und ich ließ meinen Blick über die Fenriswölfe schweifen, die sich um uns herum unterhielten. Auf den ersten Blick hätte ich ihnen nicht angemerkt, dass sie anders waren. Wobei das gelogen war; selbst beim zweiten oder dritten Blick hätte ich nicht gesehen, dass sie irgendwie zu einer Welt gehörten, die es in dem Weltbild, mit dem ich aufgewachsen war, nicht gab. Ich holte tief Luft. Der Gedanke war immer noch abwegig; dass Fenriswölfe, Hexen, Sukkuben und so viel mehr zu meinem Leben gehörten.

Mein Blick glitt nach oben, wo ein riesengroßer Vogel über uns seine Kreise zog, ehe er sich im Sturzflug nach unten bohrte. Erst kurz vor der Erde stoppten die massigen schwarzen Flügel den Aufprall und ich erkannte, dass ich einen Fehler gemacht hatte. Das war kein Vogel gewesen. Rote Haare wehten im Wind und eine wunderschöne Frau ließ sich sanft von ihren riesengroßen schwarzen Schwingen auf die Erde sinken. Ihre Augen wanderten über uns. Sie verschränkte die Hände vor ihrem Körper. »Also ihr seid die Fenriswölfe, denen ich heute den Hintern versohlen soll?«, erkundigte sie sich mit melodischer Stimme, die ihren Worten die Schärfe nahm. Wobei ich keinen Zweifel hegte, dass sie es tatsächlich fertigbringen würde.

Ein Raunen ging durch die Reihe. Henrik hatte sich neben mir versteift.

»Wer ist das?«, wisperte ich.

»Das ist eine Walküre«, antwortete er raunend. »Eine Kriegerin Odins, die die Seelen der verstorbenen Kämpfer*innen auf dem Schlachtfeld einsammelt, um sie aufs Ragnarök vorzubereiten.«

Erschrocken richtete ich meine Aufmerksamkeit wieder auf die Frau.

»Mein Name ist Mina. Solange Herr Kweldulf nicht auffindbar ist, werde ich das Spezialtraining für euch Fenriswölfe übernehmen.«

»Warum Sie? Ich meine, Sie sind keine Fenriswölfin.«

Mina sah den Sprecher geradewegs an. »Nein, das nicht. Aber ich bin die Gefährtin eines Fenriswolfes und habe jahrelang unter ihnen gelebt.« Sie klatschte in die Hände. »Genug geredet. Verwandelt euch und stellt euch dann in Zweierteams zusammen.«

Neben mir begannen sich die Schüler*innen auszuziehen.

»Entschuldigung?«, meldete sich Henrik zu Wort, wobei ich das nur am Rande mitbekam, weil ich gänzlich erstarrt war. Die anderen zogen sich aus. Mitten auf der Lichtung, vor allen anderen.

»Ja?«

»Ivy weiß erst seit wenigen Tagen, dass sie eine Fenriswölfin ist, und hat sich bisher nur einmal verwandelt.«

Mein Name riss mich aus dem Starren und ich richtete meine Aufmerksamkeit auf die Walküre, die direkt vor Henrik und mir stand. Sie durchbohrte mich mit ihren Augen, die ein goldenes Leuchten aufwiesen, wie ich es zuvor noch nie gesehen hatte. Sie schnupperte und runzelte die Stirn, als sie mich betrachtete. »Was ist das für ein Geruch?«

»Was für ein Geruch?«, fragte ich etwas perplex.

Sie trat noch einen Schritt näher, sodass sich unsere Nasen beinahe berührten. Erneut sog sie die Luft tief ein, wobei sie die Augen schloss. »Sie riechen nach ...« Sie runzelte die Stirn. »Das kann nicht –«, brach sie ab und schüttelte sich. »Können Sie sich verwandeln?«, fragte sie.

»Ähm ...«

»Sie hat es bisher nur ein einziges Mal getan – aus Versehen.«

Mina hob ihre feinen Augenbrauen und nickte. »Gut, dann helfen Sie ihr. Ich komme später wieder vorbei.« Sie wandte sich den restlichen Fenriswölfen zu und ging zu den einzelnen Rudeln, die sich zu kleinen Grüppchen zusammengefunden hatten. Ich hatte gar nicht mitbekommen, dass sie sich allesamt verwandelt hatten.

Henrik dirigierte mich ein wenig an den Rand der Lichtung, sodass wir ungestört waren.

»Ich werde mich nicht ausziehen«, stellte ich klar, als wir stehen blieben.

Er schenkte mir ein kleines Lächeln. »Deine Anziehsachen werden zerreißen«, klärte er mich auf.

»Wieso habt ihr damit kein Problem?«, fragte ich und sah mich zwischen den Wölfen um. Die jüngeren Jahrgänge hatten bereits mit dem Training angefangen und machten so was wie ein Sparring in Wolfsgestalt. Ihr ganzes

Leben lang schienen sie nur für den Kampf zu trainieren. War dieser Orden so eine Bedrohung für das Leben der Wesen?

»Wir Fenriswölfe oder auch andere Gestaltwandler sind eher praktisch veranlagt«, erklärte Henrik. »Wenn wir die Gestalt wechseln, gehen die Sachen kaputt. Im Rudelhaus laufen die Leute ständig nackt rum. Wir sind nichts anderes gewöhnt.«

Skeptisch betrachtete ich ihn. »Und das ist okay für euch?«

Er zuckte mit den Schultern. »Es ist okay, wenn du dich nicht ausziehen willst. Wenn es dir gelingt, dich heute zu verwandeln, wirst du aber wieder als Mensch ins Internatsgebäude laufen müssen – nackt.«

Ich bekam einen fetten Kloß im Hals. Mir gefiel das gar nicht. Unruhig wechselte ich von einem Fuß auf den anderen.

»Warte kurz, ich habe eine Idee«, meinte Henrik und lief auf Mina zu, die sich zwischen den Wölfen hindurchbewegte. Die beiden redeten kurz miteinander und Mina nickte, woraufhin Henrik in Richtung Sporthalle ging.

Ungeduldig wechselte ich von einem auf den anderen Fuß. Mir war noch nicht klar, was ich davon halten sollte, dieses … diesen Wolf hervorzulocken. Bisher war es nämlich niemals ein Wesen gewesen, das ich bewusst wahrgenommen hatte, sondern immer nur Wut. Reine, unglaublich starke Wut. Ein Monster, das meine schlimmste Seite hervorholte. Wie sollte ich mich bitte in so was verwandeln? Jahrelang hatte ich darum gekämpft, diesen Teil wegzusperren – und war dabei halbwegs erfolgreich gewesen. Ich knibbelte an meinen Fingernägeln und sah zu der Stelle, an der Henrik im Wald verschwunden war.

Lang dauerte es nicht, ehe er wieder zwischen den Bäumen auftauchte, mit zwei Handtüchern in der Hand. Er ging direkt auf mich zu und reichte mir einen groben Frotteestoff.

»Was anderes gab es in der Halle leider nicht.« Er deutete ins Dickicht. »Du kannst dich dort drüben umziehen.«

Dankbar nickte ich und folgte seiner Aufforderung. Ich stieg über einige Äste, bis ich sicher sein konnte, dass mich niemand von den Wölfen mehr durchs Geäst sehen konnte, und erst dann schlüpfte ich aus meiner Kleidung. Eine Gänsehaut rieselte über meinen Körper.

Mit festem Griff umklammerte ich das Handtuch an meiner Brust und ging wieder zurück. Meine Wangen brannten lichterloh, als ich mich wieder zu den anderen gesellte – die mir nicht mal einen Blick zuwarfen, dennoch hatte ich das Gefühl, das jedes einzelne Augenpaar auf mich gerichtet war. Meine Anziehsachen drückte ich mit der anderen Hand fest an mich. Zu meiner Erleichterung hatte sich Henrik ebenfalls ein Handtuch um die Hüfte geschlungen, sodass ich nur seinen nackten Oberkörper zu Gesicht bekam; was mir ein dankbares Lächeln auf die Lippen lockte. Wobei das bereits reichte, um mir eine verräterische Hitze in die Wangen zu jagen. Das lebenslange Training hatte definitiv etwas Gutes. Ich schluckte schwer und schob die anrüchigen Gedanken zur Seite. Meine Sachen legte ich neben seine auf der hart getretenen Erde der Lichtung ab.

»Bereit?«, erkundigte er sich.

Mein Blick wanderte über die Wesen, die sich mit uns auf dem Platz befanden. Es wirkte so … normal. Als wäre es alltäglich, dass riesengroße Wölfe sich auf einem Internatsgelände duellierten, und zwischen ihnen eine Frau, deren schwere schwarze Flügel über den Boden glitten. Für mich war das alles noch ein Traum, aus dem ich in jedem Moment wieder aufwachen könnte. Doch dass ausgerechnet ich von alledem ein Teil sein sollte, war so surreal.

»Hey.« Henrik forderte meine Aufmerksamkeit zurück. »Bist du bereit?«

»Nein, nicht wirklich«, gab ich zu.

Er schenkte mir ein aufmunterndes Strahlen. »Wir haben keinen Druck, okay?«

Nervös nickte ich.

»Als du dich vor drei Tagen verwandelt hast, was hast du da gespürt?«

»Angst«, sagte ich ehrlich. »Panik. Wut. Ich war überfordert von meinen Gefühlen und hatte nur weggewollt.«

Henrik schrumpfte bei meinen Worten sichtlich zusammen. Am liebsten wollte ich etwas Tröstendes hinzufügen, etwas, das ihn nicht mehr ganz so schlecht fühlen ließ wegen dem, was er getan hatte, aber mir kam kein weiteres Wort über die Lippen.

»Verständlich, wir brauchen nicht diese Gefühle, damit du dich verwandeln kannst. Der Wolf schlummert in dir, du musst ihn nur hervorziehen.«

Ich verzog die Lippen. »Ich spüre ihn sonst nur, wenn ich wütend bin«, gestand ich.

»Das ist normal. Starke Gefühlsregungen wie Angst, Wut, Erregung und so weiter lassen den Wolf in uns immer näher an die Oberfläche kommen.«

»Okay«, meinte ich gedehnt. Mit jeder weiteren Minute fühlte ich mich unwohler.

»Aber ich möchte, dass du dich in deinem jetzigen Status ohne eine besondere Gefühlsregung verwandelst.«

»Und wie?«

»Schließ die Augen.«

Ich tat, was er sagte.

»Was fühlst du?«

Ich öffnete ein Auge und sah zu Henrik, der mich tadelnd musterte. »Nichts.«

Henrik stieß ein Seufzen aus. »Du musst dich schon ein wenig konzentrieren.«

»Was *soll* ich denn fühlen?«, fragte ich etwas hilflos und öffnete beide Augen wieder.

»Wenn ich meinen Wolf fassen will, spüre ich seine Stärke, seine Verbindung zur Erde und zum Wald. Und wenn ich so weit bin, lasse ich mich fallen«, erklärte Henrik.

Ich holte tief Luft und schloss meine Augen wieder. Es fühlte sich nichts anders an oder auch nur ansatzweise so, wie Henrik es beschrieben hatte. Ich war ich. Kein Fenriswolf. Kein Monster …

»Da ist nichts«, sagte ich nach einigen Herzschlägen.

»Doch, da ist etwas.«

Seine Hand umfasste meine und drückte sie leicht. »Das fühlst du auch, oder?«

»Natürlich.«

Sein Druck verstärkte sich, nicht so, dass er mir wehtat, und blieb konstant.

»Wenn ich jetzt die ganze Zeit drücke, gerät dieses Gefühl irgendwann in Vergessenheit, nicht wahr?«

Ein Kribbeln kroch meinen Nacken hinauf. Das Gefühl seiner warmen Finger, die sich um meine geschlungen hatten, lösten ein angenehmes Prickeln in meinem Körper aus, das nichts mit dem eigentlichen Ziel zu tun hatte. Ich glaubte nicht, dass seine Berührung jemals nichts in mir hervorrufen könnte, so verrückt, wie meine Gefühle in seiner Nähe spielten. Aber er hatte recht; wenn ich mich nicht mehr auf die Empfindung konzentrierte, sondern nur auf ihn, dann rückte der Druck in den Hintergrund. »Ja.«

»Na siehst du. Du hast deinen Wolf so lange unbewusst unterdrückt, dass es dir wahrscheinlich erst mal schwer fallen wird ihn zu rufen.«

Ich presste die Zähne aufeinander. Scham breitete sich in meinem Bauchraum aus und weckte Übelkeit in mir.

»Das ist okay«, erklärte Henrik. »Du dachtest, es sei etwas Falsches.«

Seine Worte machten die Sache nur bedingt besser. Schweren Herzens löste ich meine Finger aus seiner Hand und fuhr mir durchs Gesicht. In den Augen der anderen musste ich mich absichtlich verstümmelt haben. Immerhin hatte ich einen Teil bewusst von mir abgekapselt und alles getan, damit dieser niemals an die Oberfläche gelangte. Ich hatte meinen Wolf an die kurze Leine gelegt ... Mich selbst verkrüppelt und meiner Freiheit beraubt in der Hoffnung, dass mein Vater mich mehr lieben könnte. Und was hatte mir das gebracht? Absolut gar nichts. Was würde er von mir denken, wenn er von alledem wüsste? Wenn er nur einen Hauch einer Ahnung hätte, wer beziehungsweise was meine Mutter gewesen war? Ich merkte, wie ich mich auf eine düstere Abwärtsspirale zubewegte. Hastig sah ich wieder zu Henrik und ignorierte seinen sorgenvollen Blick.

»Es ist vollkommen okay, wenn du es nicht heute schaffst.«

Krampfhaft verschränkte ich meine Finger ineinander, um mich von dem Schmerz in meinem Inneren abzulenken.

»Ivy ...«

Hastig schüttelte ich den Kopf. »Es ... es geht gleich wieder«, beruhigte ich Henrik.

Er hob seine Augenbrauen. Sein Blick lag intensiv auf mir, als wollte er keinerlei Regung von mir verpassen, aber er ließ mir den Freiraum, den ich brauchte, um mich wieder zu fangen.

»Jahrelang hatte ich Angst vor dieser Wut, die in mir schlummerte. Ich habe sie unterdrückt, habe sie für etwas Falsches gehalten. In euren Augen muss ich mich absichtlich verstümmelt haben«, sprach ich meine Gedanken vorsichtig aus.

Henrik legte seinen Arm um meine Schulter, sodass ich nicht nach hinten flüchten konnte, und lehnte seine Stirn gegen meine. »Niemand hier macht dir einen Vorwurf. Du wusstest es nicht besser. Du hattest niemanden, der dir sagt, dass mit dir alles in Ordnung ist. Verdammt, du bist mehr als nur in Ordnung, Ivy.«

Ich tauchte in die blauen Tiefen seiner Augen ein und genoss die Zuversicht, die in ihnen schwamm und durch mich sickerte. »Danke«, murmelte ich, während ich mich wieder zurückzog.

»Wie geht es voran?«, erkundigte sich Mina.

»Wir haben gerade erst angefangen«, rechtfertige sich Henrik und ließ mich los.

»Henrik, bitte gehen Sie zu Peter und trainieren Sie mit ihm. Ich kümmere mich um Ivy.«

Henrik sah kurz zu mir, als wollte er sichergehen, dass es für mich okay war. Ich nickte ihm leicht zu und er verschwand zu Peter, der alle anderen riesenhaften Wölfe noch überragte und dessen Fell bräunlich schimmerte.

»Sie haben sich bisher einmal verwandelt, nicht wahr?«

Ich nickte.

»Frau Andersson berichtete mir davon. Sie hatten Angst und wollten fliehen. Richtig?«

Wieder nickte ich.

»Was haben Sie ansonsten gefühlt?«

Ich versuchte mich zurückzuerinnern, aber es war alles schwammig. Ein richtiges Gefühl hatte ich nicht. »Es war ein Reißen«, sagte ich dann, wobei meine Stimme unsicher klang. »Als hätte sich etwas in meinem Inneren befreit und das Ruder in die Hand genommen.«

Mina nickte. »Das war der Wolf in Ihnen. Sie wähnten sich in Gefahr und Ihr Instinkt hat darauf reagiert. Diesen Instinkt brauchen Sie jetzt wieder.«

»Wie kriege ich den?«

Sie schenkte mir ein wölfisches Grinsen. »Das sollten Sie jetzt herausfinden. Wenn Sie diese Verwandlungen nämlich nicht kontrollieren, bringen Sie nicht nur sich selbst, sondern auch die anderen Fenriswölfe in Gefahr.«

»Das ist mir bewusst«, merkte ich zerknirscht an.

»Das ist gut, vor allem weil es nach der ersten Verwandlung leichter für den Instinkt ist das Ruder an sich zu reißen und die Wandlungen eventuell nicht mehr kontrollierbar sind.«

»Das ist keine große Hilfe«, gestand ich.

»Henrik hatte schon den richtigen Ansatz für Sie. Aber suchen Sie nicht nach etwas, das Ihnen jemand anderes sagt. Jedes Wesen ist ein Individuum. Das bedeutet, dass auch jeder seine eigene Verwandlung anders wahrnimmt. Erinnern Sie sich an das Gefühl, das sie beim letzten Mal hatten.«

Ich atmete durch die Nase tief ein und aus, ehe ich die Augen schloss und versuchte, die Erinnerungen zu wecken. Mich an die bestimmten Gefühle zu erinnern, die neben der Panik und Angst geherrscht hatten. Das Reißen, das sich meiner bemächtigt hatte. Das Leuchten, das mich umhüllte.

»Sie sind nah dran«, ermunterte mich Mina.

Ihre Worte verwirrten mich. Ich machte die Augen wieder auf. »Woher wissen Sie das?«

Sie tippte sich lächelnd gegen die Nase. »Ihr wölfischer Geruch verstärkt sich dann. Der Geruch nach Wildnis.«

Ich runzelte die Stirn.

»Jetzt sind Sie aber wieder ganz weit davon weg. Also, noch mal. Dieses Mal konzentrieren Sie sich mehr und lassen sich nicht ablenken.«

Ich stieß ein Seufzen hervor und schloss erneut die Augen. Isolierte meine Gefühle. Ließ zu, dass ich lockerließ. Der Geruch um mich herum nach Fell, Erde und Pflanzen wurde intensiver. Der Sand, der sich zwischen meinen

Zehen sammelte, war deutlicher zu spüren. Das Reißen in meinem Inneren wurde stärker, doch statt es von mir zu stoßen, wie ich es immer getan hatte, hieß ich es willkommen.

Plötzlich spürte ich ihn: den Wolf in meinem Blut. Ich fühlte die Ungeduld, das Bedürfnis nach Freiheit. Die Wildnis in meinem Inneren rief mich und zögerlich trat ich näher. Ließ zu, dass sie mich einhüllte und gänzlich erfüllte. Durch meine Lider sah ich das Leuchten, das mich umhüllte, und spürte die Veränderung, die mit meinem Körper passierte. Mein Steißbein wuchs, die feinen Härchen auf meinem Körper verdichteten sich und mehr sprossen aus der Haut. Knochen verformten sich und obwohl ich mir sicher war, dass dieser Prozess schmerzen sollte, tat er das nicht. Innerhalb eines einzigen Herzschlags war die Verwandlung vorbei. Ich legte den Kopf in den Nacken, sah zu Mina auf, die mich mit schreckgeweiteten Augen ansah. »Sie hatten Kontakt nach Asgard.«

Überrascht musterte ich die Walküre. Sie richtete sich auf und trat einen Schritt zurück.

Ich öffnete die Schnauze, wollte etwas sagen, aber zwischen meine Lefzen kam nur ein undeutliches Gewühl an merkwürdigen Tönen heraus.

»Verdammt«, murmelte sie und breitete die Flügel aus, um sich in die Luft zu schwingen.

Nervös zuckte ich mit den Ohren, als ich sich nahende, tapsende Schritte im Sand hörte, und drehte den Kopf in die Richtung. Der schwarze Wolf, den ich schon öfter gesehen hatte, stupste mich mit seiner Schnauze an. Henriks Duft erfüllte meine empfindliche Nase und für einen Moment sehnte ich mich danach, die Schnauze in seinem Fell zu vergraben, um den himmlischen Geruch tief aufzunehmen, damit er sich einbrannte und alle anderen Düfte ausradiert wurden. Meine Krallen bohrten sich in den Sand und ich verharrte an Ort und Stelle, um dem Bedürfnis nicht nachzugehen.

»Wo will sie hin?«

Überrascht sah ich Henrik an, dessen Stimme in meinem Kopf ertönt war.

Erneut versuchte ich, Sätze aus meinem neuen Körper zu zwängen, doch statt Worten kamen nur Töne heraus, die eine Mischung aus Winseln und Knurren waren.

»Du kannst in dieser Form nicht sprechen, zumindest nicht so wie du es als Mensch würdest.« Er stupste mich an. *»Lass uns einen kleinen Ausflug machen. Dann gewöhnst du dich an den Körper.«*

Ich warf einen Blick in den Himmel, wohin Mina verschwunden war.

»Sie wird nichts dagegen haben. Na komm.« Henrik stupste erneut mit seiner Schnauze in meine Seite.

Ich drehte mich zu ihm und meine Rute hinter mir schwenkte freudig von links nach rechts. Verwirrt sah ich über die Schulter in der Hoffnung, den Körperteil irgendwie unter Kontrolle zu bekommen – vergeblich. Ein Lachen ertönte in meinem Kopf. Ich warf einen zornigen Blick in Richtung Henrik, der über seine Schulter zu mir sah. *»Komm jetzt, darum kümmern wir uns später.«*

Zögerlich setzte ich eine Pfote vor die andere. Mein Körper fühlte sich merkwürdig an. Nichts war mehr an dem Platz. Alles war so neu, so ungewohnt. Selbst die Gerüche um mich waren anders als zuvor. Ihr Duft war intensiver und regte mehr Rezeptoren in mir an. Ich schmeckte beinahe die Kiefernnadeln auf meiner Zunge, so prägnant, wie ihre Note in der Luft lag.

Mit jedem Schritt, den ich vorwärtsging, wurde ich sicherer – zumindest was den Umgang mit meinen Pfoten anging.

»Bist du sicher genug, um zu rennen?«, fragte er mich.

Ich gab ein merkwürdiges Geräusch von mir. Etwas, das zwischen Knurren und Winseln war, von dem ich selbst nicht wusste, wie ich es zustande brachte, obwohl ich ihm zustimmen wollte.

Henrik ließ sich nach hinten fallen, sodass wir auf einer Höhe waren. Seine blauen Augen glänzten aufgeregt und verschmitzt aus dem schwarzen Fell hervor. Ein federleichter Geruch, den ich nicht gänzlich zuordnen konnte, umschmeichelte meine Schnauze. Es war kein Duft, den die Natur hervorgebracht hatte, sondern einer, der von Henrik hervorging. Er zwickte mich leicht in die Hinterläufe. *»Es wird besser, umso länger du in der Gestalt bist«*, versicherte er mir.

Ich wollte ihm noch nicht so recht glauben, beschleunigte aber meine Schritte. Unter meinen Pfoten fühlte ich die noch kalt-feuchte Walderde, die einzelnen Zweige, auf die ich trat, und das Laub, das sich mit den Kiefernnadeln vermischte. Ich wurde schneller. Die Äste brachen unter meinen schweren Schritten. Die Düfte des Waldes berauschten mich nahezu und ein Nebel legte sich vor meine Augen. Ich wollte mich fallen lassen, das Gefühl dieser neugewonnenen Freiheit genießen, das mich so überraschend befiel. Minas Worte über Asgard drängte ich beiseite. Das würde ich sie später fragen können.

Henrik rannte neben mir her und stieß mich mit seiner Schulter an, um dann vorzupreschen.

Ich öffnete meine Schnauze, schmeckte den Wald und lief ihm hinterher. Die Unsicherheiten, die mich in meinem eigenen, fremden Körper erfüllten, wurden mit jedem Meter weniger. Ich überließ dem Wolf in mir das Ruder und jagte hinter Henrik her.

18

Außer Atem ließ ich mich neben Henrik sinken. Ich hatte keine Ahnung, wie lang wir durch den Wald gerannt waren. Wie lang wir in dem Rausch gewesen waren. Ich schloss die Augen, genoss das wärmende Sonnenlicht, das auf mein Fell traf, und lauschte dem kleinen Bach, der neben dem Stein entlang plätscherte, und dem angestrengten Hecheln meines Begleiters. Ich warf einen Blick über die Schulter zu ihm.

Seine Lefzen zogen sich in die Höhe und es wirkte, als würde er mich anlächeln. »*Gefällt es dir?*«, erklang seine Stimme in meinem Kopf.

Kurz stockte ich, formte die Worte in meiner Schnauze, aber sie kamen nicht über meine Lefzen. Nur ein undefinierbares Geräusch, von dem niemand erraten könnte, was ich eigentlich sagen wollte.

»*Du musst die Worte denken, nicht sprechen, und sie dann auf die Reise schicken, als kämen sie aus deinem Mund – nur kommen sie aus deinem Kopf.*«

In meiner menschlichen Gestalt hätte ich jetzt wahrscheinlich die Augenbrauen hochgezogen. »*Einfach denken und auf Reise schicken?*«, erkundigte ich mich und spürte, wie die Gedanken mich verließen. Es fühlte sich fremd an, als würde ich die Kontrolle über meine Gedanken verlieren.

»*Exakt, genau so.*«

»*Es fühlt sich merkwürdig an*«, gestand ich.

»*Bis du dich daran gewöhnt hast. Versprochen! Irgendwann wird sich das Reden merkwürdig anfühlen.*«

Ein gedankliches Prusten verließ mein Inneres – es war tatsächlich überraschend einfach. »*Wenn du das sagst.*«

»Sage ich. Also, wie gefällt es dir?«

»Es ist fremd. Aber gleichzeitig ist alles auch so …« Ich rang nach den richtigen Worten, die meine Gefühle passend umschrieben. *»So als hätte es immer schon so sein müssen.«*

Henrik sah mich bloß an, als müsste er über meine Worte nachdenken.

»Ich weiß, das klingt merkwürdig und …«

Der schwarze Wolf legte seine Pfote auf meine helle und unterbrach damit meinen Wortschwall. *»Es ist verständlich, dass du dich so fühlst. Du brauchst dich nicht zu rechtfertigen. Dein Leben lang bist du nur ein Mensch gewesen, hast einen essenziellen Teil von dir verborgen, den du jetzt erst kennenlernst. Da ist es wohl natürlich, dass die Gefühle verrückt spielen.«*

Seine Worte ergaben Sinn. Dennoch fühlte es sich ungewohnt an, dass ich mich so wohl und gleichzeitig fremd in dieser Form fühlte. Es war, als hätte sich mein Innerstes in zwei Lager aufgeteilt. Die eine Hälfte war komplett begeistert von den Möglichkeiten und dem Neuen, das ich gerade entdeckte, während der andere skeptisch alles beobachtete und darauf wartete, dass ich endlich aus meinem Fieberwahn erwachte.

Es war für mich nicht nachvollziehbar, wieso meine Mutter mich im Stich gelassen hatte. Ihr musste doch bewusst gewesen sein, dass es eine Chance von fünfzig zu fünfzig gegeben hatte, dass ich ihre Gene erbte. Bei solch einer Möglichkeit, wieso war sie das Risiko eingegangen, mich bei einem Menschen zu lassen, der mit meinem Wesen überfordert war und mir dadurch das Gefühl gegeben hatte, nicht in Ordnung zu sein?

In meinem Hals festigte sich ein dicker Kloß und dieses dunkle Loch, das immer aufkam, wenn ich an meinen Vater dachte, drohte mich zu verschlingen. Theoretisch durfte ich ihm nicht einmal Vorwürfe machen. Wie sollte er auch mit einem Kind zurechtkommen, das einen Wolf in sich trug? Er hatte Angst vor mir und wenn ich ehrlich zu mir selbst war, hätte ich an seiner Stelle wohl genauso empfunden wie er.

»Wo bist du?«, erkundigte sich Henrik.

Ich stand auf und streckte mich, um noch ein wenig Zeit zu gewinnen, meine Gedanken zu sortieren. Henriks schwarzes Fell glänzte in den einzelnen

Sonnenstrahlen und die Blätter malten wunderschöne Schattenspiele auf die leuchtenden Strähnen.

»Mir will einfach nicht in den Kopf, wie meine Mutter mich bei jemanden zurücklassen konnte, der nichts von dieser Welt wusste«, sagte ich leise. *»Ihr hätte doch bewusst sein müssen, dass es eine Chance gab, dass ich wie sie bin.«*

»Weißt du ihren Namen?«

Überrascht sah ich zu Henrik. *»Ich könnte ihn mit Sicherheit herausfinden.«*

»Ich bin mir sicher, dass deine Mutter ein Teil unseres Rudels ist oder war. Wenn du ihren Namen bekommst, können wir vielleicht herausfinden, wer sie ist. Natürlich nur wenn du das möchtest. Vielleicht finden wir sie ja und du könntest ihr all die Fragen stellen, die du hast.«

Als mein Vater mich von Arzt zu Arzt geschleift hatte, hatte ich mir immer gewünscht meine Mutter zu kennen. Wobei ich niemals die Unbekannte als Person vermisst hatte. Wie könnte ich auch jemanden vermissen, den ich niemals kennengelernt hatte? Aber ich hatte das Gefühl einer Mutter vermisst. Die Fantasien, die ich in meinem Kopf entwickelt hatte, wie meine Mutter hätte sein können. Die Möglichkeit herauszufinden, wer sie war und warum sie mich – uns – verlassen hatte ... Es jagte mir Angst ein.

»Ist das keine gute Idee?«

»Ich weiß es nicht«, sagte ich, wobei meine Stimme leicht zitterte und meinem verwirrten Innerem Ausdruck verlieh. *»Ich habe Fragen – eine Menge Fragen. Aber ich weiß nicht, ob ich sie kennenlernen will.«*

Henrik lauschte mir aufmerksam.

»Was ist, wenn sie mich niemals haben wollte und deswegen bei einem Menschen zurückgelassen hat? Wenn sie woanders eine neue Familie gegründet hat und niemals auch nur einen Gedanken an mich verschwendet hat? Oder was ist, wenn sie nur widerstrebend gegangen ist, wenn sie all die Jahre an uns gedacht hat, aber nicht zurückkehren konnte?« Meine Stimme wurde zum Ende hin immer leiser.

»Es ist deine Entscheidung. Ich werde dich zu nichts drängen. Ich kann dir nur versichern, wenn du ihren Namen hast und mich darum bittest, werde ich nichts unversucht lassen, sie zu finden.«

»Danke«, sagte ich und setzte mich wieder neben ihn.

Seine Worte bewegten mich. Für einen einzigen Herzschlag ließ ich die wärmenden Gefühle zu, die seine Worte auslösten. Es war eine berauschende Empfindung und ich wünschte mir, dass ich es immer zulassen könnte – dass er immer so war. Doch wir wussten beide, dass er auch anders konnte. Ich holte tief Luft und stieß sie schnaubend wieder aus.

Er bettete seinen Kopf auf seine Pfoten und sah von unten zu mir hoch. *»Ich werde alles für dich tun, Ivy. Meine Fehler vom Anfang kann ich nicht wiedergutmachen, aber ich werde alles geben, um dir glückliche Erinnerungen zu bescheren, die den Rest überwiegen.«*

Mein Herz machte einen erfreuten Sprung. Hastig wandte ich den Blick ab. *»Es ist schon merkwürdig«*, murmelte ich und wechselte galant das Thema.

Er legte den Kopf schief und richtete seine Ohren in meine Richtung. Seine ganze Aufmerksamkeit lag auf mir. Ein warmes Kribbeln breitete sich in meinem Bauch aus, als ich dem Blick seiner Gletscheraugen begegnete. *»Bis vor wenigen Tagen war ich noch ein ganz normales Mädchen. Und jetzt bin ich eine Wölfin.«*

»Du warst niemals nur ein ganz normales Mädchen, Ivy. Du hast es selbst vielleicht nicht gesehen, aber du warst immer jemand Besonderes.«

Das Kribbeln breitete sich bis in meine Eingeweide aus und fuhr elektrisierend von dort durch meinen gesamten Körper. *»Du solltest aufpassen. Aus deinem Mund klingt das beinahe wie ein Kompliment«*, bemerkte ich.

Seit diesem Überfall hatte er sich verändert. Fast als hätte er eine Charakterwandlung durchgemacht. Dieser Henrik gefiel mir sehr viel besser – vielleicht ein wenig zu gut. Mir war bewusst, dass es naiv war, ihm zu vertrauen. Ihm erneut einen Vorschuss zu geben, den er eventuell wieder missbrauchen würde. Doch ich konnte nicht anders. Ich war wie eine Motte, die das Licht suchte und dabei auf ihr Ende zuflog.

»Das war ein Kompliment.«

Seine Worte verschlugen mir die Sprache. Ich fühlte, wie meine Rute langsam über den Boden wischte, als Freude in mir hochkochte. In diesem Moment verfluchte ich diesen neuen Körper, den ich noch nicht gänzlich unter Kontrolle hatte.

»Danke«, murmelte ich leise und vermied es, in seine Augen zu starren.

Stattdessen ließ ich den Blick über die Gegend schweifen und war erneut verzaubert von diesem Plätzchen. Ich verstand vollkommen, wieso Henrik niemand anderem diesen Ort gezeigt hatte – zumindest wenn ich seinen Worten Glauben schenken konnte.

Er bewegte sich und die losen Steinchen, die unter ihm gelegen hatten, kamen in Bewegung. Meine Ohren richteten sich auf die Geräuschquelle. Ich war beeindruckt davon, wie mein Instinkt all die Bewegungen des neuen Körpers ausführte, ohne dass ich bewusst meinen Teil dazu beitragen musste. Es war bereits ein Automatismus, als hätte mein Körper nur darauf gewartet, endlich in diese Form zu schlüpfen.

Henrik trottete vom Stein runter, um sich über den Bach zu beugen und etwas zu trinken. Ich legte meinen Kopf zwischen die Pfoten und versuchte, ihn unbemerkt zu beobachten. Ich mochte die Farbe seines Fells. Wie sich die Muskeln darunter bewegten und dadurch die Haare in Bewegung kamen. In seiner Wolfsform waren die Ausprägungen nicht zu übersehen. Die starke Brust und die Oberschenkel, die sich bei der kleinsten Bewegung anspannten und wieder lockerließen.

Ich richtete den Kopf wieder auf und schüttelte mich. *»Wann müssen wir eigentlich zurück sein?«*, erkundigte ich mich, um auf andere Gedanken zu kommen.

Henrik sah in meine Richtung. *»Den restlichen Unterricht haben wir schon verpasst. Wir können so lang Wolf bleiben, wie du möchtest. Oder hast du heute noch etwas vor?«*

In dem Moment knurrte mein Magen unüberhörbar protestierend.

Henriks Lachen hallte in meinem Kopf. *»Okay, ich hab's verstanden. Dann lass uns zurück.«*

Dankbar stand ich nun ebenfalls auf und trottete hinter ihm her. Das Knacken des Unterholzes hatte eine beruhigende Wirkung auf mich. Ich war immer gern in der Natur gewesen, der Wald bei uns am Haus war meine zweite Heimat gewesen, aber als Wolf durch den Forst zu laufen war wie der Himmel auf Erden. *»Wieso habe ich mich zurückverwandelt, als ich ohnmächtig wurde?«*, fragte ich.

»Das hast du nicht absichtlich gemacht. Samson hat dich verzaubert, damit du wieder zum Menschen wurdest.«

Überrascht sah ich zu ihm. *»Wir verwandeln uns also nicht zurück, wenn wir sterben oder ohnmächtig werden?«*

Ein belustigtes Schnauben erklang in meinem Kopf. *»Nein. Tun wir nicht. Es ist kein Zauber, den wir anwenden, der seine Wirkung verliert, wenn wir ohne Bewusstsein sind. Es ist unsere zweite Form und wenn wir uns nicht aktiv dafür entscheiden, diese zu wechseln, passiert das auch nicht – zumindest nicht ohne Hilfe.«*

Ich nickte nachdenklich und folgte Henrik weiterhin durch den Wald. Die verschiedensten Vögel zwitscherten über uns, in der Ferne hörte ich sogar einen Specht gegen einen Stamm hämmern.

»Was denkst du denn noch, was wir Fenriswölfe tun können?«

Der verschmitzte Tonfall in Henriks Stimme war nicht zu überhören. Ich warf ihm einen bösen Blick zu, den er aber geflissentlich ignorierte.

»Du sagtest ja schon, dass wir nicht vom Vollmond oder generell vom Mond abhängig sind. Und dass wir eine Silberallergie bekommen, ist mir selbst auch schon aufgefallen.« Im Augenwinkel bekam ich eine ruckartige Bewegung seines Fells mit, als wäre Henrik bei meinen Worten zusammengezuckt, doch als ich wieder zu ihm sah, konnte ich nichts Verdächtiges an ihm sehen. *»Aber du sagtest, dass das kein Zauber ist, der auf uns liegt. Wieso können wir dann unsere Form wechseln? Wieso geschieht das?«*

»Weil wir direkte Nachfahren der Götter sind.«

Wie festgefroren blieb ich auf der Stelle stehen. *»Was?«*

Henrik drehte sich zu mir um. *»Der Gott des Chaos, Loki, hatte eine Liebschaft mit der Riesin Angroboda, in der sie drei Kinder zeugten: Jörmungandr, die Midgardschlange, Hel, die Totengöttin, und Fenrir, erster Fenriswolf und Weltenverschlinger.«*

Nervös zuckte mein Fell während Henriks Rede. Die Namen waren bereits im Religionsunterricht gefallen und gerade Hels Name hinterließ einen faden Nachgeschmack. Er drehte sich wieder um und ging weiter. Hastig folgte ich ihm.

»Frag mich nicht, wie eine Riesin und Loki einen Wolf zeugen konnten. Er war seit

Beginn seiner Geburt den Asen ein Dorn im Auge, weil diese sein Schicksal in den Augen des Wolfs lesen konnten, als dieser gerade mal ein Welpe war. Doch sie ließen ihn gedeihen und wachsen – wahrscheinlich weil sie glaubten, dass eine Ausgeburt Lokis ihnen nicht gefährlich werden könnte. Und Fenrir pflanzte sich fort. Mit der Alten vom Eisenwald zeugte er die Zwillinge Hati und Skalli, die fortan Sonne und Mond jagen, bis das Ragnarök geschieht. Dann werden sie die beiden Himmelkörper verschlingen und alles in Dunkelheit tauchen. Hati und Skalli jagen aber nicht nur die Himmelskörper, sondern sie wandelten als Mensch auf der Erde und zeugten Nachkommen, die zum Fenriswolf wurden.«

»Du willst mir also sagen, dass das Böse von Asgard unsere Vorfahren sind?«

»Wer böse und wer gut ist, ist wohl immer Ansichtssache.«

Stumm stimmte ich ihm zu. Gerade das machte die Bösewichte aus Geschichten nachvollziehbar und, wenn sie richtig gut beschrieben worden waren, sogar manchmal sympathisch. Das änderte jedoch nichts an der Tatsache, dass ihre Maßnahmen, ihre Wünsche durchzusetzen, falsch waren. Ich seufzte.

»Nur weil wir von ihnen abstammen, heißt es nicht, dass wir wie sie sein müssen«, erklärte Henrik.

»Nein, natürlich nicht. Aber du musst zugeben, wären unsere Vorfahren eher Götter gewesen, die Gutes tun – für Mensch und Götter –, hätte das trotzdem einen angenehmeren Beigeschmack als deine Geschichte.«

Sein Lachen hallte durch meinen Kopf. *»Das mag sein. An unserer Geschichte können wir nur nichts mehr ändern – nur aus ihr lernen. Und ich könnte mir kein anderes Leben als das eines Fenriswolfs für mich vorstellen.«*

***

Als wir am Trainingsplatz angelangten, waren die restlichen Wölfe bereits verschwunden. Nur ihr Duft hing noch in der Luft. Ein Geruch, der von Heimat und Familie sprach und einen angenehmen Schauer über meinen Körper rieseln ließ. Nie zuvor hatte ich mich so heimisch aufgrund eines Geruchs gefühlt.

Henrik trottete an mir vorbei zu dem Haufen, der seine Klamotten waren, und verwandelte sich zurück. Das Leuchten hüllte ihn für einen Wimpernschlag ein, ehe er mir seine gänzlich nackte Rückansicht präsentierte. Ein Kloß breitete sich in meinem Hals aus und ich spürte die Hitze, die durch meinen Körper kroch. Hastig wandte ich den Blick ab und lauschte auf das Rascheln seine Sachen, während er sich anzog.

»Verwandelst du dich auch zurück?«

Langsam sah ich zu ihm, um nicht etwas zu sehen, dass mich noch mehr aus dem Konzept brachte. Doch er hatte sich bereits angezogen.

»Ich weiß nicht wie.«

Er runzelte die Stirn. »Ich höre dich nicht, wenn du Wolf bist und ich Mensch bin«, erklärte er. Er ließ sich auf den Sandboden sinken und betrachtete mich lächelnd. »Du musst genau dasselbe machen, was du schon all die Jahre gemacht hast. Dräng den Wolf zurück und hol den Menschen hervor.«

Ich betrachtete ihn skeptisch. Seine letzte Lehre war schon nicht erfolgreich gewesen.

»Vertrau mir. Schließ die Augen und denke an deinen menschlichen Körper.«

Ich schloss die Augen. Erinnerte mich an meine Hände, meine Füße, meine Arme und Beine. Erinnerte mich an das Gefühl, auf zwei Beinen statt auf vier Pfoten zu stehen. Das Reißen kehrte zurück und im nächsten Moment sah ich durch meine geschlossenen Lider das Licht, das mich einhüllte.

Nackt stand ich vor Henrik, der mir bereits meinen Haufen an Sachen entgegenhielt und wegschaute. Scham breitete sich feurig in meinen Gliedern aus. Hastig verdeckte ich meine Brüste und schnappte Henrik die Sachen aus der Hand, um mich eilig anzuziehen.

»Ich habe nichts gesehen«, versprach er mit noch immer geschlossenen Augen.

»Das will ich dir auch geraten haben«, murmelte ich und zwängte mich in meine Leggings, um mir dann das T-Shirt überzustülpen.

»Dieses Mal war ich ein braver Junge«, meinte er.

Mein Blick wanderte zu ihm. Er hatte eine Hand immer noch vor den

Augen, doch dieses Mal erkannte ich einen Spalt, durch den sein blaues Auge hindurchsah. »Ich hoffe für dich, dass du mich nicht anlügst«, riet ich ihm.

»Was wäre, wenn ich dich anlüge?«

»Das wirst du dann sehen«, sagte ich, weil mir keine bessere Drohung einfiel.

Er lachte leise, weil er wahrscheinlich meinen Versuch durchschaute. »Ernsthaft«, sagte er und stand auf, damit wir uns zusammen zum Speisesaal begeben konnten.

Ich hoffte, dass wir das Mittagessen nicht verpasst hatten, ansonsten würde ich wohl elendig bis zum Abendbrot verhungern. »Na gut, ich glaube dir dieses Mal. Aber auch nur weil ich zu hungrig bin, um mir dich vorzuknöpfen.«

»Den Göttern sei Dank«, murmelte Henrik und warf mir ein breites Grinsen zu.

Ich wusste in dem Moment nicht, ob mir heiß oder kalt werden sollte. Wenn Henrik tatsächlich geschaut haben sollte … Mein Magen verknotete sich, doch ein warmes Kribbeln breitete sich gleichzeitig in meinem gesamten Körper aus.

19

Gemeinsam mit Ziska saß ich auf einer Bank und beobachtete unsere Mitschüler*innen. Wir hatten uns ein Eis vom sonntäglichen Mittagessen mitgeben lassen. Der kühle Nachtisch machte es angenehmer, in der Hitze der Sonne zu sitzen.

»Was denkst du, was ist sie?« Ziska deutete auf eine Mitschülerin, die sich mit einem Jungen unterhielt. Sie trug eine Jeanshose, die an den Knien zerrissen war, an den Füßen Boots und ein leichtes dunkelgrünes Top.

Ich runzelte die Stirn. »Irgendwelche Tipps?«

Ziska kicherte kurz und leise. »Nein. Darauf musst du allein kommen.«

Mit geschürzten Lippen betrachtete ich das Mädchen. Beobachtete, wie sie ihre Haare nach hinten warf, während sie lachte, um dann eine Strähne nach vorn zu holen, um offensichtliche Signale an den Typen zu geben.

»Ich habe keine Ahnung«, gestand ich.

»Rat einfach mal. Sonst macht das doch keinen Spaß.«

Ich verdrehte die Augen. »Eine Nymphe?«, fragte ich ins Blaue.

»Kannst du nicht auch ernsthaft überlegen?«

»Ziska, ich habe wirklich keine Ahnung«, stöhnte ich und sackte erschöpft gegen die Bank, auf der wir saßen.

»Sie ist eine Hexe.«

Verwirrt blinzelte ich. »Woran erkennst du das?«

Ziska grinste. »Ich kenne sie.«

»Toll. Wie soll ich das denn dann herausfinden?«

»Das ist ja gerade das Interessante«, erklärte Ziska. »Abgesehen vom Duft, den du irgendwann zuordnen können wirst, gibt es äußerlich keinerlei

Merkmale, an denen wir uns von den Menschen unterscheiden würden. Aber in unserem Innerem schlummert eine Bestie, die die Menschen verschlingen und zu unseren Knechten machen will.« Ein böses Lachen erklang aus ihrer Kehle.

Ich fiel darin ein. »Gott, Ziska«, rief ich aus und legte die Hände übers Gesicht.

»Was denn? Das denkt dieser krankhafte Orden doch über uns. Dass wir Monster sind, die die Weltherrschaft an sich reißen wollen. Dass niemand von uns über eine Welt aus Idioten herrschen wollte, macht sich keiner drüber Gedanken.« Zwar schwang in ihrer Stimme noch ein Hauch Leichtigkeit mit, aber der Frust war nicht zu überhören.

Die momentane Situation nagte an uns allen. Mittlerweile waren zwölf Leute verschwunden. Von Kweldulf hatte bisher auch niemand etwas gehört. Die meisten Schüler*innen verbarrikadierten sich in ihren Zimmern, während manch andere nur noch in Gruppen unterwegs waren in der Hoffnung, unseren unsichtbaren Gegnern ein Schnippchen zu schlagen. Doch die Angst hatte sich wie eine dünne Schicht über das Gelände gelegt. Jeder hier verströmte etwas von dem bittersüßen Geruch.

»Wer ist dieser Orden?«, hakte ich nach.

»Absolut fanatische Idioten, die glauben, wir wollten ihnen irgendwas wegnehmen. Dabei wollen wir nur unsere Ruhe haben.«

Betroffen sah ich zu Boden. »Kann man nicht mit ihnen reden?«

»Erinnerst du dich an die Hexenverbrennungen?«

Ich schluckte.

»Das ist passiert, nachdem wir mit ihnen reden wollten.«

»Verdammt.«

»Das kannst du laut sagen«, gab Ziska seufzend nach und streckte sich auf der Bank aus. Sie hatte ihr Eis aufgegessen und richtete ihr Gesicht in Richtung Sonne. Ihre dunkle Haut schimmerte in den Strahlen.

»Was ist er?«, fragte ich und deutete auf den Jungen, der mit der Hexe sprach.

»Ein Satyr.«

»Du meinst, eine Ziege?«

Ziska kicherte. Erleichtert entspannten sich meine Muskeln wieder, die nach dem Gesprächsschlenker über diesen Orden verspannt gewesen waren. »Sag das bloß niemals zu ihm.«

»Warum?«

Sie blinzelte zu mir. »Du weißt, was Satyrn sind?«

»Lustmolche?«

Wieder kicherte Ziska. »Das kommt so ungefähr hin. Sie sind das männliche Gegenstück zu den Nymphen. Sie haben eine besondere Bindung zur Natur und zu ihrem Gottvater Pan. Angeblich sollen sie mit den Tönen einer Flöte die Natur machen lassen können, was sie wollen. Zudem können sie ihre Düfte verändern, sodass du dich unweigerlich nach ihnen sehnst.«

Ich zog die Augenbrauen nach oben. »Sie können mich dazu bringen, dass ich sie will?«

»O ja. Und wenn sie dir Rache geschworen haben, werden sie dich nicht eher erlösen, ehe du den Verstand verloren hast.«

»Na, dazu fehlt nicht mehr viel.«

Ziska stupste mich von der Seite an. »So schlimm ist es nicht. Es wird irgendwann auch für dich normal sein.«

»Das glaube ich nicht«, widersprach ich.

»Klar, wart mal ab. Irgendwann wirst du auf diesen Moment sehen und denken: Die allwissende Ziska hatte recht.«

Ich prustete wieder. »Ist klar.«

»Natürlich.«

Ein Schrei gellte durch den Garten des Internats. Ruckartig setzten Ziska und ich uns auf.

»Marie!«, hallte eine Stimme durch die Menge. Ein Mädchen bahnte sich durch die anderen, wahrscheinlich auf der Suche nach dieser Marie.

Ziska sprang auf und ich folgte ihr.

»Was ist los?«, fragte Ziska und nahm das Mädchen in den Arm.

Sie fuhr sich durch die kurzen blonden Haare. Ihre Augen waren rot unterlaufen, als müsste sie sich zwingen, die Tränen zurückzudrängen.

»Ich habe mit Marie geredet, mich kurz weggedreht und auf einmal war sie weg.«

Ich runzelte die Stirn. »Einfach so?«

»Wir haben uns gestritten. Aber …« Ein Schluchzen unterbrach sie. Ziska nahm sie fester in den Arm. Selbst mir war das Zittern des Mädchens aufgefallen. »Sie stand neben mir!«, rief sie aus und legte ihre Hände vors Gesicht.

»Na komm, wir gehen zu meiner Tante. Wir werden Marie finden.« Ziska warf mir einen fragenden Blick zu. Ich nickte ihr zu und gemeinsam mit dem aufgelösten Mädchen ging sie ins Internat.

Nummer Dreizehn. Mein Bauch knüllte sich zu einem Knäuel zusammen. Mir wurde übel und Angst kroch eiskalt meinen Nacken herauf. Dass dieser Orden das nicht sein konnte, hatte Henrik schon angemerkt. Und nach dem, was ich die letzten Tage von dieser Institution gehört hatte, konnte ich es mir auch nur schwer vorstellen, dass sie sich mit einzelnen Opfern zufriedengeben würden. Aber sonst konnte auch niemand das Gelände betreten oder verlassen, ohne von den Wachposten entdeckt zu werden. Doch die hatten nichts gesehen – genauso wenig wie es irgendwelche Hinweise auf die Vermissten gab.

Mein Handy vibrierte auffordernd in meiner Hosentasche und ich zog es hastig heraus in der Hoffnung, es könnte Susann sein. Meine Schultern sackten enttäuscht hinab, als ich entdeckte, dass es nur ein Newsletter war. Ich unterdrückte ein Seufzen und ging los, ohne ein richtiges Ziel im Kopf zu haben.

Drei Tage war es her, dass ich das letzte Mal Kontakt zu Susann gehabt hatte. So lange waren wir bisher nie ohne einander gewesen. Sie fehlte mir. Sie war mein Leuchtturm in der stürmenden See gewesen. Jetzt ohne sie zu sein, fühlte sich falsch an. Ich rieb mir über die Stirn. Die Worte von Ziska waren präsent in meinem Kopf. Vielleicht war es gut, dass sich Susann zurückzog. Ich hatte plötzlich so viel in meinem Leben, von dem sie nichts wissen durfte.

Mein Herz wurde eng. Doch gerade die Sorge mit den verschwundenen Opfern wollte ich mit ihr teilen. Sie könnte mich sicherlich beruhigen. Außerdem wollte ich wissen, wie es ihr ging.

Ich umfasste mein Handy fester, ehe ich mich auf den Weg konzentrierte. Es war Sonntag und ich hatte keinerlei Ahnung, wie ich mir hier die Zeit vertreiben sollte. Ich wusste, dass Henrik mit den Restlichen aus dem Rudel etwas unternahm. Dass Ziska mich beansprucht hatte, war eine gute Ausrede gewesen, um mich ihnen nicht anzuschließen. Dabei war mir klar, dass ich mich nicht ewig vor dem Rudel würde drücken können. Es gehörte zu mir wie mein Blut. Wie die Wölfin, die in mir schlummerte. Mein Blick fiel auf das Gerät in meiner Hand.

Mit einem mulmigen Gefühl betrachtete ich es. Der Name meiner Mutter war nur einen einzigen Anruf entfernt. Er hatte ihn zuvor nie genannt. Als Kind hatte er mir ab und an von ihr erzählt, aber nachdem ich bemerkt hatte, wie sehr es ihn schmerzte, hatte ich nicht mehr gefragt.

Nervös tippte ich mit dem Daumen auf das Display, das daraufhin aufleuchtete und den Newsletter wieder anzeigte.

In Gedanken versunken war ich weitergelaufen. In dem Flur, in dem ich mich aufhielt, war ich zuvor noch nie gewesen. Riesengroße Bilder in alten Rahmen zierten die Wände. Der Gang führte geradewegs zu einer Flügeltür. Zielstrebig ging ich darauf zu. Neben der Tür hing ein Schild mit der Beschriftung »Bibliothek«. Ich stieß die Tür auf und hielt die Luft an. Regal drängte sich an Regal. Buchrücken waren dutzendfach auf mich gerichtet. Verzaubert trat ich in den Raum und konnte nur staunen. Ich legte den Kopf in den Nacken, um alles aus dem Raum fassen zu können. Regale standen in Reih und Glied nebeneinander. Die Räumlichkeiten zogen sich sicherlich über zwei Etagen, durch eine Galerie konnte ich die zweite Etage bereits erahnen. Mein Herz setzte einen Schlag aus. Wie viel Wissen hier liegen musste! Die Situation erinnerte mich an den Film »Die Schöne und das Biest«, als das Biest Belle seine Bibliothek zeigte. Mein Herz machte einen aufgeregten Hüpfer. Mit langsamen Schritten trat ich tiefer in den Raum und ließ mich von der stillen Atmosphäre einhüllen.

»Was suchen Sie?«

Überrascht zuckte ich zusammen.

Ein kleiner Mann tauchte aus einem Gang auf und watschelte eher auf mich zu, als dass er ging. Er hatte volles weißes Haar, das ihm wirr vom Kopf abstand, und betrachtete mich aus zusammengekniffenen Augen, als täte ich etwas Verbotenes, indem ich die Bibliothek betreten hatte.

»Ich ... ähm ... Ich suche nichts«, erklärte ich langsam.

Er zog die Augenbrauen zusammen. »Ach nein?«

»Nein.« Zur Bekräftigung schüttelte ich den Kopf. »Ich bin einfach gelaufen und habe hierher gefunden.«

Der Mann stieß ein Schnauben aus. »Wenn ich helfen kann, scheuen Sie sich nicht zu rufen.«

Ich biss mir auf die Lippe und nickte. »Natürlich.« Wahrscheinlich würde ich ihn niemals um Hilfe bitten.

Er watschelte zurück in den Gang, aus dem er gekommen war, und ließ mich zurück. Ich drehte mich und versuchte, den gesamten Eindruck irgendwie zusammenzufassen. Aber es war zu viel. Es war zu eindrucksvoll. So viel Wissen auf einem Haufen. So viele Geschichten, die sich erzählen wollten, und zahlreiche Informationen, die geteilt werden wollten. Ein statisches Kribbeln lief durch meinen Körper und ich begab mich in den nächstbesten Gang, um mich gänzlich in diesem wahr gewordenen Traum zu verlieren.

Mit meinem Zeigefinger strich ich über die verschiedenen Buchrücken. Das Gefühl der gepressten Seiten unter meiner Haut war wie Balsam für meine Seele. Niemals zuvor hatte ich so eine Bibliothek gesehen. Ich schloss die Augen und sog die Luft ein, die nach Papier und Staub roch. Ein seliges Lächeln breitete sich auf meinen Lippen aus. Gott, ich liebte es hier. Vor allem schien sich hier sonst niemand zu befinden, wodurch die Ruhe in dem Paradies himmlisch war.

Ich öffnete meine Augen und ließ den Blick über das Regal wandern. In dem Gang schienen Kräuter- und Blumenbücher ihren Platz zu haben. Nachdenklich kaute ich auf meiner Lippe. Ehe mich der Mut verlassen konnte, drehte ich wieder um und ging den Gang zurück. In dem großen Eingangsbereich sah ich niemanden. Hinter der Theke, die für den Bibliothekar vorgesehen war, befand sich auch niemand. »Hallo?«, rief ich sachte in die Räumlichkeiten.

»Moment!«

Die Stimme von dem kleineren Mann war irgendwo in den Untiefen der Bibliothek zu hören. Unwohl trat ich von einem auf den anderen Fuß.

Schritte erklangen links von mir. Ich drehte mich in die Richtung und sah den Mann auf mich zukommen. »Wie kann ich nun helfen?« Er legte den Kopf schief.

»Ähm ... Ich ... Ich bin neu hier und, na ja, ich wollte fragen, ob es irgendwie ein Lexikon oder ähnliches darüber gibt, welche Wesen es gibt und so ...« Meine Stimme verlor sich am Ende des Satzes. Die Augen des Mannes wirkten hart und unnachgiebig. Am liebsten wollte ich mich aus der Reichweite seines Blickes winden.

Er hob sein Gesicht etwas an und ich beobachtete, wie seine Nasenflügel sich blähten, als würde er meinen Geruch einatmen. »Fenriswolf«, murmelte er und runzelte die Stirn. »Wieso wollen Sie so was erfahren?«

Hinter meinem Rücken verschränkte ich die Arme und spielte mit meinen Fingerknöcheln. »Ich bin erst seit ein paar Tagen Mitwissende«, erklärte ich. Meine Stimme bebte leicht bei meinen Worten.

Eine seiner Augenbrauen wanderte in die Höhe. »Fenriswölfe werden geboren«, erinnerte er mich.

»Ja, ich habe meine letzten Jahre damit verbracht, ihn zu unterdrücken. Ich bin bei einem Menschen aufgewachsen.«

Sofort veränderte sich die Haltung des Mannes. »Sie armes Kind! Folgen Sie mir«, sagte er und drehte sich abrupt ab.

Für einen Moment blinzelte ich, weil ich seiner Wandlung nicht gänzlich folgen konnte, beeilte mich dann aber mit ihm Schritt halten zu können. Trotz seiner kurzen Beine war er überraschend flink.

Der Mann, von dem ich ausging, dass er der Bibliothekar war, brachte mich in die erste Etage der Bibliothek und kramte in seiner Westentasche nach einem Schlüssel. »Wir haben einige Bücher, in denen eine Vielzahl an Wesen steht, die Sie gern studieren können. Wir müssen bei den Werken nur aufpassen, dass niemand der Menschen sie in die Finger bekommt. Deswegen dürfen wir die Bücher auch nicht ausleihen«, erklärte er.

Nach wenigen Regalen in der ersten Etage wurde eine hölzerne Wand sichtbar, die mit wunderschönen Reliefs geschmückt war. Ich erkannte einen Wald, in dem Feen und Dryaden tanzten, während ein Wolf auf einem Stein hockte und seinen Blick über die Wesen gleiten ließ. Beeindruckt blieb ich stehen und musterte das Bildnis. »Das ist wunderschön«, sagte ich.

»Ja, Swen, der Gründer dieser Schule, hat es nach den Erzählungen seines Großvaters erschaffen.«

»Nach den Erzählungen seines Großvaters?«, hakte ich interessiert nach.

»Swens Großvater war bei der großen Schlacht zwischen Loki und Odin dabei. Dabei wurde das Schlachtfeld in den Märchenwald getrieben und das soll Swens Großvater wohl gesehen haben, als er mit seinen Wölfen eindrang. Fenrir und dessen Untertanen, die am Feiern waren.«

Ich runzelte die Stirn. »Moment … Märchenwald?«, bohrte ich weiter und sah wieder zu dem Mann, der trotz seines gruseligen Aussehens überraschend sympathisch war.

Er sah über die Schulter zu mir. »Entschuldige, ich vergaß. Der Märchenwald wurde damals von den Gebrüdern Grimm erschaffen. Zwei sehr mächtige Hexer, doch sie verloren die Kontrolle über die Märchen, weswegen Odin diesen nach Asgard verbannte. Fenrir, der Herrscher des Waldes, nahm die Märchen unter seine Fittiche, wodurch diese nun ihm unterstellt sind.«

Hastig schloss ich den Mund wieder, der bei den Erzählungen wohl offen gestanden hatte. »Das ist … wow.« Mir fehlten gänzlich die Worte.

Er nickte. »Ich kann Sie sehr gut verstehen. Als ich das erste Mal von alledem hörte, war ich ebenfalls sehr überfordert.«

»Sie wurden auch nicht mit dem Wissen erzogen?«

»Nein. Meine Mutter starb bei meiner Geburt und mein Vater dachte einfach, dass ich verflucht sei.« Über sein Gesicht huschte ein Schatten.

»Das tut mir leid.«

»Das muss es nicht, das ist schon gut zweihundert Jahre her.«

Verwirrt blinzelte ich. »Wie bitte?«

Er legte seinen Finger an die Lippen. »Zweihundertdreiundachtzig, um genau zu sein.«

»Was sind Sie?«, fragte ich vollkommen entgeistert.

Ein Lächeln glitt über seine Züge. »Mein Name ist Theobald Weißblatt. Ich bin ein Zwerg.«

»Ein ... ein Zwerg?«, stammelte ich.

»Exakt, meine Liebe. Aber nun kommen Sie. Ich will Sie nicht noch länger von Ihrem Wissensdurst abhalten.«

Ich musste schwer schlucken. Ein knapp dreihundert Jahre alter Zwerg war der Bibliothekar eines Internats, in dem auch Menschen zur Schule gingen. Wow.

Er holte den Schlüssel hervor, den er vorhin bereits herausgekramt hatte, und steckte ihn in ein Schlüsselloch, das in einer Astgabel beinahe unsichtbar war.

Herr Weißblatt stieß die Tür auf und deutete mir, vorzugehen. Ich folgte seinem Befehl und trat durch die etwas niedrige Tür. Als ich mich auf der anderen Seite wieder aufrichtete, wurden meine Knie weich. Der andere Teil der Bibliothek war schon ehrfurchtsvoll gewesen, doch dieses Abteil übertraf es. Statt der recht modernen Buchdeckel zierten alte, reich geschmückte Buchrücken die schwer anmutenden Regale. »O mein Gott«, staunte ich und drehte mich im Kreis in der Hoffnung, alles erfassen zu können. Dieses Abteil erstreckte sich über mehrere Etagen und besaß gerundete Decken. Die deckenhohen Fenster ließen die Sonnenstrahlen herein, die den tanzenden Staub in dem Abteil sichtbar machten.

»Ja, ich weiß, wie Sie sich fühlen«, ermunterte mich der Zwerg und watschelte an mir vorbei.

Widerwillig löste ich meinen Blick von der Pracht und folgte stattdessen dem Zwerg, der eine weitere Etage erklomm und danach auf einen Tisch deutete. »Setzen Sie sich dort hin, ich hole Ihnen einige Bücher. Eins davon wird Sie mit Sicherheit sehr interessieren, wenn Sie einen ersten Einblick in die Welt des Übernatürlichen erhaschen wollen.«

Ich nickte mit offen stehendem Mund und ließ mich auf dem hübsch verzierten Stuhl sinken. Das Polster gab bedenklich viel nach, sodass ich mich nicht gänzlich zurücklehnte. Mein Blick ging wieder auf Wanderschaft und ich versuchte mir jedes Detail der Bibliothek einzuprägen.

Wieso hatte mir die nur keiner zu Beginn gezeigt?

Der Zwerg kam mit einem riesengroßen Buch zurück, das er mit beiden Händen tragen musste. »Da stehen bei Weitem nicht alle drin, die existieren, aber genügend, um sich einen weitestgehend lückenlosen Blick gegenüber den Verborgenen zu machen. Und das hier ist ein Buch über die nordische Mythologie, aus der Sie hervorgehen.«

Überrascht blinzelte ich. »Verborgenen?«, erkundigte ich mich fragend.

Herr Weißblatt ließ das Buch mit einem Rumps auf dem Tisch sinken und ich drehte es direkt in meine Richtung.

»Genau. Um uns nicht immer ›Wesen‹ zu nennen, gab es im Jahr 800 vor Christi den Beschluss, uns Verborgene zu nennen. Aber das steht auch alles da drin.«

Liebevoll strich ich über das bereits abgegriffene Leder. »Danke schön.«

»Sehr gern. Wenn Sie etwas brauchen, scheuen Sie sich nicht Bescheid zu sagen.« Er deutete hinter mich. »Über das Telefon können Sie mich erreichen.«

Ich drehte mich dorthin und entdecke an der Wand ein Telefon, an dessen Seite ein Zettel mit verschiedenen Nummern klebte. »Danke.«

»Sehr gern. Viel Erfolg.«

Ich schenkte ihm ein Lächeln und schlug die erste Seite auf, um endlich mehr über diese verrückte Welt zu erfahren, in die ich hineingeboren, aber jetzt erst entdeckt hatte, dass sie tatsächlich wahr war.

20

Dryaden werden zusammen mit einem Samen in ihrem Inneren geboren. Solange sie im Baum ihres Vaters leben, hegen und pflegen sie ihn und gehen somit eine Verbindung zu dem Samen ein. In dieser gesamten Zeit sieht niemand die Kinder der Dryaden. Erst im paarungsfähigen Alter werden sie aus ihrem Vaterbaum entlassen und gehen auf die Suche nach einem Partner oder Partnerin.

Ich runzelte die Stirn. Nirgends auf der Seite stand, wie alt Dryaden sein mussten, um sich paaren zu können. Lebten sie jahrelang in einem Baum? Ohne auch nur einmal herauszukommen? Nachdenklich trommelte ich auf den alten Seiten. Dieses Buch war so viel mehr, als Herr Weißblatt versprochen hatte. Es gab mir so vieles Infos, die ich kaum an einem Tag verarbeiten könnte. Für mich las es sich wie ein Fantasytext. Es war so surreal, dass dies Tatsachenberichte waren, die jemand mit sehr viel Mühe zusammengetragen hatte, um das Verständnis zwischen den Wesen zu transportieren.

Klick!

Überrascht sah ich auf und starrte direkt in das Visier einer Kamera. Henriks Gesicht war noch dahinter verborgen, wobei das Grinsen auf seinen Zügen nicht zu übersehen war. Er senkte die Kamera. »'tschuldige, ich wollte dich nicht erschrecken.«

»Du willst lieber ungefragt Fotos von mir machen?«, hakte ich nach, konnte aber nicht verhindern, dass ein leichtes Lächeln sich auf meine Lippen stahl.

Er ließ sich auf den Stuhl mir gegenüber nieder. »Wenn es dich beruhigt, die Fotos wird niemals jemand zu Gesicht bekommen.«

Ich runzelte die Stirn. »Fotos?«

Er lachte rau. »Von dir habe ich nur das eine gemacht.«

Erleichtert ließ ich die Schultern sinken. »Und das eine ist so schlimm, dass du es niemandem zeigen willst?«, hakte ich weiter nach.

»Ich weiß noch nicht, wie es geworden ist. Aber ...« Er zuckte mit den Schultern. »Ich zeige meine Fotos niemandem.«

»Was? Warum denn nicht?«

Ich beobachtete, wie Henrik etwas in seinem Stuhl versank, als wäre ihm meine Frage unangenehm. »Ich weiß nicht«, gab er zu. »Ich behalte sie gern für mich. So kann ich am besten die Eindrücke einfangen, die mich in der Situation angesprochen haben.«

Verwirrt zog ich die Stirn kraus. »Also zeigst du sie niemandem, weil deine Fotos eventuell nicht von jedem verstanden werden könnten?«

Henrik stützte sich mit seinem Ellbogen auf den alten Holztisch der Bibliothek und legte sein Kinn auf seiner Hand ab. »So ungefähr. Bilder sind reine Interpretationssache. Es ist nur verständlich, dass sie nicht jeder so verstehen wird, wie ich es tue.«

»Okay. Und warum hast du mich fotografiert?«

Ein Lächeln legte sich auf seine Lippen. »Die Bibliothek ist eine meiner liebsten Locations. Ich mag die Ruhe, die Atmosphäre, die durch die Buchrücken transportiert wird. Es ist erhaben, erschlagend, aber auch so beruhigend.«

»Du magst Bücher«, stellte ich fest.

»Ja, aber ich lese sie nicht gern.«

Ich stieß ein Prusten aus. »Du magst Bücher, aber nicht sie zu lesen?«

Er hob entschuldigend die Schultern. »Ich kann nichts dafür. Die meisten Texte, die ich angefangen habe zu lesen, beruhen auf Halbwahrheiten, die sich irgendwelche neunmalkluge Menschen zusammengereimt haben. Oder sind so abstrus an den Haaren vorbeigezogen, dass es keinen Spaß macht.«

Ich hob das Kinn und nickte. »Trotzdem magst du Bücher.«

»Ja. Ich mag einfach das Gefühl, das sie vermitteln – ohne sie zu lesen.«

Nur schwer konnte ich das Lächeln auf meinen Zügen zurückdrängen. »Du hast mir noch immer nicht gesagt, wieso du mich fotografiert hast«, erinnerte ich ihn.

Das Grinsen auf seinen Lippen wurde breiter. »Das habe ich nicht, nein.«

»Hast du es vor?«

Kurz hüllte sich Stille um uns. »Wie wär's: Ich verrate dir, wieso ich dich fotografiert habe, wenn du mich zu einer Fotosession begleitest. An meinem allerliebsten Ort.«

»Nur begleiten?«

»Ich würde mich freuen, wenn du auch ein Teil von den Fotos wirst, aber ich würde dich nicht zwingen.«

Ich knabberte an meiner Unterlippe. »Na gut. Machen wir es so.«

*»Es folgt eine wichtige Durchsage. Liebe Schüler*innen, bitte versammeln Sie sich im Speisesaal.«*

Mit großen Augen sah ich mich in der Bibliothek um. »Was war das?« Ich hatte klar und deutlich Direktorin Wards Stimme durch die Bibliothek hallen gehört, sah nur nirgends diese hässlichen Lautsprecher, die ich aus den verschiedensten Teenie-Komödien-Filmen kannte.

»Na komm, wenn Ward Zauberkräfte benutzt, um uns zusammenrufen zu lassen, kann es nur etwas Ernstes sein.«

»Sie hat das mit Magie gemacht? Ich dachte, sie sei ein Geist?«

»Ist sie auch, Samson ist eine Hexe, erinnerst du dich?«

»Oh. Okay.« Ich stand auf und ging zum Telefon, das mir Herr Weißblatt gezeigt hatte. Wie auf dem Zettel, der daneben hing, erklärt wählte ich die Eins und wartete ab. Das schrille Klingeln der anderen Leitung war selbst hier oben zu hören. »Ja?«, meldete sich Weißblatt am Telefon.

»Ivy hier. Ist es in Ordnung, wenn ich das Buch an Ort und Stelle liegen lasse? Ich würde gern wiederkommen und weiterlesen.«

»Natürlich! Ich lass es gern dort für Sie liegen.«

»Danke schön.«

Ich legte wieder auf und wandte mich Henrik zu, der ebenfalls aufgestanden war. Gemeinsam verließen wir den geheimen Teil der Bibliothek, um uns mit den anderen zu versammeln. »Es wird wahrscheinlich um die Vermissten gehen, nicht wahr?«, fragte ich leise, während Henrik und ich die Treppe runtergingen.

Im Augenwinkel konnte ich beobachten, wie sich Henriks Kiefer verspannten. »Alles andere würde mich, um ehrlich zu sein, wundern.«

Ein schweres, trübes Gefühl legte sich in meinem Bauch ab. Ich erinnerte mich noch zu gut an das Mädchen von vorhin, das sich einfach nur umgedreht hatte und deren Freundin plötzlich verschwunden war. Wie konnte sich jemand von jetzt auf gleich in Luft auflösen?

Henriks Finger streichelten sanft über meine. Überrascht sah ich zu seiner Hand, die neben meiner schwebte, ehe ich den Blick zu ihm hob. Er musterte mich mit einem leichten Lächeln. »Es wird alles gut. Die Schule wird denjenigen finden, der Schuld an dem Verschwinden der anderen hat.«

Ich zwang mich, sein Lächeln zu erwidern, wobei es meine Augen sicherlich nicht erreichte. »Ich hoffe es.«

Seine Finger entfernten sich von meiner Haut und ich bemerkte, dass ich seine Nähe sofort vermisste. Hastig versteckte ich die Hände in meiner Hosentasche und ballte sie zu Fäusten.

Im unteren Bereich der Bibliothek erwartete uns Herr Weißblatt. »Konnte Ihnen das Buch weiterhelfen, Ivy?«, erkundigte er sich.

»Ja, sogar sehr! Ich habe aber eine Frage: Wann sind Dryaden denn im paarungsfähigen Alter?«

»Das System der Dryaden hatte mich auch sofort fasziniert! Ich meine, zunächst hundert Jahre in einem Baum zu leben, um dann erst in die Welt entlassen zu werden, klingt so beim ersten Mal wirklich barbarisch.«

»Hundert Jahre?« Mit großen Augen sah ich zu Henrik, der der Info mit einem Nicken zustimmte.

»Hundert Jahre bleiben die Kinder der Dryaden in einem Baum, ehe sie hinausgelassen werden?«, wiederholte ich.

»Sie gehen so sicher, dass die Kinder stark und kräftig genug sind, um in der Welt zu bestehen. So lange müssen sie sich auch um den Samen in ihrem Inneren kümmern.«

»Aber hundert Jahre?«, hakte ich weiter nach.

»Für Dryaden ist das nur ein Wimpernschlag. Sie können bis zu Jahrtausende alt werden.«

Ich schluckte schwer. Mit solchen Alterszahlen hatte ich bisher noch nie zu tun gehabt. »Jahrtausende … Das ist so … wow. Aber wie lernen …«

Henrik hob die Hand. »Wir wär's, nach der Schule morgen komme ich mit her und beantworte alle deine Fragen? Bis dahin sollten wir aber zum Speisesaal. Nach dem letzten Besuch bei Ward habe ich keine Lust, schon wieder ihre Aufmerksamkeit auf mich zu ziehen.«

Ich presste die Lippen zusammen und sah zu Herrn Weißblatt. Der nickte mit einem strahlenden Lächeln. »Henrik hat recht. Sie sollten sich beeilen. Und ich werde morgen ebenfalls hier sein und mich all Ihren Fragen stellen.«

»Danke«, sagte ich.

Gemeinsam verließen Henrik und ich die Bibliothek und wandten uns in Richtung Speisesaal. Wir erreichten den Saal, als dieser bereits mit Hunderten Jugendlichen gefüllt war. Die Geräuschkulisse erinnerte mich an die Zusammenkünfte an meiner ehemaligen Schule. Alle redeten durcheinander, tauschten sich aus und stellten Befürchtungen in den Raum, was auf uns zukommen könnte. Bei all dem Gehörten zog sich mein Magen protestierend zusammen.

Henrik führte uns sicher durch die Menge zum Rudel. Im Gegensatz zu den anderen Gruppen waren sie still und schienen einfach zu warten.

»Alles in Ordnung?«, erkundigte sich Henrik, als wir neben ihnen stehen blieben.

Peter und Latha nickten. Jespers Gesichtsausdruck war verkniffen und er hatte die Arme vor der Brust verschränkt. »Ja. Aber Ward hat das alles nicht mehr unter Kontrolle«, meinte er.

»Wir werden abwarten, was sie zu sagen hat«, erwiderte Henrik. »Danach treffen wir eine Entscheidung.«

Verwirrt sah ich zwischen den beiden hin und her. »Was für eine Entscheidung?«

»Unsere Alpha will, dass wir nach Hause kommen«, wandte Latha ein.

»Oh.« Ich wusste nicht, was ich noch mehr sagen sollte. Unbewusst verkrampfte ich die Fäuste in meinen Hosentaschen.

Henriks Hand legte sich auf meine Schultern. »Wir haben noch keine Entscheidung getroffen«, schien er mich beruhigen zu wollen.

»Wenn eure Alpha das will, bleibt euch wohl nichts anderes übrig?«, vermutete ich und trat einen Schritt zurück, sodass seine Finger von meiner Schulter glitten.

Jesper und Peter tauschten unwohle Blicke. »Wir können mit ihr reden, wenn du mit uns kommen möchtest«, bot Henrik an.

Ich schüttelte den Kopf. »Nein, ich will mich niemandem aufdrängen.«

Henrik öffnete den Mund, als wollte er noch etwas sagen, doch in dem Moment trat Direktorin Ward auf die Bühne. Schlagartig wurden alle Gespräche stumm. Ich war mir sicher das Ticken der riesigen Uhr hören zu können, während Ward die provisorische Bühne betrat. »Liebe Schüler*innen«, begann sie ihre Rede. »Jedem von euch sind sicherlich schon die Vermissten zu Ohren gekommen.«

Obwohl sie ohne Mikrofon zu uns sprach, hallte ihre Stimme durch den gesamten Saal. Ihr Blick glitt über uns. Ihre Geisterfarbe wechselte von Rot zu Dunkelblau. Als sei sie sich nicht sicher, ob sie wütend oder traurig aufgrund der gegebenen Umstände sein sollte.

»Wir wissen nicht, wohin sie verschwunden sind. Geschweige denn wer schuld daran ist. Es gibt bisher keinerlei Hinweise.« Sie machte eine bedeutungsschwere Pause. »Viele Alphas, Familienoberhäupter und Sprecher*innen sind bereits an mich herangetreten, dass sie ihre Kinder nicht mehr sicher im Swen-Internat wissen. Das ist seit fünfhundert Jahren das allererste Mal, dass so was hinter diesen Mauern geschieht. Deswegen wird es neue Regeln geben. Keiner von Ihnen wird sich noch allein übers Schulgelände bewegen. Bitte, bleiben Sie zusammen.« Sie holte tief Luft. »Und jedem, der sich nicht mehr sicher hier fühlt, ist es frei zu gehen. Ich werde niemandem Steine in den Weg legen.« Sie deutete hinter sich. »Die Lehrer und ich sind uns einig, dass der Unterricht trotz allem weitergehen wird.«

Ein spöttisches Schnauben kam von Latha. Überrascht sah ich zu ihr. Sie hatte die Arme vor der Brust verschränkt. Ihr Blick lag schon beinahe zornig auf Ward.

»Ansonsten kann ich Sie nur bitten vorsichtig zu sein. Bitte melden Sie alles, was Ihnen ungewöhnlich vorkommt. Ich danke Ihnen für Ihre Aufmerksamkeit.«

Sie wandte sich von uns ab und ging die Bühne wieder runter, ehe sie durch die Wand des Speisesaals verschwand. Ich rieb mir über die nackten Arme, um das Gefühl der Kälte zu vertreiben, das nach mir gegriffen hatte. Um mich herum hörte ich, wie die Ersten sagten, dass sie ihre Taschen packen würden. Ich versuchte den schweren Kloß in meinem Hals runterzuschlucken, doch er blieb hartnäckig an Ort und Stelle.

»Also, wann packen wir die Taschen?«, erkundigte sich Latha. »Ich will keinen einzigen Tag noch hierbleiben und hoffen, dass niemand von uns als Nächstes vermisst wird.«

Ein Geschwür bildete sich in meinem Magen. »Ich geh in mein Zimmer«, verabschiedete ich mich.

»Ivy!« Henrik griff nach meiner Hand. »Du kannst dich uns anschließen«, wiederholte er sich.

»Nein. Ich gehöre nicht zu eurem Rudel«, wiederholte ich Lathas Worte vom Vortag und fühlte mich hundeelend dabei, weil ich wünschte, dass es anders wäre. In diesem Moment sehnte ich mich danach, das Gefühl zu haben, irgendwohin zu gehören.

Ich löste mich von Henrik. Dabei schloss ich mich dem Strom an, der bereits Richtung Ausgang trieb. Ein eisiges Gefühl hatte nach mir gegriffen. Ich gehörte nicht zu dem Rudel. Nicht hierher, aber auch nirgendwo anders hin. Ich war heimatlos. Tränen stiegen in mir hoch, die ich hastig zu verkneifen versuchte. Ich wollte jetzt nicht hier, mitten in einer Traube, anfangen zu heulen.

In Ziskas und meinem Zimmer angekommen ließ ich mich erschöpft gegen die Tür sacken. Dank meiner Mutter hatte ich keinen Ort, den ich Zuhause nennen konnte, an den ich zurückkehren konnte. Genauso wenig wie ich nach den letzten Tagen bei Susann auftauchen konnte. Sie würde mich wahrscheinlich fragen, ob ich noch alle Tassen beisammenhatte. Ich kratzte mit meinen Nägeln über das Türholz, als ich meine Hände zu Fäusten ballte. Diese Welt, die das Internat mir eröffnet hatte, löste eine Faszination in mir aus, die ich noch niemals zuvor gefühlt hatte. Gleichzeitig hatte sie mir alles genommen ... Dieser Gedanke tat erschreckend weh.

Ich schloss die Augen und holte tief Luft. Mir blieb nichts anderes übrig, als hierzubleiben. Es sei denn, ich würde mich Henrik und den anderen anschließen. Doch schon wieder in eine komplett fremde Umgebung, mit Menschen – nein, Fenriswölfen –, die ich nicht kannte? Deren Gepflogenheiten komplett fremd für mich waren? Und die mich ebenfalls nicht kannten, selbst wenn Henrik behauptete, dass ich aus ihrem Rudel stammte, gab es keinerlei Garantie dafür, dass sie mich auch bei sich haben wollten. Vor allem wer wusste schon, wer meine Mutter gewesen war? Vielleicht war sie auch aus dem Rudel geflogen oder hatte sonst was verbrochen.

Ich merkte, wie ich mich wieder in meinem Gedankenkarussell verlor. Ich holte tief Luft und zog das Handy aus meiner Hosentasche. Keine Anrufe. Keine verpassten Nachrichten. Niedergeschlagen sackte ich wieder gegen die Tür. Ich konnte verstehen, wieso Susann nichts mehr von mir wissen wollte. Aber ich vermisste sie. Unglaublich. Gerade jetzt bräuchte ich sie.

Die Tür wurde aufgestoßen und ich fiel zwei Schritte nach vorn. »Verdammt!«, zischte ich, während ich mich wieder aufrichtete.

»Oh, sorry! Ich wusste nicht, dass du an der Tür stehst«, entschuldigte sich Ziska.

Ihre Locken wirkten wilder als das letzte Mal, als wir uns gesehen hatten. »Alles okay?«, erkundigte ich mich bei ihr.

Sie stieß ein Seufzen aus und ließ die Tür hinter sich zufallen. »Nein. Meine Ma will, dass ich nach Hause komme.«

Langsam ließ ich mich auf mein Bett sinken. Ich wurde das Gefühl nicht los, dass das Internat schon bald ziemlich leer wäre. »Das ist doch nur natürlich, sie hat Angst um dich.«

»Und traut damit ihrer Schwester nicht zu, um mich zu sorgen.«

»Das heißt das nicht automatisch«, nahm ich ihre Mutter in Schutz. »Das heißt nur, dass sie sich um dich sorgt, weil niemand bisher versteht, warum und wie die Leute verschwinden.«

Ziska ließ sich neben mir aufs Bett sinken und legte sich mit dem Rücken auf die Matratze. »Schon. Aber meine Tante nimmt es persönlich.«

»Willst du denn nach Hause?«

Kurz blieb Ziska still. »Ja und nein«, erwiderte sie. »Ich glaube, nur ein Volltrottel würde momentan hierbleiben wollen – vollkommen ohne Sorge. Gleichzeitig habe ich hier meine Freunde, die zwar ebenfalls mit dem Gedanken spielen heimzufahren, aber hier kann ich … ich sein. Ich habe dir ja erzählt, dass mein Pa ein Mensch ist …«

Verständnisvoll nickte ich.

»Dieses Internat ist der einzige Ort, an dem ich meine wahre Gestalt nicht verbergen muss.«

»Bist du trotzdem gern zu Hause?«

»Natürlich. Es ist meine Heimat.«

»Wenn ich die Möglichkeit hätte …«, sagte ich langsam. »Dann würde ich gehen.«

»Was?« Überrascht musterte mich Ziska

»Niemand weiß, wer als Nächstes verschwindet. Wir können uns gar nicht die gesamte Zeit im Auge behalten, selbst wenn wir nur noch zu zweit durch die Gänge schlendern. Ich meine, aufs Klo werden die meisten noch allein gehen wollen. Wenn nicht bald etwas getan wird, dann werden noch mehr verschwinden.«

»Die Schule tut bereits, was sie kann …«, murmelte Ziska.

»Und dennoch verschwinden weiter Leute«, erinnerte ich sie.

Sie hob die Hände an die Stirn und stieß ein tiefes Seufzen aus. »Das ist doch scheiße«, murmelte sie.

Ich ließ mich neben sie sinken und starrte an die Decke. Die Angst hatte sich um meinen Magen gewoben wie ein Faden und ich hatte das Gefühl, mit jeder Sekunde, dass sie sich enger um mich zusammenzog. »Da hast du recht«, murmelte ich.

»Vielleicht solltest du ebenfalls dann nach Hause.«

»Wenn ich könnte, würde ich es tun.«

Ziska richtete sich auf. »Warum solltest du nicht nach Hause können?«

»Mein Vater ist irgendwo in China unterwegs. Und meine beste Freundin will nichts mehr von mir wissen.«

Die braunen Augen meiner Freundin weiteten sich. »Scheiße …«, stieß sie hervor. »Wenn du möchtest, könnte ich meine Mutter fragen …«

Ich schüttelte den Kopf, bevor sie auch nur den Satz beenden konnte. »Danke, aber das ist nicht nötig.«

»Bist du sicher?«

Schweren Herzens nickte ich. Mir kam es nicht richtig vor, mich irgendwelchen fremden Leuten aufzudrängen. Ich klopfte mit einem Finger gegen das Display. Susann und mein Vergangenheits-Ich strahlten mich vom Hintergrundbildschirm an. »Ich muss noch mal telefonieren«, sagte ich und richtete mich vom Bett auf.

»Warte, ich komme mit.«

»Nein. Bleib hier. Ich … Das wird kein schönes Telefonat«, sagte ich matt. Der schale Beigeschmack breitete sich in meiner Mundhöhle aus.

»Wir sollen zu zweit bleiben«, ermahnte Ziska mich.

»Ich beeile mich. Okay?«

Ich konnte ihr ansehen, dass sie mit sich rang. »Na gut«, gab sie nach. »Aber wenn du in zwanzig Minuten nicht wieder hier bist, schicke ich alle los nach dir suchen.«

Ein kleines Lächeln rang sich von meinen Wangen. »Danke.«

Sie nickte mir zu.

Mit wenigen Schritten war ich aus unserem Zimmer raus und bewegte mich durch die leer gefegten Flure des Wohntrakts. Hinter den Türen hörte ich die Jugendlichen reden, wobei ich bewusst weghörte. Ich war mir sicher, dass die meisten von ihnen verschwinden würden. Genauso wie das Rudel. Ein Stich des Bedauerns fuhr durch mein Innerstes.

Als ich durch das Foyer nach außen trat, hatte eine dichte Wolkendecke sich über das Gelände ausgebreitet. Ich warf nur einen kurzen Blick nach oben, ehe ich in Richtung Wald ging und dabei mein Handy aus der Tasche holte. Mir war nicht wohl bei dem Gedanken, ihn anzurufen. Ich hasste es, mit ihm zu telefonieren. Am Waldrand blieb ich stehen und sah mich nach einer Möglichkeit zum Sitzen um. Ein Baumstamm lag etwas tiefer im Dickicht, auf den ich zusteuerte. Ich scrollte auf meinem Handy durch die Kontakte, ehe ich an ihm hängen blieb.

21

»Lehmann?«

»Hallo, Papa.«

Kurz herrschte Stille am Telefon, ehe er sich wieder meldete. Ich konnte das unterdrückte Seufzen geradezu hören, weil ich ihn seiner Meinung nach wahrscheinlich wieder wegen einer Lappalie bei der Arbeit störte. »Was ist los?«

Ich bildete mir ein, einen vorwurfsvollen Ton in seiner Stimme zu hören. Mir lag auf der Zunge, dass es hier gefährlich wurde; dass Leute verschwanden, als hätte es sie nie gegeben. Doch es blieb wie ein Stein in meinem Hals hängen. Ich brachte keinerlei Worte über meine Zunge.

»Eivor? Was gibt es?«

Ich hasste es, wenn er mich bei meinem Namen nannte. Hasste diesen Namen, den ich meiner Mutter zu verdanken hatte, die sich niemals etwas aus mir gemacht hatte. Ich atmete tief durch. »Ich will wissen, wie meine Mutter heißt«, presste ich hervor. Niemals hätte ich damit gerechnet, dass mich das so viel Überwindung kosten würde. Andere Kinder, die ebenfalls mit nur einem Elternteil aufwuchsen, wussten, wie das Gegenstück ihres Erbguts hieß. Manche von ihnen wurden sogar mit Gute-Nacht-Anekdoten ins Bett gebracht. Bei uns hatte es so was nicht gegeben – nicht von ihm aus. Meine Mutter war wie ein Geist. Es hatte nur immer so gewirkt, als schwebte sie drohend über uns.

»Warum möchtest du das wissen?«, fragte er nach einer gefühlten Ewigkeit.

Es schien, als hätte ich durch diese Frage seine ungeteilte Aufmerksamkeit –

das allererste Mal seit Jahren. »Vielleicht kann ich mit ihrem Namen etwas über sie herausfinden …«, erzählte ich ihm die halbe Wahrheit.

Erneut erwartete mich Stille am anderen Ende des Telefons. Nervös knibbelte ich an der Rinde des Baumstamms, auf dem ich saß.

»Ich weiß nicht, was du dir davon erhoffst«, sagte mein Vater schlussendlich. »Sie hat uns vor Jahren verlassen.«

»Du hast mich doch auf das Internat geschickt. Also was erwartest du von mir, was ich tue?«

»Durch deine Mutter konnte ich dich dort unterbringen. Alle anderen Internate haben mir bei meiner kurzfristigen Anfrage eine Absage geschickt, weil sie voll sind.«

Ich bemühte mich, mir meine Züge nicht entgleiten zu lassen. Das Swen-Internat war für ihn der letzte Ausweg gewesen … Und zum allerersten Mal seit Jahren klang er nicht mehr kühl und gelassen, sondern als würde ihm die Tatsache etwas ausmachen.

»Ich erhoffe mir bloß ihren Namen«, sagte ich. »Mir ist sehr wohl bewusst, dass sie uns im Stich gelassen hat«, erinnerte ich ihn. In den letzten Tagen war mir das mehr als bewusst geworden, dass mir ein wichtiger Teil fehlte – mit großer Wahrscheinlichkeit sogar mehr als ihm.

Er seufzte am Telefon. »Ihr Name war Juna. Du solltest nicht nach ihr suchen, Eivor.«

»Überlass das mal mir«, meinte ich. Nach kurzem Zögern fügte ich hinzu: »Danke, dass du ihn mir gesagt hast.«

»Eivor, ich meine es nur gut. Suche nicht nach ihr. Ich habe es nach ihrem Verschwinden getan und …« Er verstummte.

»Und was?«, bohrte ich weiter.

»Sie will nichts von uns wissen«, brachte er hervor.

Seine Worte waren wie ein Lkw, der mich niederfuhr und zur Sicherheit noch mal den Rückwärtsgang einlegte. Ich krampfte meine Hand vor dem Bauch zur Faust. »Danke für die Info.«

»Eivor …«

»Ich muss los«, wiegelte ich ihn ab. »Danke noch mal.« Hastig legte ich auf und steckte mein Handy zurück in die Hosentasche. Für einen Moment konnte ich nur auf die weißen Spitzen meiner Chucks schauen, ehe mir bewusst wurde, was mein Vater mir gerade gesagt hatte: Er hatte sie gesucht, nachdem sie gegangen war, und sie gefunden. Sie hatte keinerlei Interesse; weder an dem Mann, mit dem sie ein Kind besaß, noch an ihrem eigenen Fleisch und Blut.

Hitze stieg mir in die Wangen und ich versuchte die Tränen irgendwie zurückzuhalten. Ich hatte nicht damit gerechnet, dass die Worte meines Vaters so wehtaten. All die Jahre über hatte ich es schon vermutet. Es war sogar logisch, wieso hätte sie uns sonst verlassen sollen?

Ich verbarg das Gesicht hinter meinen Händen. Presste meine Handballen gegen die Augenlider und versuchte, die Tränen zurück zu zwingen. Die Wahrheit von meinem Vater zu hören, der das von meiner Mutter hatte … Scheiße, das tat weh. Sie hatte mich verstoßen. Hatte mich nicht haben wollen …

Ein heißer, wilder Schmerz fuhr durch mich hindurch, als risse jemand an mir. Trotz allem hatte ich immer die bescheuerte Hoffnung gehegt, dass sie nicht freiwillig gegangen war. Dass ein Teil von ihr noch immer an ihn und mich dachte. Dass wir trotz allem irgendwie eine Familie waren. »Scheiße!«, schrie ich, sprang vom Baumstamm auf und trat gegen die feste Erde.

Mit einem Schlag spürte ich meine Wölfin. Sie überrollte mich genauso wie die Emotionen. Das Licht umhüllte mich, ehe ich etwas dagegen tun konnte, und innerhalb eines Wimpernschlags war ich die Wölfin.

Die Gefühle wurden schlimmer. Zerrissen mich. Plötzlich fühlte es sich nicht mehr an, als litt ich allein, sondern zu zweit. Ein Jaulen kam über meine Lefzen, vermischte sich mit der lauwarmen Sommerluft und hallte zwischen den Bäumen des unendlich wirkenden Walds wider.

Ich war allein. Während jeder jemanden besaß, zu dem er zurückkehren konnte, war ich allein. Ich fühlte mich betäubt … ohnmächtig. Die Gefühle waren zu viel. Die Trauer übermannte mich und ich stieß erneut ein Jaulen aus. Versuchte meinem Schmerz, meiner Trauer Platz zu geben, damit sie sich entfaltete und ich sie loswerden konnte … und vielleicht … vielleicht antwortete mir jemand – obwohl ich daran selbst nicht mehr glaubte. Denn wer sollte schon eine Wölfin haben wollen, die ihr bisheriges Leben allein gewesen war? Die nicht einmal von ihrer Mutter geliebt worden war? Die keine Ahnung hatte, was es bedeutete, zu einem Rudel zu gehören?

Und ich hatte recht. Niemand antwortete mir. Ich blieb allein. Würde es wahrscheinlich auch immer bleiben. Von dieser Welt, die ich auf einmal betreten hatte, hatte ich keine Ahnung. Wie sollte ich mich also zurechtfinden? Wie sollte ich Leute kennenlernen, die mich so akzeptierten, wie ich war? Ich verlor mich in diesem Strudel aus schlechten Gedanken. Verlor mich in der Einsam- und Hoffnungslosigkeit, die sich wie ein schwarzes Loch in mir vergrößerte und alles aufsaugte, was nur ansatzweise gut in meinem Leben war.

Dann antwortete doch jemand. Ein Gesang, voller Sehnsucht und Trauer, der ein Spiegelbild dessen war, wie ich mich fühlte, drang an meine empfindlichen Ohren. Ich ließ mich von der Stimme einhüllen. Von den Gefühlen, die zu dem Loch in meinem Inneren passten. Wer auch immer dort sang, musste genauso allein sein, wie ich es war. Mit zitternden Pfoten ging ich in die Richtung, aus der ich die Stimme vermutete. Der Gesang wurde lauter, umso mehr Schritte ich in den Wald hinein machte. Mit der Lautstärke wuchs auch die Trauer in der Stimme. Sie sang von den Qualen des Alleinseins. Von der Leere, die einen erfüllte und mit jedem weiteren Tag zu verschlingen drohte. Sie sang von meinem Innenleben, als kannte sie die Schmerzen genau, die ich litt.

Mit leisen Schritten näherte ich mich der Stimme, bis ich sie entdeckte. Die Frau wanderte barfuß durch den Wald. Sie streckte ihre Arme aus, berührte jeden einzelnen Baum, an dem sie vorbeiging. Das weißblonde Haar fiel glatt über ihre Schultern bis zu ihrem Steißbein, das unter einem schlichten blauen Rock verborgen war, der ihr bis zu den Knöcheln reichte. Ihre dunklen Arme waren bedeckt mit dutzenden Armreifen, die in den Farben eines Regenbogens leuchteten.

Ein Ast knackte unter meinen Pfoten und lenkte die Aufmerksamkeit der Frau auf mich. Sie drehte sich herum, sang aber nahtlos weiter, als störte es sie nicht, dass ich sie belauschte. Sie war noch jung, zumindest dem Anschein nach. Ihre Kleidung erinnerte mich von der Aufteilung her an einen Sari, wobei ihre Stoffe nicht auffällig, sondern eher schmucklos waren. Sie schenkte mir ein Lächeln und streckte ihre Arme nach mir aus. Die Melodie ihrer Stimme änderte sich. Plötzlich ging es nicht mehr darum, wie qualvoll das Alleinsein war, sondern wie befreiend es war, jemanden gefunden zu haben, der die eigenen Gefühle verstand. Meine Schritte wurden leichter, als wir aufeinander zuliefen.

Bevor sie mich in ihre Arme schließen konnte, erklang ein Heulen. Eine Antwort auf meinen vorherigen Ruf. Wie erstarrt blieb ich mitten im Wald stehen und sah über die Schulter zurück zum Internat. Das Heulen verklang, doch wurde es sofort wieder aufgenommen, als könnte der Antwortende meine Nähe nicht abwarten; als wollte er dringend, dass ich zu ihm gehörte. Ein warmes Gefühl stieg in mir hoch, das die Einsamkeit ein wenig verdrängte und stattdessen einen lautstarken Gedanken hervorholte, den ich in der düsteren Abwärtsspirale komplett vergessen hatte: Ich wurde gewollt. Mein Herz öffnete sich bei dem Gedanken. Ich war nicht allein – nicht mehr.

Der Zauber fiel mit einem Mal von mir ab. Die Frau vor meinen Augen veränderte sich. Ihre goldenen Augen, die vorher voller Sehnsucht und Trauer gewesen waren, genauso wie ihre Stimme wurden mit Zorn und Gier erfüllt. Die Stimme der Frau wurde drängender, als wollte sie verhindern, dass sie mich verlor. Erneut drang ein Wolfsgeheul durch den Wald. Die Fremde hatte ihre Arme nach mir ausgestreckt. »Bei mir wirst du niemals allein sein«, sagte sie zu mir in einem Singsang, der drohte, mich wieder zu packen.

Unsicher trat ich einen Schritt zurück. Das Geheul wurde lauter, als näherte sich derjenige uns.

»Komm zu mir und du wirst nie mehr leiden«, versprach sie mir. Doch die lockende Stimme wurde auf einmal rau und überhaupt nicht mehr verführerisch, sodass ich mich endlich von ihr lösen konnte. Abrupt wandte ich mich ab.

In meiner Wolfsgestalt hechtete ich über Baumstämme und rannte zu dem Ton, der mir süße Versprechungen von einer Familie zuraunte. Vereinzelte

Äste knackten unter meinen massigen Pfoten. Stöcke stachen mir in die empfindliche Haut zwischen den Zehen, doch ich ignorierte es. Rannte auf die Stimme zu und blieb schlitternd stehen, als ich den Wolf sah, der auf meine Sehnsucht reagiert hatte.

Sein schwarzes Fell glänzte in der Sonne, während er vor dem Schulgebäude saß, neben dem großen, flachen Brunnen und auf mich zu warten schien. Henrik hob seine Lefzen und schien mich eher belustigt zu mustern. Er stand auf, trottete auf mich zu und legte sein Kinn auf die Stelle zwischen meinen Schultern. *»Du bist nicht allein«*, murmelte er.

Die Last der schieren Dankbarkeit überflutete mich. Ich erwiderte die zärtliche Geste, vergrub meine Schnauze in seinem Fell und atmete den unwiderstehlichen Duft nach Familie ein, der ihn umhüllte.

Ich hatte keine Ahnung, wie lang wir so an Ort und Stelle standen. Seine Berührung war wie ein Schlafmittel für meine drückenden Gedanken. Sie zogen sich zurück, langsam, aber stetig. Endlich fand ich wieder zu mir und rang die Selbstzweifel und Ängste nieder – zumindest vorerst. Er löste sich vorsichtig von mir und musterte mich mit einem belustigten Blick. *»Die Verwandlung war wohl nicht geplant?«*, erkundigte er sich.

»Wie kommst du …« Bevor ich meine Frage zu Ende stellen konnte, entdeckte ich schon, wieso er das vermutet hatte. An meinem Körper hingen noch Fetzen meiner Anziehsachen. Das T-Shirt und selbst die Hose würde ich nie wieder anziehen können.

»Verdammt.«

In meinem Kopf hörte ich Henriks Lachen. *»Ich helfe dir.«* Mit seinen Zähnen riss er vorsichtig an den Fetzen, sodass sie endgültig von meinem Wolfskörper abfielen.

»Danke«, meinte ich leise.

Er rieb seine Stirn an meinem Bauch und ein wohliges Brummen drang aus meiner Kehle, das ich so noch nie von mir gehört hatte. *»Dafür ist Familie da«*, antwortete er ebenso leise.

Mir wuchs ein Kloß im Hals und in dem Moment war ich froh, eine Wölfin zu sein, sodass dieser Kloß mich nicht beim Sprechen verraten würde. Ich warf einen Blick über die Schulter zurück. Wer war diese Frau gewesen? *»Ich muss noch mal zurück«*, sagte ich, als mir einfiel, dass mein Handy und meine Schuhe noch bei dem Baumstamm sein mussten.

»Mit wem warst du unterwegs? Er denkt vielleicht daran, deine Sachen mitzubringen.«

Ich drehte mich um, sagte aber nichts auf Henriks Frage.

»Ivy?«, hakte er nach.

»Ich war allein. Zumindest zuerst. Bis die Frau auftauchte.«

»Was für eine Frau?«

»Ich weiß es nicht«, sagte ich. *»Nach dem Telefonat habe ich sie singen hören …«*

Henrik sah mich an, als würde er mir kein Wort glauben. *»Eine Frau, die gesungen hat?«*

Ich nickte. *»Es klingt abwegig, aber es ist wahr!«*

»Ich glaube dir«, beschwichtigte er mich. Runzelte aber weiterhin die Stirn, was ich selbst in seiner Wolfsgestalt sah.

»Was überlegst du?«

»Ich überlege gerade, wer singend durch den Wald läuft.«

»Sie hat …« Ich verstummte.

»Sie hat was?«, bohrte Henrik nach.

»Sie hat über das Alleinsein gesungen. Über die Qualen, die damit einhergehen.«

Henrik musterte mich intensiv, ehe er sich wieder an mich drückte. Ich wusste nicht, wann es sich geändert hatte, aber ich liebte es, wenn ich berührt wurde. Normalerweise hatte ich Umarmungen gemieden, wie ich nur konnte, doch mit Henrik und den anderen war es irgendwie anders.

»Du wirst niemals mehr allein sein. Ich werde immer an deiner Seite sein«, versprach er mit rauer Stimme.

Ein Zucken ging durch mein Fell. *»Das kannst du nicht versprechen«*, erwiderte ich. *»Für immer ist eine verdammt lange Zeit.«*

»Ich weiß. Und das ist mir egal.« Er trat einen Schritt zurück.

Ich wusste nicht, was ich sagen sollte. Seine blauen Augen zogen mich in einen Strudel. Mir hatte es komplett die Sprache verschlagen und einerseits waren diese Worte alles, was ich jemals hatte hören wollen, doch anderseits machten sie mir aus seinem Mund eine Heidenangst, während sie gleichzeitig mein Herz zum Höherschlagen brachten.

»Ivy, Sie habe ich gesucht.«

Überrascht riss ich mich von Henriks Augen los und betrachtete die Walküre, die aus dem Internatsgebäude auf uns zukam. Ihre roten Haare waren zu Zöpfen gebunden, die eng an ihrem Kopf lagen und mich an die Frisuren von Wikingern erinnerten.

»Würden Sie sich bitte zurückverwandeln, damit wir reden können?«

Unwohl wechselte ich mein Gewicht zwischen den Pfoten hin und her. Henrik wurde von dem Licht verschluckt und verwandelte sich. »Hallo, Mina. Es gibt ein Problem bei der Zurückverwandlung.«

Beschämt wandte ich den Blick von Henrik ab und starrte stattdessen in den Wald. Der Gesang war komplett verschwunden.

»Und das wäre?«

»Ivy hat keine Anziehsachen hier.«

Ich sah zu der Walküre, die mich mit gerunzelter Stirn ansah, ehe der Groschen scheinbar fiel. »Ach so. Kommen Sie dann bitte zu Direktorin Wards Büro, wenn Sie sich angezogen haben. Ich werde dort auf Sie warten.«

Ein nervöses Zucken kroch durch mein Fell, dennoch nickte ich. Henrik verschwand neben mir wieder in dem Licht und verwandelte sich zurück in den Wolf.

»Ich bringe dich nach oben.« Kurz schwieg er. *»Weißt du, was sie will?«*

Nach dem Training hatte ich vielleicht eine Ahnung, doch ich hatte keinen Schimmer, wie ich ihr dabei helfen sollte. *»Sie sagte gestern, dass ich Kontakt zu Asgard gehabt hätte.«*

Überrascht sah mich Henrik an. *»Was?«*

»Ich weiß nicht, wie sie darauf kommt«, verteidigte ich mich. *»Sie meinte, dass ich nach Asgard rieche.«*

»Okay. Dann lass uns nach oben, damit du dir etwas anziehen kannst.«

»Ich würde erst eben mein Telefon holen«, sagte ich kleinlaut.

Henrik nickte. *»Ist in Ordnung. Dann los.«*

Für eine kleine Weile gingen wir schweigend nebeneinanderher zu der Stelle, an der ich mich unwillentlich verwandelt hatte.

»Warum warst du überhaupt allein unterwegs?«, erkundigte sich Henrik.

Innerlich verzog ich die Lippen zu einer Grimasse. Es war nur natürlich, dass er diese Frage stellte. *»Ich habe ein Telefonat geführt … eines, das ich ohne Zuschauer führen wollte«*, erwiderte ich nuschelnd.

»War das der Grund für deine Verwandlung?«

»Ja«, gab ich zerknirscht zu. Ich erinnerte mich noch zu gut an Minas Worte, dass ich mit meinen ungeplanten Verwandlungen zu einer Gefahr für die gesamten Verborgenen werden könnte.

»Warum?«

»Ich habe mit meinem Vater telefoniert«, antwortete ich knapp.

»Und weiter?«

»Ich will nicht darüber reden.«

Kurz herrschte Stille. *»Okay, aber nur unter einer Bedingung.«*

Überrascht sah ich über die Schulter zu ihm. *»Was?«*

»Bitte halte dich an Wards Regeln. Wenn wir das hier durchstehen wollen, dann können wir das nur gemeinsam.«

Ich hielt inne und starrte Henrik nur an. *»Wir?«*

Er stieß mich mit seiner Schulter spielerisch an und zwickte mir in den Oberschenkel meines Vorderbeins. *»Meine Worte von vorhin waren nicht nur so dahingesagt. Ich bleibe bei dir – und das restliche Rudel auch. Wir haben darüber gesprochen und wollen dich nicht hier allein lassen.«*

In meinem Bauch sammelte sich eine Armee an Schmetterlingen. Ich wusste nicht, was ich sagen sollte. So viel lag mir auf der Zunge und gleichzeitig wollte mir doch kein einziger Ton über die Lefzen tanzen. *»Ihr müsst das nicht tun«*, brachte ich hervor.

Henrik musterte mich und schien kurz über seine kommenden Worte nachzudenken. *»Wir wissen, dass wir das nicht tun müssen. Aber ein Großteil des Rudels will es.«*

»Danke«, murmelte ich und trottete zu dem Ort des Geschehens, an den ich all meine Sachen einfach so zurückgelassen hatte.

Wir kämpften uns durch das Gebüsch zu dem Baumstamm. Einzig meine Schuhe und mein Handy waren noch zu retten. Der Rest war komplett zerfetzt und zu nichts mehr zu gebrauchen. *»Oje«*, sagte ich und sah mir die zerstörten Sachen an.

»Das ist uns allen schon mal passiert.«

Ich sah zu Henrik, der mich mit Sicherheit nur beruhigen wollte. *»Auch noch in diesem Alter?«*, hakte ich nach.

Seine Antwort war Schweigen, was mir mehr als Worte reichte, um zu wissen, dass es ihnen nicht mehr passierte. Ich stieß ein Seufzen hervor und versuchte vorsichtig mein Handy mit den Zähnen zu packen. Dabei gelang etwas Erde in meine Schnauze, die ihren Geschmack verbreitete, was mich das Handy beinahe wieder ausspucken ließ. Ich ließ es in einen meiner Chucks fallen, die ich an den Hacken packte, und drehte mich um. *»Wir können doch als Wölfe ins Gebäude, oder?«*

*»Solange keine Tagesschüler*innen da sind, ja.«*

Erleichtert ließ ich die Schultern locker und ging gemeinsam mit Henrik zum Internat zurück. Doch während ich das Gebäude jetzt so ansah, wurde mir flau im Magen. Warum zum Geier wollte meine Mutter nichts mit mir zu tun haben?

Henrik und ich sprangen die Stufen hoch und er öffnete mit seiner Schnauze die Tür, sodass wir hineinschlüpfen konnten. Schweigend erreichten wir meine Etage und Henrik verwandelte sich, um an die Tür zu klopfen.

Als hätte meine Zimmernachbarin an der Tür gewartet, riss sie diese auf und sackte erleichtert zusammen, als sie mich neben Henrik stehen sah. »Göttern sei Dank ist dir nichts passiert!«, rief sie aus.

Meine Rute zwängte sich zwischen meine Hinterpfoten. Das schlechte Gewissen platzierte sich zielsicher auf meinem Rücken und drückte diesen nieder. Henrik reichte ihr meine Schuhe. »Pass auf sie auf, okay?«, sagte er zu Ziska.

»Klar.« Sie trat einen Schritt zurück, damit ich ins Zimmer kommen konnte.

Doch bevor ich das tat, sah ich nun doch zu Henrik, ignorierte seinen nackten Körper und rieb mein Gesicht über seine Brust. »Ist okay«, murmelte er und streichelte über mein Fell. »Wir haben alle mal schlechte Tage«, entschuldigte er mein Verhalten. »Wenn was ist, sag einfach Bescheid.« Etwas leiser fügte er hinzu: »Du bist nicht mehr allein.«

Der Kloß in meinem Rachen wurde größer und ich unterdrückte einen kläglichen Laut in Henriks Richtung. Stattdessen nickte ich bloß und ging dann in unser Zimmer.

Ziska schloss die Tür hinter mir und sah mich sorgenvoll an. »Ich habe dein Jaulen gehört. Wenn du darüber sprechen willst ... Ich weiß, dass ich nicht unbedingt deine erste Anlaufstelle bin, aber ich glaube ...« Sie zögerte kurz. »Aber ich glaube, dass Susann gerade nicht zur Verfügung steht.«

Selbst wenn Susann noch mit mir reden würde, würde sie es nicht verstehen. Sie würde nicht verstehen können, wieso es mich auf einmal so mitnahm, dass meine Mutter mich nicht haben wollte. Sie könnte es nicht verstehen, so sehr sie es auch versuchte, weil ich ihr niemals die ganze Wahrheit würde sagen können.

Ich konzentrierte mich auf meine menschliche Seite. An meine Füße, meine Haut und meine Hände, und fühlte bereits nach wenigen Sekunden, wie die Wölfin sich zurückzog und dem Menschen wieder den Platz überließ. Ich öffnete die Augen, die ich unbewusst geschlossen hatte, und richtete mich auf.

Ziska sah zur Seite, was ich dankbar zur Kenntnis nahm. Eilig schnappte ich mir ein T-Shirt und eine Sporthose aus dem Schrank, in die ich schlüpfte, um meine Nacktheit zu verbergen. Meine Haut fühlte sich im ersten Moment komisch an. Als steckte ich im falschen Körper.

Ich schüttelte das Gefühl ab und sah wieder zu Ziska, die meinen Blick erwiderte. »Ich habe mit meinem Vater telefoniert«, sagte ich.

»Schien kein sehr gutes Gespräch gewesen zu sein?«, hakte Ziska nach.

Ich zog die Unterlippe zwischen meine Zähne, versuchte Herrin meiner Gefühle zu werden, ehe ich den Kopf schüttelte. Erschöpft ließ ich mich auf mein Bett plumpsen.

»Oh, Ivy. Das tut mir leid.«

»Es … es war nicht nur negativ«, sagte ich leise. Das war es tatsächlich nicht. Mein Vater war ehrlich zu mir gewesen, selbst wenn es mir nicht gefallen hatte, war er sonst immer geflüchtet, wenn ich ihn zur Rede gestellt hatte. Vor allem kurz vor dem Umzug ins Internat war es schlimm gewesen.

Ziska setzte sich neben mir auf mein Bett und griff nach meiner Hand. »Willst du mir mehr erzählen?«, erkundigte sie sich.

Ich umschloss ihre Finger mit meinen. Schöpfte Kraft aus der Berührung. »Er hat mir von meiner Mutter erzählt.«

»Okay. Das ist doch etwas Gutes, oder nicht?«

Ich starrte wie gebannt auf meine Finger der anderen Hand, die nicht Ziskas hielt. »Wie man's nimmt«, murmelte ich. »Nachdem sie gegangen ist, hat er sie gesucht – und gefunden.« Der Kloß breitete sich erneut in meinem Rachen aus. Wie konnte ich jemandem, der mich neun Monate lang in sich getragen hatte, nur so egal sein? »Sie wollte nichts mehr von uns wissen. Weder von ihm noch von mir.«

Ziska ließ schlagartig meine Hand los. »Was?«

Ich sah zu ihr auf.

Ihre Gesichtszüge hatten sich vor Wut verzerrt. »Sie hat ein Kind in die Welt gesetzt! Und wenn sie wusste, dass sie eine Fenriswölfin ist, musste ihr klar gewesen sein, dass ihr Kind ihre Gene geerbt haben könnte! Das ist ein absolut fahrlässiges Verhalten!«, regte sich Ziska auf.

Das alles war mir auch schon in den Sinn gekommen. »Sie war hier auf dem Internat. Ich denke … ich denke schon, dass sie genau wusste, wer … beziehungsweise was sie war«, erzählte ich weiter.

»Wie hieß sie? Wenn wir sie finden, wird sie meine Meinung zu hören bekommen!«

Ich presste die Lippen aufeinander. Mich rührte Ziskas Verhalten, wie sie für mich in die Bresche springen wollte. Niemals hätte ich damit gerechnet, dass ich innerhalb dieser wenigen Tage auf dem Internat Leute finden könnte, die so viel für mich taten. Sofort überrollte mich das schlechte Gewissen, weil ich das vorhin im Wald vergessen hatte. Doch der springende Punkt war, ob ich überhaupt noch etwas von dieser Frau wissen wollte, die mich nicht um sich haben wollte? Wollte ich ihr jemals von Angesicht zu Angesicht begegnen in dem Wissen, dass sie mich nicht lieben konnte? Dass sie mich so sehr verachtete, dass sie mich eher mir selbst überließ, anstatt bei mir zu bleiben? Zu schauen, ob ich wie sie war? »Sie wird nicht von Relevanz sein«, sagte ich, darum bemüht, meine Stimme nüchtern klingen zu lassen.

Ziska hielt inne. »Warum denn nicht? Sie ist deine Mutter! Ob nun gewollt oder nicht: Als Teil der Verborgenen hat sie eine Verpflichtung gegenüber ihrem eigenen Blut.«

Ich sah zu Ziska auf und begegnete ihrem Blick. Ihre feuerrot gefärbten Locken schienen unter Strom zu stehen, so sehr standen sie ihr vom Kopf ab. »Ich werde dieser Frau nicht eine weitere Minute meiner Zeit schenken. Sie wollte mich nicht? Okay, dann beruht das ab jetzt auf Gegenseitigkeit.«

»Bist du dir sicher?«

Ich nickte. »So sicher war ich mir noch niemals zuvor.«

»Okay.« Ziska ließ sich ermattet zurücksinken. »Ich bin kein Fan davon. Am liebsten möchte ich ihr nämlich gerade die Eingeweide rausreißen.«

Ich ließ mich neben Ziska auf die Matratze sinken. »Könntest du das?« Mir schoss ein Bild von Ziskas spitzen Zähnen in den Kopf.

»Wenn ich wollte? Ja.«

Ein Schauer rann über meinen Rücken. »Erinnere mich bitte daran, dich nie wütend zu machen.«

Die Matratze wackelte, als Ziska lachte. »Das lässt sich einrichten.«

Ich hob meine Arme und rieb mir übers Gesicht. »Würdest du mich begleiten?«

Ziska richtete sich auf und sah zu mir runter. »Klar, wohin denn?«

»Mina, diese Walküre, bei der wir gestern Unterricht hatten, wollte mit mir sprechen – in Wards Büro.«

Meine Mitbewohnerin riss die Augen auf. »Eine Walküre will mit dir reden?«

Ich zuckte mit den Schultern. »Sie hat gestern etwas gesagt ...«

»Und?«

»Ich weiß es nicht. Das würde ich gern herausfinden.«

Ziska nickte und stand vom Bett auf. »Na dann, komm.« Sie hielt mir ihre Hand hin und mit ihrer Hilfe folgte ich ihr in die aufrechte Position.

Gemeinsam gingen wir aus dem Zimmer, obwohl ich mich am liebsten unter die Decke verkrochen hätte und keine Lust auf das kommende Gespräch hatte.

22

Ziska führte mich durch die Flure, die wie verwaist wirkten. Nirgends sah ich noch jemand anderen. Es war, als würden wir durch ein verlassenes Gebäude schlendern. »Wie viele werden wohl abreisen?«, fragte ich bei dem Anblick.

»Viele«, antwortete die Sukkubus neben mir. »Ich habe schon mit einigen gesprochen, die gehen werden. Morgen wird es verdammt leer hier sein.«

Eine Gänsehaut breitete sich über meine Arme und Rücken aus. Mir gefiel der Gedanke nicht, dass ich das Rudel von Henrik und den anderen hierbehielt, denn schlussendlich war ich der Grund, wieso sie blieben und sich der Gefahr aussetzten, die zurzeit hier lauerte. Wobei ich unendlich froh war, dass sie mich nicht allein ließen.

»Alles okay?«, erkundigte sich Ziska.

»Das weiß ich, um ehrlich zu sein, noch nicht«, murmelte ich und dachte weiter über die Situation nach. Mir behagte der Gedanke nicht, mit dem Rudel zu gehen. Doch konnte ich damit leben, sollte einem von ihnen etwas passieren? Ich schlang die Arme um meine Mitte. Ziska kam etwas näher zu mir, sodass ich ihre Körperwärme spürte. »Der Schuldige wird gefunden werden«, meinte sie zuversichtlich.

»Mit Sicherheit.«

Wir erreichten das Büro der Direktorin. Ich hob die Hand und klopfte an.

»Herein.«

Ich öffnete die Tür und Ziska folgte mir in das große Büro. Frau Ward saß hinter ihrem Schreibtisch, während die Walküre an ein Regal gelehnt dastand.

»Schön, dass Sie hergekommen sind, Ivy«, sagte Frau Ward und stand von ihrem Stuhl auf, um durch ihren Tisch auf uns zuzuschweben. Ich verstand noch immer nicht, wie es funktionierte, dass sie zum Teil Substanz besaß, aber dann doch durch Gegenstände flog, als existierten sie nicht.

»Was ist denn los?«, fragte ich und richtete meinen Blick auf die Walküre. »Hat das mit Ihrer Bemerkung gestern zu tun?«

Mina stieß sich vom Regal ab. »Ja, Sie riechen, als wären Sie mit Asgard verbunden. Ich muss wissen wieso und weshalb.«

»Ich weiß nicht, wovon Sie reden«, sagte ich und zuckte mit den Schultern.

»Warte mal«, warf Ziska ein. »Was ist mit Hel?«

Unsere Blicke trafen sich. Ich hatte die Totengöttin schon beinahe vergessen bei alledem, was sich in den letzten Tagen hier abgespielt hatte.

»Sie hatten eine Begegnung mit Hel?«, fragte Mina.

Unwohl wand ich mich. »Ich glaube nicht, dass es tatsächlich Hel war.«

»Erzählen Sie bitte davon«, sagte Mina. Ihr Blick wurde durchdringender.

»Als ich die Silbervergiftung hatte, hatte ich eine Halluzination von einer Frau, die wie Hel aussah.«

»Und weiter? Erzählen Sie bitte alles«, sagte Mina.

Alle Blicke waren auf mich gerichtet. Ich hasste das Gefühl und verlagerte das Gewicht. »Sie hat mich gefragt, wieso ich Einlass in die Unterwelt verlange. Ich sei viel zu jung, um zu sterben«, erinnerte ich mich. Ich runzelte die Stirn und versuchte mich an andere Dinge zu erinnern. »So richtig weiß ich das alles gar nicht mehr. Ich habe das als bloße Nebenwirkung wahrgenommen.«

Mina kam auf mich zu und umfasste sanft meinen Oberarm. »Bitte, Ivy, versuchen Sie sich an alles zu erinnern. Das könnte sehr wichtig sein.«

»Aber wieso?«

»Das erklären wir Ihnen gleich, wenn Sie fertig sind«, sprang Direktorin Ward ein.

Ich holte tief Luft. »Diese Frau verbat mir zu sterben, weil ich für ihre Mutter von Vorteil sein könnte«, fasste ich langsam zusammen. »Sie nannte mich Fenrirsdóttir und …« Ich runzelte die Stirn. »Sie gab mir einen Samen, damit ich aufwache.«

Mina fuhr sich durch ihre roten Haare. »Verdammt!«

»Erzähl alles«, raunte Ziska und griff nach meiner Hand, die sie Mut spendend drückte.

Ich biss mir auf die Lippe. »Danach hatte ich Träume«, fuhr ich fort. Mein Mund war trocken, als hätte ich drei Tage ohne Wasser in der Wüste verbracht.

»Die Träume, weswegen Sie des Nachts ausgerissen sind?«, fragte Direktorin Ward.

»Ich habe geträumt, dass mich eine Stimme nach draußen lockt, die mir sagte, dass ich endlich loslassen müsse«, sagte ich, wobei ich nervös von einem Fuß auf den anderen wechselte. Die Atmosphäre veränderte sich in dem Raum. Zuvor war noch eine Ruhe präsent gewesen, die zwar irgendwie gespannt war, doch es wirkte, als würde ich mit jedem weiteren Satz die Anspannung verschärfen.

»Und kurz darauf haben Sie sich zum ersten Mal verwandelt, richtig?«, erkundigte sich Mina, wobei ihr Bizeps zuckte, als hielte sie sich nur mühevoll unter Kontrolle.

»Ja«, erwiderte ich mit rauer Stimme. Die Spannung war kaum noch zu ertragen.

Die Walküre schlug gegen ein Bücherregal. »Ich hasse dieses Pack!«, fauchte sie. Ihre Augen begannen golden zu leuchten und ich befürchtete, im nächsten Moment von ihren Laserstrahlen erfasst zu werden, wie ich es mal in einem Actionfilm gesehen hatte.

Ziskas Hand drückte sich fester um meine, was mich daran hinderte, schlagartig die Flucht aus dem Zimmer zu ergreifen. Die Walküre jagte mir eine Heidenangst ein.

»Beruhige dich, Mina«, sagte Direktorin Ward mit einer Stimme, die keinerlei Widerrede erlaubte. »Das ändert nichts mehr an der Situation.«

»Wieso sind Sie nicht direkt zu einem Lehrer gegangen?«, fuhr Mina mich an.

Ich zuckte bei ihrem Vorwurf zusammen. Der Gedanke an Flucht wurde verlockender. Ziska stellte sich schützend vor mich. »Zu dem Zeitpunkt wusste Ivy von nichts! Sie war überfordert mit dem Umzug, der neuen Umgebung und all den Geschehnissen. Sie würden doch auch nicht zu irgendeinem dahergelaufenen Lehrer rennen und Ihre gesamten Eindrücke schildern, als wäre dieser Ihr Tagebuch.«

Mina funkelte Ziska an, doch der goldene Schein verschwand aus ihren Augen. »Sie haben recht«, murmelte sie. »Entschuldigen Sie, Ivy.«

Ich brachte nur zustande zu nicken. Meine Gedanken liefen auf Hochtouren und ein schlechtes Gefühl breitete sich in meinem Bauch aus. »Im Wald war gerade eine Frau«, sagte ich.

Überrascht sahen mich Mina, Ziska und Direktorin Ward an.

»Was für eine Frau?«, erkundigte sich die Walküre, wobei sie ihre Faust um den Dolch an ihrer Seite ballte.

»Ich weiß nicht, wer sie war. Sie hat ein Lied gesungen. Übers Alleinsein. Über die Qualen und …« Ich holte tief Luft. »Sie hat mich damit gelockt«, brachte ich über die Lippen.

»Wie sah die Frau aus?«, forderte Frau Direktorin Ward zu wissen.

»Sie hatte helles Haar und dunkle Haut, Armreifen in den verschiedensten Farben des Regenbogens und ihre Augen waren golden.«

»Verfluchte Scheiße«, schimpfte Mina. »Lassen Sie keinen nach draußen. Wir werden den gesamten Wald absuchen. Weit kann sie nicht gekommen sein.«

»Wer?«, fragte ich. Doch Mina war schon aus der Tür gerannt.

Mit einem Fragezeichen im Gesicht sah ich zu Direktorin Ward. »Sie sollten auf Ihr Zimmer gehen«, sagte sie.

»Wer war die Frau?«, wollte ich drängend wissen.

»Ich habe eine Vermutung und wenn diese wahr sein sollte … dann sollten wir Gebete sprechen. Gehen Sie jetzt.«

Frau Ward schob uns beinahe aus ihrem Büro hinaus. Mein Blick flog zu Ziska, die genauso überfahren wirkte, wie ich mich fühlte. »Hast du eine Idee, über wen sie sprachen?«

Ziska war kreidebleich geworden.

»Ziska?«, fragte ich.

Sie packte mich am Arm und riss mich in Richtung Eingangshalle. »Wenn ich deine Erzählungen richtig deute, kann es nur Angrboda gewesen sein.«

Irgendwas sagte mir der Name. Während Ziska mich die Treppe hochzerrte, wühlte ich danach. »Warte«, sagte ich und blieb mitten auf den Stufen stehen. »Du meinst, das ist die Frau, die die Mutter der drei Katastrophen ist?«

»Wenn mich nicht alles täuscht? Dann ja.«

»Aber die Frau im Wald war keine Riesin. Wenn's hochkommt, war sie vielleicht einen Meter achtzig«, widersprach ich.

»Riesen werden nicht wegen ihrer Größe so genannt«, erklärte Ziska. »In der nordischen Mythologie heißen sie Jötunn und gelten als das älteste und mächtigste Göttergeschlecht.«

»Fuck«, murmelte ich.

»Das kannst du laut sagen«, sagte Ziska und zog mich weiter nach oben. »Weißt du, wo das Zimmer von Jesper und Henrik ist?«, fragte sie.

»Ja, wieso?«

»Weil wir von hier verschwinden müssen. Wir alle. Und du bist wahrscheinlich am sichersten, wenn du mit dem Rudel fährst.«

Kurz strauchelte ich, doch Ziska sprach damit nur die Gedanken aus, die ich bereits besessen hatte. »Ich weiß.«

Ziska ließ mir den Vortritt, damit ich sie zum Zimmer der Zwillinge führen konnte. »Als du dich das erste Mal verwandelt hast, gab es eine Verschiebung der Atmosphäre.«

Über die Schulter sah ich zu Ziska. »Was? Wovon redest du?«

»Wir haben uns alle nichts dabei gedacht, weil wir glaubten, dass das nur dadurch kam, dass deine Verwandlung so lang unterbunden wurde. Aber wenn Angrboda auf Midgard ist, muss der Samen, den Hel dir gegeben hat, irgendwie die Tore Asgards beeinflusst haben.«

Vor der Zimmertür blieb ich stehen und starrte meine Mitbewohnerin ausdruckslos an. In mir rangen so viele Emotionen über die Vorherrschaft, dass ich keine Ahnung hatte, was ich genau fühlte. »Wie meinst du das?«

Ziska klopfte an die Tür. »Ich meine damit, dass Hel mit deiner Hilfe die Tore aufgesprengt hat, die Odin vor Jahrtausenden verschlossen hat, um Asgard von den anderen Welten zu trennen. Zumindest das, was hier am nächsten ist.«

Mir schwirrte der Schädel. »Wieso sollte Odin Asgard und die anderen Welten voneinander trennen wollen?«

Ziska klopfte erneut heftiger gegen die Tür, weil niemand uns öffnete. »Ich habe keine Ahnung. Ich weiß nur, dass vor Ewigkeiten die Welten getrennt wurden, um sich gegenseitig zu schützen. Wovor weiß ich nicht. Wo sind die beiden nur?«, fuhr Ziska aus der Haut.

»Ziska, du machst mir Angst.«

Sie sah mit großen Augen zu mir. »Es tut mir leid.« Meine Mitbewohnerin fuhr sich durch die Haare und atmete tief durch. »Angrboda ist eine der schlimmsten Personen, mit denen man es zu tun haben kann. Sie wird auch die Bringerin der Angst und des Kummers genannt. Wenn man sich die Motive der Verschwundenen ansieht ... Sie alle hatten irgendwelche Sorgen, weil sie sich gestritten haben, oder Ängste.«

»Du meinst also, dass Angrboda die Entführerin ist?«

»Ich gehe fest davon aus.«

Ich schluckte den harten Kloß hinunter, der sich in meiner Kehle breit machen wollte. Meine Finger waren eiskalt und fühlten sich klamm an. »Das bedeutet, eine Riesin begeht Kidnapping?«

»Und wenn diese Riesin das macht, hat sie definitiv nichts Gutes im Sinn. Sie ist die Mutter der drei Katastrophen von Asgard und Lokis Geliebte. Verdammt, wir müssen Henrik und Jesper suchen«, fluchte Ziska. Sie ergriff meine Hand und gemeinsam gingen wir wieder den Weg zurück, den wir gekommen waren.

Als wir aus der Zwischentür traten, zog sie tief die Luft ein. »Kannst du sie riechen?«, fragte sie mich.

Ziska hatte mir mit ihren Erzählungen Furcht eingeflößt. Meine neuen Instinkte liefen auf Hochtouren, sodass ich mich nicht groß anzustrengen brauchte, um meine Sinne zu schärfen. Ich tat es ihr nach und versuchte, Jespers oder Henriks Duftnote aufzuschnappen, wovon jedoch nur ein leichter Hauch in der Luft hing, der sich durch das komplette Treppenhaus zu ziehen schien. Ich schüttelte den Kopf. »Du?«

»Nein. Verflucht! Ihre Handynummer hast du nicht, oder?«

Wieder schüttelte ich den Kopf. Das war aber definitiv das Nächste, was ich die Gruppe fragen würde.

»Na komm, lass uns weitersuchen.«

Zusammen jagten wir die Treppe runter und versuchten dabei, eine Spur aufzuschnappen, die uns vielleicht eine grobe Richtung vorgeben könnte. Wir durchsuchten den Speisesaal, die Bibliothek, doch fanden wir das Rudel nicht, wobei überall eine schwache Duftnote von ihnen hing, als würden sie ebenfalls im gesamten Internat nach etwas durchsuchen.

»Verflucht«, schimpfte Ziska und wir gingen auf die Terrasse, die an den Speisesaal knüpfte. »Ich will nicht in den Wald, um sie zu suchen.«

»Das würde auch nichts bringen. Eher im Gegenteil, nachher laufen wir Angbroda in die Arme«, murmelte ich. Ein sorgenvoller Knoten hatte sich in meinen Eingeweiden eingenistet.

Ziska fuhr sich durch die Haare. »Verflucht, verflucht.«

»Du solltest fahren«, sagte ich.

»Wie bitte?«

»Du solltest fahren«, wiederholte ich mich.

»Das kannst du vergessen. Ich lasse dich hier nicht allein zurück, während Angrboda hier herumläuft und wer weiß wofür Verborgene einsammelt.« Sie schauderte sichtlich.

»Wenn sie hinter mir her wäre, könntest du mir auch nicht helfen«, erinnerte ich sie. Ich umfasste ihre eiskalten Hände. Wobei ich die Kälte kaum spürte, weil meine mindestens ebenso frostig waren. »Du solltest fahren«, meinte ich nachdrücklich.

»Ziska! Göttern sei Dank, endlich finde ich dich.« Frau Andersson kam durch den Speisesaal zu uns rüber. »Es gibt neue Vermutungen …«

»Das wissen wir bereits«, unterbrach Ziska ihre Tante. »Also ist es wirklich Angrboda?«

Ihre Tante blieb auf der Stelle stehen und rang mit ihren Fingern. »Die Vermutung liegt nahe. Ich habe mit Eloise telefoniert. Sie holt dich ab.«

Ziska sah zu mir. »Ich kann Ivy hier nicht allein lassen.«

»Ivy kann jederzeit nach …« Frau Andersson stoppte in ihrer Aussage. »Ihr Vater ist im Ausland«, erinnerte sie sich.

»Genau und meine beste Freundin, bei der ich mit Sicherheit hätte wohnen können, redet nicht mehr mit mir. Aber das tut nichts zur Sache. Ziska, du solltest fahren.«

Frau Andersson fuhr sich über ihr Gesicht. »Verflucht. Könnten Sie irgendwo anders unterkommen?«

»Wir suchen gerade das Eriksson-Rudel«, sagte Ziska und sah noch einmal in den Wald.

»Wieso?«

»Henrik und Jesper hatten mir angeboten, dass ich bei ihnen unterkommen könnte«, sagte ich.

Frau Andersson nickte. »Gut. Franziska, geh nach oben und pack das Wichtigste zusammen, das du zu Hause brauchst, ich werde mit Ivy nach den Erikssons Ausschau halten, damit sie ebenfalls einen sicheren Unterschlupf hat, bis wir die Situation hier im Griff haben.«

Ziska sah zu mir. Ich schenkte ihr ein zuversichtliches Lächeln. »Es wird schon funktionieren«, versicherte ich ihr.

»Okay, aber wenn was ist, du hast meine Handynummer. Melde dich. Ich werde meine Mutter schon bequatschen, damit du ebenfalls bei uns unterkommen kannst.«

Ich biss mir auf die Innenseite meiner Wange und nickte. So sehr ich das Angebot auch annehmen wollte, ich hatte den Wolf nicht unter Kontrolle, wie ich wollte. Selbst zu Susann zu fahren wäre mit einem riesigen Risiko verbunden.

Ziska verabschiedete sich und flitzte danach in Richtung unseres Zimmers. Frau Andersson sah ihrer Nichte nach, ehe sie ihre Aufmerksamkeit mir zuwandte. »Es tut mir leid, dass wir das Verhältnis zu Ihrer Freundin so belastet haben.«

»Es musste sein«, gestand ich leise, wobei mein Blick in den Wald gerichtet blieb. Ich knüllte meine Hände zu einem Knäuel und knetete nervös die Finger.

»Deswegen tut es mir dennoch leid.« Sie legte ihre Hand auf meine Schulter. »Sie wurden in eine komplett neue Welt geworfen und Ihr einziger Halt sind gerade Wesen, die Sie so gut wie gar nicht kennen.«

Ich sah wieder zu der Frau, die nun in Richtung des Waldes sah. »Sollten wir vielleicht eine Notiz an Henriks und Jespers Tür machen? Dann würde ich in die Bibliothek gehen und …«

»Wir können auch direkt zu Eileena gehen«, sagte Frau Andersson und drehte sich bereits um.

»Eileena?«, fragte ich und stolperte der Frau hinterher.

»Dr. Samson, sie wird eine Möglichkeit wissen, wie wir Henrik benachrichtigen können.«

Ich folgte Frau Andersson durch die Gänge zum Krankenzimmer, in dem Frau Samson über einigen Büchern hockte. »Eileena …«

»Ich suche gerade nach Sprüchen, um das Tor im Keller …«

Frau Andersson räusperte sich demonstrativ, sodass Frau Samson nach oben sah. »Oh. Entschuldigung, was ist los?«

»Hast du eine Möglichkeit, Henrik Christiansen zu erreichen?«, erkundigte sich Ziskas Tante.

Die Ärztin warf mir einen Blick zu. »Mit Magie, ja.«

Andersson nickte. »Ja, bitte sag ihm, dass sie heute noch abreisen müssen – zusammen mit Ivy.«

Doc Samson sah Frau Andersson für einen Moment an. »Ich hätte nie gedacht, dass es mal so weit kommen könnte.«

»Ich auch nicht«, sagte Frau Andersson mit einem Seufzen. »Benachrichtigst du ihn?«

Doc Samson nickte.

»Ivy, bitte bleiben Sie hier, bis das Rudel da ist«, wandte Frau Andersson das Wort an mich.

»Natürlich.«

»Gut. Ich wünsche Ihnen alles Gute und hoffentlich bis bald.« Sie drückte meine Schulter, ehe sie das Krankenzimmer verließ und mich mit der Ärztin alleinließ.

»Dann wollen wir mal.« Sie stand auf und ging auf ein Regal zu, in dem getrocknete Kräuter in Reih und Glied standen. Die Hexe nahm einige Reagenzgläser in die Hand und brachte sie in die Mitte des Raums, wo ein großer

Teppich ausgebreitet war. Sie stellte die Gläser zur Seite und hob den groben Stoff beiseite, dabei entblößte sie ein Pentagramm.

Erschrocken trat ich einen Schritt zurück.

Frau Samson sah zu mir. »Haben Sie keine Angst. Ich bin nicht *so* eine Hexe. Das Pentagramm hilft die Kraft zu katalysieren und direkter einzusetzen.«

Steif nickte ich. In all den Horrorfilmen mit Hexen hatte das Pentagramm niemals etwas Gutes bedeutet.

Doc Samson nahm ein paar der Kräuter in die lose Hand und mit einem Fingerschnippen schwebten angezündete Kerzen an jede Ecke des Sterns. Unauffällig trat ich einen weiteren Schritt zurück. Die Hexe murmelte etwas vor sich her, das ich nicht verstand, und streute ein paar der Kräuter in jede einzelne Kerze. »Henrik Christiansen«, hallte ihre Stimme plötzlich laut durch den Raum.

Im nächsten Moment erschien das Hologramm eines Wolfes im Pentagramm. Der Wolf gab einen halb geknurrten, halb gebellten Laut von sich.

»Henrik, Frau Andersson lässt ausrichten, dass Sie mit Ihrem Rudel und Ivy das Internat zu verlassen haben – sofort. Bitte kommen Sie zur Krankenstation.«

Der Wolf gab ein Winseln von sich und klemmte die Rute zwischen seine Beine, als gefiele ihm der Befehl nicht.

»Ich werde nicht mit Ihnen diskutieren, Henrik. Kommen Sie mit dem ganzen Rudel her.«

Henrik warf einen Blick über die Schulter und schien direkt zu mir zu schauen. Doch sein Blick ging durch mich hindurch.

»Wir werden hier auf euch warten«, sagte Dr. Samson und mit einer Handbewegung erloschen die Kerzen und damit Henriks Abbild.

Ich knetete wieder meine Finger. Mir gefiel die Vorstellung nicht, mit den anderen in das fremde Rudel zu fahren. Vor allem nicht wenn ich eventuell die Frau sehen würde, die nichts von mir wissen wollte. Übelkeit überfiel mich bei dem Gedanken.

»Sie wirken nicht begeistert von der Idee«, fiel Doc Samson in meine Überlegungen.

Ich sah zu ihr. »Na ja, es kommt nicht täglich vor, dass man aus dem Internat fliehen muss, weil eine Riesin Verborgene entführt.«

»Da haben Sie natürlich recht. Aber wir sind bereits auf der Suche nach einer Möglichkeit, das zu verhindern.«

»Indem sie das Tor nach Asgard im Keller wieder schließen.«

Überrascht sah sie zu mir.

»Ziska und ich haben uns einiges zusammengereimt. Es tut mir leid, dass ich so viel dazu beigetragen habe, das Internat unsicher zu machen.«

Frau Samson stand auf und kam zu mir. Sie legte mir ihre Hand auf die Schulter. »Ivy, Sie sind nicht schuld an dem, was passiert. Sie haben die Götter nicht herausgefordert. Sie sind ein Opfer von ihnen. Und wir Erwachsenen werden das regeln, damit Sie und all die anderen wieder in Sicherheit sind.«

Ich schenkte ihr ein mattes Lächeln. »Danke.«

»Das ist unsere Berufung, Ivy.« Sie strahlte mich an, ehe sie sich wieder aufrichtete und den Kopf lauschend drehte. »Da kommen sie schon«, sagte sie und drehte sich wieder zu ihrem Schreibtisch.

Genau in dem Moment traten Henrik, Jesper und Peter ins Krankenzimmer. Alle wirkten, als hätten sie etwas Wichtiges verloren. »Was ist los?«, fragte ich sofort.

»Latha ist verschwunden.«

23

»Wir werden eine Möglichkeit finden, wie wir sie alle zurückbekommen«, versicherte Doc Samson.

»Ach? So wie Sie bisher die Situation im Griff hatten?«, fragte Henrik.

Die Hexe zog die Augenbrauen zusammen. »Ich werde Ihnen das eine Mal Ihre Worte durchgehen lassen, weil das für uns alle keine einfache Situation ist. Aber lassen Sie mich Ihnen sagen, dass wir alles in unserer Macht Stehende tun, um die Verborgenen zu retten und unsere Schule zu einem sicheren Platz zu machen, wie er es bisher war. Und jetzt gehen Sie.«

Trotz Samsons vorherigen Worten platzierte sich das schlechte Gewissen auf meinen Schultern, selbst wenn ich nichts daran hätte ändern können, war ich doch schuld an der Situation.

Peter umfasste Henriks Arm und zog ihn mit sich. Mit hängenden Schultern folgte ich dem Eriksson-Rudel und gemeinsam gingen wir in den Flur. »Geht und packt alles zusammen. Ich begleite Ivy nach oben und komme gleich nach.« Henrik holte tief Luft. »Ich rufe gleich die Alpha an.«

»Ich kann das auch machen«, bot Jesper an.

Henrik schüttelte den Kopf. »Nein, es ist meine Schuld, dass Latha weg ist. Das ist meine Aufgabe.«

»Deine Schuld, dass Latha weg ist?«, fragte ich.

»Ja.«

Verwirrt sah ich zwischen den Jungen hin und her, doch keiner von ihnen schien mir eine Erklärung für die Aussage geben zu wollen. Im ersten Stock trennten sich Peter und Jesper von uns, während Henrik und ich hoch gingen.

»Wie meinst du das, dass das deine Schuld sei?«, erkundigte ich mich, nachdem die Tür hinter den anderen zugefallen war.

»Ich will nicht darüber reden, Ivy.«

»Auch nicht wenn ich dir sage, dass du nichts dafür kannst? Dass der ganze Mist hier wegen mir passiert?«

Überrascht sah Henrik mich an. »Wie kommst du darauf?«

»Als ich die Silbervergiftung hatte, traf ich wohl Hel.«

Er riss die Augen auf. »Deswegen hast du so zusammenhangslos geredet«, fiel ihm auf.

»Offensichtlich. Ich habe es für eine Halluzination gehalten ... doch danach gingen die Träume los, in denen ich durch den Wald gerannt bin und mir eine Stimme einflüsterte, dass ich endlich loslassen müsste.«

Henriks Augen wurden noch größer bei meinen Erzählungen.

»Dann habe ich mich verwandelt und dabei wurde anscheinend der Samen aktiviert, den Hel mir eingepflanzt hatte, als ich diese Begegnung mit ihr hatte, und dieser Samen scheint irgendeine Pforte im Keller nach Asgard geöffnet zu haben.«

Wie vom Blitz getroffen blieb Henrik stehen. »Was?«

Ich drehte mich zu ihm. »Durch meine Verwandlung habe ich eine Pforte geöffnet, die im Keller des Internats ist und durch die Angrboda offensichtlich hin und her wechselt, um Verborgene zu entführen.«

Henrik lehnte sich gegen die Wand. »Fuck ...«

Ich biss mir auf die Innenseite meiner Lippe und nickte. »Das fasst es ziemlich zusammen«, murmelte ich und knetete meine Finger. »Wenn du deswegen nicht möchtest, dass ich mitkomme ...«

Henrik stürzte zu mir und umfasste mein Gesicht. »Spinnst du?« Seine blauen Augen waren leicht verengt, während er mich streng musterte.

»Was?«

Er schüttelte den Kopf, überbrückte die letzte Distanz zwischen uns und lehnte seine Stirn gegen meine. Die Anspannung in meinen Muskeln ließ durch seine Nähe nach und ich gab mich der Berührung hin. »Deswegen würde ich dich niemals der Gefahr aussetzen. Du bist nicht schuld. Du bist eine Schachfigur der Asen gewesen, die dich für ihre Zwecke missbraucht haben«, wiederholte er die Worte, die Samson schon zu mir gesagt hatte.

Doch bei ihm klang es anders; intensiver, wahrer. Ich schloss die Augen, um die Tränen zurückzuhalten, die sich hochdrängen wollten.

Sein Griff um mein Gesicht wurde sanfter und seine Daumen streichelten sanft über die Haut. »Hörst du, Ivy? Du bist nicht schuld daran.«

»Es fühlt sich aber danach an.«

Er löste seine Stirn von meiner, schüttelte den Kopf und festigte seinen Griff um meine Wangen. »Das bist du nicht. Allen voran nicht an Lathas Verschwinden.« Er holte tief Luft. »Das war etwas Rudelinternes.«

Ich kniff die Augen zusammen. »Was meinst du?«

Er löste sich von mir und fuhr sich durch die Haare. »Latha wollte nicht bleiben.«

Eiskalte Klauen griffen nach meinen Eingeweiden.

»Wir haben eine Abstimmung gemacht, es stand drei gegen eins.«

Mir sackten die Beine weg und ich ließ mich auf die Treppenstufen sinken. »Das klingt nicht, als wärst du schuld daran, dass sie fort ist«, sagte ich matt. Denn so wie er es sagte, war das ebenfalls meine Schuld. Ich gehörte nicht zum Rudel. Sie hätten keine Rücksicht auf mich nehmen müssen – was sie aber getan hatten, weil ich abgelehnt hatte, mit ihnen zu kommen. Ich vergrub das Gesicht in meinen Händen.

»Doch, weil ich meine Gefühle unter Kontrolle hätte haben müssen, um mein Rudel zu schützen.«

Verwirrt sah ich zu ihm. Henrik hatte sich gegen die Wand gelehnt und seine Hände zu Fäusten geballt. »Was meinst du?«

Er sah zu mir. »An erster Stelle eines Alphas steht, das Rudel zu beschützen, für das du verantwortlich bist. Ich wusste, dass Peter und Jesper dich nicht zurücklassen wollen würden, genauso wie ich. Deswegen habe ich diese Abstimmung gemacht. Sobald es um dich geht, werde ich niemals rational denken können.«

Seine Worte verschlugen mir die Sprache. Unsere Blicke fingen einander auf. Ich ertrank in dem Eisblau seiner Augen. Jeden Tag schien Henrik eine neue Seite von sich zu zeigen und jeden Tag schienen meine verwirrenden Gefühle ihm gegenüber zu wachsen. Bei ihm konnte ich genauso wenig rational denken wie er bei mir. Für diesen Moment hüllte Stille uns ein, die aber so laut klang, dass sie in meinen Ohren widerhallte. Die Luft wurde immer dicker, als lud sie sich mit etwas auf, das weder greif- noch benennbar war. Ich schluckte einen schweren Kloß hinunter, der in meinem Rachen wuchs. »Warum?«, fragte ich, durchtrennte damit die ohrenbetäubende Stille, obwohl ich mir nicht sicher war, ob ich die Antwort hören wollte. Ob ich mir der Konsequenzen bewusst war, die bei seinen kommenden Worten eintreten würden.

»Du bist meine Gefährtin, Ivy«, platzte Henrik heraus.

Die Luft schien zu implodieren bei seinen Worten. Ich schaffte es nicht, Sauerstoff in meine Lunge zu ziehen. Leere fegte über mich weg. All meine Gefühle verstummten mit einem Mal und ließen keinen anderen Gedanken zu als die widerhallenden Worte von Henrik. »Was?«, brachte ich piepsig hervor.

Henrik fuhr sich übers Gesicht und durch die Haare, sodass die einzelnen schwarzen Strähnen wirkten, als wären sie elektrisch geladen. »Du bist meine Gefährtin. Deswegen *kann* und *will* ich dich nicht im Stich lassen. Es funktioniert nicht. Ich habe schon so viel Mist gebaut, der sich ewig zwischen uns befinden wird, und ich könnte es nicht ertragen, noch mehr zu tun, das dich verletzen könnte.«

Ich sackte in mich zusammen. Bemühte mich, irgendwie nicht verrückt zu werden. Mein Verstand war voll. Es passierte zu viel auf einmal und ich wusste nicht, wie ich all das verarbeiten sollte. »Aber am Anfang ...«, begann ich.

Henrik trat vor mich und hockte sich hin, sodass wir uns auf Augenhöhe begegneten. »Ich habe dir nicht vertraut; habe meine Gefühle zur Seite geschoben, um mein Rudel zu schützen, obwohl sich alles dagegen gesträubt hat. Das werde ich nicht noch einmal tun.«

Ich öffnete den Mund, um etwas zu sagen, fand aber nicht die passenden Worte.

»Henrik! Wir haben euch ges ... Oh.« Ziska kam die Treppe mit ihrem Koffer runtergestürmt und musterte uns. »Was ist passiert?«

»Latha wurde entführt«, preschte ich vor, bevor Henrik etwas anderes sagen konnte, und richtete mich auf, um Abstand zu bekommen.

Ziska sah mit riesengroßen Augen zu Henrik. »Bei den Göttern, das tut mir so leid! Wurde sie auch von …« Sie sprach den Namen nicht aus, es war deutlich genug, was sie wissen wollte.

»Wahrscheinlich«, sagte Henrik, wobei sein Blick auf mich gerichtete war. Zwischen uns stand so viel Ungesagtes. Meine Haut prickelte, als jagte ein Sturm über mich hinweg.

»Sie war wütend auf mich«, würgte ich hervor, während ich Henriks Blick nicht losließ.

»Ivy …«

Ich unterbrach Henrik mit einem Kopfschütteln. Endlich konnte ich den Blick von ihm lösen. Unterbrach die Verbindung, die zwischen uns war, und sah zu meiner Zimmermitbewohnerin.

»Scheiße …« Ziska sackte zusammen und ließ ihren Koffer auf der Treppe stehen, um sich auf die Stufen zu setzen. »Was für eine riesengroße Scheiße«, meinte sie.

»Das kannst du laut sagen …« Das schlechte Gewissen rumorte in meinen Eingeweiden. Wenn ich nicht auf dieses Internat gekommen wäre, wenn mein Vater mir einfach erlaubt hätte zu Hause zu bleiben … Ich vergrub meine Hände in den Haaren. »Ich kann das nicht«, platzte es aus mir heraus. »Ich kann mich nicht in Sicherheit bringen, während das Schicksal der anderen ungewiss ist.«

»Was willst du denn bitte schön machen?« Ziska sah mich mit zweifelndem Blick an. »Du kannst nichts anderes machen, als zum Rudel zu fahren und abzuwarten.«

»Ich kann das Tor im Keller nutzen«, erwiderte ich.

Ziska riss die Augen auf. »Bist du komplett durchgeschnappt?«

»Ich begleite dich.«

Überrascht sah ich zu Henrik. »Nein, ihr solltet euch in Sicherheit bringen. Das Ganze ist meine Schuld. Dementsprechend sollte ich diejenige sein, die die Konsequenzen trägt.«

Henrik baute sich vor mir auf. Sein Geruch nach feuchtem, frisch gemähtem Gras verstärkte sich, als würde der Wolf näher an die Oberfläche kommen. »Wenn wir es auf die Schiene machen, bin ich an alledem schuld. Hätte ich die Jungs nicht bezahlt, wärst du gar nicht erst in Hels Fänge gekommen.«

»Seid ihr komplett irre?«, brauste Ziska auf. »Keiner von euch sollte sich Angrboda ausliefern! Und das wird schlussendlich passieren, wenn ihr in dasselbe Portal wie sie schreitet.«

»Ich kann aber nicht in Sicherheit bleiben und Däumchen drehen«, beharrte ich auf meinen Standpunkt.

»Und ich kann Ivy mit Sicherheit nicht allein durchbrennen lassen«, fügte Henrik hinzu.

Ziska sah zwischen uns beiden hin und her. »Ihr seid komplett irre«, wiederholte sie. »Fuck! Ich kann euch das nicht allein machen lassen.«

»Nein! Du solltest hierbleiben, falls etwas schief geht ...«

»*Falls?* Es *wird* etwas schiefgehen! Wir lassen uns darauf ein, das Spiel von Göttern mitzuspielen. Da gibt es kein Falls«, meinte Ziska.

»Und deswegen solltest du hierbleiben«, sagte ich.

»Jemand muss auf euch aufpassen und offensichtlich bin ich die Einzige hier, die noch annähernd bei Verstand ist.«

»Ziska, deine Ma ist gleich hier, wie soll deine Tante ihr denn beibringen, dass du ebenfalls weg bist?«, beharrte ich.

Meine Mitbewohnerin sah mich an, als wollte sie mir im nächsten Moment an die Kehle gehen. »Ihr solltet das nicht allein machen«, beharrte sie. »Redet mit Frau Ward oder mit Mina darüber.«

Henrik und ich tauschten einen Blick aus. Mir war nicht wohl bei dem Gedanken, nach Asgard zu reisen, und erst recht nicht, Henrik mit reinzuziehen, aber ich konnte nicht irgendwo in Sicherheit sitzen, während andere meinetwegen in Gefahr waren. »Ihr solltet beide gehen. Wenn ich nicht zurückkomme ... Wenn ich nicht zurückkomme, wird mich keiner vermissen«, zwängte ich die Worte über meine Zunge, wobei es sich anfühlte, als würde ich auf Scherben kauen.

Abrupt zog mich Henrik an seine Brust, wobei ich beinahe über die Stufe gefallen wäre, wenn er mich nicht festgehalten hätte, doch ich konnte keinen Gedanken daran verschwenden. Seine Lippen pressten sich hart und unnachgiebig auf meine. Ich gab ein erschrockenes Keuchen von mir, was Henrik ausnutzte, um mit seiner Zunge meinen Mund zu erobern. Meine Knie wurden zu Wackelpudding. Ich krallte mich mit zittrigen Fingern in sein T-Shirt. Bevor ich realisierte, was geschah, reagierte mein Körper bereits auf Henrik. Ich wurde weich und schmiegsam in seinen Armen. Meine Zunge strich über seine. Die Gefühle für ihn überrollten mich. Sie übernahmen die Überhand und ließen mich die restliche Welt aussperren, die gerade zugrunde ging. In diesem Augenblick gab es nur uns zwei. Unsere Lippen, die sich aneinanderschmiegten, und unsere Zungen, die einen leidenschaftlichen Tanz ausübten.

Langsam löste ich mich von Henrik. Mein Herz polterte in der Brust und mein Puls klopfte hektisch gegen die Adern.

»Ich würde dich vermissen, Ivy«, raunte Henrik und lehnte seine Stirn erneut gegen meine. Seine Hände wanderten von meinen Wangen hinunter zu meinen Armen, strichen über die nackte Haut, um dann meine Finger mit seinen zu umfassen.

Ich schloss die Augen. In seinen Armen fühlte ich mich angekommen. Als hätte ich mein Leben lang etwas gesucht, das ich nun beim ihm gefunden hatte.

Ein Räuspern riss uns auseinander. Ziska hockte noch auf der Stufe. »Es tut mir leid, eure Vereinigung zu stören. Aber Henrik wäre nicht der Einzige, der dich vermissen würde. Ich habe mich an den Gedanken gewöhnt, dich als Mitbewohnerin zu haben, und keine Lust, wieder allein das Zimmer zu beziehen. Wir sollten *alle* hierbleiben.«

Henrik drückte meine Hände. Ich begegnete seinem Blick und wusste mit absoluter Sicherheit, dass uns zwei nichts mehr aufhalten könnte. Weder er noch ich könnten in den Spiegel schauen, wenn wir durch unser Handeln die anderen in Gefahr gebracht haben, um sie jetzt im Stich zu lassen.

»Du gehst nach Hause, Ziska«, sagte ich. »Wir werden gehen.«

»Wohin gehen wir?«, fragte Jesper, der in dem Moment durch die Tür in den Flur trat, dicht gefolgt von Peter.

»Ihr fahrt nach Hause«, sagte Henrik.

Jesper hob seine Augenbrauen. »Ach? Und wo genau wollt ihr dann hin?«

»Die Idioten wollen allein nach Asgard, sich Angrboda entgegenstellen, um die Entführten wieder heimzubringen«, fasste Ziska unsere Schnapsidee zusammen.

Abwartend sah ich zu Jesper und Peter. Die beiden wechselten einen Blick. »Klingt cool. Wir sind dabei.«

»Nein. Ich habe zugelassen, dass Latha etwas passiert. Ich werde euch nicht willentlich in Gefahr bringen.«

Jesper schnaubte spöttisch. »Du magst von unserer Alpha auf der Schule vielleicht derjenige mit dem Sagen sein, Brüderchen, wenn du und Ivy jedoch meint, euch in Gefahr bringen zu wollen, werde ich nicht tatenlos danebenstehen und zuschauen. Wir sind ein Rudel und ich werde euch begleiten.«

»Genauso wie ich.«

Ziska seufzte theatralisch. »Ihr seid alle komplett übergeschnappt. Kein Stück funktionierende Gehirnzelle, das ist so typisch Fenriswolf. Erst mal draufhauen, auf die Konsequenzen wird gepfiffen, Hauptsache, alle sind zusammen. Egal, ich komme mit.«

Ich fuhr zu meiner Mitbewohnerin herum. »Nein, du solltest nach Hause.«

»Ja, genauso wie ihr. Tut ihr dennoch nicht. Du vergisst, dass Angrboda auch Freundinnen von mir entführt hat«, sagte sie. »Ich lasse euch nicht gehen, wenn ich nicht mitkomme.«

Ich biss mir auf die Lippe. Das hatte sich zu einer Situation entwickelt, über die ich keine Kontrolle hatte. »Okay. Dann lasst uns nur das Nötigste zusammenpacken.«

»Schon erledigt«, meinte Jesper und schulterte seinen Rucksack. »Wir warten hier auf euch.«

Ziska seufzte und starrte ihren riesengroßen Koffer an. »Der zählt wohl nicht als das Nötigste?«, fragte sie.

»Nicht wenn er nicht voller Essen ist«, wandte Peter ein.

»Nein«, antwortete sie und hob den Koffer an, um wieder umzudrehen.

Henrik schloss seine Hand für einen kurzen Moment fester um meine Finger, was meine Aufmerksamkeit auf ihn richtete. »Bis gleich«, sagte er und hauchte einen Kuss auf meine Lippen.

Ich bemerkte, wie Hitze in meine Wangen stieg, und löste mich hastig von ihm, um Ziska zu folgen, die schon beinahe das Ende der Treppe erreicht hatte.

»Du und Henrik also, hm?«, murmelte sie, als ich sie eingeholt hatte.

Überfordert warf ich einen Blick über die Schulter und betrachtete Henrik, der die Treppe runterging. »Ich habe keine Ahnung«, wisperte ich.

Ziska kicherte neben mir. »Ich find es süß.«

Verwirrt sah ich zu ihr. Gerade wollte ich mir darüber keine Gedanken machen. Wir hatten vor in eine andere Welt zu gehen, um unsere Mitschüler*innen zu retten. Da wollte ich nicht überlegen, was das zwischen Henrik und mir war. *Du bist meine Gefährtin, Ivy,* hallten seine Worte erneut durch meinen Kopf. Ich schüttelte mich in der Hoffnung, meine Gedanken zu klären, doch Henrik war präsent in meinem Hinterkopf vorhanden.

Gemeinsam gingen Ziska und ich zurück in unser Zimmer und packten das Nötigste ein, was wir bei dieser Reise gebrauchen könnten.

Ich wollte mein Handy gerade aufs Bett pfeffern, weil es in Asgard sicherlich nur Ballast war, doch haderte ich mit mir. Kurzentschlossen öffnete ich Susanns und meinen Chat.

Ivy 15:47:

Es tut mir leid, dass du dich wegen mir schlecht gefühlt hast. Es tut mir leid, wie es zwischen uns beiden ausgegangen ist. Du warst das Beste, was mir in meinem Leben passiert ist, und ich konnte mich glücklich schätzen, dass ich in dir eine solch ehrliche und fantastische Freundin an meiner Seite hatte. Dass du mich so lange auf meinem Lebensweg begleitet hast und ein wesentlicher Bestandteil bist, dass ich ein Mensch bin, dem ich gern im Spiegel gegenüberstehe.

Weswegen ich nur verstehen kann, dass du nichts mehr mit mir zu tun haben willst, weil du jemand Besseren als Freundin verdient hast. Ich werde dich nie vergessen.
In Liebe, Ivy.

Mein Daumen schwebte über dem Senden-Button. Ich wusste nicht, was uns in Asgard erwarten würde. Oder was danach kommen würde. Aber ich konnte nicht zulassen, dass Susann noch mal hierherkam, und das würde sie, sollte sie sich dazu entschließen, sich wieder mit mir abgeben zu wollen. Zittrig holte ich Luft.

»Was ist los?«, fragte Ziska und trat neben mich. Über meine Schulter linste sie aufs Display. »Fuck, Ivy …«

»Es muss sein, oder?«, fragte ich mit bebender Stimme.

Ziska schlang ihre Arme um mich. »Es tut mir leid.«

Ich drückte auf den Button und fühlte mich, als hätte ich mir ein Körperteil abgehackt. Susann war seit Anbeginn meine beste Freundin gewesen. Ich schmiss das Handy aufs Bett rieb über meine Arme, um die Gänsehaut zu vertreiben.

»Es ist das Beste«, raunte Ziska.

»Ich … ich weiß.«

Sie drückte mich noch einmal, ehe sie sich von mir löste. »Komm. Lass uns das Bekloppteste machen, was die Weltgeschichte jemals gesehen hat.«

Ein humorloses Prusten kam über meine Lippen. »Du kannst hierbleiben, Ziska«, erinnerte ich sie.

»Nein, ich kann nicht zusehen, wie meine Freunde versuchen alle zu retten, und still Däumchen drehen.«

Ich konnte sie verstehen. »Dann sollten wir wohl los.«

Gemeinsam gingen wir mit unseren Rucksäcken über der Schulter zurück in den Flur, hinunter zu den Jungs, die bereits auf uns warteten.

»Seid ihr so weit?«, fragte Henrik.

Ich nickte und krallte meine Finger um die Griffe meiner Tasche. Gemeinsam gingen wir los.

»Weiß einer von euch zufällig, wie wir in den Keller kommen?«, erkundigte ich mich.

»Klar«, sagte Ziska. »Da findet immer unser Spezialtraining statt, genauso wie von den Nymphen und Meerwesen.«

»Meerwesen?«

»Ja, Meerfrauen und -männer sowie Meereswandler und noch andere Sachen, die affin mit Wasser sind.«

Meine Augen wurden bei jedem Wesen größer. »Es gibt Meerfrauen? So was wie Arielle?«, hakte ich nach.

Ziska warf mir ein verschmitztes Grinsen zu. »Erinnerst du dich? Alles ist möglich.«

»Fuck«, stieß ich hervor.

Henrik sah ebenfalls mit einem Grinsen zu mir. »Ich habe dir doch gesagt, dass all die Mythen, Legenden und Sagen wahr sind.«

»Ja, aber ... Ach, vergesst es.«

Ziska kicherte vor mir. Wir erreichten die Eingangshalle, durch die wir einen kurzen Blick warfen, ehe Ziska die Führung übernahm und uns durch einen weiteren Flur zu einer Tür führte, auf der »Schwimmbad« stand.

Sie öffnete die Tür und gemeinsam schlichen wir weiter. Ich fühlte mich, als würde ich etwas Verbotenes tun – was wir wahrscheinlich auch taten. Die Treppe hinunter war schmal, sodass wir hintereinander herlaufen mussten. Die Luft war geschwängert vom Geruch nach Chlor und hoher Feuchtigkeit. Irgendein anderer Duft schwang noch mit, den ich nicht identifizieren konnte.

Am Ende der Treppe war ein langer Teppich ausgebreitet, der über weißen Fliesen lag. Ziska führte uns an dem Schwimmbad vorbei in einen Saunabereich. Ich sah mich mit großen Augen um. Wieso hatte mir das vorher keiner gesagt, dass das Internat einen Spa-Bereich besaß?

»Okay, hier ist das Ende des Trainingbereichs«, verkündete Ziska.

Wir standen vor zwei Türen, auf denen jeweils »Privat« stand. »Wo geht's lang?«, erkundigte ich mich.

»Es gibt hier nur noch die beiden Türen und wenn wir dahinter das Portal nicht finden, wüsste ich nicht, in welchem Keller es ist«, sagte sie.

Peter drückte die eine Tür nach innen, dahinter befand sich ein kleines Büro mit einer Umkleide, die wahrscheinlich den Lehrkräften vorbehalten war.

Ziksa öffnete die zweite, hinter der Treppen auf uns warteten. »Dann versuchen wir es doch hiermit«, murmelte sie.

Erneut gingen wir im Entenmarsch hintereinander die Stufen runter. Mit jedem Meter, den wir uns von dem Schwimmbad entfernten, wurde es kälter. Eine Gänsehaut strich über meine Arme und ließ die Härchen hochstehen. Zu der Kälte wurde es auch dunkler. Ziska kramte in ihrem Rucksack und holte eine Taschenlampe hervor, genauso wie Peter.

»Sie werden das Portal wahrscheinlich nicht unbewacht lassen, oder?«, fragte Jesper.

»Wahrscheinlich nicht«, sagte Henrik. In seiner Stimme schwang etwas mit, das ich nicht gänzlich deuten konnte.

»Und was haben wir vor, wenn wir die Wache – oder Wachen – finden?«, bohrte Jesper weiter.

»Das, was wir gelernt haben«, beantwortete Peter die Frage.

Mir lief es eiskalt den Rücken hinunter. Was hatte ich da angezettelt? Ich schlang die Arme um meine Mitte und hielt mit meinen Vorgängern schritt. Wir erreichten das Ende der Treppe und betraten einen breiten Flur. Hier unten schien seit Ewigkeiten niemand mehr gewesen zu sein. Im oberen Bereich war alles neu gemacht worden, doch hier unten schien alles beim Alten belassen worden zu sein. Spinnenweben waren in den Ecken zu sehen. Grauer, kalter Stein zierte die Wände.

»Na dann wollen wir mal«, raunte Ziska und lief vor.

»Alles okay?«, erkundigte sich Henrik.

»Nein, absolut nicht.«

»Wir schaffen das«, ermunterte er mich.

Zweifelnd sah ich zu ihm. In seinen Augen erkannte ich ebenfalls Angst, aber auch Sicherheit. Ihm bereitete die Situation genauso viel Furcht wie mir, dennoch war er zuversichtlich. Wegen Peter, Jesper, Ziska, sich selbst und vielleicht sogar meinetwegen. Ich atmete tief ein. »Okay«, sagte ich, wobei ich mich bemühte, denselben Glauben an den Tag zu legen, den ich bei ihm entdeckte.

Gemeinsam folgten wir den anderen, bis wir zu einer weiteren Tür kamen, die aussah, als würde sie bereits seit Jahrhunderten die Stellung halten. Das Holz war aufgequollen durch die Jahre in der Feuchtigkeit. Die Türangeln hatten mit Sicherheit ebenfalls schon mal bessere Zeiten erlebt.

Peter drehte sich an der Spitze um. »Bereit?«, fragte er.

»Mach die Tür einfach auf«, sagte Jesper und stellte sich hin, als erwartete er, sofort angegriffen zu werden.

Ich schluckte den schweren Kloß hinunter, während ich die Position einnahm, die Herr Kweldulf mir beigebracht hatte.

Peter stieß die Tür auf, statt einem Feind leuchtete uns bläuliches Licht entgegen. Mir verschlug die Aussicht die Sprache. Gemeinsam betraten wir das Zimmer und sahen uns allesamt staunend um.

Inmitten des Raums war ein Baum zu sehen, dessen Äste aus blauem Licht bestanden, die sich durch den Raum bewegten, als würden sie leben. Glitzernde Funken stoben durch die Luft. Runen, die ich nicht kannte und zuvor nirgendwo gesehen hatte, pulsierten an den Wänden. Das Atemberaubendste war der Stamm. In der Mitte des mächtigen Baums befand sich ein Durchgang, der einen Wald zeigte. Funken stoben über das Bild. Meine feinen Härchen stellten sich von der Magie auf, die überall spürbar war. Es war, als würden minimale elektrische Stöße über meine Haut jagen. »Wow«, kam es hauchend über meine Lippen. Mit offenem Mund sah ich mich um, ehe ich an einer Person hängen blieb, die mit verschränkten Armen neben der Tür stand und uns wie Ungeziefer musterte.

»Ihr habt hier nichts zu suchen«, sagte der Engel, dem ich bereits begegnet war. Er stieß sich von der Wand ab und ließ aus der Luft seine Sense erscheinen, mit deren Griff er mich beim letzten Mal schachmatt gesetzt hatte. »Du bist wohl wirklich auf Ärger aus, Welpe«, wandte er das Wort an mich.

»Wir wollen unseren Freunden helfen«, sprang Peter ein und stellte sich schützend vor mich.

Unsicher trat ich einen Schritt zurück. Angst quoll in mir hoch, gleichzeitig wusste ich, dass ich dem Engel nichts entgegenzusetzen hatte. In diesem Kampf war ich absolut nutzlos.

»Ihr wollt euch gegen Gottheiten stellen, die nicht nur mehr Erfahrung, sondern auch bei Weitem mehr Grips als ihr besitzen?« Der Engel stieß ein spöttisches Schnauben hervor. »Ihr vermenschlichten Wesen seid dümmer, als ich befürchtete.«

Jesper stieß ein tiefes Grollen aus.

Henrik hob die Hand und hielt seinen Bruder zurück. »Jeremia, wir wollen nicht gegen dich kämpfen, sondern die anderen suchen.«

»Und was glaubt ihr gegen Gottheiten tun zu können, wenn selbst die Erwachsenen dieses Hauses überfordert sind?«, erkundigte sich der Engel und legte den Kopf schief, als erwartete er tatsächlich eine plausible Antwort.

»Zumindest können wir überhaupt etwas tun«, meinte Ziska und verschränkte die Arme vor der Brust.

Jeremia schüttelte den Kopf. »Ich sage es euch nur ein einziges Mal: Geht und lasst euch nie wieder hier blicken.«

»Tut mir leid, aber das können wir nicht«, erwiderte Peter. Das Grollen in seiner Kehle ließ vermuten, dass sein Wolf nah unter der Oberfläche steckte.

Der Engel verzog spöttisch die Lippen. »Dann werden wir wohl keinen anderen Weg finden.« Er schlug den Stiel der Sense auf den Boden. Gleißendes Licht erfüllte den Raum und zwang mich, schützend die Hände zu heben.

In meine Seite prallte ein Gewicht, das mich durch die Luft katapultierte. Hart prallte ich gegen die Wand, um dann auf dem Boden zu landen. Sterne blitzten vor meinem Sichtfeld auf und die Luft wurde aus meinen Lungen gepresst. Hustend stützte ich mich auf die Unterarme, um mich aufzurichten.

Drei knurrende Wölfe hatten Jeremia umringt. Der Engel hatte seine Sichel lässig über die Schulter gelehnt und sah sich lächelnd um. Ziska fauchte den Engel an. Ihre Zähne fuhren spitz wieder zusammen. Ebenso wie ihre Pupillen, die mich an die Augen von Schlangen erinnerten.

Mithilfe der Wand stand ich auf und beobachtete, wie Peter den Engel ansprang. Er verbiss sich in dessen Arm, wurde dann aber von dem Gegner fortgeschleudert.

Mitten in der Luft drehte sich Peter, sodass er rutschend auf den Pfoten landete und nicht gegen die Wand knallte.

Meine Kampferfahrungen beruhten sich auf ein einziges Training und wenn ich meinen Freunden zur Hilfe eilen wollte, würde ich sie wahrscheinlich sogar eher behindern.

Jesper sprang auf den Engel zu. Jeremia streckte seine Flügel, was einen solchen Luftdruck erzeugte, dass Jesper und ich nach hinten gefegt wurden. Jesper prallte gegen mich, was mir erneut sämtliche Luft aus der Lunge drückte.

Der Zwilling schüttelte sich und sprang sofort wieder in Richtung seiner Freunde, um sie zu unterstützen. Ich war überfordert. Wusste nicht, was ich tun sollte, wie ich ihnen helfen konnte.

Mein Blick wanderte zu dem Portal. Jeremia war damit beschäftigt, die anderen unter Kontrolle zu halten, dadurch war für mich der Weg frei. Ich rannte auf das Portal zu.

Kurz bevor ich in den Stamm trat, sah ich über die Schulter zu meinen Freunden. Jesper hatte sich im Arm des Engels verbissen und wurde gegen die gegenüberliegende Wand geschleudert. Henrik nutzte die kurze Unaufmerksamkeit Jeremias, um ihm gegen die Brust zu springen, wahrscheinlich in der Hoffnung, ihn aus dem Gleichgewicht zu bringen.

Ziska riss sich ihren Rucksack vom Rücken, sprang in die Luft und auf einmal erschienen auf ihrem Rücken zwei fledermausartige Flügel, die sie in der Luft hielten, ehe sie im Sturzflug auf den Engel zuraste. »Geht!«, brüllte sie. Sie stoppte ihren Flug nicht, sondern riss den Engel in eine Umarmung und plötzlich hallte ein ohrenbetäubender Schrei aus ihrem Mund. Ich presste die Hände auf die Ohren und kniff die Augen zusammen.

Von der Seite wurde ich mitgerissen, stolperte über meine eigenen Füße und fing mich mehr schlecht als recht, während der nackte Henrik mich durch das Portal nach Asgard zerrte.

24

Alles drehte sich. Wir fielen durch einen Regenbogen, dessen wirbelnde Farben grell leuchteten, sodass ich sie selbst hinter meinen Augenlidern flackern sah. Es fühlte sich an, als würden wir auf einer Wasserbahn herumgeschleudert werden. Ich krallte mich an Henrik und erlaubte mir nicht einen Moment, den Griff zu lockern.

Plötzlich hielt alles still, ehe ich hart auf Erde landete. Übelkeit überrollte mich und zwang mich, mich von meinem Anker zu lösen. Mein Frühstück grub sich seinen Weg zurück durch die Speiseröhre. Im Hintergrund hörte ich, dass es den anderen ebenfalls nicht besser erging. Langsam traute ich mich, die Augen zu öffnen. Mein Kopf schwirrte von dem Portalsprung – oder was auch immer wir da gemacht hatten. Die Bäume drehten sich im Kreis, als befänden wir uns in einem Karussell. Ich schloss die Augen wieder, grub meine Hand in die Haare in der Hoffnung, dass mein Kopf dadurch wieder zur Ruhe kam. Ein gequältes Stöhnen bahnte sich über meine Lippen.

»Egal was ich jemals wieder sage: Zwingt mich nicht noch einmal durch so einen Höllenritt«, erklang Peters Stimme.

»Glaub mir, dazu müsste eine Horde Feen hinter mir her sein, ehe ich noch mal durch ein Portal springe«, stimmte Jesper atemlos zu.

Eine Hand legte sich auf meinen Rücken und strich sanft darüber. »Alles okay?« Henriks Stimme war leise, doch seine Anwesenheit ließ mir einen sanften Schauer über mich rieseln.

Ich schüttelte den Kopf. »Ich fühle mich, als hätte ich eine Runde in der Waschmaschine gedreht«, gab ich zu. Immerhin schaffte ich es endlich, meine Augen zu öffnen, ohne dass sich alles weiterdrehte.

»Glaub mir, Ivy, uns geht es allen nicht besser«, bemerkte Peter und seufzte theatralisch.

Im Augenwinkel bemerkte ich Henrik, der mich besorgt musterte, wobei er selbst noch grünlich um die Nase schimmerte. Die Farben des Waldes wirkten intensiver, als hätte jemand in einem Filter die Lebendigkeit des Bildes höhergestellt. Ich blinzelte, doch der Filter verschwand nicht. Vorsichtig richtete ich mich auf. Meine Knie waren wie Wackelpudding. Ein sanfter Wind ließ die Blätter an Bäumen und Büschen rascheln, wobei eine Melodie erklang, als spielte jemand auf einem sanften Instrument, das ich zuvor noch niemals gehört hatte. Der Duft der Natur umschmeichelte meine Nase. Es roch klarer, reiner und irgendwie intensiver als in unserer Welt, in der immer ein Hauch Abgas mitschwang. Ich schloss die Augen und sog die Gerüche in meine Nase.

»Ob es Ziska wohl gut geht?«, fragte Jesper.

Sein Blick lag auf dem Portal, das hinter uns war. Wir befanden uns auf einer Lichtung, in dessen Mitte das leuchtende Portal schimmerte.

»Jeremia wird sie nicht ernsthaft verletzen«, sagte Henrik.

»Wir sollten trotzdem verschwinden. Für den Fall, dass sie glauben, uns noch erreichen zu können«, gab Peter zu bedenken.

Mit einem kurzen Nicken stimmte ich ihm zu. »Vielleicht solltet ihr euch erst etwas anziehen, das nicht lose an euch herunterbaumelt«, meinte ich und starrte angestrengt zu einem Baum, damit ich Henrik, Jesper und Peter nicht unverhohlen anstarrte. Meine Wangen brannten vor Scham.

»Hast du noch nie einen nackten Mann gesehen, oder was?«, fragte Peter mit einem Lachen in der Stimme. Wobei ich trotzdem das Ratschen von Reißverschlüssen hörte, als suchten sie sich Anziehsachen raus.

»Das geht dich nichts an«, sagte ich blind über die Schulter.

Peter kicherte in meinem Rücken.

»Einer von uns sollte als Wolf unterwegs bleiben«, erklang Henriks Stimme. »Wir haben keine Ahnung, wo wir hier sind.«

»Ich übernehme die erste Schicht«, bot sich Jesper an.

»Okay. Wo sollen wir lang?«

Bevor ich mich gänzlich umdrehte, schielte ich über die Schulter, um sicherzugehen, dass Peter und Henrik etwas anhatten. Erst als ich beide angezogen sah, wandte ich mich ihnen zu.

»Ich habe keine Ahnung«, sagte ich und ließ meinen Blick erneut über die Bäume um uns schweifen. Es war wunderschön hier. Wobei es sich, abgesehen von den intensiveren Farben, nicht von der Erde unterschied.

Jesper reckte die Nase in die Luft, als versuchte er, etwas zu wittern, ehe er sie an den Boden hielt und darüberfuhr wie ein Bluthund. Ein Zittern ging durch sein Fell und er hob den Blick.

Er stieß ein kurzes, abgehacktes Bellen hervor, das unsere Aufmerksamkeit auf ihn lenkte. Seine Rute wackelte, als würde er sich freuen, und er tänzelte auf der Stelle.

»Er hat wohl eine Spur gefunden«, meinte Henrik und warf mir einen Blick zu. »Bereit?«

»Dann lasst uns los unsere Kameraden retten«, sagte ich tollkühner, als ich mich eigentlich fühlte.

Wir folgten Jesper, der freudig vor uns herlief. Seine Nase hatte er am Boden kleben und trabte im Slalom durch den Wald. Es gab keinerlei Weg, der davon zeugte, dass hier öfter irgendjemand herlief. Wir mussten über Gehölz und Wurzeln klettern. Jesper sprang leichtfüßig über die Hindernisse und nach einer Weile hatte er uns beinahe abgehängt. In Asgard war es überraschend warm, sodass ich bereute eine lange Jeans angezogen zu haben, statt meine Shorts anzubehalten.

Henrik stieß ein grollendes Knurren aus, das ich kaum hörte, obwohl ich direkt neben ihm herlief. Jesper hob den Kopf, sah in unsere Richtung und blieb dann ungeduldig stehen.

Er erinnerte mich an einen Welpen, der die Fährte zu seinem besten Spielkameraden erschnuppert hatte.

»Wie kann es sein, dass Jesper hier etwas riecht, aber nicht in unserer Welt?«, fragte ich, als wir wieder etwas zu dem Wolf aufgeholt hatten.

»Vielleicht liegt es daran, dass die Person von Midgard verschwindet und sich in Asgard aufhält. Weswegen einfach alles von ihr in Midgard verschwindet«, versuchte sich Peter an einer Theorie.

Ich runzelte die Stirn. Ganz logisch klang das nicht.

»Vielleicht hat Angrboda dafür auch einen Zauber«, warf Henrik ein. »Der ihre Spur – und damit die ihrer Opfer ebenfalls – verdeckt, damit wir ihr nicht folgen können.«

»Aber sollte dieser dann in Asgard nicht auch aktiv sein?«, erkundigte ich mich.

Henrik zuckte mit den Schultern. »Ich habe keine Ahnung, wie Magie hier funktioniert. Oder generell wie Magie sich verhält, wenn sie von einer in die andere Welt gespült wird. Vielleicht nutzt sie ihn auch hier nicht, weil sie ihn in Asgard nicht braucht.«

Mir war das ganze System noch fremder als den drei anderen. Für mich wirkte das alles immer noch wie ein surrealer Traum, aus dem ich jeden Moment aufwachen könnte. Gleichzeitig wusste ich, dass das hier kein Traum sein konnte; dafür geschahen zu viele schreckliche Dinge. Vielleicht gewöhnte ich mich auch niemals an den Gedanken, dass alles echt war, was ich nur für die Fantasie der Schreibenden gehalten hatte. Ich atmete tief aus und konzentrierte mich auf Jesper, der unruhig auf der Stelle tänzelte und auf uns wartete.

Henrik hob die Nase in den aufkommenden Wind. »Die Spur wird stärker«, teilte er mit und beschleunigte seine Schritte.

Peter und ich folgten den beiden, die nun vorrannten. Ich war froh, dass ich bereits seit Jahren joggte, damit ich die drei in diesem Urwald nicht verlor. Die Bäume standen dicht an dicht wie bei einem Gefängnisgitter, das seine Inhaftierten unbedingt im Inneren behalten wollte. Mir kroch eine Gänsehaut bei dem Gedanken über den Rücken.

Jesper legte sich vor uns in die Büsche und robbte sich auf einmal nur noch langsam voran.

Verwirrt sah ich zwischen den anderen beiden hin und her.

»Da ist noch etwas anderes«, klärte Henrik auf.

»Ich kenne den Geruch nicht«, sagte Peter.

Ich hasste, dass meine Sinne in meiner menschlichen Gestalt nicht genauso automatisch abliefen wie bei meiner Wölfin. Tief holte ich Luft und konzentrierte mich auf die einzelnen Noten, die mitschwangen. Unter dem

Geruch, den ich für Lathas hielt, befand sich eine bittere Note, die von einer süßlichen Fäule begleitet wurde. Ich verzog das Gesicht. »Das stinkt«, sprach ich meine Gedanken aus.

»Diese Fäulnis heißt mit Sicherheit nichts Gutes«, merkte Henrik an.

»Wäre zumindest eine Überraschung, wenn irgendwas mit Fäulnis etwas Gutes wäre«, murrte Peter. Sein Blick lag konzentriert auf dem Punkt, an dem Jesper im Unterholz verschwunden war.

»Wir sollten uns definitiv …« Er stockte, als Jesper zurückgerobbt kam.

Das Leuchten hüllte seinen Zwilling ein, ehe er nackt vor uns hockte. Die Hitze stieg mir in die Wangen und ich schaute konzentriert an den Baum, der hinter Henrik war, um nicht zu Jesper zu sehen.

»Da ist eine Höhle, in der Lathas Spur weitergeht.«

»Eine Höhle?«, fragte ich und sah nun doch zu Jesper – was meine Wangen noch heißer brennen ließ.

Wieso konnten wir nach der Verwandlung unsere Klamotten nicht wie von Zauberhand wieder anhaben? Das würde vieles erleichtern. Vor allem war das doch bei den Filmen auch so, dass die Werwölfe Kleidung nach ihrer Verwandlung anhatten, oder? Fieberhaft suchte ich in meinem Erinnerungsvermögen nach Beweisen, weder bei *The Vampire Diaries* noch bei *Twilight* war ich mir sicher, ob die Wölfe danach noch Anziehsachen besaßen … Und wie war das noch bei *Teen Wolf* gewesen?

»Hast du den Ursprung des komischen Geruchs ausmachen können?«, hakte Henrik nach und riss mich aus meinen Überlegungen, die ziemlich fehl am Platz waren.

Ich schüttelte mich unbewusst, um mich wieder auf das Hier und Jetzt zu konzentrieren.

»Nein. Es stinkt erbärmlich aus der Höhle …« Aus den Augenwinkeln bemerkte ich, wie Jesper unruhig über die Schulter sah.

»Was ist noch?«, forderte Peter ihn auf.

»Vor der Höhle stehen Einhörner.«

Ich riss meinen Kopf in seine Richtung. »Einhörner?«

»Ja.«

»Damit hat sich die Frage wohl geklärt, wo wir sind«, sagte Henrik.

»Jap. Wir müssen definitiv vorsichtig sein.«

»Warum?«, fragte ich – noch immer überrumpelt davon, dass es *tatsächlich* Einhörner gab. Selbst wenn Henrik immer betonte, dass alles existierte, von dem ich schon mal gehört hatte, war es etwas gänzlich anderes, es noch einmal zu hören, dass selbst märchenhafte Wesen Puls besaßen.

Henrik sah zu mir. »Wir sind im Märchenwald. In Fenrirs Gefilden. Seine Bewohner dürften nicht begeistert davon sein, Nachfahren des Weltenverschlingers begrüßen zu dürfen ...«

Mich verwirrte Henriks Aussage mehr, als sie mir Klarheit verschaffte. »Wieso?«

Er holte tief Luft. »Es gab einmal einen Aufstand von Fenrir. Er forderte den Allvater Odin heraus und scheiterte, nachdem sie tagelang gekämpft hatten. Odin wollte Fenrir wegen seines Ungehorsams bestrafen. Bevor es so weit kommen konnte, mischte sich Loki mit einem Krieg ein. Fenrir mobilisierte alle Kräfte – auch die des Märchenwalds – und schloss sich seinem Vater an. Sie verloren. Fenrir wurde an einen Felsen gebunden, und den Bewohnenden des Märchenwalds ist es nicht mehr gestattet, über ihre Grenzen zu treten, um andere Welten zu erkunden.«

»Und was passierte mit Loki?«

»Der wurde wie sein Sohn an einen Felsen gekettet – mit den Gedärmen seines anderen Sohnes – und eine Giftschlange von Skadi lässt Gift auf ihn tropfen, wobei seine Gattin Sigyn dieses Gift zeitweise mit einer Schale auffängt, um ihn zu schützen. Die ist halt irgendwann voll.« Henrik zuckte mit den Schultern.

»Das ist barbarisch«, brachte ich geschockt hervor.

»Das sind die Götter des Nordens«, fügte Peter hinzu.

»Können wir uns wieder um das eigentliche Problem kümmern?«, mischte sich Jesper ein.

»Entschuldige«, sagte ich und zog den Kopf ein. Durch meine Unwissenheit verspielte ich Zeit, die weder Latha noch eines der anderen Opfer wahrscheinlich besaßen.

Henrik nickte. »Wir müssen zu der Höhle. Es hilft nichts. Wenn sie tatsächlich dort drin sind, müssen wir sie rausholen.«

»Und wie ist dein Plan?«, erkundigte sich Peter.

»Augen zu und durch?«

»Das ist ein beschissener Plan, Jesper«, sagte Henrik. Er rieb sich über die Stirn und stieß ein Seufzen aus. In dem Moment wirkte er nicht wie ein Teenagerjunge, sondern als wäre er innerhalb einer einzigen Sekunde um Jahrzehnte gealtert.

»Wir sollten alle die Höhle im Auge behalten. Wenn ...« Ich stolperte kurz über meine Worte »Wenn tatsächlich Einhörner davor stehen, werden sie irgendwem gehören, die sicherlich im Inneren sitzen. Und das sind wahrscheinlich genau die, denen wir nicht in die Arme laufen sollten – vor allem nicht wenn sie faulig riechen.«

Henrik nickte zustimmend. »Das wird wahrscheinlich der beste Plan sein.«

Etwas knackte im Unterholz. Erschrocken richteten wir uns alle auf. Ich hatte gar nicht mitbekommen, dass der Geruch der Fäulnis penetranter geworden war.

»Shit«, fluchte Henrik, schnappte sich mir meine Hand und zog mich hoch.

Ich stolperte hinter ihm her. »Was ...?«

»Sie kommen!«

Er sah über die Schulter nach hinten. Seine eh schon blasse Hautfarbe wurde Nuancen heller. Ich richtete meinen Blick ebenfalls nach hinten.

Beinahe wäre ich gestolpert, hätte ich mich nicht im letzten Moment an Henrik geklammert, um auf den Beinen zu bleiben.

»Was zum ...?«, kam es mir über die Lippen, doch ich fand keine Worte für das, was ich sah.

Weiße Einhörner mit strahlender Mähne rannten geradewegs auf uns zu. Es sah aus, als würden ihre schweren Hufe über den Erdboden fliegen. Sie sprangen nicht über das Unterholz. Die Einzigen, die der Natur ausgesetzt waren, waren die Reitenden auf dem Rücken der magischen Pferde.

Nie zuvor hatte ich solche Wesen gesehen. Grüne Haut mit hässlichen

Blasen, aus denen irgendein Sekret lief, überzog ihre Gesichter. Reißzähne wie bei einem Ork der Horde ragten aus ihren breiten, aber schmalen Mündern. Hinter ihrem Rücken ragten irgendwelche Stiele in die Höhe, die darauf schließen ließen, dass sie Waffen bei sich trugen. Der Vorderste hatte eine Axt in der Hand, mit der er die Äste, die ihm drohten ins Gesicht zu schlagen, zur Seite schlug. Ihr penetranter Geruch biss in meine Nase und würde mich mit Sicherheit würgen lassen, wenn mir vor Panik nicht das Herz bis zu den Ohren klopfen würde.

»Fuck«, hauchte ich.

»Lauf!«, feuerte mich Jesper an und rannte kurzzeitig neben mir her, ehe er sich im Lauf verwandelte und vorpreschte.

Er kämpfte sich durch das Unterholz, sodass Peter, Henrik und ich ihm leichter folgen konnten.

»Kannst du dich verwandeln?«, fragte Henrik über die Schulter.

»Im Lauf?«, stellte ich die Gegenfrage.

Kurzzeitig warf er einen Blick über die Schulter. »Wenn du diese Viecher überzeugen kannst, eben zu warten, bitte.«

Ich biss mir auf die Lippe, konzentrierte mich und versuchte die Wölfin hervorzulocken. »Komm schon. Sonst klappt das bei Panik so gut«, hielt ich dem Wesen in meinem Inneren vor.

»Und?«, drängte Henrik mich.

Ich tastete nach diesem Ziehen. Nach dem Zeichen, dass die Wölfin nah war, doch ich konnte es nicht greifen. Zumindest nicht bewusst. Panik ließ mein Herz rasen. »Komm schon«, versuchte ich sie zu überreden. In diesem Moment verachtete ich meine Mutter noch mehr, dass sie mich zu einem Krüppel meiner selbst gemacht hatte, selbst wenn ich daran schuld war.

»Ivy …« Henriks Stimme wurde drängender.

Ich folgte seinem Blick über die Schulter und stolperte bei dem Anblick. Die Wesen auf den Einhörnern hatten uns beinahe eingeholt. Henrik riss mich in die Höhe. »Schaffst du es?«

Blind rannte ich Henrik hinterher, schloss die Augen und hoffte, dass ich nicht noch einmal fiel. Ich suchte nach dem Ziehen und endlich fand ich es.

Ich ließ mich fallen; spürte, wie meine Kleidung bei der Verwandlung zerriss und sich mein Körper veränderte.

Henrik verschwand ebenfalls im Licht. Der Rucksack auf meinem Rücken schnitt in meine Achseln, doch ich versuchte es zu ignorieren.

»Gut gemacht«, lobte Henrik mich.

Gemeinsam rannten wir weiter, holten Peter und Jesper ein, die bereits vor uns zu Wölfen geworden waren.

Ein kehliger Schrei erklang hinter uns, was von dem Wiehern der Einhörner beantwortet wurde. Was zum Teufel waren das nur für ekelhafte Wesen?

Ich versuchte, mein Tempo zu erhöhen. Ich bildete mir ein, dass ich den heißen Atem der Einhörner bereits an meiner Schwanzspitze fühlte. Umdrehen, um sicherzugehen, wollte ich aber auch nicht.

Plötzlich zischte etwas an mir vorbei und die Axt blieb im Baum, an dem ich vorbeirannte, stecken. Ein erschrockenes Bellen glitt über meine Stimmbänder. Im Augenwinkel bemerkte ich noch, wie aus dem Baum Dampf quoll, als würde er etwas Ätzendem zum Opfer fallen.

Was zum Henker waren das für Waffen?

»Lasst euch bloß nicht treffen!«, hallte Henriks Stimme durch meinen Geist.

»Hatte ich nicht vor«, erwiderte Jesper, der weiter vor uns lief.

Ich unterdrückte den Drang, nach hinten schauen zu wollen. Das Schnauben der Pferde war laut und deutlich in meinen Ohren zu hören. Mein Herz schlug so schnell, dass ich befürchtete, dass es von seinem Platz wich und allein weiterrannte. Für diese Art von Abenteuer war ich nicht gemacht. Absolut nicht. In dem Moment war mir klar, dass Ziska hundertprozentig recht gehabt hatte. Wir mischten bei Spielern mit, die verdammte Gottheiten waren. Mir wurde unglaublich übel.

Länger konnte ich dem Wunsch nicht widerstehen und sah über die Schulter zu unseren Verfolgern. Eins dieser Kreaturen hob in dem Moment seine Waffe und zielte auf uns. *»Achtung!«*, schrie ich und wandte meinen Blick wieder nach vorne. Ich versuchte, meine Schritte zu beschleunigen, noch mehr Tempo zu bekommen, damit wir die verfluchten Einhörner abhängen konnten. Doch ich rannte bereits, so schnell ich konnte. Die Axt flog haarscharf an mir vorbei.

Ein erschrockenes Jaulen kam über meine Lefzen. Die Axt grub sich ins Unterholz, das drohend zu zischen anfing, und stinkender Dampf quoll in die Höhe. Der Geruch erinnerte mich an Schwefel. Noch einmal blinzelte ich über die Schulter. Es waren sieben. Sieben Einhörner und sieben Kreaturen, deren Beine nicht einmal zum Bauch des Pferdes reichten. *»Sind das wirklich die sieben Zwerge?«*, fragte ich.

»Möchtest du anhalten und fragen?«, erkundigte sich Jesper.

»Danke, ich verzichte«, erwiderte ich. Ich merkte, wie mir die Puste ausging. Lange würde ich diesen Streckensprint nicht mehr aushalten. Wir brauchten ein Versteck. Irgendeine Möglichkeit, die Wesen hinter uns abzuhängen, um wieder Luft zu kriegen und in diese Höhle zu gelangen.

Mein Blick flog durch den Wald, doch abgesehen von Bäumen, Büschen und Unterholz sah ich nichts, was sich auch nur annähernd als Versteck geeignet hätte.

»Da lang!«, rief Henrik und drehte plötzlich abrupt ab.

Er rannte nach links, ich folgte ihm, verlor für einen kurzen Moment den Halt mit meinen Pfoten und rutschte über die lose Erde, ehe ich mich wieder fangen und weiterlaufen konnte.

Die anderen beiden drehten ebenfalls ab. Ein bestialischer Schrei schallte durch den Wald, der mir das Nackenfell zu Berge stehen ließ.

»Bereit?«, fragte Henrik in die Runde.

»Wofür?«, hechelte ich, während die anderen beiden laut *»Ja«* erwiderten.

»Mach dasselbe wie wir«, forderte Henrik mich auf. *»Jetzt!«*

Auf einmal rannten die drei wieder nach links, sodass wir den Kreaturen in die Arme rannten. Ich quetschte meine Frage hinunter und folgte den dreien – geradewegs zwischen die Hufe der Einhörner.

Mein Herz schlug mir bis zum Hals. Ein letztes Mal erhöhte ich mein Tempo, um den Anschluss nicht zu verlieren. Die drei dribbelten sich durch die Beine. Eins der Einhörner ging auf die Hinterhufe und stieß ein Wiehern aus, das einige Vögel aus den Ästen der Bäume scheuchte.

Ich rannte geradewegs unter dem Bauch eines Einhorns hindurch, zwickte dem anderen in die Flanke, das nun ebenfalls auf die Hinterbeine stieg. Der

Zwerg konnte sich nicht halten und fiel mit einer Rückwärtsrolle vom Rücken seines Tiers. Ein verärgertes Zischen kam von unserem Verfolger. Ich beachtete ihn nicht weiter, wollte weiterrennen, meinen Freunden folgen, die sich weiter nach hinten vorgearbeitet hatten. Auf einmal spürte ich einen Ruck an meiner Rute und wurde nach hinten gezogen. Ein Bellen kam über meine Lefzen. Erschrocken drehte ich mich, wobei nur mein Vorderkörper auf mich hörte.

Der Zwerg, der von seinem Pferd heruntergefallen war, hatte seine Hand um mein Fell geschlossen. Die eiternden Blasen zogen sich über seine gesamte Haut und etwas davon floss in mein Fell. Schmerz explodierte an der Stelle, an der er mich festhielt. Jaulend versuchte ich mich zu befreien. Doch der Griff um mein Fell war unnachgiebig.

»Ivy!«

Henriks Ruf klang meilenweit entfernt. Ich konzentrierte mich auf den Zwerg, der mich festhielt. Jaulen würde mir nicht weiterhelfen. Ich erinnerte mich daran, dass ich im Sportunterricht meinem Instinkt die Kontrolle überlassen hatte. Die Wölfin und ich waren eins und die Wölfin besaß einen weitaus besseren Überlebensinstinkt als ich.

Der Zwerg zog mich näher zu sich, wobei seine Hände an meiner Rute hinauf wanderten. Der Eiter verteilte sich über mein Fell.

Ich unterdrückte ein weiteres Jaulen. Ich war kein Opfer. Ich war eine verdammte Fenriswölfin. Kind der Katastrophen der nordischen Mythologie. Ich würde mich nicht von einem verfluchten Märchen schikanieren lassen. Mein Fell sträubte sich und knurrend begegnete ich dem Blick des Zwergs.

Er grinste mich an, wobei die unzählbaren Lücken in seinem Maul sichtbar wurden. Die restlichen Zähne hingen krumm und schief in seinem Zahnfleisch. *»Lass mich los«*, grollte ich, während ich versuchte, den Schmerz beiseitezuschieben.

Ein gackerndes Lachen erklang vom Zwerg auf meine Forderung. Offensichtlich konnte er uns in dieser Gestalt verstehen.

Im Augenwinkel bekam ich mit, wie Peter und Jesper die Aufmerksamkeit der anderen auf sich zogen, um mir Zeit zu verschaffen. Ich musste freikommen, so schnell wie möglich. Ewig würden meine Kameraden das nicht mehr aushalten. Henrik sah ich nirgendswo. Mein Knurren wurde tiefer. Ich zog meine Lefzen in die Höhe und zeigte dem Zwerg meine mit Sicherheit beeindruckenden Reißzähne.

Der Zwerg schloss seinen Mund, statt mich loszulassen, zog er mit einem Ruck an meinem Schwanz und riss mich beinahe von meinen Pfoten. Gerade eben konnte ich mich noch auf den Beinen halten. Im Augenwinkel bemerkte ich einen schwarzen Körper, der auf den Zwerg zurannte. Der Zwerg öffnete sein Maul, wobei dampfender Rauch aus seinem Rachen stieg.

Ich wollte zurückweichen, konnte mich jedoch keinen Zentimeter bewegen. Henrik preschte von der Seite an, sprang den Zwerg an und riss ihn zu Boden. Der Zwerg nutzte den Schwung, riss an meiner Rute und ließ mich los, sodass ich ein paar Meter weit flog, bis ein Baum abrupt meinen Fall abbremste.

Sterne tanzten vor meinen Augen. Mühevoll rappelte ich mich auf, schüttelte mich, um wieder klar zu werden. Henriks Jaulen hallte durch den Wald. Ich riss den Kopf hoch, direkt auf das Knäuel, das Henrik und der Zwerg abgaben.

Der Zwerg hatte die Oberhand und Henrik unter sich vergraben. Aus seinem Maul hing ein Speichelfaden, mit dem er den Wolf unter sich quälte. Henrik zappelte im Griff des Zwerges. Ohne darüber nachzudenken, rannte ich los. Lief auf den Zwerg zu, der *meinen Gefährten* quälte. Knurrend rammte ich die Seite des Zwergs, sodass dieser von Henrik hinunterfiel. Er landete auf der Erde, rappelte sich wie ein Akrobat wieder auf. Der Zwerg kicherte abfällig, als er mich sah.

Ein lieblicher Gesang erklang durch den Wald, der mich innehalten ließ. Ich hatte die Stimme schon gehört. Ruckartig drehte ich den Kopf in die Richtung, aus der der Gesang erklang. Die Frau, die ich bereits im Wald des Internats gesehen hatte, schritt durch das Unterholz auf uns zu.

Ihre Augen waren geschlossen, als würde sie ohne Grund durch den Wald schlendern. Als wäre das nur ein Spaziergang einer jungen Frau. Ich wich einen Schritt zur Seite, zu Henrik hin, der regungslos auf dem Waldboden lag.

Angrboda öffnete die Augen und sah mich direkt an. Ihr Lächeln ließ einen eiskalten Schauer über mein Fell wandern. »Hallo, Fenrirsdottír«, begrüßte sie mich. »So sieht man sich wieder.« Sie wedelte mit ihrer Hand. »Nehmt sie gefangen.«

Knurrend wollte ich mich zur Wehr setzen. Keiner von denen würde Henrik anfassen.

»Ich kann deinen Freund heilen«, sagte Angrboda. Sie reckte sich ein bisschen. »Er wird dem Gift der Zwerge wohl nicht mehr lange standhalten können.«

Mir wurde bei ihren Worten eiskalt. Ich drehte mich zu Henrik um. Sein Atem ging schwer und die Augen waren geschlossen. Eine panische Angst fegte über mich hinweg. Ich durfte ihn nicht verlieren!

»Was willst du dafür?«, fragte ich.

Angrbodas Lächeln vertiefte sich. »Nehmt sie mit«, befahl die Riesin, wobei sie mich keines weiteren Blickes mehr würdigte, sondern direkt an mir vorbei auf Henrik zulief. Sie kniete sich auf den Waldboden, legte ihre Hand auf das Fell und begann zu summen. Ihre Stimme wurde mit einem Mal zu einem tiefen Bariton, als sie mit einer mir fremden Sprache anfing zu singen.

Ich sah zu Jesper und Peter, die zu Henrik und Angrboda starrten. Helles Licht wurde neben mir sichtbar, das sich von der Hand der Riesin über den Wolf ausbreitete.

Wir hatten versagt. Wir waren – genau so wie es Ziska hervorgesehen hatte – direkt in Angrbodas Arme gelaufen.

ENDE von Band 1

VERLIEBE DICH IN DUNKLE KREATUREN DER NACHT

Cosima Lang
HUNTING THE BEAST 1: NACHTGEFÄHRTEN
ISBN 978-3-551-30183-3
Softcover
Auch als E-Book erhältlich

Seit Dot bei einem Wolfsangriff ihre Eltern verloren hat, lebt sie für die Rache. Sie gehört der Gilde der »Reds« an, die es sich zur Aufgabe gemacht hat, Nachtwesen aller Art zu jagen. Doch die Zeiten ändern sich. Von einem Tag auf den anderen wird den Reds die Jagd untersagt. Anstatt zu kämpfen, soll sie nun mit einem Werwolf zusammenarbeiten.

M. D. Hirt
BLOODY MARRY ME 1: BLUT IST DICKER ALS WHISKEY
ISBN 978-3-551-30139-0
Softcover
Auch als E-Book erhältlich

Als Holly einen der begehrten Gästeplätze bei den wichtigsten Music and Movie Awards der Welt gewinnt, wird ein Traum für sie wahr. Doch der droht sich schnell in einen Albtraum zu verwandeln, als sie von den Bedingungen erfährt, die an diese Chance geknüpft sind. Denn dafür muss sie die erfolgreiche Band »Bloody Mary« auf Tour begleiten und die besteht aus Vampiren.

Cat Dylan
CALL IT MAGIC 1: NACHTSCHWÄRMER
ISBN 978-3-551-30093-5
Softcover
Auch als E-Book erhältlich

Nichts liebt Eliza mehr als ihre Nachtschichten als Radiomoderatorin. In diesen Momenten gibt es nur sie, die Musik – und seit kurzem einen mysteriösen, aber charmanten Anrufer, der geradewegs ihre Gedanken zu lesen scheint. Der smarte Morgan würde hingegen alles tun, um der Verbindung mit Eliza zu entgehen. Denn es gilt in seiner Vampirgemeinschaft als niederträchtig, Gefühle für einen Menschen zu hegen.

WWW.IMPRESSBOOKS.DE

Impress

Die Macht der Gefühle

Impress

Ein Imprint der Carlsen Verlag GmbH

August 2022

Lektorat: Carolin Diefenbach

Umschlagbild: shutterstock.com / © Tartila / © tomertu / © Gun / © venimo / © mdlne / © Quardia / © sommthink

Umschlaggestaltung: Pietro D'Angelo - Silver Tales Graphic Design

ISBN 978-3-551-30474-2

www.impressbooks.de